Du même auteur:

La belle mortelle de Samson (Vampires Scanguards - Tome 1)
La provocatrice d'Amaury (Vampires Scanguards - Tome 2)
La partenaire de Gabriel (Vampires Scanguards - Tome 3)
L'enchantement d'Yvette (Vampires Scanguards - Tome 4)
La rédemption de Zane (Vampires Scanguards – Tome 5)
L'éternel amour de Quinn (Vampires Scanguards – Tome 6)
Les désirs d'Oliver (Vampires Scanguards – Tome 7)
Le choix de Thomas (Vampires Scanguards – Tome 8)
Discrète morsure (Vampires Scanguards – Tome 8 1/2)
L'identité de Cain (Vampires Scanguards – Tome 9)
Le retour de Luther (Vampires Scanguards – Tome 10)
La promesse de Blake (Vampires Scanguards – Tome 11)
Fatidiques retrouvailles (Vampires Scanguards – Tome 11 ½)
L'espoir de John (Vampires Scanguards – Tome 12)

Séduisant (Le Club des éternels célibataires – Tome 1)
Attirant (Le Club des éternels célibataires – Tome 2)
Envoûtant (Le Club des éternels célibataires – Tome 3)
Torride (Le Club des éternels célibataires – Tome 4)
Attrayant (Le Club des éternels célibataires – Tome 5)

La Provocatrice d'Amaury

(Vampires Scanguards – Tome 2)

Tina Folsom

Traduit de l'américain
par Agathe Rigault

Pour Mark

1

Depuis la mezzanine qui lui offrait une vue d'ensemble, Amaury LeSang étudiait du regard les têtes de la foule amassée dans la boîte de nuit branchée. La marée humaine se déhanchait au rythme assourdissant et monotone de la techno. Ses yeux aiguisés passaient en revue les fêtards qui se tortillaient les uns contre les autres à la recherche d'une femme semblant avoir besoin de compagnie.

Dans un lieu aussi bondé, trop d'émotions s'entrechoquaient dans son esprit. Raison pour laquelle il préférait sa propre compagnie à celle de la foule.

Une douleur l'assaillit.

... Je n'aurais jamais dû sortir avec ce con...

... Lui demander de danser ou, peut-être, parler d'abord à son amie...

... Idiot. Comme si j'en avais quelque chose à faire. Je vais lui montrer...

Plus il restait là, plus bloquer les sentiments décousus des individus sur la piste de danse devenait difficile et douloureux. Ressemblant davantage à des coups portés à l'aide d'une lame aiguisée qu'à de simples mots, ils le pénétraient, non pas l'un après l'autre, mais tous à la fois. L'impact aurait mis au tapis n'importe quel homme un peu moins robuste.

Mais Amaury était plus fort que les autres.

Il porta son attention sur les femmes qui semblaient seules. Il en cherchait simplement une qui attirerait son regard, une qui était venue pour s'envoyer en l'air. Service qu'il serait prêt à lui rendre sans hésitation.

Là, la petite brunette réservée. Non seulement elle avait l'air de se sentir seule mais en outre, elle semblait chercher désespérément une présence masculine à ses côtés.

Il descendit les escaliers et se fraya un chemin parmi les danseurs, laissant les sentiments de la femme le guider. Elle se balançait au son de la musique et leva les yeux vers lui lorsqu'il s'arrêta devant son corps svelte.

Amaury dégaina l'un de ses sourires les plus charmeurs. Associé à son regard ténébreux et à ses yeux bleus, il rendait la plupart des femmes incapable de lui résister. De quoi le vampire tirait toujours un potentiel maximum.

Danse avec moi.

Il bougea ses lèvres et transmit sa pensée dans l'esprit de la jeune femme. Elle croirait qu'il avait parlé alors qu'en réalité, elle n'aurait pu l'entendre par-dessus le boucan de la musique.

Elle sourit et hocha la tête. Un peu timide, oui, mais plutôt avenante. Passant un bras autour de la taille de cette dernière et l'autre sur son épaule, il l'attira plus près de lui. La tête de la jeune femme lui arrivait à peine au niveau de la poitrine, lui confirmant qu'elle mesurait au moins 30 cm de moins que lui.

Se laissant aller au rythme de la musique, Amaury bougea son corps contre le sien tandis qu'elle se collait à lui. Il put apprécier la sensation de la chair chaude à travers les vêtements courts de sa partenaire qui laissaient leurs cuisses se frôler, leurs reins se rencontrer.

Entouré par la foule la pression dans sa tête commença à monter et la douleur lancinante aux tempes s'intensifia. Comme une migraine invalidante, la douleur dictait ses actes. Néanmoins, il se battit pour ne pas succomber, repoussant constamment les limites de sa prison mentale.

Amaury n'aimait pas particulièrement danser et la musique qui passait n'était manifestement pas son genre mais il se força à danser avec la jeune femme pendant toute une chanson avant de faire le premier pas.

« Je veux être seul avec toi, » lui murmura-t-il à l'oreille, inhalant l'odeur naturelle de sa peau luisante.

Bien sûr, il pouvait se la faire là, directement sur la piste de danse, mais alors devrait-il faire preuve de davantage de contrôle pour éviter les dégâts et il n'était pas d'humeur.

Il souligna ses mots en lui glissant la main sur les fesses tout en les caressant. Lorsqu'elle leva les yeux vers lui, il put lire le désir dans ses yeux et dans son esprit. Elle n'était pas particulièrement jolie, si l'on passait outre ses lèvres pulpeuses, idéales pour une fellation, mais elle était consentante et c'était tout ce dont il avait besoin. Il n'en attendait pas plus.

Sa verge était déjà en érection complète, tendant le bermuda qu'il portait façon commando. D'une main placée dans le creux des reins de la jeune femme, il la guida à travers la foule tout en collectant divers sentiments autour de lui.

La jalousie d'une inconnue le pénétra.

... Elle a chopé ce bellâtre ? C'est pas juste. Qu'est-ce qu'il est mignon !

Amaury observa la femme dont il avait capté les sentiments de jalousie et de désir. Elle voulait clairement prendre la place de la brunette. Il pourrait toujours revenir une minute ou deux si nécessaire.

Encore un petit moment et il se sentirait mieux. Sa poitrine se souleva en prévision tandis qu'il inspirait profondément et accélérait le pas, guidant la demoiselle vers la sortie.

L'allée était tranquille et sombre. Plusieurs palettes, avec des boîtes empilées en hauteurs diverses, s'alignaient sur un côté. Amaury balaya du regard la zone afin de s'assurer qu'ils se trouvaient bien seuls. Un sans-abri traînait dans un coin à l'entrée de l'allée, fouillant dans des poubelles.

Dégage.

Amaury vérifia que l'homme avait obéi à son ordre tacite et avait disparu de sa vue avant d'attirer la femme dans un coin derrière les boîtes.

« Qu'est-ce que tu fais ? » gloussa-t-elle.

« Je t'embrasse, » dit-il en baissant la tête vers elle. « Tu as les lèvres les plus belles que j'ai jamais vues. »

Le compliment fonctionna. Les lèvres d'Amaury ne rencontrèrent aucune résistance lorsqu'elles capturèrent celles de la jeune femme, les brûlant d'un baiser goulu. Sa langue se glissa derrière les lèvres entrouvertes de la brunette et s'entremêla à la sienne en quelques secondes.

Sans hésitation, il posa une main sur l'un de ses seins et il la caressa à travers le tissu fin, s'attardant sur son téton sensible afin que celui-ci durcisse. Il l'avait lue correctement : elle mourrait d'envie qu'il la touche, à tel point qu'elle cambra sa poitrine dans la paume de sa main, demandant plus.

« Oh, bébé, » murmura-t-il contre ses lèvres. « C'est si bon. »

Il savait en connaissance de cause que les femmes répondaient mieux lorsque les actions physiques étaient ponctuées de termes affectifs.

Le corps de la jeune femme accueillit Amaury avec plaisir lorsqu'il lui passa la main sous la jupe courte et trouva son chemin jusqu'à ses sous-vêtements. Ses doigts glissèrent dans les boucles de la jeune femme et rencontrèrent ses replis moites.

Amaury s'empara du gémissement qu'elle laissa échapper. Cela ne prendrait pas très longtemps. Il réalisa combien elle avait soif de sexe lorsqu'il laissa ses doigts faire leur tour de magie. En la caressant et en roulant son clitoris entre son pouce et son index, il pouvait sentir son excitation grandir. Il ferait en sorte que cela en vaille la peine pour elle.

L'arôme de son excitation envahit ses narines et il inspira profondément. L'odeur l'aida à noyer les émotions qui le bombardaient, émotions provenant tant de la boîte de nuit que de l'extérieur. Mais cela ne suffisait pas. Sa tête continuait à lui faire mal.

Sans pour autant délaisser le principal petit plaisir de la jeune femme, il glissa un doigt dans son écrin humide. Ses muscles étaient délicieusement étroits. Personne n'avait rendu visite à cette partie de son anatomie depuis un bon moment.

Bougeant son doigt d'avant en arrière et assisté du nectar abondant de la brunette, Amaury fit en sorte de l'exciter jusqu'au bout. C'était le moins qu'il puisse faire en échange de ce qu'elle était elle-même sur le point de faire pour lui.

Elle retint son souffle tandis qu'il glissait un deuxième doigt en elle et il sut alors qu'elle était proche de l'orgasme. Quelques caresses plus tard, elle jouit, déversant encore plus de crème dans sa main, alors que ses muscles allaient de spasme en spasme.

« Hum, » lui ronronna-t-il à l'oreille. « Tout va bien, bébé ? »

Sa fierté masculine était satisfaite mais pas le reste, ou du moins pas encore.« Oh, bon dieu, oui ! » répondit-elle en haletant bruyamment.

« Je parie que tu peux me rendre la pareille. Laisse-moi te donner à manger, bébé. »

Sans attendre sa réponse, il ouvrit son pantalon et laissa sa verge dépasser. Malgré son poids, celle-ci se tenait en érection. Doucement, il prit la main de sa partenaire et l'amena vers son membre pour qu'elle l'enveloppe. Des mains douces qui n'arrivaient pas à l'entourer complètement ; trop de chair, trop de coffre.

« Tu en as une grosse. »

Amaury secoua la tête. Il était parfaitement proportionné mais, ayant la carrure d'une armoire à glace, il était logique que sa verge fût également d'une taille supérieure.

« J'ai la taille idéale pour ta belle bouche. »

Sans plus d'objection, elle s'agenouilla sur l'une des boîtes et approcha sa bouche vers lui. Il sentit sa langue hésitante toucher le bout de son érection une seconde plus tard.

« Oh oui, bébé. Je parie que tu peux me tailler la meilleure pipe de toute ma vie. »

Les encouragements faisaient toujours mouche.

La langue de la brunette lécha sa verge sur toute sa longueur, avant d'en envelopper, de ses lèvres, la tête bulbeuse et de descendre, en glissant, le prenant tout entier dans sa bouche.

Il n'y avait rien de mieux que de sentir la chaleur et l'humidité d'une femme autour de sa verge. Au contact de la sensation émoustillante, il éjecta d'un coup l'air de ses poumons et se prépara en plaçant ses mains sur les épaules de la femme tout en commençant à bouger d'avant en arrière.

« Oh putain, bébé, tu es bonne. »

Enfin, il parvenait à oublier le vacarme des émotions qui l'entouraient. Un sentiment de paix et de quiétude envahit alors son esprit et il se détendit, tandis que la pression dans sa tête se dissipait et que les sentiments envahissants commençaient à disparaître.

Amaury leva les yeux et, pour la première fois cette nuit-là, il remarqua la canopée d'étoiles dans le ciel nocturne. Elle était belle et tranquille, un miroir dans lequel son esprit pouvait se perdre. Les étoiles se tenaient là, dans un ciel clair et dégagé, à observer ses actes.

Aussi temporaire que se révèlerait être ce sentiment de tranquillité, Amaury en avait besoin pour garder ses esprits. Seul le sexe pouvait faire taire les émotions qui l'assaillaient à chaque minute de sa vie.

La bouche de la brunette faisait des merveilles sur lui. Il devenait plus dur à chaque caresse, à chaque fois que sa langue le léchait. Alors qu'elle le suçait plus profondément, il se mit à bouger plus vite en oubliant la douleur dans sa tête.

Au lieu de cela, il se concentra sur la chaleur humide qui l'enveloppait ; la douceur d'une femme, la promesse de quelques moments de béatitude. Conscient que le bonheur était hors de sa portée, un état qu'il n'atteindrait jamais, quelques secondes de contentement lui suffiraient.

« Bébé, ouais. On y est presque. Oh, ouais… Suce-moi plus fort. »

Il pouvait clairement ressentir l'imminence de son orgasme. Tellement proche. Délicieusement proche.

La poche de la veste d'Amaury se mit à vibrer. Il l'ignora. Attrapant d'une main sa queue à la base et tenant l'arrière de la tête de la brunette de l'autre, il s'enfonça dans sa bouche encore plus franchement, mourant d'envie de se soulager. Il ne pouvait plus s'arrêter à présent ; pas alors qu'il n'était plus qu'à quelques secondes de son but.

J'en ai besoin. Maintenant.

Sa verge pulsait sous le besoin irrépressible.

« Serre-les-moi, » lui demanda-t-il.

La main de la jeune femme attrapa ses boules. Le doux contact envoya une flamme brûlante dans ses reins tandis que les ongles de la jeune femme caressaient la bourse étroite.

Son téléphone portable vibra de nouveau. Sans s'arrêter, cette fois. Amaury recula légèrement et plongea la main dans la poche de sa veste pour en sortir le téléphone.

« Ah, putain, » siffla-t-il lorsqu'il vérifia l'identité de l'appel entrant.

La femme arrêta de bouger instantanément.

« Pas toi, bébé. N'arrête pas, » ordonna-t-il alors qu'il ouvrait le téléphone. « Quoi ? »

Il respira dans le combiné d'une voix rauque. Avec sa main sur la tête de la femme, il continua à enfoncer sa verge en elle alors qu'elle recommençait à le sucer profondément.

« Pourquoi tu ne décroches pas ton putain de téléphone ? » beugla Ricky.

« Trou duc. »

Le timing de son collègue ne pouvait tomber plus mal.

« Qu'est-ce que tu veux ? »

« Réunion de crise chez Samson dans quinze minutes. »

Amaury savait qu'il ne valait mieux pas louper une réunion avec son patron et néanmoins meilleur ami, Samson. Et s'il s'agissait d'une réunion de crise, c'est qu'il y avait des problèmes.

« Bien. »

Amaury referma le téléphone et le remit dans sa poche. Quinze minutes, c'était peu de temps, mais il devait d'abord en finir avec la fille.

Il ferma les yeux et se concentra sur la sensation de la langue glissant le long de son engin, la douceur de la bouche et l'intensité des succions. Son érection s'intensifia une fois de plus et il s'enfonça encore plus profondément en elle, emplissant tellement sa bouche qu'elle s'étouffa presque.

Mais elle continua, sa bouche humide le tirant et le serrant étroitement alors que sa langue chaude courait le long de sa chair gonflée, exactement comme il aimait.

« Oh ouais, bébé. Tu aimes ma grosse queue, hein ? »

Le murmure de la réponse de la brunette se répercuta dans sa peau en titillant ses sens. La senteur pêche du shampooing de la jeune femme s'engouffra dans son nez. Il sentit un fin duvet de transpiration apparaître sur son visage et dans son cou. Des petits ruisseaux de sueur se formèrent et coururent le long des stries des muscles du haut de son corps, se mêlant à la fine couche de poils sur sa poitrine.

Le cœur d'Amaury battit plus fort. Ses poumons pompèrent davantage d'oxygène à travers son système, tandis que son sang fonçait dans ses veines d'une manière tonitruante ; un violent crescendo semblable à la Cinquième Symphonie de Beethoven.

Puis, il sentit sa semence se précipiter à travers sa verge avant d'atteindre la bouche de la jeune femme de rapides jets pulsants.

Son orgasme fut court mais puissant. Il lui éclaircit les idées, prolongeant son sentiment d'apaisement de quelques minutes. Il ne ressentirait plus les sensations des personnes avec lesquels il entrerait en contact mais, au contraire, pourrait entendre son propre cœur ainsi que l'impression d'imperturbabilité qui l'enveloppait.

Pour quelques instants seulement. Puis, il serait de nouveau envahi par la douleur, la faim, la colère de tous ; en somme, toutes les émotions que les gens portaient en eux. Il ressentirait également leur amour, ce qui lui rappellerait ces choses qu'il était lui-même incapable de ressentir. Mais pour le moment, il était apaisé.

A contrecœur, il se retira de la bouche de la femme et remit sa verge toujours à moitié en érection dans son pantalon.

« Tu as été incroyable, » il la couvrit d'éloges et l'attira dans ses bras.

Les lèvres de la brunette brillaient, éclaboussées par sa semence, et soudain, elle lui parut belle. Amaury lui repoussa les cheveux en arrière pour exposer son joli cou et la peau pâle qui l'appelait comme un rayon de lumière guidant un marin vers son port d'attache. Ses lèvres touchèrent la peau douce, puis sa langue sortit pour la lécher.

Elle gémit : un son si doux et suave que seule une femme satisfaite pouvait produire.

« Viens avec moi à la maison. »

Amaury apprécia son invitation murmurée mais il n'avait aucune intention de l'accepter. Il voulait quelque chose de complètement différent. La veine battait sous ses lèvres d'un mouvement si subtil qu'un humain aurait à peine pu le percevoir. Mais ses propres sens étaient plus aiguisés que ceux d'un mortel.

Ses canines s'allongèrent, dépassant ses lèvres.

« Bébé, laisse-moi t'en prendre un peu. »

Le bout pointu de ses canines se planta dans son cou et transperça la peau délicate. Pendant une fraction de seconde, la jeune femme se débattit, mais Amaury la retint prisonnière. Il attira son corps au sien, écrasant ses seins contre sa poitrine.

Alors que le sang de la femme envahissait sa gorge sèche, sa verge revint à la vie. Cependant, Amaury n'avait pas le temps de s'y adonner une seconde fois, même s'il ne désirait rien de plus que de s'enfouir dans l'écrin chaud de la brunette.

Il ne lui prit pas beaucoup de sang, juste assez pour se sustenter. Lorsqu'il sentit sa faim diminuer, il relâcha le cou de la brunette et lécha les plaies laissées par la morsure. Sa salive referma les deux petits trous instantanément. Au matin, elle ne porterait aucune marque visible de son repas, ni ne souffrirait d'aucun effet secondaire.

Puis, il la regarda dans les yeux et fit passer ses propres pensées dans l'esprit de la jeune femme.

Tu ne m'as jamais rencontré. Tu ne m'as jamais vu. Rien n'est arrivé. Rentre chez toi maintenant et va dormir. Et fais attention. Ne laisse aucun homme profiter de toi. Tu es belle. Tu mérites mieux.

Les yeux de la jeune femme se figèrent et il sut que cela avait fonctionné. Il lui avait effacé de la mémoire tout souvenir le concernant. Si elle le rencontrait dans la rue le lendemain, elle ne le reconnaîtrait pas. Pas même une impression de *déjà vu* ne s'emparerait d'elle.

2

Amaury se précipita dans les rues du centre-ville de San Francisco pour rejoindre un arrêt du Cable Car. Il sauta dans l'antique tramway qui l'emmena vers le haut de la colline escarpée, en direction de la maison de Samson.

Il aimait la multitude de quartiers que comptait San Francisco. La ville revêtait l'apparence d'une métropole où il était facile pour un vampire de se cacher. Avec une population aussi éclectique qu'une boutique de prêteur sur gages, San Francisco était l'aire de jeu idéale des vampires modernes. Leur comportement excentrique ou bizarre n'avait rien d'extraordinaire dans cette ville où même le maire était l'un d'eux.

La population des vampires de San Francisco s'accroissait progressivement, éprouvant le même attrait pour tout ce que les humains aimaient dans cette ville embrumée : une belle architecture, des vues magnifiques et des habitants ouverts.

Nombre de sociétés dirigées par des vampires avaient fleuri. Il y avait plusieurs boîtes de nuit branchées, un journal – le *San Francisco Vampire Chronicle*, distribué en toute discrétion aux foyers de vampires – des compagnies d'investissements et, bien sûr, la société nationale de sécurité de Samson, Scanguards, qui offrait les services de gardes du corps et de vigiles tant à des clients privés et des sociétés qu'à des dignitaires étrangers, des politiques ou bien encore des célébrités.

Le temps qu'Amaury atteigne la maison victorienne de Samson dans le quartier chic et relativement aisé de Nob Hill et qu'il entre avec sa propre clé, tout le monde s'était déjà rassemblé. Avant même d'entendre leurs voix, il ressentit le tumulte d'émotions dans la maison : colère, perplexité, confusion.

Son soulagement n'avait pas duré longtemps. La prochaine vague de douleur était déjà en train de grandir, tel un tsunami s'approchant de la Côte Pacifique. Amaury se reprit alors qu'il longeait le couloir lambrissé, menant au bureau privé de Samson, situé à l'arrière de la maison.

Adoptant son sourire habituel, il pénétra dans la pièce, gardant ses supplices pour lui-même, comme toujours. Bien que ses amis fussent au courant de son soi-disant don, ils n'avaient aucune idée de la douleur que celui-ci lui faisait endurer chaque jour et de ce qu'il devait faire pour empêcher sa tête d'exploser. Il ne voulait pas de leur pitié.

Tous pensaient que c'était un maniaque du sexe prêt à s'envoyer en l'air avec chaque femme sur laquelle ses mains pouvaient se poser, simplement pour s'amuser. En réalité, sans activité sexuelle, il serait devenu fou depuis longtemps et aurait tué la moindre personne qui se serait trouvée sur son passage. Le sexe signifiait sa survie et celle de tous ceux qui l'entouraient.

« Amaury, enfin, » l'accueillit Samson, un soupçon de mécontentement perçant dans la voix.

Mesurant plus d'un mètre quatre-vingt mais bâti de manière beaucoup plus svelte que la large carrure d'Amaury, les mêmes cheveux noirs mais des yeux noisette perçants, son patron donnait, en tous points, l'image de l'homme puissant qu'il était.

« Samson, les gars, » répondit Amaury en regardant autour de lui.

Tout le monde était là : Ricky, Thomas, Carl. Tous des vampires, comme lui.

Même Oliver, l'assistant humain de Samson, un jeune homme de vingt-quatre ans au teint frais, était présent. Et bien sûr Delilah, l'épouse humaine de Samson, avec laquelle ce dernier avait mélangé son sang.

Amaury lui sourit chaleureusement. Elle lui retourna son sourire en repoussant ses longs cheveux bruns derrière son épaule. Sa frêle carrure paraissait encore plus petite à côté de celle de son mari.

Amaury remarqua la manière dont Samson mit sa main sur celle de Delilah, un geste si instinctif qu'il douta que son ami s'en fût même rendu compte. L'amour qui irradiait du couple le mit presque à genoux. Il se ressaisit.

« De quel genre de crise s'agit-il ? » demanda-t-il à la place.

« Thomas, connecte-nous à Gabriel, » ordonna Samson.

Thomas tapa quelque chose sur le clavier puis s'éloigna de l'écran. Comme toujours, l'informaticien permanent de Scanguards portait sa tenue de biker préférée : du cuir, du cuir et encore du cuir.

« Gabriel, tu es en ligne. »

Une seconde plus tard, Gabriel Giles, le chef des opérations au siège de Scanguards à New York, apparut sur le moniteur de l'ordinateur tourné, à cette occasion, de façon à ce que tout le monde le voie.

La présence imposante de ce dernier emplit l'écran. Ses longs cheveux noirs étaient attachés en arrière, en une queue de cheval, et la cicatrice qui s'étendait de son menton à son oreille droite semblait battre. Personne n'avait jamais osé lui demander de quelle façon il l'avait eue et Gabriel n'était pas du genre à donner des informations qui ne regardaient personne. Amaury savait seulement qu'elle provenait de l'époque où Gabriel était encore humain, étant donné que la peau d'un vampire ne pouvait porter de cicatrice.

« Bonsoir à tous, » dit Gabriel d'une voix puissante et claire. « On vient juste de nous alerter d'un problème. Il n'y a pas vraiment de manière simple de le dire alors voilà : un deuxième garde du corps a tué un client avant de se suicider. »

Les murmures collectifs et les élans de perplexité diminuèrent rapidement, alors que les émotions continuaient à bouillonner, juste sous la surface.

« Comme vous vous en souvenez tous, il y a un mois, un des gardes du corps de chez Scanguards-San Francisco a tué le millionnaire qu'il protégeait avant de se suicider. Nous avons alors pensé qu'il s'agissait d'un cas isolé.

Malheureusement, avec ce deuxième meurtre qui concerne un autre employé de San Francisco, nous ne pouvons nous permettre de mettre ça de côté et l'attribuer à un simple coup de folie. Quelqu'un nous cherche des embrouilles. »

Samson hocha la tête. « Gabriel et moi avons parlé en début de soirée. Le flash d'informations de ce soir rendra l'affaire publique. Nous devons être prêts à faire face aux dommages collatéraux. Demain, les journaux iront jusqu'à nous réduire en miettes. Personne ne peut faire comme s'il ne s'agissait que d'une coïncidence. Et nous sommes quasiment sûrs que ça n'en est pas une. »

« Des vampires qui s'abandonneraient à un besoin irrépressible de sang ? » demanda Thomas.

Amaury leva la tête tout en écoutant. Un besoin irrépressible de sang. C'était ce qu'ils redoutaient tous en tant que vampires : le désir incontrôlable de prendre plus de sang que nécessaire, ce qui, en définitive, les pousserait au meurtre et à la folie.

Gabriel secoua la tête.

« Non. Les deux gardes du corps étaient humains. »

« Aucun lien entre les deux ? » demanda Amaury.

« Négatif, » répondit Samson rapidement. « Ou du moins rien que nous ayons eu le temps de voir pour l'instant. Hormis le fait qu'ils aient tous les deux été embauchés à San Francisco, ils n'ont *a priori* rien en commun. »

« Je connaissais Edmund Martens. C'est moi qui l'avais embauché, » dit Ricky.

Bien qu'il aimât se considérer comme un surfeur californien et qu'il avait adopté nombre de manies de son pays d'accueil, Ricky ne pouvait pas être pris pour autre chose que ce qu'il était : ses cheveux roux, son visage plein de taches de rousseur et plus encore son nom de famille, O'Leary, le trahissaient.

« Bon Dieu, Eddie était très prometteur. Mais quand il a tué ce client le mois dernier, j'ai pensé qu'il avait atteint le fond et qu'il s'en était retourné à ses vieilles habitudes. »

« Quelles habitudes ? » demanda Amaury.

« Enfance difficile… Il s'est enfui de sa famille d'accueil, s'est tourné vers le crime ; schéma habituel. Je n'aurais jamais cru qu'il irait si loin et tuerait quelqu'un. Il ne semblait pas être violent. Mais bon, parfois il s'en faut de peu pour que quelqu'un bascule. J'avais juste supposé qu'il en avait fini avec tout ça. »

« C'était peut-être le cas. »

Le regard inquiet de Samson parla de lui-même et leur fit comprendre à tous qu'il ne croyait pas que les deux gardes du corps humains étaient en faute.

« Qui est le deuxième type ? » voulut savoir Ricky.

« Kent Larkin. »

Ricky en resta bouche-bée.

« C'était juste un gamin. Il travaillait pour nous depuis à peine six mois. »

« Un peu de plus de cinq mois, » confirma Gabriel.

« Quelles preuves avons-nous de la culpabilité d'Edmund et de Kent dans le meurtre de leurs clients ? »

Amaury avait besoin de faits. Il n'aimait pas tirer de conclusions hâtives.

« Un témoin oculaire dans le cas d'Edmund et le pistolet encore fumant pour Kent. »

« Est-ce qu'on a des infiltrés dans la police ? » demanda soudain Delilah.

Tout le monde la regarda.

« Eh bien, disons qu'il vaut mieux nous assurer qu'ils le sachent avant que ça ne devienne une affaire d'ordre public. »

Depuis que Delilah avait mêlé son sang à celui de Samson, elle avait commencé à s'intéresser activement à la société. En tant que partenaire de sang-mêlé, elle avait tous les droits sur ce que possédait Samson et le fait qu'elle se mît à prendre part aux décisions importantes ne semblait pas déranger son homme le moins du monde. Après tout, elle était son égale.

Amaury était surpris du changement qu'il avait observé chez son vieil ami. Après deux cents ans de solitude, Samson n'avait aucun problème à s'adapter au mariage avec une femme de caractère. Amaury doutait que lui-même en serait aussi facilement capable, bien que cette question fût purement théorique. Amaury savait pertinemment qu'il ne mélangerait jamais son sang avec quiconque car il ne pouvait aimer véritablement quelqu'un.

« Je parlerai à G, » dit Samson en faisant référence au maire. « Je ferai en sorte qu'il nous tienne au courant. »

Il regarda de nouveau l'écran.

« A quelle heure atterrissez-vous ? »

« On est tous en route pour l'aéroport à l'heure qu'il est. On atterrira une heure avant le lever du soleil. »

« Tu ne crois pas que c'est un peu exagéré ? » demanda Ricky.

« Je n'avais pas le choix. Je devais d'abord mobiliser les troupes avant de me préparer moi-même. »

« Tu viens, toi ? » demanda Amaury, surpris.

Gabriel quittait rarement New York pour quoi que ce fût. S'il quittait la Côte Est à présent, c'était qu'il pensait que ces événements allaient devenir un problème majeur et s'il prenait le risque d'être dehors à une heure si proche du lever du soleil, il devait estimer que la situation frôlait la catastrophe.

« On ne peut faire confiance à personne au sein de la branche de San Francisco. Je viens avec trois de mes meilleurs gars : Quinn, Zane et Yvette. On mènera l'enquête à notre sauce. En dehors de ce groupe, on ne peut faire confiance à personne. Absolument personne. »

« Gabriel a raison, » confirma Samson. « Si deux de nos gardes du corps humains ont tué leurs clients, ça veut dire que quelqu'un est derrière tout ça. Et tant qu'on ne sait pas qui ni pourquoi, on doit être très vigilant. Les employés voudront une explication. Ricky, tu organiseras une réunion du personnel dès que Gabriel et ses hommes seront ici. Tout le monde chez Scanguards est suspecté. Les humains comme les vampires. Carl, allez les chercher à l'aéroport. »

Carl, majordome, chauffeur et homme à tout faire, dévoué de Samson, hocha la tête immédiatement ; de corpulence légèrement lourde, il était, comme toujours, joliment comprimé dans un costume noir.

« Amaury, tu vas avec Carl, » ordonna Samson.

Amaury hocha la tête. Il n'avait pas vu ses amis de New York depuis très longtemps et rattraper le temps perdu lui offrirait une distraction face à la douleur. Non pas qu'il eût vraiment envie de revoir Yvette. Elle lui en voulait probablement toujours.

« Thomas, » continua Samson. « Je veux que tu télécharges les profils complets de tous les employés et que tu les fasses défiler dans une matrice les uns par rapport aux autres. Voyons ce qu'Edmund et Kent avaient en commun et utilisons ces critères pour le reste des employés. On a besoin de voir qui peut être également vulnérable face à ce qui arrive. »

« Pas de problème, » accepta Thomas. « Je m'y mets tout de suite. Je travaillerai depuis le centre-ville. »

« Oliver, tu es le seul qui puisse sortir pendant la journée. Je vais devoir me reposer énormément sur toi. Tu nous serviras d'intermédiaire. »

Avant qu'Oliver ne puisse répondre, Delilah interrompit Samson.

« Attends, je peux sortir durant la journée, moi aussi. »

Même si Delilah avait mêlé son sang à celui de Samson et bu celui de ce dernier, elle était demeurée humaine sauf pour une seule chose : elle ne vieillirait plus tant que son homme serait vivant.

« Hors de question, » répliqua Samson. « Tu ne te mêleras pas de cette affaire. »

« C'est également ma société, » dit-elle en mettant les mains sur les hanches.

« Ce que je ne nie pas. Mais tu ne te mettras pas en danger. Pas dans ton état. »

« Etat ? » s'entendit demander Amaury en devinant immédiatement la réponse à sa question.

Tout le monde dans la pièce jeta un regard interrogateur au couple.

Samson sourit fièrement, de toutes ses dents.

« Je crois qu'on a vendu la mèche. »

Il prit Delilah dans ses bras.

« Delilah est en train de faire de moi l'homme le plus chanceux du monde. On va avoir un bébé. »

Samson était un sacré veinard. Amaury secoua la tête.

« Félicitations. »

Alors que les amis félicitaient le couple, Amaury regarda Samson tenir sa femme près de lui tout en lui murmurant à l'oreille. Il n'avait pas besoin d'entendre ce que Samson disait car les émotions émises par les deux le heurtèrent de plein fouet comme une brique tombant d'un gratte-ciel.

La pression sur ses tempes augmenta. S'il ne se défaisait pas de leur présence rapidement, sa tête allait exploser.

L'amour était le sentiment le plus dévastateur qui perturbait l'esprit d'Amaury. Il n'était pas du tout jaloux de Samson, parce qu'il ne portait aucun intérêt de cet ordre envers Delilah, mais il ne pouvait tout simplement pas supporter leur présence trop longtemps. Dès que l'amour d'autres personnes bombardait son esprit, la douleur qu'il ressentait était absolument insupportable. Maudit de ne pouvoir retomber amoureux lui-même, son esprit ne pouvait supporter ce sentiment et réagissait uniquement avec douleur et rejet.

Malheureusement, la réunion n'était pas encore terminée. En outre, il était arrivé en retard. Partir tôt était hors de question. Après tout, il était responsable de la société et il s'y intéressait. Il devait gérer la crise.

Amaury s'agrippa au bureau ancien qui se trouvait derrière lui pour garder l'équilibre et il essaya de se distraire pour oublier la violente migraine qui martelait sa tête. Laissant sa bouche se retrousser en un faux demi-sourire pour masquer sa tourmente, il s'adressa à Gabriel via le moniteur.

« Est-ce que d'autres branches ont rapporté des problèmes ? »

« J'envoie du renfort à Houston, Seattle, Chicago et Atlanta. Pour le moment on ne sait pas si uniquement San Francisco va être touché. Mais on n'est jamais trop prudent. Plus tôt on trouvera qui ou quoi est derrière ça, mieux ce sera pour tous. Il ne faut pas que ça se propage. On sera foutu, sinon. »

Samson sourit gravement, Delilah toujours à ses côtés.

« Tu as raison. La société ne pourra se remettre d'une telle publicité. Et si la police ainsi que la presse fouillent trop en profondeur, on va avoir des ennuis. Aucun de nous ne peut se permettre de s'exposer pour ce qu'il est. Donc, à la moindre incartade de sécurité de la part d'un humain, effacez leur mémoire. C'est indispensable. Aucune exception. »

« Et on ne peut pas se permettre d'avoir plus de morts, » ajouta Delilah.

« Jusqu'à ce que cette affaire soit résolue, on devrait réduire au minimum nos contacts avec les humains. »

Samson n'eut pas besoin de le regarder pour qu'Amaury comprenne que la remarque lui était adressée. Facile à dire pour son ami : il avait son épouse humaine à ses côtés, jour et nuit.

Il reçut cependant le message cinq sur cinq. Amaury devait se tenir à l'écart des humaines. Mais quelles possibilités cela lui laissait-il ? S'envoyer en l'air avec les femmes-vampires qui ne l'avaient pas encore jeté hors de leur lit ?

Ce n'était pas qu'il n'assurait pas, mais nombre de femmes-vampires avaient des attentes d'un point de vue émotionnel. Pourquoi, soudainement, elles s'étaient toutes mises à avoir besoin d'affection au point d'en devenir collantes, il n'en avait aucune idée. Bien sûr, l'adaptation à la vie moderne avait sa part de responsabilité. Comme si l'objectif était d'imiter les humains.

Il n'allait certainement pas devenir l'un de ces crétins qui se transformait en guimauve dès qu'il posait les yeux sur une femme, pas même *s'il* était capable d'aimer ; ce qui était impossible, bien sûr.

3

Nina ramena complètement la capuche de son sweatshirt noir sur sa tête. Pour la centième fois cette nuit-là, elle replaça une mèche de ses cheveux blond cendré derrière son oreille. Si elle continuait à laisser pousser ses cheveux, elle pourrait bientôt les attacher en queue de cheval. Cependant, les cheveux longs n'étaient pas pratiques, surtout lors d'un combat.

De toute façon, elle n'était pas très féminine. En outre, du haut de son mètre soixante-quinze, elle n'était certainement pas petite, ce pour quoi elle était reconnaissante, surtout depuis qu'elle devait faire face à des costauds.

Le brouillard s'était dissipé quelques heures plus tôt, faisant de cette nuit étoilée, mais sans lune, une nuit magnifique. Presque tranquille dans son immobilité, celle-ci veillait sur la ville endormie.

Depuis sa cachette de l'autre côté de la rue, Nina continua d'observer la belle demeure victorienne. Un peu plus d'une heure plus tôt, elle avait vu plusieurs d'entre *eux* entrer et aucun n'était encore ressorti.

Eux. Elle savait ce qu'ils étaient. Un mois plus tôt, elle avait fouillé dans les affaires de son frère et en était parvenue à une conclusion qu'elle avait de prime abord pensé impossible. Elle avait immédiatement repoussé l'idée, la jugeant absurde. Mais plus elle y avait repensé, plus elle avait creusé et plus tout lui avait semblé clair.

Elle avait trouvé des notes dans le carnet d'Eddie, des dessins d'armes et de symboles étranges. Et dans la marge d'un livre sur le paranormal, il avait annoté davantage de choses encore. De plus, sous son matelas, elle avait trouvé une liste de noms. A côté de chacun d'entre eux, il avait indiqué soit *Humain* soit *Vampire*.

Au moment où Nina avait lu le mot, elle avait pensé qu'Eddie était devenu fou. Et pendant un court instant, elle avait cru qu'il était réellement coupable de ce dont on l'accusait. Une maladie mentale pouvait en être la raison. Mais il n'avait jamais fait preuve d'instabilité. Eddie n'était pas fou ; non, cela, elle ne pouvait pas le croire.

Alors elle avait creusé plus profondément et avait suivi ceux qu'il avait classés parmi les vampires sur sa liste. La plupart travaillait pour Scanguards.

Nina renifla et s'essuya le nez dans la manche de son sweatshirt. Ses vêtements noirs la faisaient se fondre dans le décor, constitué d'une porte derrière elle. On ne pourrait pas la remarquer, même si l'on regardait dans sa direction.

Les semaines qu'elle avait passées à suivre ceux qu'elles suspectaient d'être des vampires s'étaient transformées en une véritable course de fond. Jusqu'à présent, elle s'était tenue suffisamment à l'écart pour ne pas se mettre en danger mais ce soir-là, elle devrait se rapprocher.

Le bruit d'une porte qui s'ouvre extirpa Nina de ses pensées. Un rapide coup d'œil à la grande maison victorienne lui confirma qu'il s'agissait de l'un des vampires : le plus grand d'entre eux, Amaury.

Elle l'avait suivi plusieurs fois, avait trouvé où il habitait et avait essayé de deviner son point faible. Elle n'était pas emballée à l'idée qu'il fût le premier contre lequel elle devrait se battre mais peut-être était-ce ainsi que les choses devaient se passer, après tout. D'abord se débarrasser du plus gros, du plus *mauvais* vampire ; en comparaison, les autres seraient ensuite on ne peut plus faciles à maîtriser.

Nina le regarda descendre les marches du porche en titubant, presque comme s'il avait bu. Il s'arrêta sur le trottoir et se ressaisit contre le portail situé à sa droite. La lumière du réverbère éclaira son visage. Au lieu du large sourire qu'il affichait si souvent en compagnie des autres, son visage était tordu, des sillons profonds autour de sa bouche et de ses yeux créant un masque de douleur.

De la douleur ? Elle fronça les sourcils. D'après ce qu'elle savait des vampires, elle était certaine qu'ils ne ressentaient presque pas de douleur, voire pas du tout. Pourtant, Amaury, les mains pressées fermement contre ses tempes, semblait être en proie à une forte migraine.

En retenant son souffle, elle regarda la poitrine d'Amaury se soulever, puis retomber, tandis qu'il inspirait et expirait profondément. Il y avait quelque chose de terriblement humain, presque vulnérable, chez lui, qui fit se contracter la poitrine de Nina en signe de sympathie. Mais elle se défit immédiatement de cette impression. Quelques secondes passèrent avant qu'il ne se redressât, le visage de nouveau normal.

Nina, tout en le suivant, resta à une distance raisonnable derrière lui, l'asphalte mouillé absorbant le son de ses chaussures à semelle souple. Elle comprit qu'il rentrait chez lui lorsqu'elle vit la direction qu'il prenait. La raison pour laquelle il vivait dans le Tenderloin, l'un des quartiers les plus glauques de San Francisco, alors qu'il aurait certainement pu se payer un logement dans un meilleur coin, était un mystère pour elle. Ses vêtements, bien que décontractés, paraissaient coûteux. En outre, elle l'avait vu une fois dans sa voiture, une Porsche.

Alors qu'elle le suivait vers le bas de la colline, pénétrant lentement les faubourgs les moins agréables de la ville, où nombre de sans-abris et de drogués se regroupaient, elle avait déjà arrêté son choix quant à l'endroit où elle l'attaquerait. Patiemment, elle attendit le bon moment, alors que chaque pas la rapprochait du lieu où elle aurait un avantage certain sur Amaury.

Nina évita un autre sans-abri inconscient sur le trottoir. L'odeur d'alcool et d'urine lui sauta au nez. Soudain, l'homme saoul remua et grogna, ce qui la fit sursauter. Une vague d'adrénaline déferla dans ses veines. Elle jeta un œil à l'homme au sol, prête à se défendre si nécessaire, mais il était dans les vapes. Lorsqu'elle leva de nouveau les yeux, Amaury venait de tourner au coin. Elle entraperçut juste le rabat de son long manteau.

Immédiatement, elle accéléra le pas. Elle ne pouvait se permettre de le perdre si près du but. Le lieu qu'elle avait repéré quelques jours auparavant se trouvait à deux pâtés de maisons de là.

Le vieil escalier hors d'usage qu'elle avait découvert menait au toit d'un immeuble abandonné composé d'un seul étage dont l'un des coins en diagonale offrait un angle de vue parfait sur une allée étroite ; une allée qu'Amaury aimait emprunter. Lorsqu'il y passerait, elle lui sauterait dessus depuis le toit et le poignarderait.

Nina glissa une main dans sa poche et toucha le pieu. Le bois était lisse et elle le caressa comme elle aurait caressé un amant avant de le prendre en main.

Amaury LeSang, tu seras un vampire mort dans une minute.

C'était un homme si grand. Et pourtant, ce serait un objet aussi petit qu'un pieu qui le mènerait à la mort. C'en était presque poétique. Malgré leur force et leurs pouvoirs, les vampires étaient étonnamment vulnérables face à quelque chose d'aussi simple qu'un morceau de bois. Il y avait une justice dans ce monde, en fin de compte. Et elle y ferait appel ce soir-là.

Elle prit le coin de la rue où Amaury avait tourné quelques secondes plus tôt. La rue étroite était déserte et sombre. Nina s'arrêta. L'avait-il malgré tout remarquée et commencé à courir dès qu'il avait disparu de sa ligne de mire ?

Elle scruta le trottoir et les portes. Rien, hormis un couple de sans-abri qui se disputaient et un adolescent caché dans la pénombre, probablement en train d'attendre son dealer, s'il n'en était pas un lui-même. Aucun bruit ni aucun signe d'une quelconque présence dans le coin. Un frisson glacé courut le long de sa colonne vertébrale, s'étendant inconfortablement à tout son corps.

Le coin de l'allée se trouvait à un pâté de maisons. Peut-être l'avait-il déjà atteint et l'avait-il pris. Quelques pas plus tard, Nina passa sous la petite arche, située à sa droite et qui menait au vieil escalier. Elle grimpa les marches deux par deux. Si elle se dépêchait, elle serait en place juste à temps pour frapper.

Elle accéléra le pas et avala les dernières marches avant que l'escalier ne tournât de manière quelque peu brutale. Elle courut rapidement sur le toit et atteignit le point de vue privilégié depuis lequel elle pouvait observer l'allée étroite en-dessous. Elle savait qu'Amaury aimait prendre ce raccourci pour rentrer chez lui. Elle l'avait vu faire de nombreuses fois.

Cependant, il ne se trouvait pas dans l'allée, cette fois-ci. Elle l'avait raté. Tant de travail accompli pour rien cette nuit-là. C'était du pur gâchis.

Mince !

Frustrée, Nina tapa du pied et expira l'air contenu dans ses poumons. Un léger bruit derrière elle la fit se retourner. Seule la rapidité de sa réaction lui permit d'éviter de se faire prendre par derrière mais la grande main attrapa cependant son bras. Elle retint son souffle et la peur la prît à la gorge sous l'effet inattendu d'un tel contact. Sans même lever les yeux vers le visage de son assaillant, elle savait à qui elle avait à faire.

Amaury avait la carrure d'une armoire à glace : il était dur, inflexible et imbattable. Elle sentit comment toute la force primaire du vampire envoyait des décharges électriques le long de sa peau. Une inquiétude réelle la parcourut. Si elle ne provoquait pas d'effet de surprise, elle n'aurait aucune chance de gagner un combat contre lui. Il pouvait facilement l'écrabouiller et elle lui résisterait autant qu'un brin d'herbe face au vent.

Dorénavant, s'échapper était la seule solution qui s'offrait à elle. Elle n'était pas assez fière ou stupide pour traîner là plus longtemps.

D'un mouvement rapide, elle tourna le bras et se dégagea, l'obligeant à la lâcher. Un coup ferme porté à ses tibias et elle s'enfuit, poursuivie par des jurons étouffés. Quand elle sentit la main du vampire sur son sweatshirt, Nina prit appui sur sa jambe et se retourna sur l'autre pied en utilisant ses deux bras pour le forcer à lâcher ses vêtements. Mais elle avait sous-estimé sa force. A vrai dire, elle avait sous-estimé la force de n'importe quel vampire.

« Bon sang, mais qui es-tu ? » cracha Amaury.

Le grondement sourd de sa voix la fit frissonner et elle en eut la chair de poule.

« Et pourquoi tu me suis ? »

De sa carrure imposante, il la surplombait d'une tête, la réduisant à presque rien. Une main toujours sur son sweatshirt, il retira la capuche de l'autre, ignorant ses bras qui se débattaient. Les boucles blondes tombèrent. En vain, Nina essaya de retirer la main d'Amaury lorsqu'il plaça celle-ci sous son menton afin qu'elle le regardât.

« Mais tu es une femme ! »

Ses yeux s'écarquillèrent tandis qu'il la regardait. Elle profita de ce moment d'hésitation de la part du vampire pour se dégager de son emprise et s'enfuir, mais, à peine avait-elle fait deux pas que les bras d'Amaury la rattrapèrent pour la maintenir en place, plus fermement cette fois, la coinçant contre sa carrure d'acier. Il la retourna. Tout en pinçant ses lèvres en une ligne fine, elle le regarda et plongea son regard dans les yeux les plus bleus qu'elle eût jamais vus.

Nina avait toujours observé Amaury de loin, en se tenant à distance. C'était la première fois qu'elle se trouvait à quelques centimètres seulement de son visage et de son corps massif. Il était grand et musclé, avait des os épais et des épaules larges. Mais son corps n'avait pas le moindre gramme de graisse. Ses cheveux étaient mi-longs et noirs comme les plumes d'un corbeau et leurs pointes bouclaient légèrement.

Mais ce n'était ni ses cheveux ni son corps musclé qui attirait son attention, pas même ses mains qui la gardaient prisonnière contre sa volonté. C'étaient ses yeux. Aussi bleus et profonds qu'un océan, ils l'observaient, l'hypnotisant.

Peut-être aurait-elle pu se dégager de ses mains d'une façon ou d'une autre mais pas de ses yeux. Ni de la courbe sensuelle de sa bouche, de la rondeur de ses lèvres ou de sa mâchoire carrée. Même son nez était parfaitement proportionné à sa carrure, long et droit ; presque grec.

Jamais dans sa vie elle avait fait face à un homme aussi beau et sensuel à la fois. Malgré la situation critique dans laquelle elle se trouvait, captive d'un vampire, elle ne se débattit pas pour se dégager de ses bras ni s'éloigner de son corps. Au contraire, elle se surprit à se pencher en avant, à s'approcher de lui pour goûter à la chaleur qui émanait de son corps. Amaury sentait la terre et le cuir ; une odeur purement masculine. Le ventre de Nina se noua en réponse tandis que sa réaction dévergondée faisait retentir un signal d'alarme dans sa tête.

Mais que diable était-elle en train de faire ? Elle était censée se battre contre lui comme si sa vie en dépendait, pas le regarder comme le ferait la groupie d'une rock-star. Il représentait l'ennemi, l'un des hommes responsables de la destruction de sa petite famille. Pourquoi son corps ne bougeait-il pas, quand elle aurait dû tenter une prise de karaté pour s'échapper ?

Les yeux étroits et aiguisés du vampire la jugeaient, l'observant avec suspicion, malgré son silence. Elle ne pensait pas qu'il pût être choqué par le fait qu'une femme l'ait suivi. Cependant, quelque chose l'empêchait de parler.

Nina baissa les yeux pour regarder la bouche d'Amaury et vit ses lèvres comme une invitation. Des lèvres fermes et sensuelles qui l'invitaient à venir les effleurer, au moins pour confirmer qu'elle n'était pas en train de rêver devant le prince charmant qui se trouvait en face d'elle.

Non. C'est toujours l'ennemi. Un mauvais vampire.

Elle pouvait résister à la tentation. Elle était forte. Jusqu'à ce qu'il expira et qu'elle se perdit dans son souffle ; musqué et naturel. Son odeur était enivrante et avait l'effet d'une drogue, comme si elle contenait une substance destinée à lui monter à la tête. Humidifiant ses lèvres sèches, désormais incapable de penser clairement, elle se redressa vers lui et inclina son visage. Etait-il lui aussi en train de se pencher vers elle ou était-ce une illusion ?

Vraiment un mauvais vampire.

Et pourtant, si séduisant.

Non !

Elle devait lutter contre cela, contre lui.

Improvise !

Oui, elle devait retourner la situation à son avantage. Trouver sa faiblesse.

Réfléchis ! Tu es une femme intelligente, bon sang, réfléchis !

C'était exactement cela : une femme. Elle était une femme et sa faiblesse à lui était la gent féminine. Elle l'avait vu en compagnie de nombre d'entre elles. Oui, elle pouvait utiliser cela. Il y avait des chances pour que cela marche.

Ou j' t'explose à la figure.

Nina n'écouta pas sa conscience emplie de doutes. Au lieu de cela, elle se pencha davantage en avant, encore plus près de son visage parfait et pressa ses lèvres contre les siennes.

Amaury sembla surpris, ses lèvres demeurant un moment immobiles. Mais ses mains finirent par relâcher leur poigne d'acier des bras de Nina et il l'attira vers lui. Une main embrassa sa taille tandis que l'autre retenait sa tête, les doigts forts d'Amaury s'enfonçant dans les boucles de ses cheveux comme un amant se devait de le faire. Le cœur de Nina bondit, soulagé ; cela fonctionnait. Elle serait capable de le distraire, puis de s'échapper.

Mais au moment où les lèvres d'Amaury répondirent aux siennes et que la langue de ce dernier l'envahît, son corps prit le dessus. Le baiser qu'il lui offrit lui mit le cerveau en mode « éteint » et condamna toute pensée saine qu'elle avait pu avoir, balayant de son esprit son plan brillant comme s'il n'avait jamais existé.

~ ~ ~

Amaury attira l'humaine plus près de lui, écrasant ses seins contre sa poitrine. Sous sa main, ses boucles blondes et courtes étaient aussi douces que de la soie.

Dès qu'il sentit les lèvres de la jeune femme s'entrouvrir sous la pression, il y répondit par un gémissement guttural. Puis, il l'embrassa à son tour. Elle accueillit sa langue avec la sienne, l'invitant à l'explorer. Il ne la décevrait pas. Inclinant la tête, il chercha une pénétration plus profonde et vit que la femme y répondait avec plaisir.

Dans ses vêtements sans forme, il l'avait prise pour un délinquant juvénile et certainement pas pour la femme chaude et emplie de désir qu'elle se révélait être. Mais ce qui l'avait vraiment pris au dépourvu était le fait qu'il ne pouvait atteindre les émotions de cette dernière, ce qui s'avérait à la fois fascinant et quelque peu énervant.

Pour une fois, il pouvait embrasser une femme sincèrement, sans penser à son besoin de se soulager. Apprécier le baiser qu'il partageait avec elle était semblable à un cadeau béni des cieux. Un baiser ardent, passionné et empli de désir. Il n'avait aucune idée de la raison pour laquelle elle l'avait embrassé, ni de qui elle était ou de ce qu'elle voulait, mais son corps serré contre le sien paraissait être exactement à sa place.

La main d'Amaury, n'obéissant qu'à elle-même, se glissa sous la taille de la jeune femme et lui caressa les fesses. D'un grognement, Amaury la serra contre son érection grandissante et prit le contrôle.

Ses lèvres avaient le goût de la vanille et de l'innocence. Il inspira profondément son odeur et la laissa l'envahir. Des vagues de plaisir déferlèrent en lui, ravivant le désir qu'il gardait toujours à portée de main. La saveur de la jeune femme était enivrante, on ne peut plus féminine et indescriptiblement sexy. Non désireux de la relâcher, il explora les cavités de sa bouche tel un barbare à l'assaut.

Au lieu de s'écarter et de prendre ses distances avec cette attaque, elle passa ses bras autour du cou d'Amaury comme pour s'assurer qu'il n'arrêterait pas. Aucune chance que cela n'arrivât tant que sa verge pulserait ainsi, sous le besoin, et que la langue de cette inconnue lui enverrait des petites décharges dans le corps, chaque fois qu'elle s'approcherait de lui. Cette femme savait comment rendre un homme fou en l'embrassant.

Sa douce saveur lui rappelait l'ambroisie, tel un plaisir perdu depuis si longtemps qu'il en avait oublié le goût. Elle le faisait se replonger dans des souvenirs enfouis depuis longtemps déjà et lui procurait des sensations comme aucune autre femme ne l'avait fait au cours des quatre siècles précédents.

De ses mains gourmandes, il s'empara de la chaleur et de la douceur d'une femme débordante de passion, une femme qui pouvait correspondre à ses besoins. Les bruits de plaisir qui émanaient d'elle étaient semblables aux petites explosions d'un feu d'artifice, augmentant davantage encore son désir. Cela le poussait à convoiter des choses qu'il n'avait jamais osé connaître : l'intimité, l'affection, la chaleur.

Amaury s'empara du gémissement suivant et l'avala, tandis que celui-ci ricochait sur les cavités de sa poitrine, rebondissant contre ses poumons et son cœur froid. Alors, l'espace d'un instant, une flamme se raviva là où son cœur battant reposait, presque glacé.

L'instant suivant, l'organe se mit à battre plus vite qu'il ne l'avait jamais fait. Mais, une seconde plus tard, il entendit un bruit derrière lui.

Danger !

Par réflexe, il la lâcha instantanément et se retourna. Derrière lui ne se trouvait rien d'autre que la pénombre. Personne d'autre n'était sur le toit à part eux deux.

Lorsqu'il se retourna de nouveau vers elle, elle avait déjà pris ses distances et courait vers le bord de l'immeuble. Une seconde plus tard, elle était partie. Il entendit un bruit sourd et le suivit. Alors qu'il atteignait le rebord, il regarda en bas. A ses pieds, se trouvait l'allée qu'il prenait si souvent pour rentrer chez lui et là, au bout, la femme, qui s'enfuyait.

« Attends, » l'appela-t-il. « Qui es-tu ? »

Mais elle avait déjà tourné au coin de la rue et était à présent hors de vue. Amaury déglutit. Il avait toujours son goût sur la langue et pouvait toujours sentir le fantôme de son corps suave contre le sien. Que diable venait-il de se passer ?

Il secoua la tête. En général, c'était lui le séducteur. Mais cette fois-ci, une femme avait inversé les rôles. Et il aimait cela. Beaucoup. Dommage qu'elle ne fût pas allée plus loin. Pourquoi s'était-elle soudainement mise à courir, alors que tout allait si bien ?

Et pourquoi n'avait-il pas été capable de ressentir ses émotions, pas la moindre de ses émotions, alors qu'à peine une minute auparavant, sa tête le lançait douloureusement ?

L'unique raison pour laquelle il avait su qu'elle le suivait était parce qu'il avait entendu ses pas, mais son esprit était demeuré on ne peut plus silencieux ; en tout point. Comme si elle était dépourvue d'émotions. Cependant, son baiser passionné avait affirmé exactement le contraire.

Peut-être lui arrivait-il quelque chose. Etait-ce possible que les séances avec le docteur Drake l'eussent aidé d'une manière ou d'une autre ? Cela pouvait être un début, un signe comme quoi sa malédiction était en train de s'éteindre.

Lorsqu'il se retourna pour se diriger vers les escaliers, quelque chose le fit trébucher. Il se redressa immédiatement avant de se pencher pour ramasser l'objet. Le souffle coupé, son cœur sauta dans sa poitrine. Au moment-même où ses doigts étaient entrés en contact avec le morceau de bois, il avait su de quoi il s'agissait. Comme à tout vampire, la forme lui était bien connue. Cette forme, ils la craignaient tous.

Un pieu en bois.

4

Malgré les efforts constants qu'il fournit le reste de la nuit, lorsque vint le moment de retrouver Carl, Amaury n'avait pas retrouvé la moindre trace de la mystérieuse femme. En réalité, il avait passé tellement de temps à la rechercher qu'il en avait négligé ses autres obligations. Cette sacrée femme l'avait mis sens dessus dessous et cela l'avait rendu irritable.

Cette petite salope l'avait embrassé tout en sachant pertinemment qu'il était un vampire. Et pourquoi ? Afin de pouvoir le tuer. Elle l'avait complètement distrait. Avec un baiser !

En tant qu'expert du sexe et de tout ce qui s'y rapportait, il était celui qui, d'entre tous, aurait dû être le mieux immunisé face à de telles distractions. Se jouer de lui comme s'il était un parfait idiot ! Le culot que cette femme avait…

Elle était bonne pour une déculottée dès qu'il la retrouverait. Et il finirait par la retrouver. Alors, les masques tomberaient et il lui donnerait ce qu'elle méritait. Elle aurait droit à une dose mortelle d'Amaury.

Personne ne se moquait d'Amaury LeSang, ou du moins personne ne s'en tirait à bon compte. Encore moins une humaine.

Le bruit d'un klaxon l'avertit que Carl avait sorti la voiture. Amaury ouvrit la porte de la limousine noire et s'installa sur le siège passager.

« La voiture a l'air sale, » réprimanda Amaury.

Le visage de Carl reflétait l'agacement. Parfait. Deux vampires énervés, ensemble, dans une même voiture. La nuit ne pouvait décidément pas mieux aller.

« Je sais. Cette entreprise en bâtiment qui ne sert à rien a bloqué l'entrée du garage alors j'ai dû garer la voiture dehors. Ça ne me surprendra qu'à moitié si je retrouve des accros sur la peinture. »

« Ouais, ça craint. »

Son commentaire ne s'adressait pas à Carl mais à lui-même. Que diable cachait cette femme ? Pourquoi l'embrasser ainsi, avec une telle passion, comme si elle était on ne peut plus sincère, quand tout ce qu'elle voulait était le tuer ? Même des heures après son baiser, il pouvait toujours ressentir sa saveur et cela le rendait fou.

« Tu as visité des maisons, ce soir ? » demanda Carl.

En tant qu'agent immobilier personnel de Samson, Amaury était en charge des investissements en immeubles de Scanguards ainsi que des propriétés privées de son ami et patron.

Amaury secoua la tête.

« Un imprévu. »

Oui, sa queue.

Qui, d'ailleurs, était toujours dressée. Le simple fait de penser à la petite diablesse blonde le tenait sur ses gardes à tout moment.

« Je n'en ai pas eu l'occasion mais il y a plusieurs maisons qui viennent d'arriver sur le marché. Quelques-unes pourraient convenir à Samson et Delilah. J'irai les voir demain soir. Avec l'arrivée du bébé, ils auront manifestement besoin de plus d'espace, maintenant. »

Il plongea la main dans sa poche. En prévision des visites, il avait prit son passe-partout avec lui. Cela lui permettait d'accéder aux maisons en vente sans requérir la présence de l'agent immobilier. Un système bien pratique, surtout puisqu'il ne pouvait les visiter qu'à la nuit tombée. Et heureusement, le mythe médiéval selon lequel les vampires avaient besoin d'être invités dans une maison pour y entrer était faux ; ou alors devenir agent immobilier n'aurait pas été le choix de carrière le plus pertinent pour un vampire.

En silence, ils roulèrent jusqu'à l'aéroport privé situé à plusieurs kilomètres au sud de San Francisco. Scanguards possédait ses propres avions spécialement équipés pour le transport des vampires durant la journée. Prendre des vols commerciaux était trop risqué.

Carl se gara au bout du tarmac, coupa le moteur et regarda sa montre.

« Ils devraient atterrir dans quelques minutes. »

Les doigts d'Amaury battaient la cadence sur ses cuisses. Il n'était plus d'humeur à revoir ses vieux amis puisque cela l'empêchait de poursuivre ses recherches au sujet de la femme qui l'avait embrassé avec tant d'engouement. Le fait qu'il n'eût pu la retrouver nulle part jusque-là l'irritait. Dès qu'il le pourrait, il reprendrait son investigation. Il n'avait pas beaucoup d'éléments à sa disposition : seulement son odeur, mais elle ne lui échapperait pas.

Le vrombissement au-dessus de leur tête annonça l'atterrissage du jet privé. Quelques minutes plus tard, l'avion s'arrêta à l'autre bout de la piste. Carl conduisit jusque là, tandis que les portes s'ouvraient.

Gabriel fut le premier à sortir. Cultivant toujours un goût pour le tragique, il émergea de l'avion tout en noir : jean, chemise et manteau en cuir. Le tout associé à sa grande cicatrice, il incarnait l'autorité et la confiance. Et en tant que numéro un de New York, il exerçait un pouvoir considérable sur la société. Seul Samson en possédait davantage.

Amaury était à niveau égal avec Gabriel. Dans le passé, leurs luttes internes pour le pouvoir avaient créé des conflits. Cependant, depuis qu'Amaury avait déménagé pour la Californie, leurs disputes avaient diminué et leur amitié avait pris le dessus.

Amaury bondit hors de la voiture pour accueillir son vieil ami. Ils se tapèrent chacun sur le bras droit.

« C'est bon de te revoir. »

« Ça fait longtemps, » répondit Gabriel.

« Pas assez, » ponctua une voix féminine provenant de l'escalier.

Amaury regarda dans sa direction. Yvette, toujours aussi sexy et séduisante, descendit les marches. Un pantalon en cuir et un haut rose près du corps accentuaient ses courbes alléchantes. Ses cheveux noirs et courts étaient repoussés en arrière avec style, dégageant son visage parfait. La gent féminine aurait tué pour avoir un visage comme le sien.

« Toujours blessée ? »

Amaury se força à sourire. Il ne la laisserait pas l'atteindre.

« Ne te flatte pas trop, Amaury. »

Elle descendit avec ses longues jambes sexys, les mêmes qu'il se souvenait très bien avoir enroulées autour de sa taille, longtemps auparavant. Amaury repoussa l'image et se concentra de nouveau sur le présent.

Yvette s'arrêta aux côtés de son patron, peut-être un peu plus près que ce que leur relation professionnelle jugeait nécessaire.

« Tu n'es pas *aussi* mémorable que ça. »

Il savait qu'il l'était mais il ne gagnerait aucune satisfaction à essayer de le lui prouver. Mieux valait laisser dormir les lions assoupis, ou plutôt la lionne, avant qu'elle ne montrât ses crocs.

Gabriel se retourna vers la porte du jet.

« Quinn, Zane. Qu'est-ce qui vous retient, bon sang ? On doit arriver avant le lever du soleil. »

« On arrive ! »

La réponse fusa et une seconde plus tard, Zane apparut sur le seuil, deux sacs à la main.

« Bagages. Hé, Amaury, tu peux nous donner un coup de main ? »

« Permettez-moi, » l'interrompit Carl en lui prenant les sacs des mains.

« Merci, Carl. »

S'étant débarrassé des bagages, Zane serra la main d'Amaury. Sa tête était tondue et malgré son absence de cheveux, il était diablement beau. Mince et bronzé, vêtu d'un jean bleu délavé et d'un polo blanc à manches longues, il donnait l'impression d'être décontracté. Mais Amaury le connaissait suffisamment pour ne pas s'y fier.

Zane était une vraie machine de guerre : rapide, impitoyable et extrêmement dangereux. Aucun ennemi n'aimerait devoir l'affronter ; aucun ami d'ailleurs.

« Ça fait plaisir de te voir, » lui sortit Amaury. « Je me sens mieux maintenant que je sais que tu rejoins le combat. »

La bouche de Zane bougea sans pour autant former un véritable sourire.

« Toujours prêt pour une bonne bagarre. Gabriel me donne rarement l'opportunité de me lancer dans ce genre d'action. »

Un regard en biais à Gabriel permit à Amaury de remarquer le regard impatient du patron de New York, dont la bouche se tordit sur le côté.

« Et Zane sait exactement pourquoi. »

Aux oreilles d'Amaury, la remarque sonna comme une réprimande. Zane, lui, sembla l'ignorer, comme si rien ne pouvait le toucher.

« Ce sera comme au bon vieux temps. »

« Je ne me souviens pas que le bon vieux temps ait été si bon. »

La voix de Quinn provint de l'intérieur de l'avion. Une seconde plus tard, sa tête vanille-fraise apparut. Il avait une peau claire, des yeux noisette, clairs, et le sourire d'un jeune garçon. Son âge s'était figé dans les premières années de la vingtaine. Il en profitait pour se comporter comme quelqu'un de cet âge, alors qu'il avait en réalité bien plus de deux cents ans.

« Peut-être pas pour toi, » rétorqua Zane. « Mais pour Amaury et moi, les choses étaient plutôt divertissantes. »

Ne sachant trop à quel combat, parmi les nombreux qu'ils avaient vécus ensemble, son ami faisait référence, Amaury hocha simplement la tête. Bien qu'il n'eût pas qualifié quoi que ce fût de divertissant. Terrifiant eût été plus approprié. La plupart des combats dans lesquels Zane était impliqué finissaient dans une marre de sang et d'horreur.

Quinn sortit enfin de l'avion, un sac de vêtements sur l'épaule.

« Je suis prêt. »

« Ce n'est pas trop tôt. »

Gabriel regarda sa montre et fronça les sourcils.

Ils s'entassèrent tous dans la limousine et Carl retourna en direction de San Francisco. Amaury s'assura de ne pas faire face à Yvette, laquelle avait déjà ouvert les hostilités plus tôt. Quinn étant assis entre eux deux, Amaury se trouvait face à Gabriel et Zane et se tenait, de cette façon, à l'abri de tout contact physique ou visuel avec elle.

Le silence plana un moment, jusqu'à ce que Gabriel parlât enfin.

« Samson doit être au comble du bonheur. »

« Je n'aurais jamais cru le voir comme ça, » confirma Amaury.

« Ce n'est pas quelque chose qui arrive à beaucoup d'entre nous mais quand ça arrive, ça change la vie. »

Les yeux de Gabriel reflétaient une lueur de tristesse. Il n'avait toujours pas trouvé sa partenaire et Amaury sentit immédiatement combien la solitude l'avait envahi. Le sentiment était plus fort à présent que la dernière fois qu'il l'avait vu en tête-à-tête, quelques années auparavant.

Même s'ils avaient discuté en vidéo conférence, Amaury ne s'était pas rendu compte à quel point les émotions de Gabriel étaient devenues intenses. Le don d'Amaury ne marchait pas via Internet. Il avait besoin d'une certaine proximité physique pour s'imprégner des sentiments des gens.

Quinn jeta un regard confus d'abord à l'un, puis à l'autre.

« Pourquoi au comble du bonheur ? »

Apparemment, le patron de New York n'avait pas encore passé le mot aux employés quant aux dernières péripéties qui avaient agité le foyer Woodford.

« Samson va être papa, » répondit Gabriel. « Il n'a pas perdu de temps, hein ? »

Samson et Delilah s'étaient liés par le sang à peine trois mois auparavant.

« Ils vont bien ensemble. »

Amaury jeta un regard pensif à travers la vitre tout en laissant la paume de sa main courir le long de l'intérieur lisse et frais, en acajou, de la portière.

Il aurait préféré que Gabriel choisisse de parler du travail plutôt que de faire la conversation. Il avait besoin de sortir de son esprit l'image du couple heureux. Parler du bonheur des autres contrastait trop avec sa propre existence, vide.

« Wow, c'est cool, » fit remarquer Quinn.

Amaury avait besoin de mettre fin à cette discussion.

« Est-ce que tu as mis au point une stratégie, Gabriel ? Quel est ton plan ? »

Passer à l'action était une bonne manière de se concentrer sur autre chose.

« J'ai appelé Ricky depuis l'avion. D'abord, on va tenir une réunion du personnel. On restera dans l'ombre et on laissera Ricky la diriger mais on utilisera tous nos pouvoirs pour scanner les esprits. En gros, toi et moi, Amaury. J'essayerai de débloquer leurs mémoires pour trouver quelque chose d'intéressant et tu observeras leurs émotions pour voir ce qu'ils pensent, » expliqua Gabriel.

Amaury bougea sur son siège. Il voyait déjà un autre gros mal de tête se profiler, au sens propre comme au sens figuré.

« Il y a une grosse différence entre penser et ressentir, » répliqua Amaury. « Tu sais aussi bien que moi que je ne peux pas lire dans l'esprit des gens. Bien sûr, je peux plus ou moins deviner ce à quoi ils pensent, en me fondant sur leur état émotionnel, mais ce n'est pas aussi fiable ou détaillé. Ton don est bien plus précis. Peut-être qu'on devrait se reposer sur le tien. »

Amaury avait tellement l'habitude de ressentir les émotions que son cerveau avait commencé à les interpréter, mais il ne savait pas s'il le faisait correctement ou pas.

« Non, on a besoin de toi pour ça, » protesta Gabriel.

Le ton du responsable de New York fit comprendre à Amaury qu'il ne lâcherait pas l'affaire. Et pour le moment, Amaury était trop fatigué pour se lancer dans une joute verbale qu'il n'était pas certain de remporter, même s'il avait les cartes en main pour cela.

« On parle de centaines de personnes, là. On ne peut pas le faire en une fois. »

Il n'y avait pas moyen qu'il absorbât autant d'émotions en une fois. La douleur serait abominable.

« On les divisera en petits groupes. Tu peux en prendre combien à la fois ? »

De préférence, un.

« Vingt-cinq, peut-être. »

Il ne prendrait certainement pas le risque de passer pour une lavette.

« Et toi ? »

« Vingt-cinq, c'est bien. Je le dirai à Ricky. On ne peut pas tous les prendre en même temps de toute façon. Voilà de quoi nous tenir occuper pour les quelques nuits à venir. »

Amaury se rendit compte que Gabriel avait raison, les prochaines nuits seraient intensives. Cela ne lui laisserait pas beaucoup de temps pour aller chasser un repas frais ou s'envoyer en l'air suffisamment afin de garder la douleur à distance. Il devrait trouver du temps pour sortir en cachette, ou alors la situation deviendrait risquée pour lui. Quarante-huit heures ou presque sans sexe et il deviendrait fou à lier.

« Qu'est-ce que feront les autres ? »

« J'assisterai aux réunions avec Gabriel et toi, » répondit Yvette.

Amaury haussa les sourcils mais ne dit rien. Il surprit le regard de Gabriel sur lui.

« Yvette sera utile. Elle possède une mémoire photographique, comme Samson. »

Voilà quelque chose qu'il ignorait la concernant. Comment cela avait-il pu lui échapper ? Bien. Et elle l'avait vu nu. Avait-elle gardé cette image en mémoire ? Amaury eut un mouvement de recul.

« Parfait. »

Il essaya de ne pas faire sentir le sarcasme dans sa voix mais ne fut pas sûr d'y être parvenu.

Zane s'éclaircit la voix.

« J'infiltrerai la pègre de la ville pour recueillir des informations à la base. Je suis sûr que je trouverai quelque chose. »

« Je devrais t'aider, » proposa Amaury.

Parcourir les quartiers obscurs de San Francisco lui correspondait davantage qu'être coincé dans une pièce avec vingt-cinq employés et leurs émotions. Au moins pourrait-il alors botter quelques fesses. En sortant avec Zane, c'était pratiquement garanti.

« On va avoir besoin de toi aux réunions du personnel, » insista Gabriel, le ton de sa voix trahissant un manque de patience grandissant.

« Comme je l'ai déjà dit, on a besoin de ton don. »

Un don, mon cul! Une malédiction, oui !

Avant qu'Amaury ne pût répondre, un bruit lourd le fit sursauter. L'instant suivant, de la fumée s'éleva de sous le capot de la voiture et entra par les déflecteurs.

« Carl, c'était quoi, ça ? »

« Je ne sais pas mais ce n'est pas bon signe. Attendez voir, » hurla Carl.

Ils se trouvaient déjà dans une rue résidentielle de la périphérie de San Francisco. Carl tenta de garer la voiture sur le bas-côté mais sembla rencontrer des difficultés à manier le volant et le moteur s'essouffla soudainement.

« Carl, parle-moi, » ordonna Amaury. Sa main agrippa la poignée au-dessus de la vitre.

« Le moteur a lâché, les freins sont encrassés et la direction est bloquée. Ça te suffit ou tu veux un compte-rendu détaillé ? »

Pour la première fois depuis qu'il connaissait Carl, Amaury le vit perdre patience. Ses épaules s'affaissèrent, la peau sur les muscles de son cou se raidirent jusqu'à former des lignes horizontales ; Carl était proche de la panique comme jamais Amaury ne l'avait vu.

Roulant sur une bosse, la voiture s'envola et atterrit lourdement, les propulsant tous hors de leurs sièges pour ensuite les laisser retomber violemment sur les fesses. Les vampires n'attachaient pas souvent leur ceinture.

Un autre coup de volant et Carl emmena la limousine sur le trottoir. Le bord de celui-ci et la façon dont la voiture l'érafla en l'accrochant grossièrement aidèrent le véhicule à s'immobiliser, lui évitant ainsi de heurter une barrière basse située à quelques centimètres.

Amaury regarda ses collègues. Tout le monde semblait un peu sens dessus dessous mais aucun blessé n'était à déplorer.

Sans attendre, Carl actionna le levier d'ouverture du capot et bondit hors de la voiture, Amaury sur ses talons. Alors qu'il rejoignait le chauffeur déjà occupé sous le capot, des grognements fusèrent dans le dos d'Amaury. Carl évacua la fumée à l'aide de ses mains avant d'inspecter le moteur.

« Mince ! » s'exclama-t-il au bout de quelques secondes.

« Quoi? »

« Ici, tu vois ça? »

Carl montra du doigt un tuyau, non pas qu'Amaury sût de quoi il s'agissait, mais il semblait éventré par endroits.

« Ce n'est pas fortuit. Quelqu'un a fait en sorte que ça arrive. Ce n'était pas un accident. »

Le regard grave de Carl était inquiétant. Il n'était pas du genre à lancer des accusations à la va-vite.

Amaury fit confiance à Carl, même s'il n'était lui-même pas en mesure de confirmer l'explication du chauffeur. Hormis conduire un bolide allemand, il ne s'y connaissait pas vraiment en mécanique. Il laissait cela aux personnes qui trouvaient un intérêt à triturer un moteur.

Carl désigna plusieurs petits objets qui pendaient en dehors du tuyau percé. Amaury suivit son doigt. Deux câbles.

« On dirait que quelqu'un ne voulait pas qu'on revienne. On en a après nous. »

« Merde. »

Amaury leva la tête pour scanner l'horizon, puis il regarda sa montre.

« Quinze minutes avant le lever du soleil. »

5

Les vampires de New York sortirent de la voiture et se regroupèrent autour du capot ouvert. Quinn jeta un regard plus que rapide au moteur en se penchant dessus pour le renifler.

« Le moteur en a pris un coup. On ne peut pas le réparer ici, ça va prendre trop longtemps. »

Quinn lança un regard entendu à Amaury.

« Des explosifs. »

Amaury hocha la tête.

« Et puis quoi, maintenant? » demanda Gabriel, visiblement tendu.

« Je vais appeler Oliver pour qu'il vienne nous chercher avec le van aux vitres teintées. » Carl ouvrit son téléphone.

« On n'a pas le temps. On sera cramé avant qu'il n'arrive ici. Il faut qu'on se cache. »

« Où? » demanda Yvette, observant tout autour du paisible quartier.

« Tu ne nous suggères pas d'entrer par effraction dans une maison et de faire une peur bleue aux habitants, si ? »

« C'est exactement ce qu'on va devoir faire, » insista Zane. « Ce n'est pas le moment de jouer les âmes au grand cœur. »

Sa voix dénotait le danger encouru.

« On doit à tout prix rester discret, » répliqua Yvette.

Zane fit un pas vers elle. Son nez toucha alors le sien et il laissa échapper un grondement sourd.

« Tu préférerais t'exposer au soleil ? Ça peut s'arranger. »

« Ferme-la, Zane. Et laisse-la tranquille, » la défendit Amaury, qui avait une meilleure idée.

« Allons-y. Suivez-moi. Il y a une maison à vendre quatre pâtés de maisons plus haut. »

« J'ai beau aimer la Californie, je ne pense pas que ce soit le moment d'investir dans une propriété, Amaury, » l'interrompit Quinn.

Comme d'habitude, il était le plus détendu de tous.

« Je ne te demande pas de l'acheter, mais j'aimerais vous la faire visiter, les gars. Et tout de suite. »

Amaury se lança dans un jogging. Ses amis le rejoignirent alors qu'il courait le long du trottoir.

« Tu n'as pas besoin de rendez-vous pour visiter une maison ? » demanda Quinn d'un ton détendu.

Amaury sortit le passe-partout de la poche de sa veste et l'agita sous les yeux de son ami.

« Pas si tu possèdes une clé. »

« On ferait bien de se tenir prêt à utiliser nos pouvoirs si jamais quelqu'un s'y trouve, » conseilla Gabriel.

« Elle est vide. Je devais la visiter pour Samson et Delilah. On peut s'y cacher en attendant qu'Oliver ne vienne nous chercher. »

Yvette le rattrapa tandis qu'ils continuaient à courir vers le bas de la rue.

« Je ne m'attendais à ce que tu me défendes contre Zane. »

Allait-elle le remercier ? Alors *ça,* c'était nouveau par rapport à leurs précédentes interactions.

« Quoi qu'il arrive, je peux me défendre moi-même. »

Non, cela n'était nullement des remerciements.

Amaury lui jeta un coup d'œil.

« Ça ne veut rien dire. »

Il ne voulait pas qu'elle eût l'impression qu'il avait été gentil. Zane avait dépassé les bornes alors que la préoccupation d'Yvette était recevable. Et c'était tout. En dehors de cela, il ne se souciait guère de ce qu'elle pensait de lui.

« Toujours la même tête, hein ? »

La voix d'Yvette était empreinte d'un sarcasme qu'il n'appréciait guère.

« Je n'en ai qu'une. »

Avant que la jeune femme n'eût le temps de sortir une autre remarque tout aussi intelligente qu'Amaury sentait venir incessamment sous peu, la voix de Gabriel les interrompit.

« C'est celle-ci ? »

Gabriel désignait du doigt une grande maison de style géorgien. Sur la pelouse du jardin de devant, on pouvait lire un panneau « A vendre ».

Amaury accéléra jusqu'au portail, où il trouva le coffret bleu de sécurité. Rapidement, il composa son code PIN sur son passe et pointa celui-ci en direction du coffret. Un léger bip retentit, indiquant que les deux appareils étaient en pleine identification.

Il jeta un coup d'œil par-dessus son épaule. Dans quelques secondes, le soleil apparaîtrait à l'horizon.

Un clic se fit finalement entendre et Amaury pressa le bouton, qui libéra une petite nacelle sur laquelle se trouvait la clé de la maison.

« Je l'ai. »

Lorsqu'il leva les yeux, il vit ses cinq compagnons amassés autour de la porte d'entrée, fixant l'horizon de leurs yeux inquiets. Ils s'écartèrent pour le laisser accéder à la serrure puis, quelques secondes plus tard, la clé tourna dans la serrure et la porte s'ouvrit.

« Dépêchez-vous, fermez les volets et tirez les rideaux, » ordonna-t-il, tandis que chacun se précipitait dans une pièce pour s'exécuter et se protéger du soleil.

« Il n'y a pas de volets dans la cuisine, » rétorqua Quinn.

Amaury avait déjà claqué la porte d'entrée derrière lui.

« Ferme la porte, alors. »

Un rapide coup d'œil à la maison et Amaury comprit que le meilleur endroit pour attendre l'arrivée d'Oliver était la salle de séjour. Non seulement celle-ci était pourvue de tentures sombres, mais elle menait également à l'arrière de la maison, où se trouvait un jardin protégé de la lumière et planté d'arbres luxuriants. Bien qu'inoccupée, la propriété était décorée et aménagée avec goût.

« On a réussi, » soupira Gabriel, soulagé.

Amaury entendit Carl parler au téléphone. Il expliquait à Oliver où les récupérer.

« Samson a manifestement autre chose en tête qu'assurer la sécurité de ses propres employés, » fit remarquer Zane qui avait clairement besoin d'un exutoire pour libérer la colère accumulée par les circonstances.

Amaury lui lança un regard noir en guise d'avertissement, mais Carl fut plus rapide pour apporter une réponse.

« Monsieur Woodford ne mérite pas que tu lui manques ainsi de respect et bien que ce ne soient pas tes affaires, les circonstances... »

« Personne n'aurait jamais dû avoir la possibilité de placer des explosifs dans la voiture, » répliqua Zane.

Amaury ressentit physiquement l'indignation de Carl et, rapidement, il se retourna pour cacher son visage au reste du groupe, alors que toutes leurs émotions venaient le percuter. La douleur n'évoluerait jamais. Même son psy avait presque baissé les bras avec lui.

Lors de sa dernière séance, la semaine précédente, le docteur Drake avait suggéré qu'ils fassent une pause. Amaury pouvait toujours entendre la voix du médecin.

« Ça ne relève pas de la psychanalyse. Votre problème est d'ordre psychologique. »

Amaury avait bondi de son fauteuil et arraché son manteau de la patère, faisant basculer un meuble métallique un peu trop léger.

« Merci beaucoup. J'ai déjà dépensé une fortune dans ces séances et c'est seulement *maintenant* que vous vous rendez compte que ça n'a rien à voir avec ma psyché ? C'est la meilleure, ça. »

« Ecoutez, Amaury. Nous avons exploré chaque possibilité. Il est temps de se rendre à l'évidence : vous êtes maudit. Et aucune de mes compétences médicales ne lèvera cette malédiction. Vous avez besoin de l'aide d'une sorcière, pas d'un psy. »

« Vous oubliez que les sorcières ne nous apprécient pas vraiment. »

En fait, vampires et sorcières étaient les pires ennemis. Peu de vampires modernes se souvenaient de la façon dont l'animosité avait débuté, mais lorsque les deux venaient à entrer en contact, chaque camp se faisait la guerre.

Il s'agissait toujours du même refrain : la bonté des sorcières et la méchanceté des vampires. De toute façon, tout cela n'était que foutaises.

« Je ne peux plus vous aider dans le cadre de ma profession. Et nous savons tous les deux qu'en venir au sexe pour soulager la douleur ne vous apporte qu'une aide temporaire. Vous avez besoin de trouver une solution définitive à votre problème. »

Le médecin avait fait une pause avant d'adopter un ton différent.

« Cela dit, il y a une chose que je peux faire. »

Amaury avait regardé le médecin, tandis que celui-ci avait baissé la voix, comme s'il avait craint qu'on ne l'entendît. Puis, Drake avait fait deux pas vers lui pour réduire la distance qui les séparait.

« Il y a une sorcière qui m'est redevable. Je vais lui parler de vous et voir ce qu'elle peut faire pour soulager votre douleur. Mais je ne peux rien vous promettre. »

Amaury avait serré la main du médecin, malgré tout reconnaissant de la lueur d'espoir, aussi faible fût-elle, qui pointait. Plus d'une semaine s'était écoulée depuis et il n'avait toujours pas de nouvelles de Drake.

Une voix empreinte de colère le ramena dans le présent.

« Qui que ce soit qui ait fait ça, on trouvera l'enfoiré, » répondit Zane, une rage sourde émanant de lui.

« Ça va ? » demanda soudainement Gabriel.

Amaury tourna la tête.

« Oui, bien sûr. »

Mais il ne pouvait dire pour combien de temps encore. Déjà, le trajet en voiture l'avait affecté. S'il devait passer une demi-heure de plus avec eux et ressentir leurs émotions agitées l'envahir, il allait devenir fou.

« Qu'a dit Oliver ? »

« Qu'il serait là dans vingt minutes à peu près. Il a dit qu'il chercherait l'adresse sur MapQuest d'abord, » le rassura Carl.

Amaury leva les yeux au ciel. MapQuest ? Que ferait la nouvelle génération sans ordinateur ? Elle serait capable de se perdre dans sa propre poche. Du temps où Amaury avait grandi, il était déjà rare de trouver des cartes détaillant avec précision un continent tout entier ; et davantage encore d' un quartier.

Amaury secoua la tête et jeta un œil à ses collègues. Les quatre vampires new-yorkais étaient affalés dans les fauteuils et sur le canapé. Carl se tenait à l'écart, tandis qu'Amaury, lui, continuait à déambuler. Il avait besoin d'être seul et de reposer son esprit.

« Tu penses à ce que je pense ? » lui murmura Carl.

Il hocha la tête.

« Ce n'est pas une coïncidence que tu aies dû garer la voiture dehors. Ça a permis à quelqu'un de la trafiquer. Tout était prévu. »

Amaury s'appuya contre le mur et ferma les yeux. C'était assez évident.

Quelqu'un avait essayé d'empêcher les renforts d'arriver. Ce qui voulait dire que quelqu'un les observait et connaissait leurs moindres faits et gestes. Ils devraient se tenir à l'affût jour et nuit.

« Tu n'aurais pas du sang en bouteille sur toi, Carl ? » demanda Yvette.

Carl sortit une flasque de sa poche et la lui tendit.

« Il n'y en a pas beaucoup. C'est en cas d'urgence. Réserve personnelle. »

Yvette lui redonna la bouteille.

« Garde-la, alors. Je peux tenir encore un peu. »

« Non, je t'en prie. J'en ai pris plus tôt. »

Carl insista et lui tendit une nouvelle fois la bouteille.

D'après ce que savait Amaury, Carl ne s'était jamais nourri d'humains. Il avait été *élevé* au sang en bouteille et il était encore très jeune. Cela ne faisait que dix-huit ans qu'il était devenu vampire, transformé par Samson qui l'avait trouvé mourant après une violente agression. Carl était la seule personne que Samson avait transformée en vampire.

« Non, merci. Ça va. »

Lorsqu'elle tenta de redonner la bouteille à Carl, Zane bondit depuis le canapé et attrapa la flasque.

« Prends cette foutue bouteille, Yvette, et ferme-la ! On sait tous que tu es de mauvais poil quand tu ne te nourris pas, alors fais-nous une faveur et bois. »

Zane lui lança un regard empli d'exaspération, tout en lui fourrant la flasque dans les mains.

Intérieurement, Amaury ne put réprimer un sourire. Yvette pouvait être vraiment énervante lorsqu'elle avait faim. Au moins, cette fois-ci, *il* ne serait pas celui auquel elle s'en prendrait au cours des prochaines heures : Zane venait juste de s'octroyer la position de favori.

Yvette maugréa de manière incompréhensible et porta la flasque à sa bouche. Amaury sentit le sang et son ventre se contracta. Il se nourrissait généralement une fois par nuit mais, se lancer à la recherche de la mystérieuse femme, l'avait épuisé plus que d'ordinaire et il n'avait pas eu le temps de se nourrir une seconde fois avant de partir à l'aéroport avec Carl.

Il sentit son téléphone portable vibrer dans sa poche et il l'en sortit avant de se rendre dans l'entrée. Après avoir vérifié qui tentait de le joindre, il prit l'appel en gardant une voix basse.

« Samson, tu es au courant ? »

« Oui, Oliver m'a appelé. Il est en route. Qu'est-ce qui se passe ? »

La voix de Samson était empreinte d'inquiétude.

« Quelqu'un a trafiqué la voiture. Je ferai en sorte qu'elle soit remorquée par l'un de nos garagistes pour qu'il y jette un œil mais, d'après ce que Carl a dit, on dirait que quelqu'un ne voulait pas qu'on arrive à destination. Quinn pense à des explosifs. »

« Bon sang ! Une taupe ? »

Les suspicions de Samson ne se manifestaient pas par hasard. Après la trahison de Milo, l'amant de Thomas, quelques mois auparavant, personne n'était exempt de tout soupçon. La félonie de ce dernier avait entraîné des blessures quasi mortelles à Samson qui, sans la réaction efficace et le dévouement de Delilah, serait décédé à l'heure qu'il était.

« On ne peut pas écarter cette possibilité. Je me pencherai dessus. »

« Tu ne penses pas que c'est l'œuvre de l'un de nos employés de New York ? » demanda Samson. « Comment Quinn a-t-il su pour l'explosif ? »

Amaury ne voulait mettre aucun d'eux sur liste noire. Cependant, n'importe qui pouvait être un traître.

« Il a reniflé. Il est possible qu'il ait senti le résidu, surtout s'il a l'habitude du plastique. C'est le cas ? »

« Il a passé quelques temps dans une unité de déminage, il y a plusieurs années, si je me souviens bien, » confirma Samson. « Et les autres ? Rien de suspect ? »

« Ils étaient autant en danger que Carl et moi, sauf si l'un d'eux avait un plan B. Zane était prêt à entrer par effraction dans la première maison venue pour échapper au lever du soleil. Dieu merci, ça n'a pas été nécessaire. J'avais mon passe. »

Samson rigola.

« Je peux toujours compter sur toi lorsqu'il faut être polyvalent. Alors, elle est comment cette maison ? »

« Elle vaut le détour, vraiment. Je pense que Delilah et toi devriez la voir. Par contre, c'est un peu banlieusard. Ça conviendrait à Delilah ? »

Samson laissa de nouveau échapper un léger ricanement.

« Si ça ne tenait qu'à Delilah, on resterait dans notre maison actuelle, même si on avait cinq enfants, ce qui, franchement, pourrait bien arriver. Mais on va avoir besoin de place, donc c'est moi qui prendrai la décision. »

Amaury afficha un large sourire qui éclaira son visage.

« Bien, si tu le dis. »

Comme si son ami avait la moindre chance face à une Delilah qui s'était mis quelque chose en tête.

« Ce n'est pas drôle, Amaury. »

Bien sûr que si, ça l'était. Depuis que Samson avait mêlé son sang avec Delilah, il s'était adouci pour tout ce qui avait trait à elle et, même s'il était toujours difficile en affaires, sa femme était manifestement devenue son point faible.

« Je verrai ça avec toi plus tard. »

Amaury raccrocha. Il s'apprêtait à retourner dans la salle de séjour lorsqu'il entendit le moteur d'un véhicule s'approcher. Rapidement, il se rendit dans le living et tira un peu le rideau afin de regarder par la fenêtre. Un rayon de lumière passa sur sa main.

« Aïe, » lâcha-t-il avant de reculer immédiatement en laissant retomber le rideau.

L'odeur de poils grillés emplit la pièce. Il regarda sa main brûlée : cela n'aurait pas dû arriver, il se laissait aller.

Quelqu'un devait aller ouvrir la porte du garage afin qu'Oliver pût entrer. Jetant un regard en arrière en direction de la salle de séjour, Amaury haussa les épaules. S'il voulait que quelque chose soit fait, mieux valait-il qu'il s'en occupât lui-même.

Il ouvrit la porte donnant accès au garage et appuya sur le bouton de gauche qui commandait la porte électrique. S'attendant à ce que celle-ci s'ouvrît automatiquement, il recula immédiatement dans l'entrée et ferma la porte derrière lui.

Rien ne se passa. Amaury attendit plusieurs secondes mais aucun bruit d'ouverture de porte ne se fit entendre. Perdant patience, il retourna dans le garage et pressa de nouveau le bouton. Rien.

Puis il remarqua la pancarte à côté dudit bouton.

Chers agents,

Merci de ne pas utiliser l'ouverture automatique de la porte du garage. Celle-ci est endommagée et a été verrouillée. La réparation est prévue pour jeudi.

Amaury sortit son téléphone et composa le numéro d'Oliver.

« Je suis dehors, Amaury. Tu peux me laisser entrer ? », répondit immédiatement la voix d'Oliver.

« Il y a un problème. La porte du garage est cassée. »

« Oh, bon sang ! »

Oui, oh bon sang.

Lui et ses compères vampires ne pourraient embarquer dans le van en toute sécurité depuis le garage, à l'abri des rayons brûlants du soleil. Cette journée était vraiment pourrie. Mais vraiment.

Ses collègues New-Yorkais prirent les choses encore moins bien que lui lorsqu'il leur exposa la situation.

« Tu plaisantes, » grommela Yvette en se redressant depuis l'angle du canapé où elle se trouvait. « Je ne mets pas le nez dehors tant qu'il fait jour. Venez me chercher cette nuit. Je reste ici. »

Elle croisa les bras sur sa poitrine généreuse et fit la moue.

« J'aimerais bien te voir essayer, tiens, » la provoqua Zane. « Maintenant on sait que tu as soif. Combien de temps penses-tu tenir sans boire de sang ? A moins que tu ne prévoies de sucer l'un d'entre nous ? »

« Va te faire foutre ! » siffla Yvette.

Amaury grogna. Il en avait par-dessus la tête de leurs chamailleries. Peu importe ce que chacun avait à dire, lui et ses collègues ne pouvaient rester dans la maison plus longtemps.

« On ne peut pas rester ici. Il y a des portes ouvertes qui commencent à neuf heures et demie. L'agent sera ici vers neuf heures. On ne peut pas rester, » les informa-t-il.

« On peut effacer sa mémoire quand il arrivera et on fera la même chose avec les acheteurs potentiels qui doivent venir. Ils oublieront à tout jamais notre présence ici, » suggéra Yvette.

Amaury laissa échapper un rire forcé.

« Je crois que tu ne te rends pas souvent aux portes ouvertes de maisons à vendre, Yvette. Sinon, tu saurais que la première chose que l'agent fera quand il arrivera, sera de tirer les rideaux afin de laisser entrer la lumière. Tu ne fais pas visiter une maison dans le noir. »

La bouche d'Yvette se ferma en une fine ligne. Il savait combien elle détestait que l'on se montrât plus malin qu'elle.

« Amaury a raison. On ne peut pas rester, » répondit Gabriel d'une voix calme. « C'est une course rapide. Oui, on va un peu se brûler mais on s'en remettra. Depuis quand êtes-vous tous des lavettes ? »

« Ne peut-on pas réparer la porte du garage ? » demanda Yvette.

« Je ne sais pas pour toi mais moi, je ne suis pas électricien, » fit remarquer Quinn sans malice.

« On va s'en tenir au plan d'Amaury et c'est tout, » tapa du pied Gabriel.

Au moins, une personne était du côté d'Amaury. Il savait que son plan n'était pas extraordinaire mais l'alternative était encore pire. Même s'ils empêchaient l'agent d'ouvrir les rideaux en utilisant le contrôle de l'esprit sur lui, quelqu'un d'autre pourrait passer entre les mailles du filet. Rester là était trop risqué.

Amaury se retourna vers Oliver qui venait d'entrer dans la maison.

« Amène le van le plus près possible de la porte d'entrée et ouvre les portes-arrières. »

« Il y a des rosiers qui bloquent l'entrée, » dit celui-ci.

« Je m'en fous. Roule dessus. »

Il pourrait envoyer quelqu'un s'occuper des dégâts plus tard et tout remettre à neuf avant l'arrivée de l'agent immobilier.

« Appelle-moi sur mon portable quand tu es prêt. »

Oliver se retourna pour partir.

« Je pourrais te gifler pour nous avoir mis dans cette situation. J'aurais dû savoir que tu merderais. »

Yvette bondit du canapé et lança un regard lourd vers Amaury.

« Oh, vas-y, je t'en prie. Fais-toi plaisir, si ça peut te soulager. Comme si j'en avais quelque chose à faire. »

Amaury haussa les épaules, tandis qu'il entendit la porte d'entrée s'ouvrir puis se refermer. Il connaissait trop bien Yvette. Elle était plus douée pour parler que pour agir. Bientôt, elle serait à court de mots et se tairait de nouveau. Cela ne servait à rien de lui répondre.

Le coup porté à son ventre obligea Amaury à revoir son opinion quant à sa collègue. Il se plia en deux. Elle avait manifestement parfait ses prises de karaté et décidé de rattraper les coups qu'il n'avait pas reçus mais qu'il aurait dû recevoir au cours de ces dernières années.

« Salope ! »

Le manque de souffle l'empêcha de donner une réponse plus fine, tandis que son corps essayait tant bien que mal de se remettre de cette agression inattendue.

« Yvette, ça suffit, » réprimanda Gabriel. « On sait tous de quoi il s'agit. »

Amaury se redressa. Les muscles de son ventre avaient repris leur position initiale. Le coup d'Yvette n'avait rien à voir avec la situation présente ; tout était lié au passé.

Il prit note de ne plus jamais s'envoyer en l'air avec une collègue, peu importe son désespoir. Il valait mieux s'en tenir à des femmes sans visage et sans nom dont il pouvait effacer la mémoire et qu'il ne revoyait plus jamais par la suite.

« Je crois qu'on est quitte, » dit-il avant de hocher la tête.

« On verra, » répliqua-t-elle.

Cette femme pouvait être vraiment très rancunière. Elle possédait la même satanée mémoire qu'un éléphant.

« Je passe en premier, » proposa jovialement Quinn pour dissiper la tension.

Quelques secondes plus tard, le téléphone d'Amaury sonna. Oliver était en place.

~ ~ ~

Une heure plus tard, Amaury était de retour chez lui, dans son appartement du dernier étage du quartier du Tenderloin, quelque peu crispé par ses brûlures aux deuxième et troisième degrés. La pénombre chez lui l'apaisait. Ses volets électriques s'étaient fermés automatiquement quelques secondes avant le lever du jour et ils étaient programmés pour s'ouvrir de nouveau juste après la tombée de la nuit.

Le quartier était louche mais il lui convenait. Au moins là-bas avait-il peu de chance de se trouver constamment entouré de personnes amoureuses. La colère, le désespoir et la famine étaient les émotions prédominantes qui circulaient dans le coin.

Ses plaies guériraient pendant son sommeil diurne mais il avait besoin de sang pour faciliter le processus. Contrairement à nombre de ses amis, il ne s'était jamais fait au sang en bouteille et ne possédait donc aucune réserve chez lui.

Mais il y avait des locataires dans l'immeuble et si la plupart d'entre eux étaient dehors durant la journée, l'une restait presque toujours chez elle.

Amaury se traîna à travers la salle de séjour puis vers l'escalier sans fenêtre, forçant ses jambes endolories à descendre d'un étage. Il sonna à la porte et attendit. Son attente lui sembla durer une éternité avant qu'il n'entendît finalement un bruit de pas derrière la porte. On libéra une chaîne l'instant suivant, puis la porte s'ouvrit enfin en grand.

On aurait dit que la vieille dame venait de se réveiller. Elle resserra la ceinture de sa robe de chambre autour de sa taille.

« Bonjour, madame Reid, » l'accueillit Amaury.

« Oh, Amaury, est-ce que vous venez juste de rentrer de votre service de nuit ? »

Puis, elle le regarda enfin attentivement et tressaillit.

« Oh mon Dieu, il y a eu un autre accident à l'usine ? »

De nombreuses années auparavant, il avait inventé une histoire pour se couvrir et il lui avait dit qu'il travaillait en tant que contremaître de nuit dans une fonderie sur East Bay. Cela expliquait la raison pour laquelle il dormait toute la journée et rentrait, parfois, blessé chez lui.

Il hocha la tête.

« J'en ai bien peur. »

« Vous avez une mine affreuse. Avez-vous vu un médecin ? »

La vieille dame, on ne peut plus inquiète, était extrêmement douce.

Amaury détestait ce qu'il devait faire mais il n'avait pas le choix. Il avait besoin de sang pour guérir.

Il lui revaudrait cela plus tard en baissant son loyer, voire même en lui cuisinant l'un des plats français qu'il réussissait le mieux. Cela lui ferait plaisir.

Amaury fit appel au contrôle de l'esprit pour qu'elle le laissât entrer chez elle. Aussitôt la porte refermée derrière lui, il planta ses canines dans le cou de la vieille dame. Ce fut uniquement lorsque le sang épais coagula dans sa gorge qu'il se rendit compte à quel point il avait besoin de s'alimenter. Avide d'étancher sa soif et de recouvrer ses forces, il avala de longues gorgées, puisant directement dans la veine.

6

Nina ne pouvait s'en prendre qu'à son informateur. Il s'était manifestement moqué d'elle. Sinon, comment expliquer le fait qu'elle se trouvait dans cette allée face à deux vampires au visage laid qui lui montraient leurs crocs tout en se battant contre elle ? Sans s'en rendre compte, elle était tombée dans un piège.

Eh bien, au moins, un mystère avait été résolu : tous les vampires n'étaient pas beaux. A vrai dire, le plus grand des deux était même affreux. Son nez pointait vers le haut et exhibait des narines tel le groin d'un cochon. Elle n'aurait absolument aucun scrupule à le réduire en poussière ; du moins, si elle avait une chance de le faire. Et pour le moment, cela semblait mal parti.

Au lieu de la mettre en contact avec quelques criminels des bas fonds qui détenaient des informations sur les vampires, son contact, ce petit être merdique et sournois, l'avait volontairement laissée s'enliser dans un piège. Si elle s'en sortait vivante, elle casserait la figure de cette petite pourriture comme jamais, et ce même si ce devait être son dernier geste.

Nina n'eut pas besoin de jeter un regard derrière elle pour savoir qu'elle se trouvait dans une impasse, tant au sens propre qu'au sens figuré. Elle se tenait dans l'une des nombreuses petites allées du Tenderloin, un quartier plongé dans une odeur perpétuelle d'urine, de vomi et d'alcool et aux trottoirs toujours jonchés de détritus.

Un pieu dans chaque main, elle montra les dents. Nina n'était pas étrangère à la bagarre. Elle était extrêmement agile et possédait de solides connaissances en kick-boxing, version malfrats des rues. Rien à voir avec ce qu'on enseignait dans les salles des clubs de gym branchés. Elle s'était battue plus que Jean-Claude Van Damme dans tous ses films de série B réunis. Mais ce combat-là serait différent. Elle pouvait probablement venir à bout de l'un des vampires mais vaincre les deux à la fois se révélait être un défi qu'elle n'avait pas vraiment envie de relever.

Les paumes de ses mains étaient moites et les battements de son cœur irréguliers, mais elle n'avait pas le choix. Elle devait se battre. Elle jeta un regard vers l'unique issue de l'allée et vit que nombre de voitures passaient dans la rue principale sans qu'aucune ne s'arrêtât. La cavalerie n'arrivait pas en renfort.

Elle savait qu'elle devait se la jouer fine en utilisant davantage son cerveau que les coups.

« Vous êtes tout mignons, tous les deux, » se moqua Nina.

Elle ne leur laisserait pas voir combien elle avait peur.

Le plus petit vampire poussa un grognement guttural.

« Hum… Dîner fort sympathique et délicieux. »

Dîner ?

Pas si elle pouvait l'en empêcher.

« Davantage en amuse-gueule. Il y en a à peine pour un, alors pour deux… »

Peut-être pouvait-elle réussir à les faire se chamailler. « Regarde, il n'y en a vraiment pas assez pour moi. »

Elle tendit les bras sur le côté pour souligner la silhouette svelte de son corps, assurant ainsi ses arrières et elle se mit en position de combat.

« Il y en aura plein, » lui assura L'Affreux Tout Moche en montrant ses crocs.

« Bon, alors j'espère que tu t'es brossé les dents, ce soir. Il n'y a rien de pire qu'un vampire avec une mauvaise haleine, » le réprimanda-t-elle. Etait-ce malin de le provoquer ? En toute sincérité, tout ce qui pouvait lui faire gagner du temps pour élaborer une stratégie était le bienvenu. Même si cela voulait d les énerver.

« Hé, l'impertinente, je vais au moins t'accorder ça. Je suis sûr que ton sang sera assez épicé. Tu en penses quoi, Johan ? »

Le coin de sa bouche se retroussa pour se transformer en un grondement suffisant.

Son compagnon sourit de toutes ses dents.

« Je crois qu'on devrait d'abord se la faire. »

La façon dont il bougea ses reins laissa à Nina peu de place à l'imagination.

Bien ! Maintenant ils voulaient se *la* taper.

Pourquoi les hommes devaient-ils toujours penser au sexe quand ils ne pouvaient avoir le contrôle sur une femme d'une autre manière ?

« Typique d'un mec ! Incapable de vaincre une femme grâce à son intellect, alors il faut qu'il la sorte. Quelle virilité, décidément. »

Elle leur brandit son majeur.

Johan fit un pas en avant mais L'Affreux Tout Moche l'arrêta.

« Le patron a dit de se débarrasser d'elle pour qu'elle cesse de fureter alors, c'est tout ce qu'on va faire. »

Il fit une pause puis pencha la tête comme s'il la remarquait pour la première fois.

« Bon, par contre, il n'y a aucune raison de gâcher un bon goûter. »

Il se lécha les babines d'une façon on ne peut plus équivoque.

Nina n'aimait pas ça. Pas étonnant que son informateur l'eût dénoncée. Quelqu'un lui courait après et elle avait une idée de l'identité de cette personne. Amaury avait manifestement réalisé, après leur rencontre la nuit précédente, qu'elle savait qu'il était un vampire et, à présent, il passait à l'action.

Si Nina n'avait pas complètement perdu l'esprit pendant leur baiser, peut-être sa main ne se serait-elle pas décontractée et celle-ci n'aurait, de ce fait, pas lâché accidentellement le pieu. Amaury l'avait probablement entendu tomber au sol et l'avait trouvé. Puis, il n'avait pas eu besoin de beaucoup de temps pour faire le lien. Elle ne pouvait s'attarder sur une telle chose. Son espèce de plan qui consistait à le distraire grâce à un baiser avait échoué et maintenant, elle allait en payer le prix fort. Très fort.

Si elle devait mourir, au moins essaierait-elle de partir avec l'un des deux vampires. Hormis sa vie, elle n'avait rien d'autre à perdre.

« Je t'ai laissé tomber, Eddie, » se murmura-t-elle à elle-même.

Une seconde plus tard, elle leva la tête et serra la mâchoire. Une profonde inspiration pour remplir ses poumons d'oxygène et elle était fin prête pour son dernier combat.

Nina piqua un sprint, prit son élan et sauta en donnant un coup de pied à la Bruce Lee dans la poitrine de Johan. Pris par surprise, le vampire tomba en arrière. Sans reprendre son souffle, elle atterrit fermement sur ses deux pieds et se retourna immédiatement pour faire face au second vampire.

L'Affreux Tout Moche lui lança un sourire méprisant. D'un crochet du droit, il atteignit son épaule avant qu'elle n'eût le temps de le voir venir. Son corps fut propulsé en arrière, alors que la douleur irradiait à l'intérieur. Pendant un instant, des points noirs obstruèrent la vue de la jeune femme, tandis que ses poumons luttaient pour un peu d'air. Elle se battait contre la brûlure intense qui envahissait chacune de ses cellules.

Mince, l'enfoiré était rapide !

Un bruit derrière elle l'avertit que Johan était de nouveau sur ses pieds. En devinant ce qui allait se passer, elle roula sur le côté avant que les griffes de celui-ci ne s'abattent sur elle. Mais cela ne dura pas longtemps. L'Affreux Tout Moche tourna la tête et bondit vers elle.

D'un bond, Nina atteignit le tas d'ordures et elle échappa à la poigne du vampire en sautant de l'autre côté.

« Fais le tour, » ordonna L'Affreux Tout Moche à son compagnon.

A présent, ils venaient tous les deux vers elle : l'un par la droite, l'autre par la gauche. Se remémorant ses entraînements de gymnastique, Nina fit la roue et sauta une deuxième fois par-dessus les poubelles. Cependant, sa chaussure se prit dans l'une d'entre elles et elle trébucha en atterrissant lourdement sur le côté.

Une douleur fulgurante l'assaillit. Ses côtes semblaient salement touchées. Elle aurait de la chance si elles n'étaient pas cassées, mais elle n'avait pas le temps de s'en assurer pour le moment. Ses attaquants étaient déjà sur elle. Une griffe s'abattit sur son épaule puis la tira en la soulevant.

« Maintenant, on t'a eue, » dit Johan, un ton de triomphe dans la voix.

« Enfoirés ! » cria-t-elle de toutes ses forces, alors qu'elle essayait de lui donner des coups de pieds, toujours suspendue dans les airs.

De son bras droit, elle essaya d'attraper n'importe quelle partie du corps de son adversaire pour lui faire mal mais ce fut uniquement à cet instant qu'elle se rendit compte qu'elle avait perdu un des deux pieux dans l'action. Sa main gauche tenait toujours le deuxième mais Johan l'avait immobilisée d'une poigne de fer à l'épaule.

Elle frappa à nouveau, ce qui lui valut un coup de griffe sur toute la poitrine. Une sensation de brûlure l'envahit soudainement. L'enfoiré avait déchiré son t-shirt et atteint la peau. Elle pouvait sentir le sang s'écouler de la blessure, sur son sein. Ça piquait terriblement.

Pendant un instant, elle craignit que la nausée ne l'envahît et ne l'assommât immédiatement. Elle repoussa l'idée.

« Ça sent bon, » dit Johan en approchant la tête de la plaie ouverte.

Nina se débattit davantage encore mais la poigne se referma sur elle. Il boirait son sang jusqu'à la lie et elle ne pourrait rien y faire. Elle n'avait aucune chance de lui échapper. Un vent de panique pénétra son corps, son cœur se mettant à battre à la vitesse d'un TGV.

Une seconde de plus et les crocs du vampire se planteraient dans son sein. Mais tout à coup, quelqu'un écarta l'assaillant et, un instant plus tard, elle atterrit sur les fesses. Levant les yeux vers la mêlée et s'attendant à voir L'Affreux Tout Moche se battre avec son compère, elle vit, à la place, le large dos d'un homme immense. Même sans voir le visage de ce dernier, elle le reconnut.

Nina se releva. Avec perplexité, elle regarda Amaury infliger des coups aux deux vampires, les maintenant à distance. Pourquoi se battait-il avec les deux hommes qu'il avait envoyés pour la tuer ? Cela n'avait aucun sens.

« Tu m'aides ou quoi ? » demanda Amaury.

Etait-il en train de lui parler ?

« Toi, la blonde qui m'a embrassé hier. »

Il *était* donc *bien* en train de lui parler. Après tout, elle était la seule blonde dans l'allée et elle doutait que L'Affreux Tout Moche ou Johan l'eût embrassé aussi.

Elle accourut à ses côtés.

« Il était temps, » s'adressa-t-il à elle en lui lançant un regard en coin.

D'un rapide coup de pied en hauteur, elle se débarrassa de Johan afin de laisser une chance à Amaury de battre cette saleté d'Affreux Tout Moche. Mais Johan revint immédiatement à la charge, s'acharnant davantage sur elle. Alors qu'elle tentait un nouveau coup, il fut plus rapide qu'elle et il attrapa son pied. Elle se retourna mais perdit l'équilibre et tomba contre Amaury.

« Baisse la tête, » lui dit-il.

Au même moment, il se plaça derrière elle. Instinctivement, elle s'accroupit et leva les yeux pour voir Amaury abattre un crochet du droit sur le visage de l'agresseur, l'envoyant valser contre le mur, un mètre plus loin.

« Merci, » dit-elle, à bout de souffle.

« Je t'en prie. »

Amaury se retourna vers son propre assaillant et Nina vit le moment où les griffes de ce dernier s'abattirent sur lui, le forçant à aller droit au sol. L'aide qu'il lui avait apportée l'avait distrait et il allait à présent le payer. L'adversaire le coinça sous lui et il leva son bras.

« Non ! »

Elle entendit le cri d'Amaury et vit le pieu dans la main de L'Affreux Tout Moche briller dans la faible lumière provenant de l'une des fenêtres donnant sur l'allée. Sans réfléchir, Nina bondit sur le mauvais vampire et atterrit sur son dos. Juste au moment où le bout du pieu de ce dernier entrait en contact avec la poitrine d'Amaury, elle planta son propre pieu dans le dos de L'Affreux, tout en espérant avoir frappé au bon endroit, là où se trouvait son foutu cœur.

Tandis que l'enfoiré se réduisait en poussière, Nina atterrit directement à califourchon sur Amaury. Il portait sa légère veste entrouverte sur un pantalon cargo et un t-shirt, ce qui favorisa un contact plus intime entre eux et ce, bien plus que la nuit précédente, alors qu'il était vêtu d'un long manteau. Pendant un moment, la chaleur du corps du vampire la surprit. Comment pouvait-il être aussi chaud ? C'était un vampire. Les vampires étaient censés être froids.

« Tu es ch... »

La main de ce dernier se referma sur le poignet tenant le pieu. Il envoya valser l'offensant objet loin de lui, tout en dévisageant Nina d'un air surpris.

« Attention, tu pourrais faire mal à quelqu'un, avec ça, » dit-il d'un ton narquois.

Petit malin !

Nina n'eut pas le temps de répondre. Du coin de l'œil, elle vit Johan s'approcher, couteau en main. Il leva son bras et visa droit sur elle, prêt à planter l'arme d'un geste rapide du poignet.

Avant qu'elle ne pût bouger, Amaury passa sous elle, l'entourant de ses bras avant de la soulever. Au lieu d'atteindre sa poitrine, le couteau effleura son épaule, taillant la couche superficielle de son épiderme. L'adrénaline libérée neutralisa la douleur.

Elle remarqua le regard furieux d'Amaury avant qu'il ne la lâchât sans cérémonie et sautât sur ses pieds. Manifestement, Johan remarqua la même chose et tourna les talons pour détaler sans attendre.

Le danger imminent passé, la douleur de ses blessures s'abattit soudain sur elle et elle laissa échapper un gémissement de frustration. Au lieu de poursuivre l'autre vampire, Amaury se retourna immédiatement.

« Ça va ? »

Etait-ce un soupçon d'inquiétude qui pointait dans sa voix ?

Il s'accroupit à ses côtés, visiblement inquiet. Etait-ce une si bonne idée de se tenir si près d'un vampire alors qu'elle représentait une véritable publicité ambulante de sa nourriture préférée ?

« C'est comment ? »

Elle se dit qu'il valait mieux ne pas l'informer de son inquiétude quant au fait de pisser le sang comme une fontaine à soda. Essaierait-il de la mordre, maintenant qu'il pouvait certainement sentir son sang ? Même son propre nez repérait l'odeur métallique de l'hémoglobine.

« Tu as l'air pas mal esquintée. Allons soigner tout ça. »

Il attrapa son bras pour la relever mais elle se libéra de sa poigne dès qu'elle fut sur ses pieds.

« Ne me touche pas. »

Un instant plus tard, elle fléchit et fut prise de vertiges.

« Tu ne tiens pas sur tes pieds, » fit-il remarquer d'un ton suffisant.

Il l'attrapa comme si elle était aussi légère qu'un sac de provision.

« Tu viens avec moi. »

« Non ! », protesta Nina, tout en essayant de se défaire des bras d'Amaury. Mais sa force s'épuisait à vue d'œil.

« Je ne pars pas avec un vampire. »

« Pas de chance, je suis le seul ici. Et je ne laisse pas une femme blessée dans la rue, où elle peut à nouveau se faire agresser. »

Sa voix était ferme et implacable. Bien. C'était non seulement un vampire mais, en plus, un homme de Néandertal sous stéroïdes.

Toi Tarzan, moi Jane.

« Alors, tu as un nom ? » lui demanda-t-il, la portant dans la nuit.

« Hum, » grommela-t-elle.

Il ne tirerait pas un mot d'elle.

« Bien, je peux continuer à t'appeler « La Blonde qui m'a embrassé ». Au fait, charmant baiser. Est-ce que tu pensais renouveler l'expérience, un de ces jours ? Parce que si je t'appelle « La Blonde qui m'a embrassé », je vais peut-être me faire quelques films. »

La façon dont il bougea ses sourcils aurait presque été comique, si elle avait été d'humeur à rire.

Il avait le don de l'énerver. Mais elle ne voulait pas se souvenir de ce baiser toutes les deux secondes. Etre pressée contre sa forte poitrine était assez difficile comme ça. A chaque pas qu'il faisait, ses muscles se soulevaient et se frottaient contre elle, envoyant des sensations des plus délicieuses dans son corps endolori. C'était on ne peut plus énervant.

« Nina. Je m'appelle Nina, » confessa-t-elle finalement. « Et je t'en prie. »

Elle leva le menton et serra la mâchoire.

Il haussa un sourcil.

« Hé, je t'ai sauvé la peau, là, » dit-elle.

La mémoire à court terme d'Amaury avait manifestement besoin d'un peu d'exercice.

« Uniquement après que j'aie sauvé la tienne. Alors pour moi, on est quitte. »

Il avait raison mais elle préférait encore avaler sa langue plutôt que de l'admettre.

« Je peux dire merci si tu le peux aussi. »

Son regard la mettait au défi.

« Toi d'abord. »

Elle ne se laisserait pas avoir en le remerciant s'il ne la remerciait pas en premier.

« Non, toi d'abord, » rétorqua-t-il tout en continuant à marcher et à la porter comme si elle était aussi légère qu'une plume.

Un jeune couple les dépassa sur le trottoir et leur jeta un regard perplexe. Nina se retint de leur dire de s'occuper de leurs affaires.

« N'y pense même pas. »

« Morveuse ! »

« Qui est-ce que tu traites de morveuse ? Regarde-toi toi-même, espèce de crétin géant ! »

Un crétin géant, grand, bien foutu et sexy.

« Eh bien, ce crétin géant s'est avéré bien pratique, il y a quelques minutes, tu ne crois pas ? Qui plus est, tu ne m'as pas trouvé si crétin que ça quand tu m'as embrassé hier soir. Je me souviens très bien que tu ne pouvais plus me lâcher. »

Une vague d'embarras envahit Nina, la faisant rougir. Elle n'avait nul besoin qu'on lui rappelât le comportement dévergondé qu'elle avait eu la nuit précédente. Ce n'était pas de cette façon qu'elle agissait en temps normal avec les hommes. Ils étaient simplement là pour être utilisés de la manière dont on les utilisait, ni plus ni moins. Et cela avait toujours fonctionné pour elle : ni implication sentimentale, ni abandon total, ou du moins pas comme cela s'était produit la nuit précédente. Ce n'était qu'une petite incartade, se rassura-t-elle. Après tout, même les alcooliques les plus déterminés rechutaient par moments. Ce qu'elle devait faire à présent était reprendre les choses en main et faire comme s'il ne s'était rien passé.

Comme si cela était aussi facile, vu la façon dont son corps frissonnait sous le toucher d'Amaury. Son odeur de cuir et d'épices suffisait à provoquer des spasmes dans son ventre, et elle ne parlait pas de crampes menstruelles. Non. Elle parlait de spasmes orgasmiques. Elle ferait bien de garder ses distances.

« Tu as besoin qu'on te le rappelle ? »

Amaury baissa la tête.

Bon sang, non !

Elle ne s'en souvenait que trop bien.

« N'y pense même pas ! » cria Nina, plus à elle-même qu'à lui.

Si elle le laissait l'embrasser à nouveau, elle fondrait littéralement et se transformerait en guimauve. Elle ne pouvait se le permettre. Une fois suffisait, merci bien.

Il lui sourit de toutes ses dents avec ce charme de *bad boy* qui la chamboulait complètement.

« Peut-être plus tard ? » demanda-t-il tout en marchant, apparemment impassible face à son accès de colère.

Nina jeta un œil autour d'elle pour tenter de se repérer. Ils se trouvaient toujours dans le Tenderloin, à peine à un pâté de maisons de chez lui.

« Où est-ce que tu m'emmènes ? »

Elle en avait une idée mais voulait confirmation.

« Chez moi. Je doute que tu veuilles que je te conduise à l'hôpital. J'ai raison ? »

L'hôpital ne serait pas un bon choix. Avec ses blessures, elle était certaine qu'ils appelleraient la police. Non seulement elle n'allait pas pouvoir leur expliquer qu'elle s'était battue avec des vampires mais, de plus, son propre passé ressurgirait durant la procédure. Or, elle préférait qu'il restât là où il se trouvait : dans le noir.

« Ça te dérangerait de m'expliquer ce qu'une fille comme toi faisait à se battre avec deux vampires ? »

« Et si c'était toi qui me l'expliquais ? »

Son regard ahuri sembla honnête et la surprit.

« Tu es en train de suggérer que j'ai quelque chose à voir avec ça ? »

« Eh bien, est-ce que c'est le cas ? »

Amaury secoua doucement la tête.

« Je ne suis pas le genre de personne qui envoie deux gars après une femme sans défense comme toi. »

« Je ne suis pas une femme sans défense. »

Il haussa un sourcil d'un air moqueur.

« Peu importe. Je m'occupe moi-même du sale boulot. Je ne fais pas appel à une personne extérieure. »

« Je vois. »

« Je ne vois pas comment tu le pourrais, » fit-il remarquer avant de faire une pause. « Je te cherchais. On dirait que quelqu'un d'autre t'a trouvée avant. Tu pourrais m'expliquer ce qu'ils te voulaient, hormis ce qui semble évident ? »

Qu'avait-il entendu de la bagarre avant qu'il n'intervînt ? Savait-il que Johan avait voulu s'amuser un peu avec elle ?

« Je ne sais pas. J'étais aussi surprise par ces deux-là que toi. »

« Crois-moi, les vampires n'attaquent pas de manière fortuite. Il y a toujours une raison. »

Il ne pouvait être sérieux. Les vampires attaquaient quand ils en avaient envie ou lorsqu'ils trouvaient une proie facile. Comme s'ils avaient besoin d'une raison pour faire du mal à quelqu'un... La croyait-il assez naïve pour penser que les vampires obéissaient à un quelconque code moral ?

« Puisqu'ils m'ont agressée, peut-être que tu devrais le leur demander. »

« Les vampires morts ne parlent pas. »

« L'un d'entre eux est toujours vivant. Pourquoi tu ne lui cours pas après, au lieu de me kidnapper ? »

« Je prends d'abord soin de toi. Que ça te plaise ou non. »

Ils entrèrent dans un immeuble de six étages et, sans effort, Amaury la porta dans les escaliers jusqu'au dernier étage.

« Tu peux attraper les clés dans la poche droite de ma veste, s'il te plaît ? »

Cela aurait été plus facile s'il l'avait reposée au sol mais il semblait n'en avoir nullement l'intention. Nina se pencha sur le côté et tendit son bras pour atteindre la poche. Le mouvement lui fit approcher sa tête de la sienne. Elle le sentit inspirer profondément. Etait-il en train de respirer l'odeur de ses cheveux ?

Rapidement, elle sortit les clés de la poche et atteignit la porte. Quelques secondes plus tard, ils se trouvaient à l'intérieur. Nina étudia du regard le grand appartement. Les plafonds faisaient au moins quatre mètres de haut et le style lui rappelait les années vingt, époque à laquelle l'immeuble avait probablement été construit. A sa droite, se trouvaient des baies vitrées, à hauteur de plafond, offrant une vue sur le centre-ville et le Bay Bridge.

Il y avait un petit coin bureau et un coin salon. Dans un autre angle, elle vit un punching-ball suspendu au plafond, objet qu'elle s'attendait davantage à voir dans une salle de gym que dans la maison d'un vampire. Non pas qu'elle se fût déjà rendue dans la tanière de l'un d'entre eux auparavant.

Amaury l'assit sur le canapé. Lorsqu'il la relâcha, elle eut soudain froid et frissonna. Cela confirma ce qu'elle avait ressenti lorsqu'elle s'était assise à califourchon sur lui : son corps était chaud. Et, à présent qu'elle y pensait, lorsqu'il l'avait embrassée la veille, ses lèvres et sa langue avaient également été on ne peut plus chaudes. Comment cela était-il possible ? Elle avait toujours cru que le corps des vampires était froid. En réalité, elle l'avait appris dans les films. Mais elle ne lui demanderait certainement pas pourquoi lui était chaud. D'après ce qu'elle avait remarqué, il débordait de confiance et penserait donc qu'elle s'intéressait à lui, alors que ce n'était absolument pas le cas !

« Tu as perdu du sang. Voilà. »

Il lui tendit l'afghan qui avait été négligemment abandonné sur le dossier du fauteuil.

« Merci. »

Elle prit le plaid de ses doigts tremblants et en recouvrit son petit corps. Une vague de nervosité s'immisça en elle lorsqu'elle réalisa qu'elle se trouvait seule avec lui, chez lui. Ils étaient sur son territoire. Il avait toutes les cartes en main.

« Tu vois, tu possèdes quelques bonnes manières. »

Amaury se dirigea vers l'une des portes et disparut dans ce qu'elle supposa être la suite parentale ou la salle de bain.

« Espèce de mufle, » murmura-t-elle.

Cet homme était exaspérant. Il s'adressait à elle comme s'il s'agissait d'une enfant, alors que ce n'était pas le cas.

S'enfuir de sa dernière famille d'accueil avec son petit frère l'avait fait grandir vite. Les vols, les arnaques et les bagarres au cours de son adolescence avaient fait le reste. Et à présent, elle était une femme de vingt-sept ans, parfaitement autonome. Certainement pas une enfant !

« Qu'est-ce que tu marmonnes ? »

La rapidité avec laquelle il revint, une bassine d'eau et une serviette à la main, la surprit.

« Je ne marmonne rien. »

« Viens ici. Je vais nettoyer tes plaies. »

« Je peux le faire moi-même. Il est hors de question que tu t'approches de mon sang. »

Avait-elle le mot « naïve » tatoué sur le front ? Comme si elle ne savait pas ce qu'il voulait d'elle.

« Ah, je vois le problème. Tu as peur que je te morde ? Si ça avait été mon intention, je l'aurais fait quand je t'ai trouvée. Crois-moi, les plats à emporter me conviennent. Je me nourris sur le pouce. »

Il la comparait à un repas à emporter ?

« Il n'est pas question que tes crocs s'approchent de ma peau. »

Elle souligna sa réponse d'un regard noir en guise d'avertissement, regard que le grand et mauvais vampire ignora complètement.

« Et moi qui pensais que tu m'appréciais, pour m'avoir embrassé… »

Il avait le culot de lui rejeter cela au visage.

Crétin !

7

Amaury réprima un sourire. Nina était une battante et ne le prenait pas avec des pincettes. Il s'était retrouvé en train de déambuler dans les rues, à la recherche d'un repas après ses brûlures de la journée, lorsqu'il avait repéré une odeur enivrante. Instantanément, il l'avait reconnue comme étant celle de la femme qui l'avait embrassé la veille au soir.

Il l'avait alors suivie à la trace et avait soudain entendu un cri. Instinctivement, il avait su qu'il s'agissait d'elle, bien qu'il n'eût jamais entendu le son de sa voix auparavant. Une fois qu'il avait vu dans quel pétrin elle se trouvait, il n'avait pas hésité une seconde. Il devait la protéger, quel qu'en fût le prix.

Il ne connaissait aucun des deux vampires avec lesquels elle se battait et il était certain qu'ils étaient nouveaux en ville. Nina s'était révélée plutôt habile avec le pieu mais, heureusement, elle ne l'avait pas utilisé contre lui. Cependant, lorsqu'elle l'avait soudain chevauché après qu'elle eut tué l'enfoiré, le rythme cardiaque d'Amaury avait brusquement accéléré. Ce dernier ne savait pas trop si cela était dû au pieu qu'elle tenait en main ou à la position qu'elle avait adoptée sur lui.

Malgré ses protestations, il s'assit sur le canapé, frôlant sa cuisse contre la hanche de Nina. Et il eut la réponse à sa question: son cœur battit de nouveau la chamade. C'était le contact avec son corps qui faisait accroître les battements de son cœur, exactement comme lorsqu'elle l'avait chevauché et embrassé la première fois.

La première fois ?

Oui, parce qu'il y aurait une deuxième, puis une troisième et…

Amaury s'éclaircit la gorge.

« Nina, enlevons ta chemise. »

Il aimait prononcer son nom. Elle le portait à merveille ; quant à ces boucles d'or et ces lèvres généreuses, elles étaient faites pour être embrassées. Il se promit immédiatement qu'elle ne partirait pas avant qu'il y eût de nouveau goûté.

« Non ! Je ne porte rien en-dessous. »

Le cœur d'Amaury s'arrêta un instant, la vision de son corps nu lui apparaissant à l'esprit.

Encore mieux !

« Eh bien, comme ça, je n'aurai pas à te libérer de ton soutien-gorge. »

Pouvait-elle entendre le désir dans sa voix, sentir la chaleur de son corps monter en flèche, en anticipation de la voir nue ?

« Crétin ! »

Elle pouvait lui crier dessus autant qu'elle le voulait. Il savait qu'elle n'avait aucune autre arme contre lui, ou en tout cas, aucune qui pût lui faire mal. Le couteau qu'elle portait à la hanche était en métal, heureusement pas de l'argent, et ne représentait donc aucun danger pour lui. Ce qui voulait dire que, ce soir-là tout du moins, elle n'essaierait pas de le tuer. Net progrès par rapport à la veille.

« Comment veux-tu que je soigne tes blessures, si tu ne me laisses pas enlever ta chemise ? »

« Je peux le faire moi-même. »

« Es-tu toujours aussi têtue ? »

Pas de réponse.

« Ça va te tuer de laisser quelqu'un t'aider ? »

Nina pinça les lèvres en une ligne fine puis, délicatement, tira sur une manche de sa chemise pour mettre à nu son épaule, révélant ainsi une large entaille. Sa peau était rose. L'odeur du sang enveloppa Amaury, le plongeant dans son parfum. Comment pouvait-il ne pas être touché par cette créature tentante ? Résister était futile, abdiquer inévitable. Le jury n'avait pas encore délibéré quant à qui se rendrait en premier.

« C'est moche. »

Il mouilla un coin de la serviette avec lequel il tapota doucement la blessure en vue d'absorber le sang qui continuait de s'écouler. Nina grimaça malgré les gestes doux et et précautionneux qu'Amaury exerçait sur l'entaille.

« Je suis désolé mais il faut que je nettoie pour que ça ne s'infecte pas. Heureusement, le couteau t'a à peine effleurée. »

Lorsqu'il avait vu le vampire prêt à abattre son couteau sur elle, il avait réagi de manière purement instinctive. Mais, parce qu'elle s'était assise sur lui à califourchon, une position qu'il n'avait pu apprécier que trop peu de temps, il n'avait pas été capable de bouger assez vite pour l'empêcher d'être blessée.

Amaury baissa la tête, prétendant inspecter la blessure. En vérité, il appréciait la proximité.

« Ce n'est pas trop profond. »

« Est-ce que tu as de l'alcool à 90° ou quelque chose comme ça ? » demanda-t-elle.

« J'ai bien peur que non. Je n'ai pas vraiment de trousse de premiers secours puisque je n'en ai pas besoin moi-même. »

Ses propres blessures de la journée précédente s'étaient résorbées sans l'aide d'aucune médication particulière ; elles s'étaient simplement refermées pendant son sommeil.

« Je vois. Etre un vampire a ses avantages, je suppose, » fit-elle remarquer d'un ton haché.

La façon dont elle l'avait dit ne semblait pas vouloir signifier qu'elle voyait cela d'un bon œil. En toute honnêteté, l'aptitude que possédait Amaury à pouvoir cicatriser rapidement était l'une des choses qu'il aimait le plus dans le fait d'être un vampire. Etre blessé n'avait rien de drôle.

« Qu'est-ce que tu sais d'autre sur moi ? Est-ce que je dois me présenter ou ce n'est pas nécessaire ? » demanda-t-il.

Pendant un court instant, il reconsidéra le fait de l'avoir amenée chez lui mais, comme de toute façon elle savait ce qu'il était, cela ne servait à rien de le cacher. Peut-être possédait-elle déjà tout un dossier le concernant. Cela ne l'embêterait pas de l'aider à y ajouter quelques détails, comme ses préférences au lit.

« Amaury LeSang, » répondit simplement Nina.

Le fait qu'elle connût son nom ne le surprit pas. Puisqu'elle l'avait suivi la nuit précédente avec un pieu, elle en savait probablement bien plus.

« C'est la première fois que j'ai droit à mon propre petit harceleur. J'en suis plutôt flatté. »

Sauf, bien sûr, si elle essayait à nouveau de le tuer si telle eût été son intention la nuit passée.

« Je ne suis pas une harceleuse. »

Le regard de défi qu'elle lui lança le heurta de plein fouet, comme un coup porté au ventre. Il y avait tant de douleur dans ses yeux qu'il voulut simplement la prendre dans ses bras et la serrer fort. Sa propre réaction le surprit. Il n'était pas du genre câlin.

« Alors, comment appelles-tu le fait de me suivre la nuit ? »

Une fois de plus, sa bouche se tordit en une ligne fine. Nina n'aimait manifestement pas être piégée. Aucune réponse ne semblait sur le point d'arriver. Etait-elle à présent énervée ? Au point de ne plus vouloir lui parler ?

« Tu veux dire que je ne suis pas le seul que tu suis ? Eh bien, maintenant je suis blessé. Et moi qui croyais que tu étais intéressée par moi. »

« Oh, tu es un crétin si pompeux ! » cracha-t-elle.

« Crétin pompeux ou pas, ça t'a fait parler, » dit Amaury d'un ton narquois.

Il adora la façon dont ses joues rougirent et il put presque sentir la chaleur s'en échapper. Elle était mignonne, lorsqu'elle était en colère. Peut-être devrait-il continuer à la provoquer.

Il sentit la peau chaude sous sa main, laquelle maintenait l'épaule de Nina immobile. Il laissa son pouce vagabonder, glissant doucement sur sa peau. Le mouvement chauffait les huiles naturelles de son corps et l'odeur enivrante emplit le nez d'Amaury. Cette fille était comme un parfum entêtant qui lui donnait le vertige. Mêlée à l'arôme de son sang, la combinaison chamboulait le corps et l'esprit d'Amaury.

Ses canines le démangèrent, prêtes à s'allonger et à se planter dans la chair de Nina; désireuses de la goûter.

« Qu'est-ce que tu regardes ? » demanda-t-elle soudainement d'une voix haut perchée.

L'avait-elle vu l'observer ?

« On va devoir refermer la plaie, sinon ça n'arrêtera pas de saigner. »

Bien rattrapé, Amaury !

« Tu n'aurais pas un pansement quelque part ? »

Le ton de la voix de Nina était sarcastique. Sa confiance en lui était aussi grande que la distance à laquelle elle pourrait le repousser, c'est-à-dire ridiculement près du fait de ses mensurations massives. Amaury passa en revue la frêle silhouette. Elle n'était pas petite mais comparée à lui, elle semblait fragile. Son corps était bien proportionné : des courbes généreuses des muscles bien dessinés mais une allure cependant féminine.

« Alors ? »

Sa voix lui fit lever les yeux pour jeter de nouveau un regard à la blessure. Un pansement ? Non, il n'avait rien de tel.

« J'ai quelque chose de bien mieux. »

Qu'à cela ne tienne, il ferait juste ce qu'il aurait fait en temps normal : refermer la plaie à l'aide de sa salive. Utiliser les instruments qu'il avait à sa disposition.

Amaury baissa la tête vers l'épaule de Nina et il la sentit reculer.

« Qu'est-ce que tu fais ? »

Sa voix était empreinte de panique et ses yeux grand ouverts.

« Je vais lécher ta plaie. Ma salive la refermera. »

C'était aussi simple que cela et, de plus, ce serait délicieux. Il goûterait enfin son sang.

Nina bondit en arrière et tituba en essayant de s'échapper, mais Amaury la retint de ses deux mains.

« Je te promets que ça ne te fera pas mal, » dit-il en prenant garde d'adopter une voix suave.

« Tu me prends pour une débile ? »

« Pas du tout. En fait, je crois que tu es plutôt intelligente. Peu d'humains sont parvenus à nous comprendre mais, manifestement, toi, tu as réussi. »

« C'est vrai et c'est exactement la raison pour laquelle je ne vais pas te laisser t'approcher de mon sang. »

Il y avait un ton dur dans sa voix qui faisait écho à son regard glacial. Faire fondre cette glace devenait donc la tâche prioritaire dans l'agenda d'Amaury.

« Ne sois pas hystérique. Je ne vais pas te mordre. Tu peux me frapper si je le fais, » offrit-il d'un sourire espiègle.

Puis, il l'attira plus près, sans la lâcher du regard. Elle avait toujours peur. Elle ne lui faisait pas confiance mais elle l'autorisa cependant à l'approcher. Doucement, il porta ses lèvres à sa peau. Si douce, comme de la soie ; presque du velours.

L'odeur du sang le drogua presque mais il repoussa sa faim.

« Tu vas sentir ma langue et ça va piquer. Prête ? »

Nina ne donna pas de réponse mais il put sentir qu'elle retenait sa respiration.

Doucement, la langue d'Amaury apparut entre ses lèvres et il lapa la coupure. Le sang glissa le long de sa langue et coula dans sa gorge tandis qu'il léchait le bord de la blessure. Nina avait un goût de vanille et d'épices. Il n'avait jamais rien goûté d'aussi bon. S'il avait eu le choix, il se serait nourri d'elle chaque soir et n'aurait plus jamais essayé quoi que ce fût d'autre.

Il lécha la coupure une nouvelle fois, plus doucement encore, comme pour savourer davantage le moment, mais déjà, il sentait la peau se refermer et cicatriser. Le sang avait cessé de couler. Elle aurait une petite cicatrice. Incapable de reprendre ses distances, il posa ses lèvres sur le point qu'il avait guéri et l'embrassa.

« Ça en fait partie ? » l'entendit-il demander.

Absolument pas, mais pour elle, il l'inclurait au processus de guérison.

« Oui. »

Amaury déposa un autre baiser léger sur la blessure.

Il leva les yeux et rencontra son regard. Savait-elle qu'il mentait ?

Nina inspecta la blessure et, pour la première fois, elle lui lança un regard approbateur.

« Wow, c'est impressionnant. »

« Ça n'a pas fait mal, si ? »

La question la fit rougir. Soudain, elle semblait douce et vulnérable, loin de la fille dure et bagarreuse qu'il avait rencontrée dans l'allée.

« Laisse-moi regarder tes autres blessures. »

Amaury essayait d'être aussi professionnel que possible mais il était certain qu'il pouvait à peine cacher son désir. Il espérait trouver nombre de petites coupures qu'il pourrait cicatriser. N'importe quelle excuse pour toucher sa peau et l'embrasser. C'était ce à quoi il voulait passer toute la nuit. Lécher chaque centimètre de son corps excitant, en explorer chaque pli et chaque colline.

« Je vais bien. C'était la seule blessure, » lui assura Nina en se redressant.

Amaury baissa les yeux vers la chemise et remarqua le vêtement froissé sur son sein ; des gouttes de sang dessus.

« Menteuse. »

Il défit le bouton du haut et Nina essaya de repousser ses mains.

« Calme-toi. J'essaye juste de t'aider. »

Un peu d'action au passage ne ferait pas de mal à Amaury.

« Bien ! » siffla-t-elle.

« Allez… Imagine que je suis médecin. »

Il serait plus que content de jouer au docteur avec elle, surtout s'il devait l'examiner nue. Et si elle était timide, il l'aiderait à surmonter sa timidité en se déshabillant lui aussi. Pour être exact, il lui demanderait de le déshabiller.

Résolu, il défit un autre bouton. La main de Nina l'arrêta. Doucement, il la repoussa et continua. Un bouton plus loin, il jeta un œil à la courbe du sein de la belle et il inspira un grand coup.

La climatisation. Il aurait dû la mettre en marche. Il commençait à faire trop chaud dans l'appartement.

Lorsque le dernier bouton fut défait, il ôta le côté droit de la chemise, exposant le sein à sa vue. Ignorant pour une seconde la coupure, il remarqua la rondeur parfaite, la taille d'un petit raisin n'attendant que sa caresse. Un fruit mûr prêt à être dévoré. Amaury était on ne peut plus chanceux.

A nouveau, il dut éclaircir sa gorge sèche.

« C'est une mauvaise coupure. Je vais d'abord la nettoyer avec de l'eau chaude. »

Il devait continuer à parler afin de ne pas se jeter sur elle et la dévorer.

« Je crois qu'il t'a touchée avec l'une de ses griffes. »

Il leva les yeux vers Nina, qui avait tourné la tête afin de ne pas avoir à regarder. Son regard retourna sur le sein. La coupure mesurait une dizaine de centimètres et avait manqué de peu son téton. Le sang continuait de couler.

Doucement, il prit la serviette mouillée et commença à nettoyer la plaie d'une main tandis que, de l'autre, il maintenait le sein immobile. Nina se contracta lorsqu'Amaury lui attrapa le sein, mais elle ne dit finalement rien. Tout en appréciant le poids de cet attribut dans la paume de sa main, il réalisa qu'il s'agissait là de la taille parfaite pour lui. Il le pressa de manière à ce qu'elle le sentît à peine. Une combinaison idéale de fermeté et de douceur s'offrit à lui.

« Je vais devoir refermer la plaie, maintenant. Tu perds trop de sang, » dit-il d'une voix basse, ne voulant pas l'alarmer de quelque façon que ce fût, ne voulant pas gâcher ce moment.

Nina rencontra ses yeux.

« Vas-y. »

Le son rauque de sa voix le surprit.

Au moment où Amaury plongea sa tête sur le sein, il sut qu'il ferait plus que cicatriser la blessure. Le désir courant dans ses reins l'empoigna fermement. Dès qu'il lécha la plaie, le vampire devint dur. Il laissa le sang couler sous sa langue et se força à y aller doucement afin de prolonger le moment de béatitude dans lequel il se trouvait. Il avait déjà léché la coupure deux fois et celle-ci s'était cicatrisée mais il ne pouvait s'arrêter.

« Nina, » murmura-t-il, alors que sa langue abandonnait la coupure pour lécher son téton dur. *Dur ?* Etait-elle excitée ?

Puis il sentit ses mains dans ses cheveux comme si elle voulait le retenir. Les lèvres d'Amaury se refermèrent sur le téton et il le suça doucement. Sa main s'empara du sein magnifique, tandis que ses succions devinrent plus profondes. Il ne se lassait pas d'elle. Elle avait un goût paradisiaque, comme un rêve ; un conte de fée.

Même la façon dont elle jouait avec ses cheveux l'excitait. Lorsque, soudain, elle lâcha un gémissement, il pensa qu'il atteindrait son orgasme immédiatement et mouillerait son pantalon. Sa verge hurlait de désir pour sa douce féminité, lui rappelant douloureusement qu'il n'avait pas eu de relation sexuelle depuis vingt-quatre heures.

Amaury relâcha le téton uniquement pour porter son attention sur l'autre sein. Il n'osa pas utiliser ses dents pour le durcir encore plus, de peur de l'effrayer. Mais il la désirait. Non, il *avait besoin* d'elle, sous lui. Il pressa le dos de Nina contre les coussins du canapé et changea de position, plaçant sa cuisse imposante entre ses jambes.

~ ~ ~

Nina sentit le poids du vampire sur elle, la cuisse de ce dernier pressant contre son sexe tandis qu'il continuait à sa jouer de sa talentueuse langue sur ses seins. A chaque fois qu'il la léchait, il envoyait des flammes au plus profond de ses entrailles, faisant tout fondre sur son passage. Elle sentit son slip se mouiller sous l'évidence de son désir, incapable d'empêcher son corps de réagir. Il répondait de la même façon : on ne pouvait pas ignorer son érection pressant contre sa hanche. Trop grosse pour ne pas la voir, trop dure pour désirer en finir au plus vite, même si elle le voulait.

Nina se cambra pour le forcer à s'approcher et elle lui glissa la main sur les fesses fermes. Lorsqu'elle serra celles-ci, les muscles d'Amaury se contractèrent sous son toucher. Sa peau serait-elle douce ou rêche ? Serait-elle douce, ferme et chaude ? Sans réfléchir, elle laissa sa main glisser et partir en exploration sous le large pantalon cargo.

Elle retint son souffle lorsque sa peau rencontra la sienne. Il ne portait même pas de sous-vêtements. Cette simple pensée fit monter la température de son corps de cinq degrés.

Il grogna bruyamment lorsqu'elle l'attrapa fermement. Amaury relâcha son sein juste assez de temps pour laisser échapper de ses lèvres un « Oh oui » d'excitation.

Ensuite, sa bouche dessina un chemin de lave, du sein de sa partenaire jusqu'à son cou, juste avant de la regarder. Au moment où leurs lèvres se rencontrèrent, Nina remarqua que les yeux d'Amaury étaient devenus rouges. Les lèvres de ce dernier la pressaient d'abdiquer, tandis que sa langue la titillait. Lui résister serait impossible. Leurs langues s'entremêlèrent dans un duel inégal. Alors qu'il gagnait du terrain, elle sentit soudainement combien il la pressait plus fort contre les coussins jusqu'à… ce que sa langue toucha les crocs ! Mais que diable était-elle en train de faire ? Coucher avec l'ennemi ?

Nina laissa échapper un cri et repoussa Amaury de toutes ses forces. Instantanément, une vague de douleur parcourut de nouveau ses côtes.

« Ah ! » cria-t-elle, à l'agonie.

Elle était stupide, stupide, stupide !

Amaury s'écarta et ôta le poids de son corps sur Nina.

« Qu'est-ce qui ne va pas ? »

Il semblait inquiet mais elle ne se laissa pas avoir. Ses yeux étaient rouges comme des alarmes et ses dents pointues surgissaient d'entre ses lèvres. Si elle avait eu un doute quelconque quant à ce qu'il était, un seul regard sur ses crocs suffisait à le dissiper.

Se tenant les côtes pour pallier la douleur, elle le regarda. Elle ne pouvait construire une phrase cohérente, toujours abrutie par son toucher et son baiser.

« Pourquoi ne m'as-tu pas dit que tu étais blessée autre part ? » l'accusa-t-il en lui touchant les côtes.

Nina recula, non pas à cause de la douleur, mais parce qu'elle ne voulait pas qu'il la touchât. Puis, se sentant stupide, elle fut prise de vertige. Il n'y avait qu'une femme stupide pour embrasser un vampire et aimer cela.

« Ne me touche pas, » aboya-t-elle.

Amaury la regarda d'un air ahuri.

« Je suis désolé. Je ne voulais pas te faire mal. Tu aurais dû me prévenir. »

Il s'approcha et plaça une main sur ses côtes. Elle voulut reculer mais il lui lança un regard en guise d'avertissement.

« Ne bouge pas. »

La douceur de ses mouvements, lorsqu'il essaya de deviner si ses côtes étaient cassées ou non, se révéla plus qu'inattendue. Comment un vampire aux mains si grandes pouvait-il faire preuve d'autant de douceur ? Peut-être s'était-elle cognée la tête durant la bagarre et était-elle à présent en pleine hallucination.

« Rien ne semble cassé, juste contusionné. »

Lorsqu'il la regarda de nouveau, elle remarqua que le rouge de ses yeux avait disparu, cédant la place à un bleu profond. Fallait-il vraiment qu'il fût si beau ?

Nina hocha la tête.

« Ça fait super mal. »

La main d'Amaury caressa sa joue si doucement qu'elle ne put associer ce côté de sa personnalité aux caractéristiques de vampire qu'elle avait vues par ailleurs chez lui.

« Je ferai plus attention à l'avenir. »

Les lèvres d'Amaury se retroussèrent en un sourire espiègle.

« On en était où ? »

Sa bouche s'approcha d'elle mais elle s'écarta. Cet homme avait manifestement un tel surplus de confiance en lui qu'il pensait pouvoir reprendre là où il s'était arrêté. Comme si elle était une sorte de demoiselle en détresse, reconnaissante et complètement gaga envers son sauveur.

Petit con arrogant !

« Nous en avons fini. Et ça n'ira pas plus loin que ça. »

Nina devait mettre fin à toute cette folie et partir. Amaury était probablement en train d'utiliser un quelconque truc de vampire sur elle, une sorte de fascination ou de contrôle. Pourquoi sinon l'aurait-elle laissé la toucher et l'embrasser de façon aussi intime ? Il usait forcément de l'un de ses pouvoirs. Elle n'était pas le genre de femme à succomber à ses hormones et à ensuite fondre devant un homme sexy dès que celui-ci lui montrait un peu d'attention. Non, elle faisait toujours preuve de contrôle. Vampire ou pas, c'était un homme et on ne pouvait pas faire confiance aux hommes.

« Tu devrais peut-être te reposer un peu. Tu veux quelque chose ? »

Qu'avait-il en tête ? Peut-être voulait-il la droguer. Elle n'était plus en sécurité ici. Elle n'aurait, d'ailleurs, jamais dû lui permettre de l'amener chez lui.

Le regard empli de désir d'Amaury lui rappela que sa chemise était toujours ouverte, exposant ses seins à l'air libre. Elle la rabattit immédiatement et le surprit en train de froncer les sourcils.

« Tu peux m'apporter un sac de glace pour mes côtes, pour que ça désenfle ? »

Il se leva du canapé, exposant sa verge à la hauteur des yeux de Nina. Son érection était impossible à ignorer. Le faisait-il exprès pour la tenter ? Son bas-ventre se contracta à la pensée de ce qu'elle ressentirait si elle l'avait en lui.

« Bien sûr. Donne-moi une minute. »

Nina le regarda tandis qu'il se dirigeait vers la cuisine. Elle en déduisit qu'elle n'avait que quelques secondes avant qu'il ne revînt avec la poche de glace. Aussi utilisa-t-elle ce temps avec sagesse.

En moins de dix secondes, elle se retrouva au niveau de la porte d'entrée et l'ouvrit silencieusement. Heureusement, elle n'avait pas enlevé ses chaussures. Elle ne prit pas la peine de reboutonner sa chemise, mais passa précipitamment la porte sans se retourner.

Amaury était dangereux et pas seulement parce qu'il s'agissait d'un vampire. C'était un homme qui pouvait trouver son point sensible, pénétrer ses défenses et la dévaster. Elle ne pouvait laisser une telle chose se produire. Durant de nombreuses années, elle avait méticuleusement protégé son cœur de façon à ce que personne ne lui fît de nouveau du mal. Ce n'était pas maintenant qu'elle allait baisser la garde. Ni pour lui ni pour personne d'autre.

De plus, il représentait toujours l'ennemi. Elle ne pouvait trahir la mémoire d'Eddie en fréquentant l'homme qui, avec ses partenaires, était responsable de sa mort. Elle avait le sentiment d'être un traître pour avoir pris du plaisir quand Amaury l'avait touchée. Elle ne se le permettrait plus jamais.

8

La porte entra en contact avec le visage de la fouine, qui fut propulsée en arrière, dans la cuisine de son pitoyable studio. L'endroit puait. Nina essaya d'ignorer l'odeur plus que désagréable de renfermé, de tabac, de moisissure et de nourriture pourrie et elle se concentra sur l'homme en face d'elle.

D'un coup de pied rageur, elle referma la porte en la claquant derrière elle. Son informateur tenait son nez en sang et il la regardait d'un air choqué. Pour faire bonne mesure, elle le cogna du pied dans les parties et il se plia en deux. Qui était le sexe faible, à présent ?

« Arrête ça, » supplia-t-il.

Elle détestait frapper les gens plus petits qu'elle mais cette fois-ci, elle n'aurait aucune pitié pour lui. Il avait vendu la mèche à ces vampires et elle avait besoin de savoir pourquoi.

« Maintenant, on va parler, » annonça-t-elle.

Nina savait que Benny avait une conception étrange de ce qu'il considérait comme étant la vérité et la seule façon de la lui faire cracher serait de lui tirer les vers du nez. Ce à quoi elle était tout à fait d'humeur ce soir-là.

Se tenant toujours l'entrejambe, le visage tordu par la douleur, Benny leva une main en signe d'abdication. Nina ne se laissa pas avoir. Dès qu'il se serait remis du coup, il y répondrait. Mais elle ne le laisserait pas s'en remettre, pas cette fois.

Elle en avait déjà déduit qu'Amaury ne pouvait être derrière son agression. Après tout, l'affreux vampire l'avait presque tué et Amaury n'avait pas semblé le moins du monde pris de remords ou énervé quand elle avait planté le pieu dans ce suceur de sang. A moins qu'il n'eût tout prévu uniquement dans le but de la piéger, ce qui n'avait cependant pas le moindre sens. Elle abandonna l'idée sans plus attendre.

Benny se redressa. Sans hésitation, elle serra le poing et le frappa au ventre, dont les muscles peu développés ne montrèrent aucune réelle résistance.

« Oh ! » grommela-t-il tandis qu'il titubait et atterrissait sur le comptoir de la cuisine, faisant tomber des ustensiles au sol.

« Et ça n'est qu'un début. Maintenant, je veux une réponse. »

Il lui lança l'un de ses regards innocents, haussant les sourcils d'un air surpris.

« Quelle réponse ? Tu ne m'as encore rien demandé. »

« Ne fais pas semblant d'être plus idiot que tu en as l'air ou je fais de toi un castrat. »

Quelqu'un comme Benny méritait sans aucun doute d'être évincé du patrimoine génétique. Darwin la remercierait pour cela.

Benny regarda autour de lui. Elle remarqua que son regard se portait sur une collection de couteaux de cuisine située juste à portée de sa main.

« Je ne ferais pas ça si j'étais toi, » l'avertit-elle d'une voix basse.

Nina savait qu'il n'écouterait pas. Il n'était pas très fin et il n'avait manifestement toujours pas compris que désobéir ne lui causerait que davantage de blessures encore.

Au moment où il attrapa le couteau sur le comptoir et le pointa sur elle, Nina avait déjà sorti sa propre lame de sa poche. Elle ne s'en séparait jamais.

« Benny, Benny… » dit-elle en secouant la tête en signe de désapprobation.

Il lui lança un sourire suffisant tout en regardant le couteau qu'elle tenait.

« Je crois que c'est moi qui ai le plus gros. »

Typiquement masculin !

« La taille importe peu. C'est ce que tu en fais qui compte. »

« Approche et viens le chercher, Nina. »

De sa main libre, Benny lui fit signe d'approcher. Cet idiot avait regardé bien trop de mauvais films et il semblait déjà se voir comme le prochain Rambo. En fait, le prochain tout petit Rambo, et sans les muscles ; ni le cerveau, d'ailleurs.

« Pourquoi as-tu fait ça ? » demanda-t-elle.

Benny lui jeta un regard nonchalant.

« Pourquoi pas ? Tu ne payes pas vraiment le prix fort quand tu veux des informations. Un homme se doit de vivre. »

Son vieux démon : l'argent. Nina savait qu'elle ne pouvait pas toujours payer suffisamment pour obtenir ce dont elle avait besoin. Depuis qu'Eddie était mort, elle avait à peine réussi à garder la tête hors de l'eau. Auparavant, c'était son frère qui ramenait le pain à la maison, tandis qu'elle était retournée à l'école pour améliorer ses chances de trouver un bon travail. Mais à présent qu'elle devait le venger, elle n'avait clairement plus le loisir de prendre un boulot ou de continuer ses études. Elle avait à peine le temps pour trouver où voler les denrées de première nécessité dont elle avait besoin pour survivre. Le peu d'économie qu'elle avait était parti.

« Sale vermine. »

Nina fit deux pas vers lui, ses bras tendus de chaque côté de son corps, prête au combat.

« Vas-y, essaye de frapper. Le gagnant remporte tout. »

« Va te faire foutre, » répondit-il.

Elle lui jeta un coup d'œil rapide. Il était temps de montrer au petit con en face d'elle qu'on ne lui cherchait pas d'embrouilles.

En poussant un cri, Benny se jeta sur elle. Elle se baissa sur le côté, l'évitant d'un cheveu. Ses côtes heurtèrent le mur et relancèrent la douleur de ses contusions. Mais elle n'avait pas le temps de s'apitoyer sur son sort. Elle se retourna et lui fit face tandis qu'il se jetait de nouveau sur elle. Son bras bloqua juste à temps le couteau de Benny.

« Disposé à me répondre ? » grogna-t-elle en serrant les dents.

« Tu n'as pas encore gagné, » répliqua-t-il et il s'écarta uniquement pour brandir de nouveau l'arme sur elle.

Nina donna tout ce qu'elle avait. Elle évita les coups les uns après les autres, tout comme il échappait lui-même à ses tentatives. Pendant un court instant, ils furent même ex-aequo.

Elle sentit la fatigue l'envahir. La douleur dans ses côtes amenuisait sa souplesse. Peut-être aurait-elle dû remettre à plus tard sa confrontation avec Benny et attendre qu'elle fût guérie. Elle n'était pas au meilleur de sa forme ce soir-là. Le combat contre les deux vampires lui avait demandé trop d'énergie déjà et, résister à Amaury avait fait le reste.

Le coup suivant porté par le couteau de son opposant atteignit sa cible. La coupure sur son bras demeura superficielle mais la douleur résultant de l'attaque le fut beaucoup moins.

« Putain d'enfoiré, » cria-t-elle tout en chargeant sur lui, on ne peut plus énervée.

La douleur lui donna un autre coup d'adrénaline, redémarrant le moteur.

Alors qu'elle brandissait sa lame sur lui, sa jambe atterrit en un coup bien placé sur le tibia de Benny, lui faisant perdre l'équilibre. Il tituba. Elle profita de cette seconde d'hésitation pour lui couper la main, lui faisant lâcher le couteau.

« Espèce de salope ! » cria-t-il.

Nina attrapa la main blessée de ce dernier et la retourna, cognant du genou le dos de Benny puis, elle lui plaça le couteau sous la gorge. Le corps de l'homme frissonna. Bien, il avait peur d'elle.

« Peut-être que maintenant, tu es disposé à parler. Tu as dix secondes. »

Ses côtes pulsaient sous la douleur et il lui restait seulement quelques minutes d'énergie avant qu'elle ne s'effondrât. Elle manquait de temps.

« Ils me tueront si je parle. »

« Devine quoi, j'en ferai autant si tu ne parles pas. Et je n'en suis pas loin. Tu as le choix : mourir maintenant ou plus tard, » lui offrit-elle en espérant que l'idiot était assez malin pour choisir la deuxième option.

Benny respira bruyamment.

« Ok. Mais ne me blesse plus. »

« Dépêche-toi de parler. Ma main tremble et qui sait ce qui peut arriver si je glisse, » l'avertit-elle.

« Quand je me suis renseigné à droite et à gauche pour toi, un gars est venu vers moi. Il m'a dit qu'il me paierait le triple de ce que tu m'avais donné pour que je t'envoie dans ce traquenard. »

« C'était qui ? »

« Je ne sais pas. Il ne m'a pas donné son nom. Il a payé en liquide directement. Je ne lui ai rien demandé. »

« Ça ne suffit pas. Pourquoi ? »

« Pourquoi quoi ? »

« Pourquoi voulait-il se débarrasser de moi ? »

Les épaules de Benny bougèrent comme s'il voulait les hausser.

« Il a dit quelque chose à propos de toi qui mettrait ton nez dans des affaires qui ne te regardaient pas. »

Nina secoua la tête. Elle avait le droit de savoir ce qui était arrivé à son frère. L'idée qu'il fût un meurtrier lui était inacceptable.

« Tu sais sûrement autre chose. »

« Non, c'est tout. »

« Utilise ton satané cerveau, » siffla-t-elle tandis qu'elle pressait son genou plus fort contre son dos.

Il grogna.

« Je l'ai entendu dire à son ami qu'il allait à une réunion du personnel, demain. »

« Quelle réunion du personnel ? »

« Une société avec des scanners ou un truc dans le genre. »

Nina cligna des yeux.

« Scanguards ? »

« Oui, oui. C'est ça. Il a dit qu'il serait à une réunion du personnel chez Scanguards. »

Elle le savait. Son intuition s'était révélée juste. Il s'agissait de quelqu'un de Scanguards, exactement comme elle le soupçonnait. Amaury et ses amis étaient impliqués.

« Il ressemble à quoi ? »

« Ordinaire. Grand, brun. »

Amaury était grand et brun mais certainement pas ordinaire.

« Ça ne m'aide pas vraiment. Je crois qu'il va falloir que tu viennes avec moi demain soir pour l'identifier. »

Benny essaya de se défaire de sa poigne mais elle tint bon. Il protesta immédiatement.

« Pas question. Je suis un homme mort si je fais ça. »

« C'est ce qu'on verra. »

Nina sentit sa force faiblir. Elle n'avait plus beaucoup de temps et Benny risquait de retourner la situation à son avantage.

« Demain, » promit-elle avant de le pousser au sol et de courir vers la porte.

Elle dévala les escaliers et sortit de l'immeuble pour aller se réfugier dans l'entrée d'à côté afin d'y reprendre son souffle. Elle inspira en se tenant les côtes et sentit ses poumons effleurer les os contusionnés. La coupure à son bras saignait toujours. Seul Amaury pouvait la guérir rapidement mais elle n'allait pas retourner chez lui.

Il n'avait peut-être pas envoyé les deux vampires à ses trousses mais il restait malgré tout l'ami ou le collègue de celui qui l'avait fait. Ils travaillaient tous ensemble. Qu'Amaury ne fût peut-être pas impliqué dans toutes les étapes ne voulait pas dire qu'il n'était pas responsable en fin de compte.

Il représentait l'ennemi.

Réaliser cela la toucha plus fortement qu'elle ne s'y était attendue. Jusque-là, elle avait uniquement soupçonné Amaury d'être impliqué ; à présent, elle en était presque certaine. Scanguards était vraisemblablement impliqué, ce qui voulait dire qu'Amaury l'était aussi. L'avait-il trompé du début à la fin en jouant les héros au grand cœur, dans la seule perspective de rester fidèle à son agenda ? Mais pourquoi ? Il avait eu toutes les opportunités possibles et imaginables de la tuer et pourtant, il l'avait défendue. Pourquoi ?

En puisant dans le peu d'énergie qu'il lui restait, elle rentra chez elle. Le F2, petit et sombre, se situait dans Chinatown. Nina le gardait aussi propre que possible, même si la propreté ne pouvait masquer son état miteux. Les meubles étaient vieux et usés, un ensemble dépareillé de styles et de périodes différentes, mais elle s'en souciait peu.

Cet endroit était mieux que les maisons d'accueil où elle avait vécu adolescente. Au moins, elle y était seule. Personne n'entrerait dans sa chambre la nuit. Personne ne l'observerait. Nina repoussa les souvenirs de sa mémoire. Elle avait survécu. C'était tout ce qui importait.

Elle ferma la porte derrière elle et mit la chaîne en place. Après avoir enlevé ses chaussures, elle s'écroula sur le lit. Trop épuisée pour se lever jusqu'au frigidaire et sortir une poche de glace du bac à glaçons, elle se contenta de tourner la tête vers la photo posée sur sa table de nuit. Un jeune homme lui sourit ; des fossettes profondes, des cheveux ébouriffés couleur sable.

« Oh, Eddie. Je suis si seule. Qu'est-ce que je vais faire ? »

Lorsque des larmes se formèrent dans ses yeux, elle les laissa couler. Entre les quatre murs de son appartement, là, en toute sécurité, elle s'autorisa un moment de faiblesse, en espérant que les larmes feraient disparaître la douleur et la solitude. Malgré tout, elle savait que ce ne serait pas le cas.

9

Dès qu'Amaury avait besoin de réfléchir, il cuisinait. L'activité le détendait. Bien sûr, il ne mangeait jamais les plats qu'il préparait, mais ce n'était pas la question. Comme il devait réfléchir à nombre de choses, il décida de se pencher sur la cuisine française.

Il n'avait aucune idée de la raison pour laquelle Nina s'était enfuie. Pour n'importe quel autre homme, cela serait commun étant donné que, de toute façon, aucun d'entre eux ne savait jamais réellement ce qu'une femme pensait ou ressentait. Mais d'ordinaire, pour Amaury, c'était tout le contraire. De tous, il aurait donc dû être celui qui savait ce qu'elle ressentait. Cependant, pour une raison inconnue, il était incapable de scanner la moindre de ses émotions.

Cela ne lui était jamais arrivé auparavant.

Tout comme la nuit où elle l'avait embrassé, il avait d'abord été bombardé par l'absence de sentiments. Pendant la bagarre dans la rue, il avait ressenti la détermination des deux vampires quant à leur intention de la tuer et sa réaction de la sauver avait été automatique. Alors qu'il l'avait portée chez lui et s'était occupé de ses blessures, il avait été dépassé par l'effet qu'elle avait sur son corps à lui et il n'avait rien remarqué d'autre. Même pas le fait que sa tête avait été vide de toute émotion étrangère. En outre, il n'avait même pas couché avec elle.

Malheureusement.

Amaury jeta un brin de romarin dans le mélange de bouillon et de vin qu'il avait déjà versé sur les cuisses et le blanc de poulet. L'odeur familière du coq au vin s'engouffra dans ses narines et il l'inspira. Que ne donnerait-il pas pour un bon repas, un steak saignant ou un plat parfumé.

Il remit le couvercle et baissa le gaz pour faire cuire le tout à feu doux. Tandis qu'il commençait à disposer les tranches de pommes de terre dans un plat à gratin, ses pensées le menèrent de nouveau à Nina.

Il lui était toujours difficile de penser à quel point son sang avait eu un goût suave et combien sa peau avait été douce sous ses baisers. Il avait touché et embrassé nombre d'humaines en son temps, mais aucune d'entre elles n'avait su ce qu'il était. Autrement, aucune d'entre elles n'aurait répondu à ses avances.

Or, Nina savait ce qu'il était. Bon sang, elle avait tué un vampire juste devant ses yeux. Et même si elle s'était d'abord débattue contre lui quand il avait voulu prendre soin d'elle, elle avait abdiqué sous son toucher. Il n'avait pas utilisé le contrôle de l'esprit sur elle. Elle avait agi de son plein gré. D'accord, peut-être avait-il fait appel à tout son pouvoir de persuasion, en tant qu'homme, pour l'amener à une telle décision mais il n'avait utilisé aucun de ses dons de vampire.

Ses siècles d'expérience avec les femmes lui avaient appris ce que ces dernières aimaient et il ne faisait jamais preuve de timidité pour mettre ses connaissances en pratique. Lorsqu'il s'agissait de sexe, il était prêt à tout ce qu'une femme pouvait lui demander. Il était même toujours partant pour plus encore.

Mais quelque chose avait soudainement changé l'humeur de Nina, même si son corps avait résonné comme un piano accordé. Amaury aurait aimé y composer une symphonie, si elle lui en avait donné l'opportunité.

Un doux *ping* indiqua que le four était préchauffé à la bonne température. Il plaça le plat à gratin sur la plaque du milieu. Un rapide coup d'œil à la cocotte sur le feu lui assura que rien n'avait brûlé. Rien d'autre que son désir pour Nina.

Il la retrouverait. Maintenant qu'il avait goûté à son sang, il aurait bien plus de chance de suivre sa trace. Il était tel un limier et son odorat était si développé qu'elle ne lui échapperait pas s'il se tenait à moins d'un demi kilomètre d'elle.

Les lèvres d'Amaury se retroussèrent en un sourire. Et une fois qu'il l'aurait retrouvée, ils finiraient ce qu'ils avaient commencé. Le seul petit problème auquel il devait faire face, à présent, était ses collègues. Si l'un d'entre eux apprenait qu'il fréquentait une humaine sans avoir effacé sa mémoire, il tomberait en disgrâce. Leur avertissement résonnait toujours dans ses oreilles : *il faut éviter au maximum de se montrer.*

Bon, ce n'était pas de sa faute. Nina avait su qu'il était un vampire avant qu'ils ne se rencontrent. Qui pouvait dire, s'il avait effacé sa mémoire, jusqu'où il aurait dû remonter ? Il était impossible de le savoir. Non, il valait mieux la retrouver, lui parler et apprendre ce qu'elle savait avant de prendre une décision.

Il pouvait manifestement justifier son approche. Et, si au cours du processus, il avait droit à un peu d'action à l'horizontale, personne évidemment ne lui jetterait la pierre. N'importe quel homme au sang chaud ferait de même. Après tout, c'était une femme désirable aux seins magnifiques et impertinente à souhait. Qui n'aurait pas voulu passer un peu de temps avec elle ?

Passer toute une nuit avec elle, en mettant le feu aux draps, ne le dérangerait certainement pas. Voilà quelque chose qu'il n'avait pas fait depuis longtemps. Bien sûr, il avait eu des relations sexuelles chaque nuit, mais pas au lit. Ce dernier était réservé aux femmes spéciales et il avait le sentiment que Nina était en passe de recevoir une telle invitation de sa part. La prochaine fois, il ferait en sorte que la porte soit fermée. Ainsi ne s'enfuirait-elle pas aussi vite.

Durant le temps de préparation du repas, Amaury avait élaboré un plan pour la retrouver. En supposant qu'elle habitait la ville, il patrouillerait selon un plan en quadrillage ; il commencerait par les quartiers du centre-ville avant de se diriger vers les banlieues. Cela lui prendrait quelques nuits tout au plus.

Amaury disposa la nourriture dans des plats qu'il mit ensuite sur un plateau avant de quitter son appartement et de descendre un étage plus bas. L'appartement de madame Reid semblait plongé dans le noir mais il savait qu'elle veillait en général tard. Il appuya donc sur la sonnette et attendit.

Une minute s'écoula mais rien ne se passa. Il sonna une nouvelle fois et écouta à la porte pour entendre un bruit quelconque en provenance de l'appartement. Derrière lui, il entendit une autre porte s'ouvrir.

« Elle n'est pas là, » dit une voix masculine.

« Oh, elle est dehors à une heure aussi avancée ? » demanda Amaury en se retournant vers Philipp, un des locataires solitaires de l'immeuble.

« Vous n'êtes pas au courant ? Elle est à l'hôpital. »

Amaury ressentit comme un coup de poignard dans la poitrine. Il s'était nourri d'elle la veille et à présent, elle se trouvait à l'hôpital. Qu'avait-il fait ?

« A l'hôpital ? »

Un frisson parcourut sa colonne vertébrale.

« Oui, elle n'est pas en forme. »

Philipp tendit le cou pour regarder le plateau qu'Amaury tenait dans ses mains.

« Ça sent bon. C'est un plat français ? »

« Oui… Oui, oui. Tenez. »

Amaury mit le plateau dans les mains de Philipp et il s'en alla avant même que l'homme ne pût le remercier. Il monta les marches quatre à quatre et retourna chez lui en claquant la porte derrière lui.

La pauvre femme. Une vieille femme si douce. Il s'était trop servi et maintenant elle en payait le prix. Et si elle ne s'en remettait pas ? Et si elle mourait ?

Toutes ses forces l'abandonnèrent et il tomba à genoux, tandis qu'une vague de culpabilité l'envahissait. Il avait perdu le contrôle. Il avait bu trop de sang. C'était vrai, il était un monstre. Et cela se produisait à nouveau. Il tuait à nouveau. Exactement comme dans le temps. Il n'avait pas du tout changé. Quatre cents ans plus tard, il était toujours le même monstre empreint de cruauté.

Un meurtrier.

~ ~ ~

France, 1609

Les difficultés d'Amaury pour subvenir aux besoins de sa famille seraient bientôt finies. Il avait pris une décision. Il ne trouverait jamais mieux que la proposition qu'il avait reçue la semaine précédente. D'après ce qu'il savait, l'homme qui ne s'était présenté que par son prénom, Hervé, paierait pour quelque chose qu'Amaury n'avait même pas besoin de faire. Ceci dit, il ne croyait qu'à moitié à cette histoire-là.

Le clair de lune l'aida à trouver le chemin menant au petit pont où il avait accepté de rencontrer Hervé. Si tout se passait bien, Amaury serait bien payé pour laisser l'homme se nourrir de lui tous les soirs, assez bien pour lui assurer que sa femme et son fils auraient suffisamment à manger et de quoi s'habiller. En guise de témoignage de son honnêteté, cet homme lui avait déjà donné quelques sous.

C'était l'amour qu'il portait à sa famille qui l'avait poussé vers cet acte désespéré. Que cela pouvait-il faire si un homme aisé, quelque peu fétichiste, voulait boire le sang d'un autre ? S'il était prêt à y mettre le prix, Amaury, lui, était prêt à supporter la douleur momentanée. Cela ne pouvait être aussi horrible qu'on le pensait, si ?

Le pont était baigné de la lumière du clair de lune. Hormis l'ombre allongée d'un homme, il n'y avait personne aux alentours. On avait rapporté des attaques d'animaux sauvages et peu d'habitants étaient assez courageux pour s'aventurer au dehors à la nuit tombée. Personne ne verrait ce qui était sur le point de se passer.

Alors qu'Amaury s'approchait de l'homme, il se demanda si ce qu'il était en train de faire était juste, mais, pensant aux visages creux de sa femme et de son fils, il sut qu'il ne pouvait revenir en arrière.

Au moment où le visage d'Hervé lui apparut, Amaury vit les canines de l'homme briller sous la pâleur de la lune. Tout était indéniable, à présent : c'était un vampire, comme il l'avait annoncé. Un frisson glacé courut le long de la colonne vertébrale d'Amaury tandis que les petits poils de sa nuque se dressèrent.

« Fais vite. »

Plus il irait vite, mieux ce serait.

Amaury tendit la main et, un instant plus tard, il sentit les pièces froides dans sa paume. La morsure des canines dans son cou ne fut douloureuse que quelques secondes, puis il tomba dans un état proche de l'ébriété, comme s'il avait bu trop de vin, hébété par l'alcool. Pas déplaisant.

Mais lorsqu'il voulut se défaire d'Hervé, il ne le put. L'homme ne voulait pas le laisser partir et malgré sa carrure imposante, Amaury ne pouvait faire face à cette force surhumaine. Les canines du vampire plongèrent plus profondément en lui, prenant davantage de sang. La vision d'Amaury commença à se troubler, ses jambes se dérobèrent, puis il tomba, inconscient.

Amaury se réveilla avec une soif qu'il n'avait jamais connue auparavant. Une soif de sang. Hervé l'avait piégé. Il n'avait pas simplement voulu se nourrir de lui mais il avait également désiré le transformer en vampire. Ce qu'il avait fait. Afin de fonder une communauté, une sorte de famille.

Mais Amaury avait une famille, sa famille, et elle avait besoin de lui. Il n'écouta pas Hervé quand celui-ci l'avertit du danger qu'il représentait à présent pour eux. Au lieu de cela, il se rua chez lui, ignorant sa soif.

La première personne qu'il trouva à son retour fut son fils, Jean-Philippe. De ses petits pieds nus, le garçon courut vers lui, les bras tendus, espérant que son père le prendrait dans ses bras.

« Papa ! »

Mais au moment où Amaury serra son fils contre sa poitrine, la bête désormais en lui prit le contrôle et la soif s'empara de lui.

Ne sachant ce qu'il faisait, il enfonça ses canines dans le corps du petit garçon. Un moment plus tard, le corps sans vie de son fils gisait à ses pieds tandis que les cris hystériques de sa femme emplissaient l'air de la nuit.

Il ne pouvait revenir en arrière. Et en tant que vampire novice, il ne savait comment faire pour sauver le petit garçon, comment, peut-être, faire un vampire du petit également afin qu'il pût, au moins, survivre, de quelque manière que ce fût.

Il n'apprit à transformer un humain en vampire que bien plus tard ; comment il aurait dû nourrir son fils de son propre sang, au moment où le cœur de ce dernier laissait échapper son dernier battement.

« Espèce de monstre ! Tu as tué mon fils ! »

Les cris de sa femme se mélangèrent à ses larmes, à sa voix rauque. Mais, de la façon dont elle le regarda lorsqu'il sortit de sa transe passagère, lorsque la bête en lui fut repue du sang du petit garçon, ces yeux le condamnèrent à l'enfer. A vivre un véritable enfer.

« Tu ressentiras toute la douleur du monde, les sentiments de tous, sans jamais ressentir tes propres émotions. Et ce pour l'éternité. Jamais tu n'aimeras de nouveau. Jamais. »

La sentence était méritée.

« Mon Dieu, qu'est-ce que j'ai fait ? »

Amaury tomba à genoux et pleura.

10

C'était la dernière réunion du personnel pour cette nuit-là. Amaury était fatigué, épuisé même, et il pouvait sentir que Gabriel en était au même point. Utiliser leurs pouvoirs leur demandait beaucoup d'énergie.

Les chaises dans la salle de réunion étaient agencées de manière à ce qu'Yvette pût voir et mémoriser le visage de chacun. Amaury et Gabriel étaient tous les deux assis à ses côtés, tandis que Ricky se tenait sur l'estrade et répondait aux questions soulevées par son discours au sujet des derniers incidents.

« C'est exactement ce dont on a besoin, que la police vienne mettre le nez dans notre passé, » sortit l'un des employés.

Un murmure collectif fit le tour de la pièce.

Ricky leva la main pour demander le silence.

« Je comprends vos inquiétudes. Soyez-en assurés, nous ne donnerons aucune information à la police si celle-ci ne vient pas avec une assignation à comparaître. Comme nous le savons, nombre d'entre nous ont un passé peu glorieux. Mais tout ça, c'est justement du passé. On s'en est sorti et on est revenu dans le droit chemin. »

Amaury remarqua que Ricky avait utilisé le pronom *nous*. Ce dernier était un orateur remarquable, sachant toujours ce que l'assemblée voulait entendre et connaissant la manière de se la mettre dans la poche. Nombre de gardes du corps de chez Scanguards étaient des criminels repentis et, bien que Ricky ne fût pas un ancien roublard, insinuer qu'il était l'un deux était une démarche intelligente de la part d'un responsable en communication.

« On est là-dedans tous ensemble. Une pomme pourrie ne va pas infester tout le panier. Je crois en vous, les gars. Sans vous, Scanguards n'existerait pas. Sans vous, le monde serait moins en sécurité. »

Il poursuivit son discours de motivation.

« La société a besoin que vous restiez forts et vigilants. Si vous soupçonnez la moindre magouille, je vous prie de venir me voir. »

Amaury scanna l'assemblée et essaya de filtrer les diverses émotions qui bondissaient à travers la salle. Sa tête était sur le point d'exploser mais, comme toujours, il tenait bon. Les émotions qui le bombardaient étaient celles auxquelles il s'était attendu : la peur, la terreur, la colère, la perplexité.

« On ne peut pas se permettre de laisser ces incidents détruire la société. Trop de personnes dépendent de nous. Trop d'emplois seraient perdus. Nous avons des familles qui dépendent de nous. Ne les laissons pas tomber. »

« Il y a des pistes ? »

Une question provint de l'auditoire.

Ricky secoua la tête.

« Nous n'avons accès à aucune des informations que la police considère comme confidentielles. Par contre, nous mènerons notre propre enquête interne et, pour ce faire, nous avons besoin de votre contribution. Nombre d'entre vous connaissaient Edmund et Kent. Alors j'ai une faveur à vous demander : si vous pensez que quoi que ce soit d'étrange leur est arrivé avant ces incidents, la moindre chose qui ait pu vous paraître suspecte, ou si vous êtes au courant d'un quelconque problème qu'ils rencontraient, s'il vous plait, confiez-vous à moi. Ne craignez aucunes représailles. Et si vous voulez rester dans l'anonymat, je respecterai votre demande. »

« Est-ce qu'il y aura une récompense ? »

Amaury fronça les sourcils. C'était typique. Il y avait toujours quelqu'un prêt à profiter d'une situation comme celle-ci. Il se concentra sur les émotions de l'homme.

« Pour le moment, rien n'a été décidé. Mais vous savez tous comment nous fonctionnons. La société n'oublie pas l'aide que vous lui apportez. Nous dépendons les uns des autres et nous n'avons besoin de personne d'autre pour être vigilant. »

Amaury devait vraiment tout à Ricky. Ce dernier pouvait donner un effet positif à n'importe quoi. Les hommes de l'assemblée semblaient à présent plus détendus qu'ils ne l'étaient au début de la réunion. Une grande part de leur anxiété s'était envolée et leurs émotions s'étaient calmées, à feu doux. Même s'il restait toujours quelques têtes brûlées à canaliser.

« Je ne peux pas me permettre d'être mêlé à tout ça. Je suis en liberté conditionnelle, » cria un gars costaud depuis sa chaise.

Les têtes se tournèrent vers lui.

« Ouais, ben t'es pas le seul, » enchaîna un deuxième depuis l'autre bout de la pièce. « Alors ferme-la. »

« Tu veux avoir affaire à moi ? » proposa le premier, les dents serrées et les poings prêts à cogner.

Ricky reprit le contrôle de l'assemblée.

« S'il vous plaît, messieurs. Il est inutile d'en venir aux mains. Avez-vous la moindre idée du travail que j'ai, ne serait-ce que pour remplir les demandes de congés compensatoires ? S'il vous plaît. Calmez-vous. Aucun d'entre nous ne peut se permettre d'être mêlé à cette affaire, pourtant nous le sommes tous. Nous n'avons rien choisi de tout ça mais nous devons faire avec. Je vous prie de garder la tête froide. Notre premier devoir reste nos clients. Ils seront nerveux et auront toutes les raisons de l'être. Si l'un d'entre vous perd son calme, nos clients le remarqueront. Alors, si vous voulez être démis de vos missions, dites-le moi maintenant. »

Amaury étudia l'assemblée du regard mais personne ne répondit.

« Je vais donc en déduire que notre objectif reste le même. Protéger nos clients, faire notre boulot. Nous nous en sortirons, je vous le promets. Bonne nuit, messieurs. Faites attention. »

Ricky jeta un regard silencieux à Amaury et Gabriel. Amaury hocha la tête. Il avait eu suffisamment de temps pour se plonger dans les émotions des employés mais rien n'avait transparu. Toutes les émotions semblaient logiques au vu de la situation. Cependant, il voulait se pencher un peu plus sur certains membres du personnel.

Alors que la pièce se vidait et que les conversations diminuaient, les vampires se réunirent dans un coin.

« Quelque chose ? » demanda Ricky.

« Je me suis introduit dans leur mémoire mais rien ne les liant à Edmund ou Kent n'est apparu. Oui, certains d'entre eux connaissaient les deux mais je n'ai pu capter le moindre indice qui me laisserait penser qu'ils nous bernaient. Sauf si quelqu'un bloquait mon accès, » admit Gabriel.

« Ils peuvent faire ça ? » demanda Amaury, surpris.

Il avait toujours pensé que le don de Gabriel était infaillible.

« Pas les humains, non. Mais les vampires, oui, éventuellement. Tout le monde ne peut pas me bloquer mais quelques vampires peuvent avoir suffisamment de pouvoir pour y parvenir, du moins partiellement ou encore, voiler leur mémoire afin que je ne puisse suffisamment les pénétrer. Tu n'as pas ce problème avec ton pouvoir ? »

Amaury secoua la tête et sut instantanément qu'il mentait. Il avait récemment rencontré une personne dont il ne pouvait lire les émotions. Mais il était presque certain qu'il ne s'agissait là que d'un coup du hasard. En outre, elle était humaine.

« Non, je peux ressentir tout le monde. Les vampires comme les humains. »

Après les longues sessions avec les employés, Amaury était complètement épuisé. Il avait désespérément besoin de sexe pour empêcher sa tête d'exploser. Il regarda sa montre. Les boîtes de nuit seraient encore ouvertes à cette heure-ci. Il avait besoin de se nourrir et de continuer ses recherches sur Nina.

« Eh bien, tu en as de la chance. »

Si seulement Gabriel savait. Ce n'était pas ainsi qu'Amaury qualifiait son don.

« Quelque chose de ton côté ? »

« J'ai ressenti de la culpabilité chez certains. Ça a probablement quelque chose à voir avec un sentiment de déception et de peur mais je ne peux en dire plus. »

Il regarda Gabriel.

« Ton don est bien plus précis que le mien. »

Le don d'Amaury était sujet à interprétation et cette fois-ci, il ne pouvait s'en remettre à de simples hypothèses. C'était bien trop important pour chacun d'entre eux. Voilà pourquoi le don de Gabriel était nécessaire pour compléter le sien.

« On devrait en interroger quelques-uns, un par un. Montre-moi la liste, Ricky, » demanda-t-il.

Ricky sortit la liste du personnel et la lui tendit. Rapidement, Amaury annota quelques remarques à côté de certains noms.

« Mettons quelque chose au point pour demain soir. »

Ricky regarda la liste.

« D'accord, ceux-là plus quelques-uns des réunions précédentes, ça en fait onze. Yvette ? »

Yvette était restée silencieuse tout au long de la discussion. Elle s'éclaircit la gorge.

« J'aimerais faire les entretiens avec Amaury. »

Amaury haussa les sourcils mais ne protesta pas. Si elle voulait se pencher davantage sur les gars qu'il avait choisis, soit.

« Gabriel, ce sera nous trois, alors. »

Au moins la présence de Gabriel empêcherait Yvette de se lancer dans une bagarre.

« Où est Quinn ? » demanda soudain Yvette.

« Probablement dehors. Il était censé s'assurer que tout le monde quittait bien l'immeuble. Allons-y, » ordonna Gabriel. « Il est temps de voir avec Zane. »

~ ~ ~

C'était la troisième nuit d'affilée que Nina devait faire face à un vampire. Peut-être n'était-elle pas faite pour cela, en fin de compte. D'autant que celui-ci paraissait franchement méchant. La tête rasée, le corps sans un gramme de graisse, il l'avait coincée contre un mur à l'extérieur des bureaux du centre-ville de Scanguards.

La bouche du vampire se tordit en un rictus à quelques centimètres du visage de Nina, tandis que son bras appuyait contre sa gorge, l'empêchant ostensiblement de respirer.

Tout fonctionnait encore à merveille quelques minutes auparavant. Elle avait regardé les employés quitter l'immeuble après la réunion. Malheureusement, Benny s'était enfui avant de l'aider à identifier son contact, la laissant penser que son informateur avait vu le gars parmi les employés, à ce moment précis et qu'il en avait conclu que partir était moins risqué. D'autant plus qu'il n'était déjà pas venu avec elle de son plein gré. Elle avait dû utiliser un pouvoir de persuasion relativement violent pour le traîner avec elle.

Manifestement, la fouine avait un meilleur instinct que Nina pour sauver sa peau. Autrement, elle ne se serait à présent pas retrouvée entre les mains du vampire chauve. La chaîne en argent qu'elle avait dans la poche de sa veste ne lui était d'aucune utilité pour le moment. Elle ne serait pas assez rapide pour la passer autour du cou de son assaillant même si elle parvenait à se défaire de sa poigne. Et même si elle était armée d'un pieu, celui-ci se trouvait dans la poche intérieure de sa veste et demeurait donc, pour le moment, hors de portée. Elle devait utiliser une autre stratégie.

« Qui es-tu ? »

Oui, sa voix semblait aussi méchante que ce qu'il laissait paraître. Il n'y avait aucun doute là-dessus.

Elle ouvrit la bouche mais aucun son n'en sortit. Il écrasait sa trachée.

« Parle ! »

Facile à dire. Ce n'était pas lui qui manquait d'air. Nina retint sou souffle et leva le bras pour montrer son cou. Une seconde plus tard, le vampire relâcha la pression ; à peine. Elle toussa immédiatement.

« Maintenant, parle. Et vite. »

« Je m'occupais juste de mes affaires. »

S'il pensait qu'elle cracherait le morceau aussi vite, alors il n'avait jamais rencontré quelqu'un d'aussi têtu qu'elle.

Il secoua la tête.

« Pas sur mon territoire, non. Tu nous épiais. Qui es-tu ? »

« Je me promenais, c'est tout. »

Il appuya sa cuisse contre elle pour lui montrer qui était le plus fort. Elle n'était pas si facilement intimidable ;ou du moins n'était-elle pas prête à l'admettre.

« *Rôder* est le mot que tu cherches, je crois. »

Du coin de l'œil, elle scanna les alentours à la recherche de passants mais ils étaient seuls. A cette heure avancée de la nuit, le quartier des affaires était désert. Les restaurants avaient déjà fermé et il n'y avait aucune boîte de nuit dans les environs.

« C'est un pays libre. »

« Pour certaines personnes, peut-être. »

Il était différent des deux vampires contre lesquels elle s'était battue la nuit précédente. Il aurait pu la tuer une douzaine de fois depuis qu'il l'avait attrapée et pourtant, il préférait l'interroger à la place. Cela lui donnait l'espoir qu'il n'était pas envoyé par le même gars qui, la veille, avait mandaté les deux autres.

« Ecoute, j'te cherche pas d'embrouilles. Si c'est ton territoire, mon pote, alors je dégage, ok ? »

Elle lui délivra son meilleur vocabulaire des rues. Si elle arrivait à le convaincre qu'elle était juste une petite frappe de bas-étage qui n'avait rien à voir avec les vampires, alors la laisserait-il peut-être partir.

« Qu'est-ce que tu veux ? »

Comme si elle allait le lui dire. Bon sang, ce que le gars était insistant.

« Zane ! »

Le vampire tourna la tête au son de la voix provenant de derrière. Plusieurs silhouettes s'approchèrent, toutes toujours plongées dans la pénombre. *Bien, encore plus de vampires.* Les chances de survie de Nina venaient juste de fondre comme neige au soleil.

« Qu'est-ce qui se passe ? » demanda la même voix.

L'homme apparut. La première chose que remarqua Nina fut la longue cicatrice qui s'étendait de son menton jusqu'à l'oreille. Terrifiante. Elle pouvait dire qu'à un moment donné, dans le passé, il avait été beau mais la cicatrice avait mis fin à cette époque.

« Cet homme vient juste de m'agresser ! »

Peut-être pouvait-elle créer quelque mouvement de confusion et attiser le sens de la galanterie de l'un d'entre eux envers une femme ; non pas qu'elle y croyait plus que ça. Ils se feraient seulement piétiner.

« Nina ? »

Elle connaissait cette voix.

Amaury s'approcha, un regard ahuri embrassant son visage magnifique. Bon sang, cet homme était aussi beau que la veille. Elle ne l'avait pas rêvé.

« Tu la connais ? » demanda Scarface à la queue de cheval.

« Zane, lâche-la. Maintenant ! » ordonna Amaury au vampire qui la retenait toujours prisonnière.

Zane ne montra aucune intention de la laisser partir. Au contraire, il sembla resserrer son emprise sur elle.

« Ne me dis pas que c'est une de tes poules ! »

La voix féminine surprit Nina. Elle regarda dans sa direction. Si une femme pouvait être qualifiée de *femme fatale*, alors c'était celle-ci. Un pantalon en cuir noir, un haut coloré près du corps, une poitrine plus que généreuse. Et un visage absolument parfait, entouré de cheveux bruns. Certaines filles étaient chanceuses.

« Tais-toi, Yvette ! Zane, lâche-la. » répéta Amaury.

« C'est qui ? » Zane n'était manifestement pas enclin à abandonner.

« C'est pas tes oignons. »

« Ça le devient quand elle se met à espionner Scanguards. »

« Nina, tu n'étais pas en train d'espionner Scanguards, si ? »

Le regard entendu d'Amaury se révéla subtile.

« Bien sûr que non. Je t'attendais juste. »

Elle espéra que personne ne noterait le ton tremblant de sa voix.

« Tu sors avec une humaine ? »

Le vampire à la queue de cheval et à la cicatrice jeta un regard de réprimande à Amaury.

« Est-ce que je dois te rappeler ce dont on a parlé il y a deux nuits de cela ? »

« Je sais de quoi on a parlé, Gabriel. Pas la peine de me le redire. Je vais m'en occuper. »

« Vraiment ? » lança Yvette.

« Oui, vraiment, » dit Amaury d'un ton plutôt énervé.

« T'as intérêt. On fait profil bas. »

Gabriel fit signe à Zane de lâcher Nina. Elle ressentit sa réticence à le faire. L'enfoiré avait manifestement espéré en venir un peu aux mains et il la coinçait toujours.

« Je crois que je ferais bien de m'en occuper moi-même, » insista Zane. « Je ne crois pas qu'on peut te faire confiance pour lui effacer la mémoire. Tu manques d'objectivité. »

Effacer sa mémoire ? Comment allaient-ils faire ça ? En perçant sa cervelle ?

Zane et Amaury se fusillèrent du regard. Si un regard avait pu fusiller quelqu'un ; heureusement, ce n'était pas le cas, du moins pas à la connaissance de Nina. Mais que savait-elle de ce que les vampires pouvaient faire de plus ?

« Nina, éloigne-toi de lui et viens ici. »

Elle se retint de faire un doigt d'honneur à Zane et fut on ne peut plus heureuse d'obéir à l'ordre d'Amaury. Mieux valait pour elle qu'elle resta à proximité du vampire qu'elle connaissait…

Elle nota le regard que lui lança Yvette lorsqu'elle se plaça enfin aux côtés d'Amaury. Sans surprise, son commentaire ne se fit pas attendre.

« Elle est *si* bonne que tu es prêt à trahir tes amis ? »

La femme laissa son regard étudier le corps de Nina, donnant l'impression à celle-ci qu'elle était en train de passer une inspection qui échouerait.

« Reste en dehors de ça, Yvette, » grogna Amaury.

« Aussi bonne que ça au lit, hum ? »

Yvette jeta un sourire froid à Nina.

« Fais gaffe. Il prendra ce qu'il veut et se foutra pas mal des conséquences. »

Nina ne sut que répondre et fut contente de ne pas avoir à le faire. Gabriel mit fin à la conversation.

« Ça suffit. Amaury, tu sais ce que tu as à faire. Si tu ne prends pas les choses en main, c'est moi qui m'en chargerai. Ou pire, Zane le fera. On se comprend ? »

Amaury hésita un instant et Nina remarqua qu'il serrait les poings.

« C'est on ne peut plus clair. »

Il se retourna et attrapa le bras de Nina.

« Allons-nous-en. »

La brusquerie de son ton n'augurait rien de bon pour l'avenir immédiat de Nina.

Elle n'avait aucune idée de la raison pour laquelle il ne l'avait pas jetée en pâture aux lions. Il avait préféré faire face à leur colère à tous pour la sortir de cette situation précaire. Elle lui jeta un regard de côté tout en essayant de suivre sa cadence, la main de celui-ci toujours cramponnée à son bras, d'une manière peu sympathique.

« On va où ? » lui demanda-t-elle une fois qu'ils se tenaient trop loin de ses amis vampires pour qu'ils entendent.

« Quelque part où on peut parler. »

« Parler de quoi ? »

Amaury s'arrêta et se tourna vers elle. La fureur qui transparut dans ses yeux incita Nina à rester silencieuse.

« On sait tous les deux qu'on ne sort pas ensemble, alors arrête tes conneries. Tu as de la chance que j'aie réussi à embobiner mes amis. Mais maintenant, tu me dois une explication. »

Puis, il reprit sa marche, la tirant une fois de plus par le bras.

« Va moins vite ! Je ne peux pas te suivre. »

« A moins que tu ne préfères que je te porte, tu me suis. »

Nina ignora le frisson qui parcourut sa colonne vertébrale.

Espèce d'homme des cavernes !

11

Nina le rendait fou, fou à se taper la tête contre le mur. Au moment où Amaury avait vu Zane la malmener, il avait vu rouge. Non : cramoisi, écarlate, violet ! Que *diable* faisait-elle là, à épier leur sortie des bureaux ? Et il était clair qu'elle les avait espionnés. Cette rencontre était tout *sauf* une coïncidence.

Lorsqu'ils furent entrés tous les deux dans l'appartement, Amaury fit entendre un grognement en verrouillant la porte. Sa décision de voler au secours de Nina avait été purement instinctive. Il n'avait pas du tout pensé aux conséquences. La seule chose qui lui avait traversé l'esprit avait été de la dégager des bras de Zane.

Il ne connaissait que trop bien ce dernier et ses méthodes d'interrogatoire étaient tout sauf douces. Amaury ne voulait pas que Nina fût sujette à la brutalité de Zane. Celui-ci suivait parfaitement les directives, il était loyal et on ne peut plus protecteur envers ses frères, mais ses méthodes étaient quelque peu discutables.

L'idée que Nina eût pu souffrir sous la poigne de Zane retourna l'estomac d'Amaury. Et pas uniquement pour les raisons les plus évidentes. Même si son collègue n'était pas aussi brutal que lui, Amaury ne voulait pas que ce dernier posât ses mains sur Nina.

« Bon sang, tu me donnes mal à la tête. »

« Eh bien dans ce cas, pourquoi je ne te laisserais pas seul ? »

Nina fit une tentative vers la porte en le dépassant mais il la retint, puis l'obligea à se retourner.

« Bien essayé, Nina. Si tant est que ce soit ton vrai nom. »

Elle leva la tête avec un air de défi.

« Comme si tu étais à cheval sur la vérité. »

Touché !

« Et Nina *est* bien mon nom, » ajouta-t-elle.

« Tu vas peut-être vouloir t'installer confortablement, puisque tu ne vas nulle part. »

Il relâcha les épaules de Nina avant de succomber à l'envie de l'attirer contre son propre corps et de la punir d'un baiser.

« Vas-y, assieds-toi. »

Elle ne bougea pas.

« Je préfère rester debout. »

« Comme tu voudras. Maintenant, parle. »

« On dirait que le brouillard s'est dissipé… »

Il la coupa.

« La raison pour laquelle tu rôdais devant Scanguards. »

« Je n'étais pas en train de rôder. »

Ses battements de cils innocents ne fonctionneraient pas avec lui. Pas plus que ses lèvres rouges et généreuses, qu'elle mit en avant en signe de protestation.

« Ce n'était pas *moi* que tu attendais, ça, c'est sûr. Alors on dirait bien qu'on a une véritable Buffy entre nos mains. »

« Tu me traites de meurtrière ? »

« C'est ce que tu es, non ? »

Amaury laissa son regard parcourir la silhouette svelte de Nina. Elle était grande pour une femme, bien construite, avec des muscles qui auraient fait rougir de honte le commun des mortels. Mais elle n'était pas assez forte pour se battre contre un vampire, encore moins contre un de la trempe de Zane.

« Je ne suis pas une meurtrière. »

« Alors pourquoi pars-tu à la recherche de vampires pour les tuer ? Chez moi, c'est la définition de meurtrier. Et n'essaye même pas de le nier. J'étais là, tu te souviens ? »

Mais Amaury n'était pas en train de penser au combat contre les vampires. Son esprit lui évoquait plutôt les visions qui avaient suivi l'affrontement, cette même nuit. L'image de ses seins nus. Il tenta de s'en débarrasser en secouant la tête impatiemment.

« C'est de cette façon que tu me remercies de t'avoir sauvé la peau ? Si je n'avais pas tué ce gars, tu serais réduit à l'état de poussière, à l'heure qu'il est. »

Nina avait raison sur ce point. En toute honnêteté, il n'avait aucune idée de la raison pour laquelle elle l'avait sauvé alors qu'elle aurait pu s'enfuir pour sauver sa propre vie. Au lieu de cela, elle avait courageusement sauté sur le vampire et lui avait enfoncé le pieu dans le cœur.

« Ma peau n'aurait pas eu besoin d'être sauvée en premier lieu si je n'avais pas dû venir à ta rescousse. »

« Je ne t'ai pas demandé de m'aider. »

Elle porta ses mains sur ses hanches laissant ainsi apparaître sa poitrine sous la veste entrouverte. Amaury était-il en train d'halluciner où cette simple action rendait ses seins plus volumineux ?

« Tu n'as pas eu à le faire. De l'endroit où je me trouvais, il semblait plutôt évident que tu avais besoin d'aide. »

La simple réminiscence de la voir se battre seule contre ces deux vampires envoya un frisson glacé courir le long de sa colonne vertébrale. Il aurait pu la perdre si facilement.

La perdre ?

« Espèce de con arrogant ! »

« Tu n'es qu'une môme insolente. Je suis d'humeur à te retourner sur mes genoux et à déculotter tes fesses de petite têtue. »

Dès qu'Amaury sortit ces mots, il sentit une vague de désir se répandre dans ses reins. L'image des fesses nues de Nina stimula anticipativement son engin. Comme il aimerait sentir sa peau sous ses mains !

Elle plissa les yeux.

« J'aimerais bien te voir essayer, tiens ! »

Amaury perçut de la rage dans sa voix. Ses joues virèrent au rouge foncé, tandis que sa poitrine se soulevait à chacune de ses inspirations. Dès que ses seins poussaient contre le tissu, il pouvait voir ses tétons durs. Il n'était pas le seul à être excité par la situation.

« Ne me tente pas ! »

Mais il était déjà tenté.

« Tu n'as aucune idée de ce qui serait arrivé si je n'avais pas arrêté Zane. Tu crois que ce sont ses parents qui lui ont donné ce nom ? »

Il lui jeta un regard furieux qui l'arrêta.

« Cet espèce d'enfoiré a choisi son nom exprès. Selon sa propre conception de l'ironie... Personne n'est véritablement sûr qu'il soit aussi *sain* que ça. Tu ferais bien de garder tes distances avec lui. »

« Comme si tu étais plus sain que lui ! »

Elle le comparait à Zane ? Bien, à présent, elle devait payer.

Avant même qu'elle n'eût le temps de cligner des yeux, elle se retrouva sur ses cuisses, les fesses en l'air.

« Je ne te conseille pas de faire ça ! » cria-t-elle de toutes ses forces, tentant de se débattre à grand renfort de coups de pieds dans le vide.

La première fessée l'interrompit. Amaury n'avait pas assez confiance en lui-même pour baisser le jean de Nina sans que la situation ne dérapât complètement. Mais si elle continuait à se débattre, alors il serait peut-être contraint de la déshabiller.

« Espèce d'enfoiré ! »

Il lui donna une autre fessée, un peu plus fort cette fois. Puis une troisième, et une quatrième.

« Aïe. » Sa protestation était peu convaincante.

Il lui donna une autre fessée puis caressa la fesse de la paume de sa main, doucement.

« Arrête ça ! »

Amaury nota que Nina avait un peu moins de détermination dans la voix que lorsqu'elle l'avait insulté. Il sourit de toutes ses dents et remarqua soudainement que son mal de tête s'était dissipé. Lors de la réunion du personnel, sa tête avait été sur le point d'exploser et, même à l'extérieur, lors de la confrontation avec ses amis, il avait continuellement été en proie à une atroce migraine. Mais à présent qu'il y pensait, depuis qu'il était rentré chez lui avec Nina, la douleur s'était dissipée. En fait, il se sentait bien !

Nina bougea sous sa poigne.

« Tu vas te tenir tranquille, maintenant ? »

Amaury prit son silence pour un oui et la retourna pour l'assoir sur ses genoux à lui, mais elle essaya immédiatement de s'en dégager. Il l'arrêta. Avoir Nina sur ses genoux semblait tellement évident…

« Maintenant, on va parler. »

Si tant était qu'il fût capable d'écouter la moindre chose, alors qu'elle se frottait les fesses contre lui, essayant toujours de lui échapper. Elle pouvait essayer autant qu'elle le voulait ; il ne la laisserait pas faire. Avait-elle la moindre idée de l'érection grandissante dont ses mouvements étaient responsables ?

« Je suis quoi ? Un gamin assis sur les genoux du Père Noël ? » dit-elle en se redressant et en croisant les bras.

« Crois-moi, *chérie,* le Père Noël n'est pas aussi costaud que moi. »

Il poussa son érection contre la cuisse de Nina afin de souligner sa déclaration et ressentit l'étroitesse de son pantalon. S'il bougeait à nouveau, il exploserait.

A présent, elle était manifestement énervée. Elle lui lança un regard venimeux. Peut-être était-elle enfin à court d'insultes dont l'affubler.

« J'en ai vu de plus grosses. »

De plus grosses ? Il lui montrerait.

« J'en doute. Tu devrais peut-être comparer avant de sortir ce genre de choses. »

Amaury attrapa sa main et la dirigea vers lui pour la placer contre la bosse de son pantalon.

Nina essaya de se dégager mais soudain, elle fut pantoise et Amaury sentit sa main le serrer légèrement à travers le tissu.

« Oh. »

La chaleur de sa main se répercuta en lui et il se poussa contre elle, l'encourageant à le serrer de nouveau. Il pourrait l'interroger plus tard. Ce n'était pas pressé.

« Touche-moi. »

Il regarda son visage. Elle concéda finalement à plonger ses yeux dans les siens. Puis, sa main bougea sur toute la longueur d'acier d'Amaury ; l'explorant, la mesurant. Il inspira profondément tout en inhalant son parfum. Doucement, il approcha sa tête de la sienne jusqu'à ce que leurs lèvres ne se trouvent plus qu'à quelques centimètres.

« Je veux sentir tes mains sur ma peau, » murmura-t-il contre sa bouche, son souffle se mêlant au sien.

« Tu portes bien trop de vêtements. »

Sa réponse le fit glousser.

« Pourquoi tu ne me déshabilles pas, dans ce cas ? »

Il aimait l'idée qu'elle prît les devants, l'idée que, de ses mains, elle défasse les boutons de sa chemise et baisse la braguette de son pantalon.

« Peut-être plus tard. »

Les lèvres de Nina effleurèrent celles d'Amaury.

« Est-ce que c'est toi qui fais ça ? »

« Qui fais quoi ? »

« Qui me donne envie de t'embrasser. »

Nina voulait l'embrasser ? Aucune objection de ce côté-là.

« Je n'utilise pas mes pouvoirs sur toi. »

Uniquement ceux qu'un homme utiliserait pour séduire une femme.

« Je n'en ai pas besoin. On sait tous les deux qu'on en a envie. »

Amaury plaça la lèvre inférieure de Nina entre les siennes et la parcourut avec sa langue. Sa saveur était enivrante.

« Pourquoi ? »

Les mains de Nina attrapèrent la couture de la chemise d'Amaury.

« Je ne sais pas et ça m'est égal. Faisons juste en sorte que ça arrive. »

Il ne pouvait expliquer leur attirance ni pourquoi il n'avait pas suivi les ordres de Gabriel et effacé de la mémoire de Nina tout souvenir lié aux vampires.

« Je suis en sécurité avec toi ? »

Il recula de quelques centimètres pour la regarder.

« Est-ce que je t'ai fait mal jusque-là ? »

« Eh bien, tu m'as botté les fesses, comme tu l'as si élégamment dit. »

Il sourit de toutes ses dents. La fesser avait été plus qu'appréciable. En fait, cela avait excité Amaury ; et méchamment. Le refaire un peu plus tard ne le dérangerait pas.

« Ce que tu as pleinement mérité pour… »

Pour m'avoir fait une peur bleue quand je t'ai vue prisonnière de Zane, voulut-il dire mais il ravala ses mots.

« … pour m'avoir suivi, moi et mes amis. »

Elle l'attrapa par la chemise et l'attira à elle.

« La prochaine fois que tu me donnes la fessée, fais-le correctement. Je n'ai presque rien senti à travers mon pantalon. »

Il s'étouffa presque. Nina était-elle en train de lui suggérer de la fesser nue ?

« Est-ce que tu es en train de me dire ce que je pense que tu es en train de dire ? »

Il serait plus qu'heureux de faire à ce joli petit derrière tout ce qu'elle voulait qu'on lui fît. Elle n'avait qu'à demander. En fait, elle n'avait même pas besoin de demander ; une simple allusion suffirait à pousser Amaury à l'action.

« Je crois que tu vas devoir le deviner toi-même, hum ? »

Mais elle ne lui donna pas une autre chance de répondre et écrasa ses lèvres contre les siennes.

Sa peau douce rencontra celle d'Amaury, ouvrant les vannes à des vagues déferlantes de sensations qui s'empressèrent de parcourir son corps. La chaleur de Nina l'envahit sur toute la surface de sa peau, pénétrant ses cellules. Le sang circula plus fort dans ses reins, durcissant davantage son érection. Il autorisa ses propres mains à parcourir le corps de Nina, tandis que sa bouche complétait celle de la blonde, l'explorant à chaque instant.

Une main pressée contre son dos pour l'attirer plus près de lui, Amaury laissa son autre main glisser sur son cou, pour caresser sa peau douce, avant de prendre sa joue dans le creux de sa main. Son pouce caressa la mâchoire puis courut sous son menton ; il sentait le muscle doux en-dessous et le sang chaud qui courait en elle.

Amaury bougea la tête et demanda la permission de franchir la barrière de ses lèvres avec sa langue. Dans un soupir, elle abdiqua à la tendre demande et entrouvrit ses lèvres humides. Un éclair foudroyant le frappa dans ses entrailles lorsqu'il envahit les délicieux recoins de la bouche de Nina, trouvant en elle son double, son jumeau tant convoité qui lui correspondrait parfaitement.

Amaury lâcha un gémissement guttural dès qu'il se lança dans un duel avec sa langue. Elle se battait avec la même fougue que celle dont elle avait fait preuve lors de ses attaques verbales. Sa talentueuse bouche l'emmena plus profondément, l'invitant à l'explorer et à apprendre, à chaque instant ,de nouveaux détails la concernant. C'était exactement ce qu'Amaury voulait.

Nina recula soudainement.

« Tu portes trop de vêtements. »

Sans attendre de réponse, elle déchira la chemise et envoya voler quelques boutons. Immédiatement, elle plongea ses mains sur la poitrine de son partenaire, lui envoyant des décharges électriques sur la peau, à chaque endroit qu'elle touchait. Quand une femme lui avait-elle témoigné autant de passion pour la dernière fois?

« Je n'aimais pas cette chemise, de toute façon. »

Amaury attira de nouveau sa tête vers lui et reprit leur baiser passionné tandis que Nina lui enlevait sa chemise et la jetait au sol. Il se sentait excité par la façon dont elle prenait les choses en main ; pleine de confiance et d'assurance. Le fait d'avoir une femme forte comme elle dans ses bras l'excitait encore plus que n'importe laquelle de ses aventures d'un soir.

Jamais une femme n'avait fait preuve d'autant d'exigence passionnée avec lui et jamais il n'avait eu envie de laisser l'une de ses conquêtes prendre le dessus. Tout cela était nouveau, pour lui. Nouveau et excitant. Il ne s'opposerait en rien à ce qu'elle voudrait lui faire, du moment qu'elle utilisait sa bouche, sa langue et ses mains de la même manière qu'à cet instant précis..

« Emmène-moi au lit, » murmura-t-elle.

Il marmonna un « oui » étouffé à travers les lèvres de Nina. Non pas qu'il eût besoin de mots pour lui répondre. Il la prit tout simplement dans ses bras puis, se leva du canapé et l'emmena dans sa chambre sans jamais interrompre leur baiser. Il ouvrit la porte d'un coup de pied.

Les draps du lit étaient tout froissés, souvenir du cauchemar qu'il avait fait la veille. Doucement, Amaury s'assit sur le lit. D'un mouvement fluide, Nina le poussa. Il atterrit sur le matelas sur le dos et elle s'installa sur lui à califourchon. C'était loin d'être la position la plus désagréable.

Cela faisait longtemps qu'une femme ne s'était pas retrouvée dans son lit. La plupart de ses aventures se déroulaient dans des allées sombres, des boîtes de nuit ou n'importe quel genre de vestibule. Mais cette fois, tout était différent ; tout était plus intense, plus intime.

Amaury attrapa les hanches de sa partenaire et pressa son érection contre sa féminité.

« Je te veux. »

Il tira sur la veste de Nina mais elle l'arrêta.

« Toi d'abord. Je veux te voir nu. »

Ses yeux se voilèrent de passion et de désir alors qu'elle le regardait. Puis, Amaury se rendit soudain compte de quelque chose : ses magnifiques yeux l'observaient avec intérêt.

« Alors déshabille-moi. »

Il voulait se rendre, face à elle, lui donner carte blanche, ne serait-ce que pour voir sur son visage ce regard qui traduisait son désir.

Ses mains ne tremblèrent pas lorsqu'elle défit le bouton de son pantalon, comme si elle l'avait déjà fait une centaine de fois. Une seconde plus tard, Amaury regarda Nina baisser sa braguette. Il laissa échapper un soupir de soulagement lorsque sa verge se retrouva à l'air libre.

Rapidement, elle le libéra de son pantalon et de ses bottes avant de ramper de nouveau vers le noyau de sa virilité. Il ne la lâcha pas du regard une seconde, observant chacun de ses mouvements séducteurs. Il y avait quelque chose de pervers dans le fait qu'il fût nu alors qu'elle était toujours habillée. Quelque chose de presque interdit.

Sa langue apparut et elle se lécha les lèvres tandis qu'elle se concentrait sur son sexe qui, fièrement, se dressait, niché dans des poils bruns et épais.

« Tu es beau, » dit Nina en le regardant droit dans les yeux. « Je veux te goûter. »

Son regard se redirigea vers le dur morceau de chair d'Amaury. Jamais il ne s'était autant rendu compte de sa virilité que sous le regard affamé de Nina.

Venait-il juste de mourir et s'en était-il allé au Paradis ? Quand était-ce la dernière fois qu' une femme avait voulu lui donner du plaisir sans qu'il n'eût à l'en persuader d'abord ? Nina était-elle réelle ?

Amaury la toucha, juste pour vérifier qu'elle n'était pas le fruit de son imagination.

« Laisse les mains au-dessus de ta tête. Tiens-toi à ces barres, » lui dit-elle en montrant du doigt la tête de lit en métal.

« Tu ne me touches pas. Je veux faire ça à ma façon. »

Le sourire séducteur qu'elle lui lança le fit fondre et envoya une autre vague de plaisir à travers son corps, jusque dans ses doigts de pied. Elle était toujours entièrement vêtue et il était là, allongé, nu devant elle, on ne peut plus excité. L'arôme de l'excitation de Nina s'engouffra dans ses narines et intensifia encore plus son désir.

« Je ne te touche pas ? »

Comment pouvait-il garder ses mains à distance de la femme de ses rêves alors que celle-ci se trouvait précisément dans son lit ?

Nina secoua la tête.

« Pas encore. Plus tard. »

Amaury fit ce que Nina lui dit et il attrapa les barres au-dessus de sa tête.

Il pouvait attendre, même si c'était difficile pour lui. Bientôt, il lui arracherait ses vêtements et la verrait dans toute sa nudité, en pleine gloire, puis il toucherait et embrasserait chaque centimètre de sa peau avant de s'enfoncer en elle. Mais elle voulait commencer par là et il n'était pas du genre à repousser une femme ; surtout si elle voulait lui faire plaisir d'une manière aussi dévouée. Bon sang, il avait vraiment de la chance.

« Ferme les yeux et concentre-toi sur les sensations. »

Obéir à Nina lui sembla soudain être ce qu'il se devait de faire.

Les lèvres de Nina effleurèrent la cuisse d'Amaury tandis que sa langue chaude traçait un chemin de lave en fusion vers son ventre. Immédiatement, sa respiration accéléra, les battements de son cœur suivant une cadence effrénée. Il se battit contre le désir de l'attraper, de la plaquer sous lui et de plonger en elle. D'une lenteur douloureuse, la tentatrice lui lécha la cuisse en remontant puis, elle s'arrêta exactement à l'endroit où le désir d'Amaury était le plus manifeste.

Le même traitement fut réservé à l'autre cuisse, amenant le vampire à soulever les hanches.

« Bébé, tu es en train de me tuer. »

Tout doucement et il en aimait chaque seconde.

« Pas encore. »

Sa réaction resta coincée dans sa gorge lorsqu'il sentit la langue de Nina lécher la base de sa verge. Il fut enveloppé par une vague de chaleur et d'humidité tandis que lèvres de sa partenaire effleuraient sa peau, déposant de petits baisers là où sa langue l'avait léché quelques secondes plus tôt. Les gémissements d'Amaury emplirent la pièce.

« J'aime ton goût. »

Il alla pour l'attraper, passant ses mains à travers les cheveux de Nina.

« Oh, *chérie*… »

Immédiatement, elle recula.

« Pas de mains. Et on ferme les yeux. »

Son besoin d'elle le rendait fou mais son regard déterminé le fit s'exécuter et il remit ses mains sur la tête de lit. Un instant plus tard, il en fut récompensé lorsque la langue de Nina lapa son érection, léchant depuis la base jusqu'au bout, où une goutte avait déjà pointé d'impatience était déjà apparue sous l'effet de l'impatience. Elle lécha tout simplement la goutte et ronronna contre lui. Elle essayait manifestement de le tuer de plaisir.

Amaury souleva ses hanches, mourant d'envie de sentir les lèvres de Nina autour de lui. S'agrippant davantage encore à la tête de lit métallique, il laissa échapper un souffle court. Il mourrait si elle ne rassasiait pas bientôt la faim avec laquelle son corps était aux prises.

Au moment où Nina le prit dans sa bouche humide et chaude, s'enfonçant jusqu'au bout de cette longue masse, dure tel de l'acier, Amaury s'évanouit presque. Le cœur de ce dernier battait la chamade, étourdissant ses oreilles. Sa peau était trempée de sueur et ses yeux se seraient exorbités s'il ne les avait pas fermés.

La sensation de se retrouver dans sa bouche était intense, enivrante ; un pur bonheur. Puis elle bougea.

Son corps se souleva littéralement du lit lorsqu'elle glissa le long de son engin de haut en bas, suçant d'abord doucement avant d'y mettre plus d'ardeur. Amaury avait reçu nombre de fellations mais bon sang, Nina était maître en la matière et elle n'avait besoin d'aucun conseil. Comme si elle savait exactement ce dont il avait besoin.

Il pouvait à peine attendre de lui rendre la pareille avec la même application dont elle faisait preuve sur lui à cet instant-même. En fait, avant qu'il ne la pénétrât, il goûterait sa saveur jusqu'à ce qu'elle jouît dans sa bouche. Il boirait son nectar comme s'il était issu des cieux.

Ce soir-là, il ne la laisserait pas dormir mais satisferait le moindre de ses désirs jusqu'à ce qu'elle s'évanouît dans ses bras. Puis, et uniquement à ce moment-là, il lui permettrait de dormir ; il la bercerait dans ses bras et la protégerait du monde démoniaque, au-delà des quatre murs de son appartement.

12

Nina ressentait l'excitation d'Amaury. Il eut été difficile de l'ignorer. A chaque mouvement de sa bouche, les gémissements du vampire devenaient de plus en plus forts et fréquents, tandis que les hanches de ce dernier se soulevaient et s'abaissaient continuellement. Voir à quel point elle pouvait réduire le vampire à l'homme idiot et empli de désir qu'il était à présent la satisfaisait. La seule chose qu'Amaury écoutait pour l'instant était son propre désir. Tous ses autres sens étaient en sommeil.

Exactement comme elle l'avait prévu. Enfin, presque. Elle n'avait pas prévu d'apprécier autant tout cela. Jamais auparavant le corps d'un homme ne l'avait excitée autant que ne le faisait ce corps de dieu d'Amaury. Mais malgré le désir qui l'habitait, elle devait suivre son plan à la lettre. Sinon, tout cela n'aurait servi à rien.

Après être tombée nez-à-nez avec les amis d'Amaury, Nina avait déjà inscrit cette nuit sous le signe du désastre le plus total ; jusqu'au moment où ce beau vampire avait commencé à l'embrasser. A cet instant précis, une idée avait jailli dans son esprit. Elle utiliserait cette opportunité pour lui soutirer des informations et serait en mesure de faire, de cette nuit catastrophique, un moment positif.

Quant à ,de surcroît, apprécier ce corps exceptionnel, elle ne se l'était pas imaginé. La culpabilité qu'un tel sentiment envoyait à travers son cœur était difficile à nier. Mais elle tentait cependant de tout justifier.

Elle lécha une dernière fois la tête bulbeuse de l'érection. Ah, ce qu'il avait bon goût !. Sexy, chaud, masculin. En proie à la senteur épicée que dégageait ce corps, le sexe de Nina se contracta et son utérus protesta lorsqu'elle libéra Amaury.

« Viens ici, j'ai besoin d'être en toi. »

Amaury la regarda et tendit les mains pour l'attraper par les épaules.

Elle secoua la tête.

« Est-ce que je ne t'ai pas dit de garder les yeux fermés et de laisser tes mains sur la tête de lit ? »

« Encore ? »

« Oui, je n'en ai pas fini avec toi. »

Non, toujours pas. Elle n'était pas encore en position. Elle avait besoin de quinze secondes supplémentaires.

« *Chérie*, tu es en train de me tuer. »

Si seulement il savait. Comme un bon garçon, il avait refermé les yeux et remis ses mains sur les barres de la tête de lit, attendant manifestement davantage de plaisir encore. Et en d'autres circonstances, elle aurait sauté sur l'occasion pour le rendre fou avec sa bouche. Dans un but purement sexuel, bien entendu ; sans le moindre sentiment, se rassura-t-elle.

Mais à présent, elle se devait d'agir. Alors que sa bouche déposait de petits baisers sur son abdomen et qu'elle léchait son nombril, elle plongea sa main dans la poche de sa veste. Ses doigts sentirent le froid de la chaîne. Elle savait qu'il pouvait entendre le bruit mais elle avait une idée de comment le distraire.

« Ton corps est incroyable. Si ferme, si sexy. »

Nina laissa échapper un gémissement feint et elle l'entendit y répondre par un gémissement étouffé. Elle en profita pour sortir la chaîne en argent de sa poche. Pendant une seconde, elle se demanda si le fait qu'un vampire ne pouvait rompre une chaîne d'argent était fondé ou pas mais il était de toute façon trop tard pour revenir en arrière. Elle devait mettre son plan à exécution.

Remontant le torse de son partenaire en le léchant, sa langue lapa le dur téton sur lequel elle s'arrêta quelques instants. Elle le porta à sa bouche et le suça avec avidité avant de planter ses dents dans la chair. Elle mordit avec précaution, juste assez pour intensifier l'excitation d'Amaury et l'emmener au septième ciel.

Infligeant la même torture à l'autre téton, Nina se souleva au-dessus d'Amaury et le chevaucha. Immédiatement, les hanches de ce dernier se mirent à onduler et sa verge, dure, pressa contre la féminité de Nina. Bon sang, ce que sentir sa rigidité faisait du bien. Elle sentit son propre corps fondre de l'intérieur, tandis que l'humidité entre ses jambes s'intensifiait. Ses sous-vêtements étaient trempés de désir. Si seulement elle pouvait le sentir en elle, ne serait-ce qu'une fois, peut-être cela éradiquerait-il la douleur dont elle était à présent victime. Peut-être la nostalgie s'en irait-elle et son utérus arrêterait-il de se contracter en réponse aux mouvements d'Amaury.

Non !

Nina relâcha le téton et se dirigea plus haut, déposant des baisers le long du cou d'Amaury, qui le lui offrit avec plaisir ; presque comme s'il voulait qu'*elle* le mordît. Bien étrange idée que celle de mordre un vampire. Et pourtant elle avait clairement l'image en tête : ses dents plantées dans la peau d'Amaury, le liquide rouge peignant ses lèvres, courant sur sa langue, s'écoulant dans sa gorge. Elle cligna des yeux et la vision disparut.

C'était maintenant ou jamais. Elle réagit vite et n'eut besoin que de deux secondes pour lui enchaîner les poignets et attacher le tout de manière sécurisée à la tête de lit avant d'entendre son grognement emplir la pièce.

Elle se rassit à la vitesse de la lumière et fut heurtée de plein fouet par son regard furieux.

« *C'est quoi ce putain de BORDEL ?* »

Cette voix tonitruante résonna dans tout son corps.

Amaury secoua la chaîne, sa chair brûlant là où l'argent entrait en contact avec sa peau. L'odeur de chair et de poils brûlés emplit les narines de Nina alors qu'elle regardait ce visage tordu par la douleur.

« Moins tu bougeras, moins ça fera mal. »

Bien, les chaînes tenaient le coup. Les battements de cœur de Nina ralentirent un peu, soulagée de voir que le pouvoir de l'argent fonctionnait bien sur lui. Enfin quelque chose qui allait dans son sens, ce soir-là.

« Putain de salope ! »

« Hé, surveille ton langage ! » répliqua-t-elle. « Et maintenant, parlons. »

Enfin, elle avait la main sur lui. Elle devait à présent en profiter et garder la tête froide.

« Libère-moi ! »

Amaury tira de nouveau sur la chaîne mais ne put la casser. Au contraire, celle-ci sembla creuser davantage dans sa chair. Elle remarqua qu'il serrait la mâchoire comme pour repousser la douleur.

« Je ne crois pas que tu sois en position idéale pour me donner des ordres, cette fois. »

Il sortit ses canines alors que ses yeux rouges flamboyaient.

« Ooooh… On dirait que le grand vampire tout méchant est en colère. »

Ce qui semblait le rendre encore plus sexy. Etait-ce possible ? Un frisson agréable parcourut sa colonne vertébrale avant d'embrasser son cou. Ses tétons durcirent involontairement.

Des traîtres !

« Nina, je te préviens… Enlève ces chaînes immédiatement ou tu vas sincèrement le regretter… »

Il pouvait grogner de sa voix sexy autant qu'il le voulait. Elle ne le libérerait pas.

« Tu parles de menaces… Arrête, Amaury. Tu as perdu, j'ai gagné. C'est si facile de porter ton attention sur autre chose. Tu ne devrais pas laisser ta queue décider pour toi. »

Elle baissa les yeux là où leurs corps se touchaient encore. Sa verge était toujours aussi dure ; toujours contre elle. D'un doigt, elle toucha le gland et étala nonchalamment une goutte de sperme dessus. Le prépuce doux comme du velours bougea à son toucher, se dirigeant vers elle ; réclamant son attention.

« Arrête ça ! » ordonna-t-il d'une voix rauque, avant de lâcher un gémissement à peine retenu.

Elle apprécia le fait que même attaché et à l'agonie, il la désirait toujours. Cela lui convenait.

« Tu ne le penses pas vraiment. Je crois que tu veux que je continue. »

Et en d'autres circonstances, elle l'aurait de nouveau capturé dans sa bouche et rendu fou jusqu'à ce qu'il perdît l'esprit. Puis, elle l'aurait excité de nouveau et l'aurait chevauché jusqu'à n'en plus pouvoir. Mais les circonstances étaient ce qu'elles étaient. Il représentait l'ennemi et elle devait lui régler son compte maintenant.

« Qu'est-ce que tu veux de moi ? Bon sang ! »

Les yeux d'Amaury se fermèrent pendant une seconde alors qu'il laissait échapper un souffle court. Elle regarda ses mains, où des ampoules s'étaient formées comme si de l'acide avait brûlé sa peau.

« Je veux des réponses. »

Il la regarda dans les yeux et elle put ressentir l'esprit du vampire travailler sur le sien. Puis elle entendit une voix dans sa tête : une voix envahissante.

Libère-moi.

Nina comprit qu'il essayait d'utiliser le contrôle de l'esprit sur elle mais elle le repoussa, refusant d'écouter, essayant de le faire partir. Cette espèce d'enfoiré était en train d'essayer d'utiliser ses pouvoirs sur elle.

Sors de ma tête !

Soudain, ses yeux redevinrent bleus et il la regarda avec perplexité.

« Tu me bloques. Comment ? »

Elle ignora sa question. De toute façon, elle en ignorait la réponse. Tout ce qu'elle avait fait avait été de le repousser, de lui refuser l'accès à son esprit. Elle était incapable d'expliquer comment cela fonctionnait.

« J'ai besoin de réponses. On peut utiliser la manière forte, ou pas. Tu choisis quoi ? »

Au lieu de répondre, les jambes d'Amaury se soulevèrent soudain et la frappèrent dans le dos, la poussant directement sur lui, contre sa poitrine, et ils se firent face. La bouche d'Amaury alla vers l'avant et il captura ses lèvres, mais sans la mordre. Il passa sa langue sur les lèvres de Nina, lui demandant accès. Pensait-il vraiment qu'elle abdiquerait aussi facilement ? Elle serra les lèvres, le repoussant.

« Libère-moi maintenant et je ne te ferai pas de mal, » dit Amaury avant de faire une pause puis de reprendre. « Hormis une petite fessée. »

Elle repoussa les épaules d'Amaury et se rassit, loin de la bouche tentante et de l'odeur enivrante de ce dernier. La pensée qu'il pût la fesser comme une enfant mal élevée la fit frissonner.

« Tentant mais non merci. Je préfère garder la main. »

« Je te préviens, Nina. Tu vas le regretter. Plus tard. »

Sa voix n'était plus qu'un grognement sourd, à présent. Il y avait quelque chose de sauvage chez lui. Quelque chose d'animal qui aurait dû lui faire peur. Au lieu de quoi, elle eut envie de lui répondre de la même façon. Elle secoua la tête pour mettre un terme à ses réflexions et pensées stupides.

« Il n'y aura pas de plus tard. »

« Qu'est-ce que tu veux ? »

« Revanche, justice. Voilà ce que je veux. »

Il lui répondit d'un regard surpris.

« Je ne t'ai pas fait de mal. Je n'ai rien fait que tu ne voulais que je fasse. »

« Tu m'as pris ce que j'avais de plus cher au monde. Toi et tes amis, vous m'avez pris Eddie. »

« Eddie ? Eddie qui ? »

Les rides sur son front soulignèrent le fait qu'il ne comprenait rien. Il semblait on ne peut plus perdu.

« Tu vois, tu ne le sais même pas. Vous autres, vous êtes si insensibles face à la vie humaine que vous ne vous souvenez même pas de ce que vous avez fait. Juste une autre vie, hein ? Un autre qui ne comptait pas. Il y en a combien d'autres, en dehors d'Eddie, dont tu n'arrives même pas à te souvenir ? »

Elle lui donna un coup de poing dans la poitrine mais il bougea à peine.

« Bon sang, Nina, mais qu'est-ce que tu veux dire ? Qui diable est Eddie ? »

« Etait. Qui diable *était* Eddie. Eddie est mort. Et c'est de votre faute. »

Parce qu'il travaillait pour eux et qu'à un moment donné, il s'était embrouillé avec eux. Alors ils s'étaient débarrassés de lui d'une manière ou d'une autre.

« Je n'ai tué personne. Tu te trompes de vampire. »

Nina secoua la tête.

« Oh non, j'ai le bon vampire sous la main. Il travaillait pour vous, toi et Samson. Il était garde du corps chez Scanguards. Tout ce qu'il faisait, c'était travailler pour vous. Et qu'est-ce que vous avez fait ? Vous l'avez trahi, vous l'avez utilisé. »

Une lueur de compréhension éclaira ses yeux.

« Edmund Martens. Tu parles d'Edmund Martens. »

Enfin, il comprenait. Il était temps.

« Il a tué son client avant de se suicider, » expliqua Amaury. « C'est un fait. Demande à la police. Ils en ont la preuve. Ni moi ni Samson n'avons quoi que ce soit à voir avec sa mort. »

« Vous l'y avez poussé. Vous l'avez forcé et vous l'avez corrompu. L'un d'entre vous l'avait mis dans ce coup monté. »

Son Eddie n'aurait jamais tué qui que ce fût. Et il se serait encore moins suicidé.

« C'est complètement dingue. Je le connaissais à peine. On ne lui a rien fait. Aucun d'entre nous. Ni moi, ni Samson. »

Amaury persistait et elle ne pouvait l'accepter.

« Eddie n'était pas un assassin. Il n'aurait pas fait de mal à une mouche. Oui, il volait et *trompait* les gens. Parce qu'il *devait* le faire. *On* devait le faire. On n'avait rien. Mais ce n'était pas un meurtrier, il n'était pas méchant. Il était gentil et doux. »

Elle sentit les larmes lui monter aux yeux.

« Ecoute, Nina. Peut-être que tu ne connaissais pas ton petit ami aussi bien que ça, mais il... »

Elle l'arrêta.

« *Petit ami ?* Eddie n'était pas mon petit ami. C'était mon frère ! Mon petit frère. J'ai veillé sur lui. J'ai pris soin de lui. »

Elle le connaissait mieux que quiconque. Elle avait pris soin de lui lorsqu'ils s'étaient enfuis de leur dernière maison d'accueil. Puis, quand il avait finalement réussi à obtenir un travail chez Scanguards, il avait pris soin d'elle afin qu'elle pût retourner à l'école et recevoir une éducation digne de ce nom. Mais tout cela était fini, à présent. Parce qu'Eddie avait eu le malheur de s'allier à des vampires.

« Ton frère ? Oh *chérie*, je suis vraiment désolé. »

Amaury semblait sincère et elle voulut le croire. Mais elle avait une bien meilleure idée. D'un geste impatient de la main, elle l'empêcha d'ajouter quoi que ce fût.

« Toi et tes amis, vous êtes responsables. C'est vous qui l'avez rendu comme ça. Vous lui avez fait quelque chose, en le contrôlant avec vos esprits ; exactement comme tu as essayé de le faire avec moi il y a une minute. C'est vous qui l'avez poussé à faire ça. Et maintenant, vous allez tous payer pour ça. »

Elle sortit un pieu de la poche intérieure de sa veste. Amaury écarquilla les yeux lorsqu'il vit l'arme qu'elle tenait à la main.

« Tu plaisantes. »

« Pas du tout. »

Elle sentait que rendre justice à son frère était son devoir. Il aurait fait la même chose pour elle.

« Nina, ton frère ne reviendra pas, même si tu me tues. »

Elle le savait.

« Non, mais je me sentirai mieux après. »

Amaury secoua la tête.

« Non, tu ne te sentiras pas mieux. Si ce que tu dis est vrai, que ton frère n'était pas un assassin, qu'est-ce qui te fait penser que tu en es un ? Vous avez les mêmes origines. »

Ses yeux bleus la pénétrèrent. Elle ne voulait pas l'écouter plus longtemps car ses mots commençaient à sonner juste.

« Tu es un vampire, tu es déjà mort. Ce ne sera pas comme tuer un humain. »

« Je ne suis pas mort. Mon cœur bat, mon sang coule dans mes veines. Je respire. »

Amaury poussa ses hanches vers elle, lui laissant prendre conscience qu'une partie de son anatomie était encore plus vivante que tout le reste.

« Je suis en vie et tu le sais. »

Tout s'expliquait ; le sang qui coulait dans ses veines et son cœur qui battait. Bien sûr que son corps était chaud et non froid. Mais de toute façon…

« Ça n'a pas d'importance. Tu es responsable. Tu vas devoir payer, comme tous tes amis. Ils paieront tous pour ça. C'était juste un gamin. »

« Aucun de nous n'a fait de mal à ton frère. Mais je sais qu'il y a quelque chose de louche. C'est la raison pour laquelle on a fait appel aux renforts. On est en train d'enquêter. Nina, crois-moi, on est en train d'essayer de découvrir qui est derrière tout ça. On est tout aussi inquiet que toi. On est en train d'essayer de découvrir qui lui a fait ça. »

« Tu parles, on met plutôt la poussière sous le tapis. »

« Non, il y a quelque chose qui cloche et on est en train de faire notre maximum pour trouver ce que c'est. On a besoin de temps. S'il te plaît, crois-moi. Je t'aiderai à trouver qui a fait ça à Eddie. Je peux trouver le responsable. »

Ses yeux la suppliaient mais elle ne pouvait lui faire confiance. Dès qu'elle le libérerait, il inverserait les rôles et la punirait. Non, elle ne pouvait pas faire marche arrière. Pas maintenant. Elle était allée trop loin.

Elle resserra sa prise sur le pieu.

« Quelqu'un doit payer pour la mort d'Eddie. »

« Et quelqu'un *paiera*, chérie. Je te le promets. Mais ne fais pas ça. »

Sa voix était le plus doux murmure qu'elle eût jamais entendu. Trop doux pour un vampire, trop suave pour un meurtrier.

« Tu te détesteras d'avoir blessé un innocent. Je peux t'aider. Travaillons ensemble. Je peux te protéger. Tu ne veux pas avoir à faire face à ça toute seule. Peu importe le responsable, cette personne est dangereuse. S'il te plaît. »

~ ~ ~

Amaury ne comprenait pas ce qu'il était en train de lui proposer mais le regard empreint de tristesse qui embrassa le visage de Nina le toucha en plein cœur. Soudain, elle parut plus petite et plus vulnérable ; loin de la meurtrière qu'elle tentait de dépeindre. Malgré le pieu dans sa main, il savait qu'elle avait bon cœur.

Et malgré l'agonie dans laquelle il se trouvait, il voulait l'aider. L'argent rongeait douloureusement sa peau, les ampoules qui s'y étaient d'abord formées étaient à présent ouvertes, rendant le moindre contact avec le métal encore plus douloureux. Amaury essayait de bouger le moins possible pour restreindre les effets du dangereux métal à une surface plus réduite, mais cela était difficile, tandis que la sensation de brûlure, elle, empirait.

Tout ce qu'il pouvait faire était de se focaliser sur autre chose. Amaury se concentra sur Nina et vit une flamme dans ses yeux. Une flamme qu'il reconnut comme du doute. Elle ne savait plus si ses actes étaient justifiés ou non. Il devait simplement utiliser lesdits doutes pour l'approcher.

« Laisse-moi t'embrasser et rendre tout meilleur. »

Il avait senti comment le corps de Nina avait réagi face à lui et il doutait qu'elle eût fait semblant du début à la fin. Elle n'était pas bonne actrice.

« S'il te plaît. Tu sais que mon corps ne ment pas. Ni le tien. Crois-tu vraiment que tu aurais aimé me toucher et m'embrasser si tu avais vraiment pensé que j'étais coupable ? Fais confiance à ton instinct. »

Le propre instinct d'Amaury lui disait qu'elle était une bonne personne et que seul le désespoir l'avait conduite à des mesures aussi extrêmes. D'une manière ou d'une autre, il arriverait à l'atteindre. Il devait essayer.

« Avant que Zane ne te capture ce soir, on avait une réunion du personnel. Mes collègues de New York et moi-même sommes en train d'essayer de découvrir qui savait quoi à propos de ton frère et de ce qui s'est passé. On a quelques pistes. »

Il s'agissait en réalité davantage de vagues idées de départ que de véritables pistes. Amaury ressentait quelques petites choses étranges concernant plusieurs employés et il les avait choisis pour les interroger séparément.

« Quelles pistes ? »

Une lueur d'intérêt éclairait à présent les yeux de Nina. Amaury était sur la bonne voie.

« Des indications comme quoi certains gars ne nous disent pas toute la vérité. On nous cache quelque chose et on va trouver quoi. Crois-moi. Mettre la lumière sur la vérité est aussi important pour nous que pour toi. »

« Tu dis ça juste pour me calmer. »

Les lèvres généreuses de Nina s'entrouvrirent. Il aurait donné n'importe quoi pour l'embrasser, là, maintenant. Amaury secoua la tête.

« Si on n'arrive pas à résoudre cette affaire, c'est la société qui s'écroulera. On perdra nos clients. Personne ne veut être protégé par des gardes du corps instables. Samson a passé des années à faire de cette société ce qu'elle est aujourd'hui. Crois-tu vraiment qu'il enverrait tout valser en poussant ses employés au suicide ? »

Amaury remarqua un changement dans le regard de Nina. Quelque chose la touchait enfin. Ce qu'il disait avait-il du sens pour elle ?

« Tu sais ce que je suis et pourtant, est-ce que je t'ai fait du mal ? Non, parce que je ne suis pas comme ça. Je ne blesse pas les femmes. »

Et puis donner la fessée ne faisait pas si mal que ça non plus ; surtout si l'autre partie l'y encourageait.

« Je suis un vampire et tu m'as embrassé. Tu m'as autorisé à te toucher, à partager ma passion avec toi, dit-il en baissant les yeux vers la bouche de Nina. Tu as les lèvres les plus douces que j'aie jamais goûtées. Aucune femme n'a jamais avivé autant de désir en moi avant toi. Nina, tu ne peux pas me dire que tu ne l'as pas ressenti, toi aussi. Tu n'as pas fait semblant. Tout ça était bien réel. Maintenant, laisse-moi t'apporter le même plaisir. Laisse-moi te faire l'amour. »

Amaury chercha dans son regard le moindre signe d'acceptation. Si seulement il avait pu ressentir ses émotions… Mais le cœur de Nina ne laissait rien transparaître qu'il eut pu lire. De plus, il n'avait jamais appris à lire les expressions faciales puisque son don lui apportait tout ce dont il avait besoin. Il le regrettait, à présent.

Nina secoua la tête comme pour se débarrasser d'une pensée.

« Non, je ne peux pas. Je ne peux pas trahir Eddie. Il était tout ce que j'avais. C'est le seul à s'être toujours préoccupé de moi. »

Soudain, elle sauta hors du lit. Amaury s'énerva sur les chaînes, qui piquèrent sa peau. Il se mordit les lèvres pour retenir un cri de douleur. Merde ! On aurait dit que ses poignets avaient été plongés dans une friteuse.

« Nina, tu as de l'importance à mes yeux. Ne pars pas. »

Sans autre mot, elle se retourna et sortit de la chambre.

« Nina, reviens ! »

Elle ne répondit pas. Il entendit ses pas lorsqu'elle traversa le salon puis, le bruit de la porte d'entrée qu'elle ouvrait.

« Nina, bon sang ! Reviens et finis ce que tu as commencé ! »

Et par cette injonction, il ne voulait pas dire le tuer.

Sa verge était toujours en complète érection, la petite fente au bout le regardant d'un ton accusateur. Il avait mal, à présent, et il mourait d'envie d'être en Nina, d'atteindre sa délivrance avec elle. Puis, pour la première fois, il réalisa que sa douleur était différente. Il ne mourait pas d'envie de jouir parce que sa tête était sur le point d'exploser. Non, cette fois, son corps recherchait une connexion. Une connexion avec Nina.

Elle était exactement ce qu'il recherchait. Avec ses dents émoussées d'humaine, elle lui avait mordu les tétons et, à ce moment-là, il avait espéré qu'elle irait jusqu'à lui sucer le sang. Il avait été mort d'envie à l'idée qu'elle refît la même chose lorsqu'elle s'était attaquée à tout son corps. De manière plutôt délibérée, il lui avait présenté son cou ; espérant, attendant, la taquinant pour qu'elle bût son sang. C'était stupide. Jamais il n'avait permis à l'une de ses amantes vampires de le mordre, jamais il n'avait offert son sang à une humaine. Mais la tentative de Nina avait éveillé en lui un désir qu'il ne pouvait réellement expliquer mais qu'il voulait cependant explorer.

Attends que je te retrouve.

Mais avant toute chose, il devait trouver un moyen de se sortir de cette situation. Rompre les chaînes n'était pas envisageable même si ces dernières n'étaient pas très épaisses. Le fait qu'elles fussent en argent annihilait toutes les capacités du vampire à faire quoi que ce fût contre elles. Chaque fois qu'il tirait dessus, elles ne faisaient que s'enfoncer encore plus dans sa peau.

« Putain ! » jura Amaury, qui ressentit davantage la douleur une fois Nina partie, n'ayant plus personne sur qui porter son attention.

Il balaya sa chambre du regard, à la recherche de la moindre chose qu'il pourrait utiliser pour se débarrasser des chaînes. Il secoua la tête. Comment avait-il pu se laisser faire ainsi et ne pas s'apercevoir qu'elle avait sorti des chaînes pour l'attacher ? Aucune femme ne l'avait jamais plongé dans un tel état et il en avait perdu ses esprits.

Au cours des dernières décennies, il avait rarement eu des rapports sexuels par simple plaisir. Apaiser la douleur dans sa tête était la seule raison pour laquelle il avait couché avec des femmes. Mais lorsque Nina avait commencé à le séduire, tout ce à quoi il avait pensé, c'était de l'apprécier, elle, de ressentir ses émotions. Non pas parce qu'il devait avoir un rapport mais parce qu'il le voulait. Et cela ne s'était pas produit depuis un sacré bout de temps.

Avec l'argent qui lui rongeait la peau, il ne pouvait simplement rester là, allongé, à attendre que l'un de ses amis ne passât, lancé à sa recherche. Il n'avait pas de temps à perdre. Sinon, le processus de guérison prendrait des jours au lieu de quelques heures seulement. En outre, son érection ne faiblirait pas d'elle-même. D'autant que l'odeur de Nina était toujours présente dans la pièce. Il avait besoin de sortir et de partir à sa recherche.

Amaury regarda le téléphone posé sur la table de nuit. Celle-ci se trouvait à un mètre de ses mains. Il essaya de s'approcher mais les chaînes étaient trop courtes. Plus l'argent endommageait ses poignets et dissolvait sa peau, plus il jurait contre elle.

Attends que je t'attrape, chérie.

Et pourquoi donc l'appelait-il toujours « chérie » ? Il secoua la tête face à sa propre stupidité et il se concentra sur la tâche qu'il devait accomplir.

S'allongeant sur le côté, il tendit ses deux jambes vers le téléphone sans fil. S'il se faisait une élongation, il pousserait Nina à le masser avec sa langue, se promit-il à lui-même.

L'image d'une telle scène ne fit qu'accroître son érection, laquelle sembla doubler de volume dans la minute.

De nouveau déterminé, il attrapa le combiné avec ses pieds et l'amena sur le lit. Ses doigts de pied étaient trop gros pour composer un numéro mais il pouvait presser la touche de rappel automatique. Alors arriverait-il à joindre l'un de ses amis. Il ne savait trop lequel mais, au moins, quelqu'un viendrait l'aider.

Son gros orteil entra en contact avec la touche et sa fine ouïe perçut la sonnerie. Il ne pouvait mettre l'interphone mais cela lui suffirait pour communiquer.

« Hé, quoi de neuf ? »

Super ! Thomas ? Vraiment ?

Quelqu'un devait vraisemblablement se moquer de lui !

13

C'était bien sa veine d'être attaché avec une érection à assommer un bœuf alors que la seule personne susceptible, en ce moment précis, de l'aider à se défaire des chaînes était son ami gay. Parfait !!!

« Amaury ? »

La voix de Thomas retentit à nouveau dans le combiné.

Amaury déglutit avant de parler.

« Thomas, j'ai besoin de ton aide. »

« Ok, c'est pour quoi ? »

Amaury fronça les sourcils.

« Eh bien, je suis comme qui dirait attaché, ici. Ça te dérangerait de venir m'aider à me sortir de ce bordel ? »

« Quel bordel ? »

« Ben, je suis attaché. »

« Oui, ça, tu l'as dit. Mais c'est quoi, le bordel ? »

Si jamais la rumeur prenait, Amaury serait la risée du monde des vampires.

« Ben, c'est ça. Je suis attaché. »

Un silence accueillit ses paroles, puis un rire étouffé.

« Oh, il faut que je voie ça. Je serai là dans vingt minutes. »

Le clic sur la ligne confirma que Thomas avait raccroché. Amaury pouvait imaginer le sourire béat sur le visage de son ami. Il jeta un œil au réveil. Il était à peine quatre heures du matin.

Thomas était quelqu'un de confiance. Vingt minutes plus tard, Amaury entendit la clé tourner dans la serrure et son ami entrer avec ses grosses bottes de biker. Pour des raisons de sécurité, ils possédaient tous un double des clés de la maison de chacun.

En vain, Amaury essaya de se recouvrir à l'aide des draps froissés mais ces derniers, coincés sous lui, ne purent atteindre son ventre. Il jura dans sa barbe. Un instant plus tard, son ami, vêtu de sa tenue en cuir habituelle, déboula et l'observa de la tête aux pieds.

« Ah… Ben voilà quelque chose que je n'avais pas eu le plaisir de… »

Amaury lui jeta un regard énervé. Être reluqué par un gay avait quelque chose d'embarrassant, même si le gay en question était l'un de ses amis.

« N'y pense même pas. »

« Pas étonnant que les filles te courent après. »

Thomas examina attentivement l'érection.

Amaury s'énerva contre les chaînes dans l'espoir de distraire son ami.

« Tu permets ? » rétorqua-t-il, les dents serrées.

Thomas s'approcha et sortit des gants de sa veste en cuir.

« Je savais que tu étais adepte des trucs pervers, mais de l'argent ? »

Il lui jeta un regard réprobateur tout en enfilant ses gants.

« Ce n'était pas mon idée… »

« Mais je t'en prie, dis-moi tout. »

Son ami rit.

« Je ne cracherai pas le morceau. »

Amaury pinça les lèvres en une ligne fine.

« Tu vas me libérer ou tu es venu pour regarder ? »

« Je pensais que je pourrais regarder jusqu'à ce que tu me dises comment tu t'es retrouvé dans cette situation. J'ai tout mon temps. La nuit a été plutôt calme. En plus, je m'ennuie. »

Thomas s'amusait clairement aux dépens d'Amaury. Il s'assit sur le bord du lit et Amaury tourna immédiatement la tête dans la direction opposée.

« Recouvre-moi avec un drap et peut-être que je te dirai ce qu'il s'est passé. »

« Un peut-être ne te mènera nulle part. Ça fait mal, hein ? »

« Le drap, » insista Amaury, d'un ton laconique.

« Et quelle partie veux-tu que je couvre ? »

Thomas sourit de toutes ses dents.

Amaury le gratifia d'un regard aigre, avant que Thomas ne s'activât enfin et attrapât les draps défaits.

« Et je ne veux pas que tes mains s'approchent de ma queue ! »

« Et pour ce qui est de ma bouche ? »

« Thomas ! »

« Je plaisante… Tu devrais voir ta tête. Allez, crache le morceau. »

Thomas recouvrit le bas du corps de son ami.

« Laquelle de tes chères amies vampires t'a fait une blague pareille ? Elle a dû être plutôt bonne vu l'érection que tu as encore. »

Amaury se hérissa.

« Tu ne la connais pas. »

Thomas attrapa de nouveau les draps et fit mine de découvrir Amaury.

« Laisse-ça à sa place, » l'avertit Amaury en désignant les draps, objet du chantage de Thomas.

« Une nouvelle en ville ? »

De nouveau, Thomas tira sur les draps. Amaury secoua la tête, puis regarda son ami droit dans les yeux.

« Ce n'est pas une vampire. »

Thomas lâcha le linge.

« Pas une… ? Oh, Amaury, qu'est-ce que tu fous ? Une humaine ? Tu t'es laissé attacher par une *humaine* ? T'es dingue ? »

Probablement.

« Ecoute : c'est arrivé, j'ai survécu et maintenant, c'est fini. »

Moins il laissait entendre à son ami qu'il s'agissait d'un gros problème, mieux c'était.

« Maintenant, retire les chaînes. »

Thomas leva la main.

« Attends. Pas si vite. Est-ce que tu as effacé sa mémoire avant qu'elle parte ? »

« Je n'en ai pas eu l'occasion. »

Et pour être tout à fait franc, il n'y avait pas pensé. C'était dire combien le désir l'avait drogué. En outre, il doutait que cela eût pu fonctionner. Sans qu'il sût comment, Nina avait réussi à résister au contrôle de l'esprit. Il n'avait jamais rencontré une humaine immunisée contre ce pouvoir. Ce fait l'intriguait encore plus. Pourquoi Nina était-elle aussi différente ?

« Dois-je vraiment te rappeler que… »

« Oui, oui… Je ne suis pas sourd. D'abord Samson, puis Gabriel et maintenant, toi. Je connais les règles. Mais là, c'est différent. »

Son ami haussa un sourcil.

« Comment ça ? »

« Elle sait qui nous sommes. Elle le savait avant même que je ne la rencontre. »

« Quoi ? »

Un vent d'incrédulité et de panique s'empara de Thomas.

« D'accord… Mais ça reste entre toi et moi. Je m'en occupe mais les autres ne doivent pas savoir. Ça marche ? »

Ils se regardèrent jusqu'à ce que Thomas hochât la tête.

« C'est la sœur d'Edmund. Le garde du corps qui a tué un client le mois dernier, » expliqua Amaury.

« Ah merde ! » bondit Thomas.

« J'te l'fais pas dire. Elle fouine depuis un petit moment, déjà. Elle pense qu'Edmund n'a pas pu faire ça, qu'on l'y a obligé ou un truc dans le genre. Dieu seul sait comment, elle a appris ce qu'on était et elle nous accuse. Elle veut sa revanche. »

Amaury ne savait toujours pas comment Nina avait découvert qu'ils étaient des vampires. En toute honnêteté, il n'avait même pas essayé de le lui demander étant donné son obsession à la mettre dans son lit.

« Merde, elle aurait pu te tuer. Pourquoi elle ne l'a pas fait ? »

Amaury avait bien une idée. Après tout, la façon dont elle l'avait sucé avait clairement montré que leur rencontre ne l'avait pas laissée indifférente.

« Je ne sais pas. »

« Tu ne sais pas ? »

Thomas semblait sceptique et il osa un nouveau regard là où l'érection d'Amaury tendait les draps.

« Bon, d'accord. Il y a quelque chose entre nous, mais c'est purement sexuel. »

De qui Amaury se moquait-il ? Ce qui se passait entre lui et Nina allait bien au-delà du sexe. Si ça n'avait été que cela, il l'aurait prise dans une allée avant d'effacer sa mémoire. C'était de cette façon qu'il procédait avec les autres femmes. Ce qui lui rappela qu'il n'avait touché aucune autre femme depuis leur rencontre.

« Amaury, t'es vraiment un gros con, » dit Thomas en secouant la tête. « On ferait bien de la retrouver avant qu'elle ne cause davantage de dégâts. »

Thomas défit les chaînes en argent puis libéra Amaury.

Celui-ci regarda ses poignets blessés. On aurait dit qu'un chien les avait mastiqués ; l'épiderme recouvrait à peine la chair rouge et sanglante.

« Putain ! »

« Ça te servira de leçon. »

La réprimande de Thomas fit encore plus mal que l'effet de l'argent.

« Aide-moi à la retrouver et je me chargerai du reste. Ça ne devrait pas être trop difficile. Vérifie les profils, je suis sûr que le dossier d'Edmund parle d'elle. »

Thomas pointa du doigt les blessures de son ami.

« Tu vas avoir besoin de sang. »

Thomas sortit une flasque de la poche intérieure de sa veste en cuir, puis la tendit à Amaury.

Celui-ci hésita avant de la prendre. Après le fiasco avec madame Reid, il n'était pas prêt à mettre qui que ce fût d'autre en danger. La culpabilité le rongeait toujours et son ami avait raison : il avait besoin de sang pour guérir.

Il but plusieurs gorgées et, une fois la flasque vide, il la rendit à Thomas.

« Laisse-moi m'habiller. Mon ordinateur est allumé. Tu peux commencer à bosser dessus ? »

« Au fait, pourquoi tu n'as pas cassé la barre en fer de la tête de lit pour te libérer ? »

Amaury suivit le regard de Thomas puis fronça les sourcils. La tête de lit était une sorte de tapisserie compliquée, en fer. Avec sa force de vampire, il aurait pu la casser ; pas facilement mais c'était certainement faisable.

« C'est une antiquité. Je l'ai acheté il y a à peine un mois. »

Cela ne servait à rien de détruire de beaux meubles.

Thomas secoua la tête et se dirigea vers la porte.

Amaury attrapa ses vêtements au sol, là où Nina les avait jetés. En moins d'une seconde, il était habillé. D'une certaine façon, il était content que ce fût Thomas qui vînt le libérer. Au moins n'était-il pas autant à cheval sur les règles que Ricky ou Gabriel. Samson, lui, l'aurait vraiment laissé là pour le punir. Quant à Zane, il ne préférait même pas penser à ce qu'il aurait fait.

Lorsqu'Amaury pénétra dans l'alcôve du salon qui lui servait de bureau, Thomas avait déjà accédé au profil d'Edmund.

« Là, à côté des parents. Nina Martens. C'est elle ? »

Son ami leva les yeux de l'ordinateur.

« Oui, c'est son nom. Quelle est son adresse ? »

« Il n'y en a pas. Juste un numéro de téléphone. Local. »

« Tu peux trouver où il a été enregistré ? »

Thomas ouvrit une autre fenêtre et commença à taper. Les minutes passèrent. Amaury faisait les cent pas derrière lui.

« Tu vas arrêter ça ? Ça me rend nerveux. »

Amaury s'arrêta net.

« Pourquoi ça prend autant de temps ? »

« Hum… »

Une autre minute s'écoula.

« Mince. »

« Quoi ? »

« C'est un portable. L'adresse d'abonnement est une boîte postale. »

« Essaye la préfecture, elle a peut-être un permis de conduire, » suggéra Amaury.

Il devait la retrouver, peu importe comment.

Une autre fenêtre s'ouvrit. Amaury observa son ami, le petit génie de l'informatique, pirater le site.

« Nous y voilà. Bienvenue au service des cartes grises, » dit Thomas en souriant de toutes ses dents.

Il était dans son élément. Malheureusement, il dut accepter la défaite quelques minutes plus tard.

« Elle n'a pas de permis de conduire. Ou en tout cas, pas en Californie. »

« Quoi ? Comment c'est possible ? »

Thomas haussa les épaules.

« Ben, elle n'habite pas à Los Angeles, où elle aurait besoin d'une voiture en permanence. San Francisco a des transports en commun. »

« Et quoi d'autre, maintenant ? »

Amaury fronça les sourcils. Il ne pouvait pas abandonner.

« Je peux essayer de suivre son portable mais je ne peux pas le faire d'ici. J'ai besoin de l'équipement dont je dispose chez moi. »

Il regarda sa montre.

« Il est tard. Tu sais quoi ? Je vais rentrer, essayer de localiser son portable et je te donne une approximation de l'endroit. Tu crois que tu pourras te débrouiller avec ça ? »

Amaury hocha la tête.

« Si tu m'envoies à moins de quelques pâtés de maisons d'où elle se trouve, alors oui. »

Le sang de Nina toujours présent dans ses veines depuis la veille, il n'aurait aucun problème à détecter son odeur si elle était dans les parages.

Thomas jeta un œil au bas-ventre d'Amaury.

« Et fais quelque chose pour cette érection, ok ? C'est franchement gênant. »

Avant qu'Amaury ne pût taper le dessus du crâne de Thomas, celui-ci était parti.

Lorsque ce dernier appela depuis chez lui, le lever du soleil était proche. Qui plus est, les nouvelles n'étaient pas bonnes.

« Son portable est soit hors service, soit éteint. »

Amaury jura entre ses dents.

« Je réessayerai plus tard. Tu ne peux pas sortir maintenant, de toute façon. On va devoir attendre ce soir. Tu ferais bien de dormir pour que tes poignets cicatrisent. »

Comme si Amaury avait besoin d'une infirmière. Mais cela ne servait à rien d'énerver Thomas avec ce genre de commentaires, même si cela le démangeait.

« Bien. Appelle-moi dès que tu sais où elle se trouve. »

Il raccrocha brusquement et laissa échapper un cri de frustration. Une fois qu'il l'aurait trouvée, il la punirait. Doucement, durement et sans merci.

14

Nina lut le texto pour la deuxième fois.

Mezzanine ce soir, fé gaf il c ki tu é – disait le message.

Apparemment, Benny avait décidé de lui offrir un cadeau d'adieu avant de quitter la ville pour sauver ses fesses. Elle n'arrivait pas à dire si l'information était vraie. Il s'agissait probablement d'un autre piège. C'était ce qu'elle devait se mettre en tête. Cependant, elle serait prête, cette fois. Etant préparée à tomber dans ce piège, elle pourrait tirer profit de la situation.

Cela valait le coup d'essayer.

Après les choses qu'Amaury avait dites la nuit précédente, de sérieux doutes l'avaient envahie quant à l'implication de ce dernier dans la mort d'Eddie. La sincérité qu'elle avait lue dans ses yeux l'avait amenée à s'interroger. Et la façon dont il avait insisté sur le fait que Scanguards menait sa propre enquête interne avait ébranlé encore un peu plus ses premières certitudes.

A présent, elle mettrait tout sur le dos du gars qui avait embauché Benny pour la piéger. Il voulait la faire dégager parce qu'elle enquêtait sur la mort d'Eddie ! Cela amenait donc Nina à la conclusion que cet homme était impliqué. A quel point, elle n'en était pas encore sûre mais elle finirait par trouver ; d'une manière ou d'une autre.

Cependant, avant d'y aller, elle devait faire le plein de munitions. Cette fois, elle serait armée jusqu'aux dents. Elle avait au moins besoin d'une autre chaîne en argent. Même si elle ne savait pas qui était cette personne, elle avait le sentiment qu'il s'agissait d'un vampire. Et elle n'irait pas se jeter dans la gueule du loup sans protection.

Elle attrapa sa veste en cuir posée sur la chaise, l'enfila, fourra ses clés dans sa poche et libéra la chaîne. Alors qu'elle ouvrait la porte et sortait dans le couloir sombre, quelque chose de massif lui bloqua le chemin.

« On sort, *chérie* ? »

Le cœur de Nina s'arrêta net. Sa première réaction fut de sauter pour lui échapper mais elle n'eut aucune chance. Amaury la repoussa vers la porte restée ouverte et claqua celle-ci derrière eux. Dans le petit studio, il paraissait encore plus costaud que d'habitude !

Oh bon sang, il avait vraiment l'air énervé ! Elle n'avait pas pensé qu'il la retrouverait. Ou du moins pas si vite.

« Qu'est-ce que tu veux ? » dit-elle en levant le menton, tentant de paraître courageuse alors que c'était tout sauf le cas.

Il l'attrapa par les épaules et la plaqua contre le mur.

« Je veux te prévenir. »

La respiration de Nina se bloqua dans sa poitrine lorsqu'elle fixa les yeux pénétrants du vampire sur elle.

« Ne m'attache plus *jamais* tout en m'excitant de la sorte sans finir ce que tu as commencé. Compris ? »

Elle hocha la tête automatiquement.

« Je vais te donner une dernière chance de te rattraper. Une erreur de plus et je te livre en pâture aux mains expertes de Zane. »

Elle déglutit.

« Zane ? »

Amaury ne lui avait-il pas dit de se méfier de Zane ? Et à présent, il voulait la lui livrer, sans merci ? D'autant plus qu'il avait fait tout un plat en offrant de la protéger! Tu parles d'une protection !

« Maintenant, tu vas faire exactement ce que je dis. Compris ? »

Elle ne comprit que trop bien lorsqu'elle surprit le regard d'Amaury observer son corps.

Nina essaya de se défaire de ses mains mais il avait une poigne de fer.

« Enlève ton jean. »

« Non ! » De son pied, elle lui cogna le tibia mais l'effet passa presque inaperçu.

« Attention, Nina. Tu ne voudrais pas m'énerver davantage encore, la prévint-il d'une voix sans faille. Je te le dis une dernière fois : déshabille-toi. »

Sa remarque la fit frissonner. Elle n'avait pas imaginé que cela se produirait. Ou du moins pas de cette manière, pas là ; pas avec un Amaury aussi en colère. Et encore moins que cela l'exciterait autant. Et elle n'était pas davantage prête à faire face à la honte et à la culpabilité qui l'assaillaient. Quel genre de femme était-elle pour être excitée par les ordres d'un homme la pressant de se déshabiller ? Avait-elle perdu tout respect envers elle-même ? Ou était-ce la preuve que son passé sexuel avait déformé sa vision du sexe et que quelque chose de pervers et de violent représentait pour elle la normalité ?

De ses doigts tremblants, elle tenta de défaire le premier bouton de son jean mais n'y parvint pas. Une seconde plus tard, elle sentit les mains chaudes d'Amaury sur les siennes,-venant à sa rescousse. Le bouton céda.

« Descends ta braguette, » la titilla-t-il d'un souffle chaud dans son cou. « Doucement. »

Elle fit comme il demandait, incapable de lui résister ; ni à lui, ni à elle-même.

« Maintenant, fais-le glisser sur tes hanches. »

Sa voix était-elle en train de devenir rauque ?

« S'il te plaît, ne fais pas ça, » le supplia-t-elle, tentant une dernière fois de l'arrêter.

Les lèvres d'Amaury caressèrent le cou de Nina, puis il mordilla le lobe de son oreille.

« Il va falloir que tu apprennes ta leçon. Fais-le. »

Un instant plus tard, elle enleva son jean. Elle avait l'impression d'être nue dans sa petite culotte. Les cuisses d'Amaury effleurèrent les siennes. Des muscles forts, puissants.

« Tu te souviens de ce que tu m'as fait la nuit dernière ? »

« Oui. »

La gorge de Nina était sèche. Elle ne s'en souvenait que trop bien.

« Non, tu ne t'en souviens pas. Parce que tu n'as jamais été aussi frustrée que moi hier. Je peux te montrer ? »

Il n'attendit pas sa permission.

Sa main caressa la hanche de Nina avant de la glisser entre ses jambes, la touchant à travers le tissu de son slip. Elle soupira involontairement. Le toucher d'Amaury n'était pas aussi brutal qu'elle l'avait imaginé. Au contraire, il était doux et taquin. N'était-il donc pas venu pour la punir ?

« Putain, comme je bandais pour toi, hier, » continua-t-il à lui murmurer à l'oreille, tandis que son doigt courait le long de ses plis. « J'étais à l'agonie, je mourais d'envie d'être en toi. »

La respiration de Nina se coupa, rien qu'à l'idée. Il la désirait, il la désirait toujours. Cela la transportait littéralement.

La main d'Amaury s'arrêta, fit un bref passage sur son clitoris et se glissa dans sa culotte. Nina retint sa respiration tandis qu'il parcourait ses boucles et la caressait doucement. La chaleur qui se répandit en elle la fit inspirer profondément. Lorsqu'un doigt toucha le sexe nu de Nina, celle-ci se rendit compte qu'elle était mouillée et qu'elle mourait d'envie que ce beau vampire la prît.

«Hier soir, je voulais que ma queue soit en toi ! Pour te remplir, encore et encore. Je voulais te lécher et te faire jouir dans ma bouche. »

Les images qu'il projetait ,tandis qu'il la caressait avec son doigt, provoquèrent en elle une chaleur instantanée. La bouche d'Amaury mordilla le lobe de son oreille ; ce qui fut loin d'aider. Au lieu d'essayer de l'arrêter, elle bascula son bassin vers la main d'Amaury. C'était de la pure folie mais elle s'en souciait peu. Il n'était pas comme les autres hommes. Il n'était pas revenu pour la blesser, mais pour lui donner du plaisir.

« Je me demandais quel goût tu avais, » dit-il en glissant un doigt en elle.

Nina bascula les hanches en avant, désirant davantage encore, mais Amaury retira son doigt immédiatement. Elle le regarda porter son doigt à ses lèvres puis le sucer.

« Délicieux. »

Elle en eut le souffle coupé et ses jambes se dérobèrent sous elle. Il était tout simplement en train de la séduire et toutes ses défenses l'avaient abandonnée sans qu'elle eût rien vu venir.

« Amaury, s'il te plaît… »

Elle ne savait pas ce qu'elle voulait lui demander, ni lui dire. Son cerveau était parti en fumée. Le parfum d'Amaury se répandait tout autour d'elle, l'enveloppant dans un cocon de désir.

Peut-être avait-il compris ce qu'elle était incapable de lui dire car il remit sa main dans sa culotte. Il la pénétra une fois de plus puis ressortit son doigt immédiatement avant de dessiner des cercles sur son clitoris. Doucement.

« Et je me demandais comment ça serait si tu jouissais pour moi, si tes muscles se contractaient autour de ma queue et que ton nectar m'invitait à me déverser en toi. »

Sa voix était lente, rauque et calme à la fois. Ce n'était pas la voix d'un homme en colère. Il ne lui faisait pas mal en la touchant. Au contraire, il essayait de la faire abdiquer.

La main de Nina, n'obéissant qu'à elle-même, se dirigea soudain vers Amaury et y trouva sa verge gonflée derrière le tissu de son pantalon. Elle sentit combien il bandait pour elle. Avant qu'elle ne pût sentir la chaleur de son corps, Amaury lui prit la main et l'écarta.

« Pas touche. Ce soir, c'est moi qui te touche. Et pas le contraire. »

Nina le regarda dans les yeux et se perdit dans leur bleu, leur profondeur et leur beauté. Elle ne voulait rien d'autre que l'embrasser, le toucher ; le sentir en elle.

« Embrasse-moi. »

Il secoua la tête et retourna à sa tâche principale : la toucher. Son pouce effleura le cœur du plaisir de Nina, d'abord de façon on ne peut plus légère. Presque comme s'il s'agissait d'un accident. Mais elle savait que tout ce qu'Amaury faisait était loin d'être fortuit. Alors que les lèvres de ce dernier déposaient des baisers le long de son cou, un cou qu'elle lui offrait sans crainte qu'il ne la mordît, son doigt se glissa dans l'écrin étroit. Doucement, progressivement, il s'enfonça davantage encore, puis se retira. Chaque fois qu'il plongeait plus loin, elle essayait de le retenir avec ses muscles mais il finissait toujours par se retirer ; la laissant morte d'envie.

« Encore. »

Elle se souciait peu de le supplier. Sa fierté en avait déjà pris un sacré coup.

« Alors, tu aimes ça ? » lui murmura Amaury à la base du cou. « Dis-moi ce que tu veux. »

Elle humecta ses lèvres sèches. Il lui donnerait enfin ce dont elle avait besoin.

« Encore. »

« Encore quoi ? »

Amaury retira son doigt complètement.

« S'il te plaît. Encore. Plus de doigts, plus profondément. »

Nina était incapable de construire une phrase cohérente. Tout ce à quoi elle pouvait penser était le plaisir que le toucher d'Amaury lui procurait.

« Comme ça ? »

Il enfonça deux doigts en elle.

Nina poussa contre lui.

« Oh, oui ! »

Ses muscles vibraient contre lui alors qu'elle essayait de le garder en elle. Mais elle ne pouvait l'empêcher de la laisser en plein désespoir.

« Et ton clitoris ? Tu veux que je le touche ? »

Sa main bougea et Nina bascula son bassin vers lui, mais Amaury s'écarta.

« Tu dois demander. »

« Amaury, s'il te plaît. Touche-moi. »

Elle aurait dit n'importe quoi pour qu'il la touchât de nouveau, pour qu'il finît ce qu'il avait commencé.

Il ne facilitait pas les choses.

« Où ? »

« Touche mon clitoris. »

Le souffle de Nina était saccadé, sa voix était basse.

Une seconde plus tard, elle sentit son pouce la caresser là où elle en avait le plus besoin. Elle appuya sa tête contre l'épaule d'Amaury, inhalant son odeur masculine. Elle avait besoin de cet homme, de ce vampire. Il était inutile qu'elle le niât. Il réveillait en elle tous les sens de sa féminité. A ses côtés, elle se sentait comme une chienne en chaleur. Sa propre faiblesse la dégoûtait mais elle ne pouvait plus la combattre.

Amaury savait exactement comment la toucher, comment produire toutes ces sensations délicieuses dans son corps, ces sensations qui la rendaient presque délirante de plaisir. Elle le voulait, cela ne faisait aucun doute. Elle ne pouvait attendre de sentir ce corps si fort la réclamer, la faire sienne. Et elle savait qu'il en serait ainsi : il la réclamerait violemment, la posséderait avec force. Parce qu'il avait ce pouvoir sur son corps, ce pouvoir qui la ferait abdiquer.

Et elle abdiquerait, peu importe ce qu'il lui ferait une fois que ce serait le cas du moment qu'il fût là, pour soulager ses propres besoins, pour remplir ce vide abyssal, pour étancher sa soif de toujours plus.

« Fais-moi l'amour, » s'entendit-elle demander.

~ ~ ~

Amaury entendit les mots qu'il avait attendus et relâcha son étreinte. Peu enthousiaste, certes, mais cependant déterminé à mettre son plan à exécution. La nuit précédente, elle l'avait laissé au plus haut de son excitation, ne désirant qu'une chose. A présent, il allait lui retourner la faveur. C'était la seule façon pour elle de payer pour ce qu'elle avait fait.

Son sexe protesta vigoureusement lorsqu'il s'écarta mais, pour une fois, Amaury ne l'écouterait pas. Nina était mûre pour qu'il la prît, là ; au supplice. Mais il ne le ferait pas, bien que ce fût douloureux.

« Bonne nuit, Nina. »

Il se retourna et se dirigea vers la porte, préoccupé à l'idée de partir vite avant de ne perdre son courage.

« Tu ne peux pas partir maintenant ! »

Un soupçon de désespoir perça dans la voix de Nina. En avait-il été de même pour Amaury, la veille au soir ?

« Regarde-moi. »

Amaury passa la porte et la referma derrière lui. Il entendit Nina l'appeler alors qu'il avançait dans le couloir sombre. Mais il ne se retourna pas.

Lorsqu'il sortit, dans l'air frais de la nuit, il eut besoin d'un long moment pour reprendre ses esprits. Bon Dieu, ce qu'il pouvait désirer cette femme. Il avait goûté à son excitation et à son sang et les deux s'étaient révélés être les saveurs les plus délicieuses qu'il lui avait été permis de goûter. Il pouvait se perdre en elle.

De prime abord, faire à Nina ce qu'elle lui avait fait avait semblé être un bon plan : l'exciter puis la laisser insatisfaite. Mais le fait de la toucher aussi intimement, de goûter à son excitation et de la sentir réagir, le faisait paraître encore plus porté sur la chose qu'un marin après un voyage de douze mois en mer. Et à peine aussi raffiné. Vu la façon dont il ressentait les choses à l'heure actuelle, il aurait pu la prendre là, tout de suite, au milieu de la rue, à la vue de tous et n'en avoir absolument rien à faire. Sans la moindre décence.

Il devait quitter les lieux immédiatement, faute de quoi il reviendrait sur ses pas, la jetterait au sol et la prendrait comme la bête qu'il était, se souciant peu de savoir si elle le voulait ou pas et uniquement dans l'optique de satisfaire sa propre luxure.

Amaury pressa la télécommande de la voiture et entendit le bip familier. Sa Porsche noire était garée à quelques mètres. En temps normal il n'utilisait pas son véhicule pour de courts trajets dans le centre-ville mais Gabriel et les autres l'attendaient pour la première série d'interrogatoires des employés qu'ils avaient sélectionnés lors des réunions du personnel.

La portière de la voiture lui glissa des mains et se referma violemment alors qu'il venait juste de l'ouvrir. Il reconnut le pied qui l' avait claquée.

« Tu ne pars pas ! »

La voix de Nina retentit dans son dos. Il se retourna et le regretta aussitôt. Ses yeux montraient toujours des signes d'excitation mais ces derniers étaient à présent mêlés à une lueur de colère ; l'ensemble était redoutable. Quel genre d'homme pouvait résister à une femme qui le regardait ainsi ?

« Retourne chez toi, Nina. »

Il retint son désir de l'attraper.

« C'est tout ce que tu as à dire ? »

Il pouvait lire la peine sur le visage de la belle.

« Tu devrais garder tes distances. »

Ce n'était pas bon, pour elle. Il finirait de toute façon par la blesser et ce serait alors pire que ce qu'elle ressentait à présent. S'il était intelligent, Amaury effacerait tout souvenir de la mémoire de Nina et tout serait fini. Mais le moindre soupçon d'intelligence l'avait abandonné pour la nuit.

« Tu me jettes après la façon dont tu m'as touchée ? »

« Tout à fait. »

Sa gorge se serra et il ne put respirer.

« Bien. Pars, va-t-en. Je n'ai pas besoin de toi. Il y a plein d'hommes dans cette ville qui prendront ce que j'ai à leur offrir. Et qu'est-ce que ça peut me faire si je ne les connais pas ? Du moment qu'ils en ont une grosse, ça ne fait aucune différence pour moi ! Quelqu'un finira ce que tu as commencé. »

Nina tourna sur ses talons.

Avait-il entendu correctement ? Un autre homme ? Elle allait coucher avec *un autre homme* ?

Amaury l'attrapa par la veste et la fit se retourner pour qu'elle le regardât. Elle allait laisser un autre homme la toucher, l'embrasser, lui faire l'amour ? Putain, il faudrait lui passer sur le corps, pour ça !

« Monte dans cette foutue voiture ! »

Elle lui jeta un regard surpris.

« Maintenant ! »

Avant qu'il ne perdît tout contrôle et la prît, là, contre la portière de la voiture, comme pour confirmer sa demande.

Dès qu'ils prirent place dans la Porsche, Amaury démarra en trombe dans la rue. Il s'était fait embobiné. Elle l'avait manipulé, l'avait poussé à bout. La petite peste l'avait rendu jaloux ! Lui, l'homme qui se souciait le moins du monde des femmes dès qu'il s'agissait d'autre chose qu'une partie fine !

Une main chaude glissa le long de sa cuisse et il laissa échapper un grognement sourd.

« Tu ne sais pas dans quoi tu es en train de te fourrer. »

Nina se pencha vers lui, d'un mouvement qui s'avéra plutôt aisé étant donné l'étroitesse de l'intérieur de la Porsche Carrera.

« Toi non plus. »

Sa main remonta le long de la cuisse d'Amaury, chamboulant sa concentration. Il accéléra et grilla un feu rouge. Un coup de klaxon énervé s'en suivit mais il l'ignora.

« Tu joues à un jeu bien dangereux… »

Cet avertissement ne sembla pas atteindre Nina, qui serra soudainement la bosse du pantalon d'Amaury. Si la voiture avait été plus grande, il aurait sauté de son siège mais, malheureusement, il ne put que laisser échapper un gémissement de frustration.

« Est-ce que tu essayes de me faire envoyer la voiture dans le décor ? »

« Je veux juste être sûre que tu ne vas pas encore changer d'avis. »

Amaury lui jeta un regard en coin.

« Je peux te le promettre tout de suite. Tu ne m'échapperas pas tant que je ne t'aurai pas prise de toutes les façons possibles et imaginables ; voire plus. Et après, je recommencerai depuis le début parce que tu me supplieras de le faire. »

Il se souciait peu de paraître arrogant. Au point où il en était, il ne se souciait plus de rien du tout. Tout ce qu'il voulait c'était être en elle. Alors, et uniquement à ce moment-là, serait-il capable de penser clairement à nouveau. Tout à fait. C'était ce dont il avait besoin. Il était sûr qu'ensuite, les choses reviendraient à la normale pour lui.

La paume chaude de la main de Nina serra l'érection en signe d'approbation et Amaury laissa échapper un grognement étouffé.

« Bon sang, Nina… Tu ne peux pas attendre deux minutes ? »

« Va plus vite si tu ne veux pas être arrêté pour avoir subi une fellation dans la voiture. »

Il appuya du pied sur l'accélérateur, au bord du désespoir, tandis qu'il sentait Nina baisser sa braguette. Un pâté de maisons avant son immeuble, la main de Nina sortit son engin. Il attrapa la commande d'ouverture automatique du garage et accéléra en serrant les dents.

La Porsche se précipita dans le grand garage privé, sans perdre une seconde, la porte se refermant tout de suite derrière eux. Au moment où Amaury s'arrêta et coupa le moteur, il écarta la main de Nina et se pencha vers elle.

« Tu sais ce qui arrive aux filles désobéissantes ? »

Nina parut presque innocente lorsqu'elle secoua ses petites boucles blondes qui lui frôlaient le visage. Son odeur enivrante enveloppa Amaury.

« Non. »

« Elles finissent avec les très mauvais garçons. »

« Comme toi ? »

Une lueur d'excitation illumina ses yeux.

« Comme moi. »

Elle n'avait aucune idée de ce dans quoi elle se jetait ; lui non plus.

« Tu es toujours en colère contre moi ? »

« Oui. »

Mais il redirigerait sa colère vers un élan de passion.

« Est-ce que tu veux encore me fesser ? »

Il haussa un sourcil. Elle semblait un peu trop enthousiaste. Mais que diable avait-il initié ? Et s'il ne pouvait se contrôler ?

A moins qu'elle ne fût tout simplement ce dont il avait besoin ?

« Je vais y penser. »

Amaury regarda les lèvres rouges qui ne demandaient qu'à être embrassées.

« Allons en haut. La voiture n'est pas très pratique pour ce que j'ai en tête. »

Car un baiser mènerait à bien plus … ,et il ne pourrait certainement pas bouger dans cette foutue voiture.

Lorsqu'il sortit de la Porsche, il réalisa que sa verge était toujours en dehors de son pantalon. Une brise fraîche caressa sa chair mais il ne prit pas le temps de la remettre à l'intérieur. Le garage était privé et l'ascenseur qu'il avait fait installer menait directement à son appartement. Aucun des locataires n'y avait accès.

Dès qu'il poussa Nina dans la cabine, il appuya sur le bouton du dernier étage et il la plaqua contre le mur, écrasant ses lèvres contre les siennes.

Il n'avait pas plaisanté lorsqu'il avait dit qu'il ne la laisserait pas partir avant de l'avoir possédée autant de fois que possible. Et il ne perdrait pas une minute de plus. Pour commencer, l'ascenseur était aussi bien que n'importe quel autre endroit. La femme de ménage était venue la veille et Amaury savait que le sol était impeccable ; juste au cas où il déciderait de l'utiliser. Pourquoi pas…

Ses lèvres toujours écrasées contre celles de Nina, Amaury plongea dans la délicieuse bouche de celle-ci, à la recherche de sa talentueuse langue. La réaction de Nina fut forte et déterminée, l'attirant dans ses profondeurs sensuelles. L'y invitant, l'y poussant. Puis, elle se retira pour qu'il courût après. Jouer à celle qui n'était pas difficile à avoir mais bien à garder. Un challenge qu'il n'accepta qu'avec trop de plaisir.

Il laissa échapper un soupir avant de puiser dans ses ressources les plus profondes, presque incapable de respirer mais ne pouvant pourtant pas s'arrêter de l'embrasser. Son goût était si doux, si innocent, alors qu'Amaury savait que c'était tout sauf ce qu'elle était. Innocente… Pas après la façon dont elle avait pris son sexe dans sa bouche, la veille au soir, ou la façon dont elle l'embrassait actuellement.

Avec empressement, elle lui enleva sa veste ; facilement. Elle semblait aimer le déshabiller, ce qu'il accueillit avec plaisir, la température de son corps montant en flèche. L'espace grand de quatre mètres sur trois deviendrait un véritable sauna d'ici peu, à en juger par la chaleur libérée par leurs corps. Ce qui serait tout aussi bien puisque, lui-même, prévoyait de la déshabiller dans les secondes qui suivaient.

Amaury la libéra de la veste en cuir qu'elle portait et la laissa tomber sur le sol propre, sans ménagement. Elle portait un t-shirt en-dessous. Lorsqu'il l'attira vers lui, il sentit les seins doux se caler contre lui ; sans soutien-gorge. Il apprécia la simplicité avec laquelle elle s'habillait. Sans fioritures.

Sa main trouva son chemin sous le t-shirt de Nina ; il perçut immédiatement la douceur et la chaleur de sa peau. Il se laissa imprégner par l'instant présent, appréciant ce premier contact peau contre peau avant de s'autoriser à remonter là où les deux globes identiques priaient qu'on s'occupât d'eux.

Il atteignit le premier du bout des doigts, toucha le sein par-dessous puis, continua vers le nord à la recherche du petit téton tout dur qui se tenait déjà en érection, comme pour célébrer son arrivée. Alors lui retourna-t-il la faveur en le caressant de son pouce, appliquant la juste pression, nécessaire afin d'obtenir un gémissement de la part de sa propriétaire. Gémissement qu'il avait anticipé et qu'il captura alors dans sa bouche. Gémissement qui résonna dans son corps, réveillant des cellules endormies et des sensations oubliées depuis longtemps.

« Quelqu'un va nous voir, » murmura Nina contre les lèvres d'Amaury.

Ce dernier sourit. Son inquiétude était infondée mais elle ne pouvait le savoir et il ne le lui dirait pas. Elle semblait être le genre de femme à apprécier le risque qu'on les surprît. Il voulait qu'elle fût aussi excitée que lui.

« Et alors ? Je te promets que je ne laisserai personne d'autre participer. »

Non pas qu'il eût quoi que ce fût contre un plan à trois, mais lorsqu'il s'agissait de Nina, il ne voulait pas la partager. C'était juste entre eux. Privé, intime.

Il souleva son t-shirt.

« Enlève-le, Nina. »

« Incite-moi à l'enlever. »

Elle voulait jouer ? Amaury poussa un grognement sourd et bas, puis il tira sur le t-shirt avec ses dents. Le vêtement se déchira en son milieu.

« Quel mauvais garçon… »

Nina avait le souffle court mais son ton n'était pas accusateur.

« Et je n'ai pas encore commencé. »

Amaury se dirigea vers les beaux seins ronds. Il les prit entre ses mains, laissant ses paumes les soupeser. Alors qu'il les serrait un peu, il vit Nina plisser légèrement les yeux afin de cacher son désir. Elle le regarda. Il répéta son geste, auquel elle réagit en se mordant la lèvre supérieure.

Sa verge pointant vers elle, Amaury donna un coup de reins contre le sexe de Nina. Elle y répondit en passant ses bras autour du cou de son partenaire, tout en attirant son visage vers le sien.

« Embrasse-moi comme jamais. »

C'était sa demande à elle, pas à lui. Son souhait, son choix.

Amaury lui mit une main dans le dos, tout en glissant l'autre sur sa nuque. Il captura sa bouche de manière passionnée et sans merci, forçant Nina à ouvrir les lèvres afin qu'il y glissât sa langue, telle la lance d'un ancien guerrier. Puis, il la conquit. Elle ne montra aucune résistance. Elle lui appartenait.

D'une main, il lui ouvrit son jean et baissa la braguette. Comme dans un miroir, elle fit de même avec lui. Il eut besoin de ses deux mains pour faire glisser le jean de Nina sur ses hanches.

« Aide-moi. »

Elle se plia à sa demande et quelques secondes plus tard, son pantalon tomba au sol. Celui d'Amaury suivit rapidement ; puis son t-shirt et les lambeaux de celui de Nina. Il n'avait pas le temps de lui retirer sa culotte, alors il la lui arracha. Il lui en achèterait une nouvelle. En fait, en y réfléchissant bien, il ferait plutôt en sorte qu'elle n'en portât plus jamais.

A présent nus, ils se tinrent l'un en face de l'autre. L'ascenseur s'était arrêté depuis longtemps au dernier étage mais les portes ne s'étaient pas ouvertes. Elles ne le feraient que si Amaury utilisait sa clé, qui était à présent enfouie quelque part, dans la pile de vêtements au sol.

Amaury balaya du regard la silhouette nue de Nina. C'était une vraie blonde, comme le prouvaient les douces boucles gardant son sexe. Sans un mot, il s'agenouilla et enfonça sa tête dans la chaumière de poils, inhalant son odeur. Il sortit sa langue et goûta. Une fois suffit pour qu'il comprît qu'il s'y perdrait. Le nectar enveloppa sa langue puis se répandit dans sa bouche. Ses narines frémirent ; ses canines le démangèrent. Elle était plus délicieuse que n'importe quel plat dont il pouvait se souvenir avoir goûté, lorsqu'il était humain. Et plus savoureuse que n'importe quel sang qu'il avait bu, celui de sa belle excepté ! Il laissa échapper un long soupir et plaça ses mains sur les fesses de Nina, l'attirant plus près.

Le souffle de Nina sembla devenir encore plus saccadé et l'ouïe sensible d'Amaury perçut les battements rapides de son cœur. Il leva les yeux et vit qu'elle l'observait.

« Viens là. »

Il la guida au sol puis l'y allongea sur les vêtements. D'un mouvement délibéré, il lui écarta les jambes et dévora du regard l'endroit où sa langue suivrait incessamment sous peu.

Les plis roses brillaient de désir, titillant les sens d'Amaury. Il plongea sa bouche en elle et y explora le centre de son intimité. Alors, Amaury se rendit compte qu'il s'était trompé : sa vie ne reviendrait jamais à la normale. Pas après une nuit de passion dans les bras de Nina.

15

Nina regarda la tête d'Amaury s'enfoncer entre ses jambes, sa crinière noire lui barrant le visage. Mais elle avait vu ses yeux, juste avant de sentir sa bouche en elle. Une vague de désir débridé les avait envahis. Elle n'avait jamais vu un homme aussi déterminé.

Que Dieu lui vienne en aide si quelqu'un venait à entrer dans l'ascenseur. Elle était en effet certaine que rien ne distrairait Amaury de sa tâche. Elle ne s'était jamais sentie aussi vulnérable de toute sa vie ; ni aussi disposée à lui accorder tout ce qu'il voulait pourvu qu'il lui donnât du plaisir. La façon dont il se concentra sur elle, lui, le vampire puissant, grand et costaud, en faisant preuve de tant de douceur, la surprit. Elle ne s'était pas attendue à ce que la langue d'Amaury s'applique avec une telle finesse sur elle; Amaury, qui aurait pu l'écraser sous son poids.

Mais la façon dont cette langue léchait les pétales emplis de désir de Nina était presque religieuse. Ses mouvements étaient si lents, si réfléchis ; comme s'il s'appliquait à tout mémoriser. Comme un cartographe aurait dessiné la carte d'un continent récemment découvert afin de pouvoir retrouver le chemin du retour.

Il murmura quelque chose contre sa peau mais elle ne comprit pas. Cependant, les mots se répercutèrent dans tout son corps, envoyant des vagues de frissons à travers ses cellules. Elle bascula son bassin vers Amaury pour le forcer à augmenter la pression sur son organe sensible.

Il y répondit par un gémissement gourmand.

« Patience… »

Il n'en dit pas plus avant que le bout de sa langue n'entrât en contact avec point culminant du désir de Nina. Il y décrivit des cercles, comme un combattant à l'assaut, puis captura le petit cœur engorgé entre ses lèvres et le pressa. Cette sensation délicieuse eut l'effet d'un éclair sur le corps de la belle mortelle.

Elle laissa échapper un gémissement désespéré.

« Oh, bon Dieu… Amaury ! »

Sa réaction sembla booster Amaury, lui donnant de nouveaux objectifs. Il lécha de nouveau le clitoris sensible, l'excitant encore plus alors que son toucher n'avait été que le fantôme d'une véritable pression. Elle avait besoin de plus.

Nina enfouit ses mains dans les cheveux de son amant et le poussa contre son sexe. Les yeux bleus rencontrèrent les siens.

« Plus fort ! »

Il secoua la tête, un sourire diabolique sur les lèvres. Allait-il de nouveau l'abandonner à sa frustration ? Etait-il de nouveau en train de jouer avec elle ? Elle le tuerait, si c'était le cas.

« Je ne veux pas en finir aussi vite. Tu as trop bon goût. »

Soulagée, elle prit une profonde inspiration lorsqu'elle lut le désir d'Amaury, non seulement dans ses mots, mais aussi dans ses yeux. La bouche de ce dernier retourna vers le centre humide de sa féminité mais cette fois, il lui écarta davantage les jambes et écarta les plis avec ses doigts. Comme une lance, il introduit sa langue en elle! Elle l'y accueillit.

Le souffle chaud d'Amaury y mit un feu du diable, puis il accéléra. Voulait-il faire exploser la machine ?

Nina sentit le doigt l'envahir tandis qu'il retirait sa langue pour la remettre sur son petit bouton d'amour laissé à l'abandon. Il y reporta son attention à coups déterminés.

Elle n'avait jamais été avec un homme aussi talentueux et prêt à lui donner autant de plaisir. Jusque-là, ses parties de jambes en l'air avaient davantage été une sorte de dû ou bien une pure échappatoire. Et de nombreuses fois, elles s'étaient révélées extrêmement insatisfaisantes ; du moins pour elle. Les hommes obtenaient généralement ce qu'ils venaient chercher, mais aucun ne s'était vraiment soucié de savoir si elle avait atteint sa propre libération. Alors, elle avait trouvé plus facile de faire semblant. En outre, elle ne s'était jamais sentie assez en sécurité avec quelqu'un pour se lâcher complètement.

Pourtant, Amaury semblait suffisamment disposé à lui montrer qu'un homme pouvait être assez dévoué pour la faire se sentir femme. Du moins pour quelques temps.

« Pourquoi ? »

Lorsqu'il leva soudain les yeux vers elle, Nina se rendit compte qu'elle avait parlé à voix haute.

« Pourquoi quoi ? »

« Ça. »

Il sembla comprendre immédiatement.

« Parce que tu en as besoin. Parce que je ne vois pas ce que je pourrais préférer à te faire jouir dans ma bouche. »

Au son de ces mots, quelque chose se contracta dans son ventre et envoya une vague, tel un choc électrique, à travers tout son corps. Une vague chaude et plaisante. Etait-ce le fait de savoir ce qu'il voulait faire qui lui provoquait une telle excitation ? Ou simplement la façon dont il l'avait dit ? Comme si c'était la seule réponse possible et imaginable.

Avant qu'elle pût dire quoi que ce fût d'autre, la langue d'Amaury retourna à sa tâche, léchant ses plis humides, les écartant, les testant, les titillant. Les canines étaient pile là où elle se sentait le plus vulnérable et pourtant, ses défenses ne se réveillèrent pas. Aucun avertissement de ne pas le laisser faire ne se manifesta. Et en même temps, elle ne ressentait pas ce soupçon habituel de peur, ni l'adrénaline dans ses veines la prévenant du danger.

Car à cet instant précis, il semblait simplement être un homme empli de désir. Pas un vampire. Pas un bagarreur. Elle pouvait se lâcher. Amaury la retiendrait. Amaury, l'homme.

« Oui, Amaury. »

Nina s'exprima davantage pour elle-même que pour lui, assurant à son propre corps qu'il était un homme de confiance, qu'être avec lui était bon.

Amaury lui remit les mains sous les fesses et il la souleva. Sa langue s'enfonça en profondeur tandis que ses gémissements faisaient écho à ceux de Nina. Elle enfouit ses mains dans les cheveux de jais de son partenaire et elle le sentit frissonner. Ses muscles se contractèrent face aux sensations qu'Amaury provoquait à travers son corps, la faisant atteindre un autre niveau. Elle se souleva contre sa bouche, sentant la langue de ce dernier augmenter la pression sur son clitoris, mais pas assez.

« Mords-moi. »

Il lui répondit d'un grognement bas. Un moment plus tard, elle sentit les dents d'Amaury titiller sa peau sensible puis, presser ses lèvres, doucement d'abord, plus fermement ensuite.

« S'il te plaît. »

Ses dents se refermèrent sur son bouton engorgé et pressèrent sa peau, sans la couper. C'était exactement ce dont elle avait besoin. D'un gémissement essoufflé, Nina accueillit les vagues qui s'écrasèrent en elle avant de déferler et de l'emporter au loin. Avec autant de délicatesse, la langue d'Amaury continua de lécher à l' endroit précis où il avait mordu, dans le simple but d'intensifier son orgasme.

~ ~ ~

Le corps de Nina trembla dans ses bras, ses muscles se contractant et se relâchant successivement et rapidement. Il lécha la crème que son orgasme avait libérée, ce qui le rendit accro à son goût. Le temps que le corps de Nina se calmât et que son orgasme diminuât, il l'avait déjà prise dans ses bras, la serrant contre son corps nu.

Il n'avait jamais rien vu d'aussi beau que le corps repu de Nina. Cela l'emplissait d'un sentiment de fierté qui lui était étranger. Sa main frôla les boucles de Nina puis, lui caressa le dos avant de se reposer sur ses douces fesses. Et quelles belles fesses ; comme le reste. Pelotonnée contre lui, la joue contre sa poitrine, les bras autour de son corps, elle ne ressemblait pas à la bagarreuse coriace qu'il avait rencontrée en premier lieu. Soudain, elle semblait on ne peut plus douce.

Il sentit un frisson parcourir le corps de Nina.

« Tu as froid. Mettons-nous debout. »

« Avant que quelqu'un ne tombe sur nous. »

« Aucune chance que ça arrive, » annonça Amaury.

Sans effort particulier, il se leva en la prenant dans ses bras, trouva la clé dans son pantalon avant de finalement entrer dans l'appartement.

Il ne se soucia pas de ramasser leurs vêtements éparpillés au sol. Porter Nina dans ses bras était bien plus important.

Celle-ci regarda l'appartement puis, de nouveau l'ascenseur avant de réaliser que celui-ci était bel et bien privé.

« Espèce d'idiot ! Tu m'as laissée croire qu'on pouvait nous surprendre là-dedans ! »

Il haussa les épaules mais rit intérieurement.

« Ça ne t'a pas empêchée de te déshabiller. »

La façon dont elle lui tapa l'épaule ne lui fit aucunement mal. Il s'agissait davantage d'une caresse.

« Tu peux me lâcher, maintenant. »

Pas question. Le corps de Nina était trop bon et sa verge avait ses propres idées quant à la manière de terminer la nuit. Et franchement, pour une fois …qu'il était en parfait accord avec son engin !

« Tu préfères faire l'amour sur le canapé ou dans le lit ? »

Personnellement, il préférait l'emmener jusqu'à son lit mais si elle était plus à son aise sur le canapé, cela ne lui posait aucun problème.

Au lieu de répondre, ses joues se colorèrent d'une belle nuance de rose. Pouvait-il la faire rougir davantage encore ?

« Dans la cuisine ou dans la salle de bain, peut-être ? Ou sur la terrasse, sur le toit ? »

Oui, elle pouvait rougir encore plus. Et paraître encore plus sexy. Qu'elle pût encore rougir après ce qu'elle lui avait laissé faire dans l'ascenseur ainsi que ce qu'elle lui avait fait la nuit d'avant, le dépassait complètement.

Amaury approcha son visage de celui de Nina pour plonger dans ses beaux yeux marron.

« Tu as le droit de reconnaître que tu as apprécié ce qu'on vient de faire. Je ne dirai à personne que cette meurtrière farouche possède un côté plus doux. »

Nina rencontra ses yeux mais ne fléchit pas.

« Dans ce cas, je crois que ce vampire-là n'est pas aussi dur et méchant qu'il le laisse entendre. »

Bien sûr qu'il était un dur à cuire ! Et méchant ! Il devait être craint pour ce qu'il était et pour ce qu'il pouvait faire. Etait-elle en train de suggérer qu'il était faible ? Il laissa échapper un grognement sombre.

« Oui, oui. Tu peux grogner autant que tu veux. Espèce de grand, mauvais vampire. »

Elle se moquait de lui, non ?

« Tu veux du grand et du mauvais ? Très bien, je vais t'en donner. »

D'un pas décidé, Amaury la porta dans sa chambre et la lâcha sur le lit. Il resta là un moment, à la regarder. Puis il toucha son érection, la caressant de manière suggestive.

« Tu la veux grosse comment ? »

Nina sembla tomber en fascination lorsqu'elle le regarda, ses yeux restant collés sur son érection. Il mourait d'envie de la posséder, de plonger sa verge pulsante en elle jusqu'à ce qu'elle n'en pût plus.

Sa bouche forma un seul mot.

« Grosse. »

De ses bras, elle l'attira vers lui et il se cala contre elle. La présence de Nina, là, sous lui, semblait logique. Et elle ne pourrait s'échapper tant qu'il ne l'y autoriserait pas. Heureusement, prendre la fuite ne semblait pas du tout faire partie des projets de sa belle. Sinon, pourquoi l'aurait-elle entourée de ses jambes en le poussant vers son intimité?

Amaury accepta son invitation implicite, tout comme sa verge, déjà pressée contre la cuisse de Nina. Le contact peau contre peau suffit à envoyer une vague de chaleur à travers lui.

Dans le fond de la pièce, il entendit une légère sonnerie mais il l'ignora. Pour une fois, il maudissait ses sens surdéveloppés. Il ne voulait pas être distrait du corps souple qui se trouvait dans ses bras, des doigts doux qui l'exploraient, de l'odeur suave qui l'enveloppait.

Elle méritait toute son attention. Et elle l'aurait. Il ferma les yeux un moment et bloqua tout le reste. Avec joie, il se rendit compte qu'aucune émotion ne le bombardait. Son esprit était clair. En paix.

Lorsqu'il rouvrit les yeux, son regard rencontra celui de Nina.

« Qu'est-ce qui ne va pas ? »

Il sentit un soupçon d'inquiétude dans sa voix et il secoua la tête en souriant.

« Rien ! Absolument rien. »

Pour la première fois depuis des siècles. Aucune douleur. Aucune émotion étrangère. C'était juste lui, tout seul.

« Tu attends quelque chose ? »

Petite coquine impatiente.

« Oui. Que tu te taises, *chérie.* »

Amaury étouffa la plainte de Nina sous ses lèvres. Son érection vint se placer contre sa douce féminité puis, il alla vers l'avant, y rencontrant sa moiteur. Etroite ; oh, son entrée semblait étroite. Serait-elle capable de le recevoir ?

Pourquoi n'avait-il pas déjà éjaculé ? Alors que la masturbation n'avait aucun effet pour neutraliser les émotions ou les maux de tête, au moins permettait-elle de diminuer quelque peu la circonférence de son engin !. Là, il était prêt à exploser.

Son bassin bascula vers l'avant, demandant silencieusement à ce qu'il la pénétrât mais il se retira. Il ne pouvait pas la blesser. Il était trop gros. Non. Il devait mieux la préparer. Peut-être un autre orgasme aiderait-il ses muscles à se relâcher. Ou encore mieux, un doigt, au départ, pour étirer son écrin étroit. Il ne voulait pas associer le fait de faire l'amour à de la douleur. Il avait déjà dû faire face à l'aversion de sa partenaire pour les vampires. Et maintenant lui infliger de la douleur parce que son sexe était trop gros ? Il ne pouvait faire cela. Non. Elle le détesterait. Et, pour une raison ou une autre, ce n'était pas le genre d'émotions qu'il voulait qu'elle ressentît pour lui.

Il devait faire preuve de patience s'il voulait atteindre son but.

La forte sonnerie du téléphone à côté du lit le fit sursauter mais, un moment plus tard, son attention fut détournée par les mains de Nina, cramponnées sur ses fesses ; elle essayait de le plonger en elle. Elle était très certainement impatiente et n'avait manifestement aucune idée des dommages que son sexe pourraient causer à ses muscles tendres s'il la pénétrait sans qu'elle y fût préparée.

Amaury s'écarta et replaça les bras de Nina le long de son corps. Le téléphone retentit à nouveau et masqua ce qu'elle voulait dire, l'arrêtant à mi-chemin.

« Nina, il faut qu'on y aille doucement. »

Le répondeur s'enclencha.

« Je suis trop gros. Laisse-moi te… »

Sa voix enregistrée se mit en marche.

« *Je ne suis pas là. Vous savez quoi faire.* »

Bip.

« *Bon sang mais où es-tu ? Tu étais censé être là il y quinze minutes, putain.* »

Amaury tressaillit. Gabriel le cherchait. Et il n'était pas d'humeur.

« *Décroche ce putain de téléphone…* »

Amaury tendit le bras et attrapa le combiné. Puis, immédiatement, il mit son doigt sur ses lèvres pour faire signe à Nina de ne pas dire un mot.

« Gabriel… »

La réponse lui perça les tympans.

« RAMENE TON CUL AU BUREAU ! »

Bon sang, il avait oublié les interrogatoires prévus pour la nuit. Pas étonnant que Gabriel fût énervé.

« Ouais, je suis en route. »

« Ou je tiendrai deux mots à Samson au sujet de cette humaine d'hier soir. Et il ne va pas aimer ça. »

Etait-il en train de le menacer ?

« J'ai dit que j'étais en route. »

Amaury raccrocha violemment le téléphone et regarda de nouveau Nina.

« Je dois y aller, Nina. »

Amaury laissa échapper un soupir. Il avait en tête de bien meilleures choses à faire qu'aller au bureau ; là, tout de suite, maintenant.

Elle s'assit.

« Bien, je m'habille. »

Amaury l'empêcha de sortir du lit.

« Non, tu restes là. On n'en a pas fini. Je serai de retour dans trois heures. »

« Je devrais y aller. »

Non. Il voulait qu'elle se trouvât là quand il reviendrait afin de continuer ce qu'ils avaient commencé.

« S'il te plaît. Reste là et attends-moi. Fais comme chez toi. Hé, tu peux même fureter à droite à gauche, si tu veux. »

Son appartement ne révèlerait rien qu'elle ne sût déjà.

« Je ne furète pas ! »

Le ton indigné de sa voix sembla réel.

Il l'embrassa sur la joue.

« Ok, alors ne fais rien. Mais reste. »

La bouche d'Amaury traça un chemin jusqu'aux lèvres de Nina, qu'il captura. S'il continuait ainsi, il arriverait aux interrogatoires avec une érection de la taille d'un mât, ce qui éveillerait davantage encore les soupçons de ses collègues. Ces derniers ne pouvaient savoir qu'il n'avait pas effacé sa mémoire. Et il n'avait aucune intention de le leur dire. Au contraire, il voulait encore partager avec elle nombre d'autres souvenirs.

Amaury sauta du lit et attrapa des vêtements propres dans sa penderie.

« D'accord, je reste. »

Ses yeux restèrent sur lui tandis qu'il s'habillait, ce qu'il apprécia. Un homme pouvait s'habituer à ce qu'une femme le regardât ainsi.

« Mais quand tu reviens… »

Il lui jeta un regard plein d'attente.

« Quoi ? »

« Plus de retard. Si on ne s'envoie pas en l'air quand tu rentres, alors je dégage. »

Il sourit de toutes ses dents.

« Bien, *mademoiselle*… »

Elle lui jeta un oreiller, qu'il attrapa immédiatement. Ses réflexes étaient aussi précis que sa verge était dure.

Il se dirigea vers la porte et jeta un dernier et long regard à son corps. Elle ne tenta pas de se recouvrir d'un drap. Il essaierait de revenir deux heures plus tard, au maximum.

« Si tu as faim, il y a du coq au vin dans le frigo. »

Avant de se retourner et de partir, il surprit son regard confus, ce qui le fit rire intérieurement. La raison pour laquelle il avait de la nourriture dans son frigidaire lui donnerait matière à penser pendant qu'il serait parti. Il était loin d'être un vampire ordinaire.

16

Amaury gardait de la nourriture au frigidaire ? Quel genre de vampire taré était-il donc ? Nina secoua la tête et sauta hors du lit. Elle attrapa l'un de ses t-shirts dans la penderie, l'enfila puis se dirigea vers le salon.

Elle se sentait revigorée. Tout son corps picotait d'une manière on ne peut plus plaisante, comme après un massage. Sauf qu'au lieu d'un massage, elle avait reçu un formidable orgasme de la bouche et des mains extrêmement talentueuses d'un… Disons, d'un vampire étrange. Qui se souciait peu de la laisser seule dans sa tanière et s'attendait pratiquement à ce qu'elle fouillât à droite à gauche, ce qui, bien sûr, rendait cette option bien moins tentante. Quel trouble-fête.

Trois heures à tuer avant que le vampire sexy ne revînt pour tenir sa promesse de la prendre de toutes les façons possibles et imaginables. « Voire plus encore, » avait dit ce petit canon arrogant. Elle avait voulu le gifler pour avoir dit une telle chose ; si tant était que les mots d'Amaury ne l'eussent pas excitée.

L'hésitation qu'elle avait perçue au moment où il allait la pénétrer l'avait on ne peut plus surprise. Quand était-il devenu aussi doux et avait-il décidé qu'il ne voulait pas la blesser ? Et qui avait dit qu'elle ne pouvait faire face au gars costaud qu'il était ? Parce qu'il l'était, costaud.

La vision de son sexe dur et long, presque violet avec de grosses veines ressemblant à de la vigne s'enroulant autour, envoya une autre boule de feu à travers son corps. On aurait dit qu'il était plus gros que la nuit précédente, quand elle l'avait pris en bouche. Mais peut-être était-elle seulement en train de fantasmer. Il était juste costaud et bien que son engin fût incroyablement gros, il était parfaitement proportionné au reste de son corps.

Mais elle ne pouvait continuer à rêvasser de lui. Elle s'enverrait en l'air avec lui, puis l'oublierait avant de reprendre sa mission. Rien n'avait changé. En fait, les avoir approchés lui et ses amis lui avait donné un meilleur aperçu de leurs pouvoirs, ce qui la préparait d'autant mieux à se battre contre eux.

Physiquement parlant, Amaury ne voulait pas la blesser. Elle pouvait le ressentir d'une certaine façon, mais cela ne voulait pas dire qu'il l'aiderait et irait à l'encontre de son intérêt pour Scanguards pour elle. Peut-être était-il en train d'essayer de l'adoucir pour qu'elle ne poursuivît pas sa quête et abandonnât. Eh bien, si c'était ce qu'il essayait de faire, il n'y arriverait pas. Comme si le sexe pouvait changer quoi que ce fût quant à ce qui était bien et ce qui ne l'était pas.

Peut-être valait-il mieux oublier tout simplement l'idée de coucher avec lui. Elle n'en tirerait rien de bon.

A part un autre orgasme spectaculaire.

Ah, tais-toi !

Depuis quand pensait-elle avec sa chatte ? Cet homme-là l'avait-elle transformée en une femme désespérée et sans défense ? Cela ne pouvait arriver. On ne pouvait pas faire confiance aux hommes, et encore moins aux vampires. Certes, il était canon, il la désirait et ne lui avait pas fait de mal, mais cela ne voulait pas dire qu'on pouvait lui faire confiance. Ce fait ne l'empêcherait toutefois pas de coucher avec lui. Elle n'avait pas besoin de faire confiance à un homme pour coucher avec. L'un n'avait rien à voir avec l'autre. C'était peut-être mieux ainsi. Elle avait fait confiance à la mauvaise personne, une fois, et cela avait bousillé sa vie. Elle ne commettrait pas la même erreur deux fois.

Nina repoussa les souvenirs liés aux événements vécus dans sa dernière maison d'accueil. Ce n'était pas le moment de se replonger dans la douleur qu'elle avait essayé d'oublier durant les dix années précédentes.

Ses yeux scannèrent le salon et elle repéra ses vêtements sur une chaise près de l'entrée. Son t-shirt et sa culotte ayant été arrachés, ils étaient tous les deux hors d'usage. Elle secoua la tête. Amaury était décidément un vampire passionné.

Elle ne comprenait pas pourquoi il l'avait laissée seule dans son repère ; à moins que… Nina se retourna et ouvrit grand la porte d'entrée. Non, soupira-t-elle avec soulagement, il ne l'y avait pas enfermée. Lui faisait-il confiance, pensait-il qu'elle l'attendrait ou s'agissait-il tout simplement d'arrogance de la part d'Amaury ? A moins qu'il n'eût lu le désir dans ses yeux avant de partir ?

Nina frissonna à l'idée de ce qu'Amaury avait déjà vu d'elle ; pas de son corps, elle se souciait peu de cette partie-là, mais de son esprit, de son âme et de son cœur. Toutes ces choses qu'elle gardait cachées parce qu'il était plus sûr d'occulter qui elle était vraiment : la fille apeurée, manquant d'assurance et blessée qu'elle était en réalité. Cette fille qui ne désirait qu'être aimée et qui, pourtant, craignait toujours d'ouvrir son cœur à qui que ce fût. Cette fille qui ne voulait que du *pour toujours* mais se contentait du *tout de suite maintenant* parce que c'était tout ce qu'on lui avait toujours proposé. Cette fille qui ne demandait jamais rien parce qu'elle ne voulait pas faire face à un *non*, qui ne pouvait supporter l'idée d'être rejetée et mise à nouveau de côté.

Non, elle devait être la femme forte qui avait un but dans la vie.

Une vibration provenant de la pile de ses vêtements la ramena à la réalité. Son téléphone portable. Elle le sortit de la poche de sa veste. Un rappel apparut.

Bon sang ! Le texto qu'elle avait reçu juste avant qu'Amaury ne débarquât chez elle ; elle l'avait complètement oublié. Peut-être n'était-il pas encore trop tard pour se rendre à la Mezzanine et trouver le gars. Elle se devait au moins d'essayer. Elle n'était pas vraiment habillée pour le club mais son appartement était sur la route. Elle pouvait prendre quelques minutes pour passer quelque chose de plus approprié et filer.

Nina attrapa son jean posé sur la chaise et le mit sans sous-vêtements.

Trois heures lui suffisaient largement pour se rendre au club, essayer de trouver le suspect et lui soutirer des informations. Si elle était rapide, elle pouvait même revenir sans qu'Amaury ne sût jamais qu'elle s'était absentée. Elle laisserait la fenêtre de la sortie de secours ouverte et l'emprunterait pour revenir.

Et si, malgré tout, son enquête dévoilait quelque implication d' Amaury, eh bien alors, elle ferait le nécessaire. Elle espérait seulement qu'il n'eut rien à voir dans le meurtre d'Eddie et que la seule raison pour laquelle elle reviendrait ici serait pour enfin coucher avec lui et non pas pour le tuer.

~ ~ ~

Amaury se retrouva nez-à-nez avec Gabriel. Il avait eu la présence d'esprit d'utiliser un peu de rince-bouche et d'enlever rapidement le goût délicieux de Nina de son visage avant de quitter son appartement. Non pas que cela suffirait à éliminer complètement son parfum sur lui. Mais avec un peu de chance, Gabriel serait trop préoccupé pour s'en apercevoir.

« Je suis là, maintenant, non ? »

« Je sais bien que tu es le plus vieil ami de Samson mais même lui arrêtera le favoritisme si tu ne fais pas ce qu'on attend de toi. »

Si la situation devait en arriver là, Samson serait de son côté ; Amaury le savait, instinctivement. Ils avaient traversé bien plus d'épreuves ensemble que ce que Gabriel pouvait même imaginer. La notion d'amitié avait du sens, pour eux.

« Fous-moi la paix. »

Amaury avait son propre maître et n'avait besoin de personne d'autre pour lui dire de quel côté devait se trouver sa loyauté.

« Arrêtez ça ! » coupa la voix féminine pour apaiser les tensions.

Et lui qui avait pensé qu'Yvette voudrait les voir en venir aux mains !

« Et on met en veilleuse la testostérone pour retourner au boulot. »

Ou peut-être ne voulait-elle pas voir Gabriel blessé ? Il lui jeta un rapide coup d'œil mais son visage demeura impassible. Si Yvette avait quelque sentiment pour Gabriel, Amaury ne pouvait les lire.

« Après toi. »

Amaury désigna de la main la porte du bureau privé où les interrogatoires allaient avoir lieu. Sa tête lui faisait de nouveau mal, les émotions des autres gens le bombardant comme si le court répit auquel il avait eu droit plus tôt ne s'était jamais produit. Et il n'avait toujours couché avec personne. Soixante-douze heures et ce n'était pas fini. Ce n'était pas bon.

Il aurait dû prendre ce que Nina lui avait offert : ses jambes écartées pour lui, son sexe mouillé et tremblant. Mais non. Depuis quand avait-il soudainement développé des scrupules ? Auparavant, il ne s'était jamais vraiment soucié de savoir si une femme avait mal ou se sentait inconfortable parce qu'il était soit trop gros pour elle, soit qu'il y allait trop fort. Et il était plus qu'évident qu'il y serait allé de toutes ses forces avec Nina car, lorsqu'il s'agissait de cette femme-là, il perdait tout contrôle sur son corps.

« Mettons-nous-y. Je n'ai pas toute la nuit. »

La voix de Gabriel trancha à travers le brouillard qui s'était formé dans la tête d'Amaury. Lui non plus n'avait pas toute la nuit. Après tout, une femme l'attendait dans son lit. Une femme des plus séduisantes, d'ailleurs.

Pendant près de deux heures, ils interrogèrent les employés les uns après les autres sans grand succès. Ni lui ni Gabriel ne trouvèrent quoi que ce fût qui aurait pu les faire suspecter l'un des membres du personnel. Gabriel demanda à ce qu'on fît entrer le dernier gars de la nuit, puis il laissa échapper un soupir.

« Prêt pour le dernier ? »

Amaury leva la tête pour rencontrer le regard de Gabriel.

« Bien sûr, c'est parti. »

Il savait qu'il était en train de frimer mais il n'admettrait pas devant Gabriel combien il était épuisé. Montrer un signe de faiblesse n'était pas bon, surtout face à un compère vampire. Non seulement il n'avait pas couché avec qui que ce fût depuis des heures, mais il ne s'était pas non plus alimenté depuis que Thomas l'avait détaché de son lit.

Il travaillait l'estomac vide et devenait clairement ronchon. Avant de retrouver Nina, il devrait aller chasser rapidement un repas pour se nourrir. Il n'aimait pas cette idée. Le fait que madame Reid fût à l'hôpital à cause de lui le rongeait toujours. Et si, de nouveau, il ne faisait pas attention et tuait quelqu'un ?

« A qui avons-nous l'honneur ? »

Gabriel s'adressa à l'employé qu'Yvette avait laissé entrer.

Tandis que l'homme s'asseyait face à Gabriel et Amaury, Yvette prit place depuis son observatoire près de la porte.

« Paul Holland. »

Immédiatement, Amaury ressentit la peur de l'homme. Il donna à Gabriel le signe qu'ils avaient établi au préalable en portant le verre d'eau à ses lèvres pour l'alerter.

Alternativement, Gabriel et Amaury posèrent des questions à l'homme au sujet de son travail et de ses rapports avec les deux gardes du corps décédés, se donnant à chacun le temps d'utiliser ses pouvoirs pendant que l'autre posait une question.

« Donc vous ne les connaissiez que vaguement ? » demandant Gabriel.

« Oui, parfois on allait prendre une bière avec tout le groupe de collègues. Le truc habituel, quoi. »

Amaury ressentit la peur de Paul s'accroître. Mais celle-ci ne semblait pas être dirigée vers Gabriel ou lui. L'homme avait peur de quelqu'un d'autre.

« Et vous alliez où, en général ? »

C'était le tour d'Amaury de poser une question pour donner à Gabriel l'occasion de s'immiscer dans la mémoire de l'employé.

« Juste dans des bars sportifs. »

Subtilement, Gabriel fit signe qu'il avait tout ce dont il avait besoin mais Amaury comprit.

« Merci, Paul. Je ne pense pas que nous ayons d'autres questions. »

Paul se leva et quitta la pièce.

« Il a peur de quelqu'un mais pas de nous. Tu as quoi ? »

« Pas grand-chose. C'est comme si quelqu'un causait des interférences ; comme de l'électricité statique ou un téléphone portable. »

« Tu crois qu'il se fait contrôler par un vampire ? » demanda Amaury.

Gabriel hocha la tête.

« Je vais envoyer Zane le suivre. Il est juste dehors. »

Gabriel composa un numéro sur son téléphone portable.

« Zane, on a un suspect. Il quitte le bureau en ce moment-même. Suis-le et tiens-moi au courant. Si tu as besoin d'aide, appelle Quinn. »

Gabriel raccrocha.

« Bon, assez travaillé. On s'arrête là. »

Amaury se leva et se dirigea vers la porte en hochant la tête vers Yvette, qui se leva.

« Amaury. »

Il se retourna pour faire face à Gabriel.

« Je te fais confiance, tu t'es occupé de la fille ? »

Merde. Il ferait bien de contenir ses souvenirs afin que Gabriel ne découvrît pas qu'il s'était occupé de Nina, mais pas de la façon dont celui-ci le lui avait demandé.

« C'est fait. »

Rapidement, il se retourna vers la porte et sortit, tout en ressentant l'incrédulité d'Yvette qui le suivait. Elle savait qu'il mentait. Il ne pourrait déguerpir de l'immeuble assez vite. Au moment où il sortait dans l'air frais de la nuit, son téléphone portable vibra. Bon sang, il ne valait mieux pas qu'il s'agît de Gabriel lui demandant de revenir !

Avec soulagement, il reconnut le numéro du docteur Drake et prit l'appel.

« Quoi de neuf, docteur ? »

« J'ai une réponse à votre question, » répondit le psy d'une voix calme.

Sa poitrine se serra. Enfin une réponse qui lui dirait comment se débarrasser de sa malédiction.

« Dites-moi. »

« Pas au téléphone, je ne veux pas qu'on m'entende. Rendez-vous sur les marches de la Grace Cathedral dans quinze minutes. »

« J'y serai. »

La nouvelle avait intérêt à être bonne.

Amaury héla un taxi qui l'emmena en haut de la colline. Ses mains devinrent moites, tandis qu'une vague d'anxiété s'étendait à tout son corps. La sorcière avait-elle donné au psy une espèce de mixture qu'il devait boire, d'où la raison pour laquelle Drake voulait le voir en personne ? Pourquoi, soudainement, quinze minutes semblaient-elles durer une éternité ?

Cette nuit serait-elle la nuit durant laquelle sa peine s'achèverait ? Une bouffée d'espoir souleva sa poitrine. Ressentir à tout jamais ce sentiment de quiétude, qui l'envahissait dans ces brefs moments suivant une partie de jambes en l'air, pouvait-il vraiment être à portée de main ?

Amaury paya le chauffeur et bondit hors du taxi lorsque le véhicule s'arrêta devant la cathédrale. Le monument imposant projetait des ombres sombres sur les bâtiments aux alentours mais Amaury trouva l'obscurité plus réconfortante qu'intimidante. Après plus de quatre cents ans à vivre dans les ténèbres, ces dernières étaient devenues des compagnes auxquelles il faisait confiance.

Il n'était pas seul. Sans le moindre doute, il pouvait ressentir la présence de Drake dans les ténèbres.

« J'aime venir ici. C'est un endroit tranquille. »

Amaury hocha la tête et se tourna vers lui.

« Oui, je vois ce que vous voulez dire. »

La mince silhouette de Drake se détacha du mur derrière lui alors qu'il s'approchait.

« Je m'excuse de vous avoir demandé de me retrouver ici plutôt qu'à mon cabinet, mais je ne veux pas qu'on m'entende parler d'une sorcière, sinon… »

Amaury grogna en signe d'approbation.

« Marchons. »

Le bruit de leurs pas résonna contre le monument tandis qu'ils en descendaient les marches.

« Qu'est-ce que vous avez pour moi, Drake ? »

Une hésitation, une tension, pointa dans le corps du médecin. Les nouvelles étaient donc mauvaises. Amaury aurait dû s'en douter. Pas étonnant que Drake voulût lui parler en personne.

« Allez-y, doc'. Donnez-moi les mauvaises nouvelles. »

« Ce n'est pas si mauvais que ça, Amaury. Même si ça a l'air de n'avoir pas le moindre sens au départ. »

« Rien n'a vraiment de sens, de toute façon. »

« Dans ce cas, vous apprécierez ce petit bijou. La sorcière à laquelle j'ai parlé, et croyez-moi… Quand je vous dis qu'elle est on ne peut plus digne de confiance et aussi compétente que possible… Elle s'est penchée sur votre cas et a fait quelques recherches. Elle a trouvé un moyen de renverser la malédiction. Lorsqu'elle me l'a raconté, je lui ai immédiatement demandé plus de détails, mais elle a insisté en disant qu'il s'agissait là de la seule solution possible. Elle a été aussi énigmatique que ça. »

Amaury s'arrêta et se retourna vers le médecin.

« Ne tournez pas en rond. »

« Bien, je voulais juste que vous soyez prêt à y faire face. Il y a une solution qui se cache dans tout ça. »

L'homme commençait à bloquer et Amaury sentit sa patience venir à bout.

« Doc' ! »

« D'accord. Elle a dit que si vous tombiez amoureux, alors la malédiction disparaîtrait et si l'objet de votre amour… »

« C'est grotesque et vous le savez. »

Ce n'était pas une solution à son problème. Ce ne pouvait en être une puisqu'il ne pouvait aimer. Ne jamais retomber amoureux faisait partie intégrante de sa malédiction. Alors comment diable pouvait-il tomber amoureux ?

« Ecoutez-moi. Ce n'est pas tout. Il y a d'autres éléments. »

« Non, vous pouvez vous arrêter là. Je ne remplis même pas la première condition. »

« Attendez, Amaury. Je sais qu'il y a une solution cachée quelque part, dans tout ça. Ecoutez, s'il vous plaît. Cette sorcière a dit que l'objet de votre affection…, que son amour devait être inconnu. »

« Inconnu ? Bon sang, mais qu'est-ce que ça veut dire ? Qu'est-ce qu'elle a dit ? »

« Il doit tomber amoureux d'un cœur indulgent, » récita Drake. « En n'utilisant pas son pouvoir…, et l'amour de l'objet de son affection doit être inconnu. »

Amaury s'imprégna des mots mais ces derniers ne trouvèrent aucune résonnance. Ils n'apportaient aucune solution.

« Drake, je crois que vous avez gâché la faveur qui vous était due. »

Le médecin secoua la tête.

« Non, il y a quelque chose, là-dedans. Je n'ai pas encore trouvé quoi. Oui, votre malédiction se compose de deux parties. La première, vous pouvez ressentir les émotions des autres et la deuxième, vous ne pouvez tomber amoureux. »

« Avez-vous déjà entendu parler de la référence circulaire ? C'est un problème mathématique et c'est ce que nous avons ici. On ne peut résoudre le problème puisque la résolution d'une partie de celui-ci dépend d'une autre partie qui, elle, est inconnue. »

Le médecin lui jeta un regard confus. Les mathématiques n'étaient manifestement pas son fort.

« Hein ? »

« Oubliez, Drake. Cette femme n'a aucune idée de ce dont elle parle. »

L'espoir qui l'avait envahi quelques minutes auparavant l'avait quitté. Il était dans le même bateau, le même vieux bateau et naviguait au milieu de l'océan sans pagaies. Et la pagaie qu'il venait d'entrapercevoir au loin n'était ni plus ni moins qu'un autre mirage. Mieux valait-il ne pas se morfondre dessus.

« Ecoutez, je vais y réfléchir. »

Drake semblait vouloir l'aider.

« Pourquoi ? C'est une perte de temps. »

« En tant que médecin, j'ai une responsabilité envers mes patients. »

Voilà qui était nouveau. Tout le monde était-il soudainement en train de développer une conscience ? Jusqu'à présent, Drake avait pris son argent ; qu'il pensât que les séances eussent pu aboutir ou pas, peu lui importait ! Amaury haussa les épaules. Ce n'était pas son problème si le bon médecin avait soudain des scrupules face à tout l'argent qu'il lui avait pris sans produire de résultats tangibles.

« C'est votre temps, pas le mien. »

« Je vous tiens au courant. »

Drake tourna au coin de la rue suivante et disparut dans les ombres de la nuit.

Amaury tenta de refouler la déception qu'il sentait se répandre dans sa poitrine. Il n'aurait jamais dû garder espoir. Il aurait, tout simplement, dû garder la même ligne de conduite que durant les siècles passés et utiliser le sexe pour calmer la douleur.

Mais il ne comprenait toujours pas pourquoi il ne pouvait ressentir les émotions de Nina. Cela n'avait pas de sens, en particulier puisqu'il n'avait, techniquement, pas couché avec elle, ce à quoi il prévoyait de remédier. Cependant, la simple présence de Nina semblait faire diminuer ses maux de tête, même sans sexe. Et c'était exactement le genre de médecine dont il avait besoin pour le moment.

Son téléphone portable vibra de nouveau. Que se passait-il, ce soir ? Il regarda le numéro sans le reconnaître. Un numéro de New York mais, Dieu merci, pas celui de Gabriel.

« Oui ? »

« Amaury, c'est Quinn. Ecoute, je ne peux pas parler longtemps. »

« Qu'est-ce qui se passe ? »

« J'ai passé la soirée à aider Zane à suivre cet employé, Paul machin, et on est au club Mezzanine. Zane a grommelé un truc à propos de ta petite amie qui serait là avec un autre mec. Je me suis dit que tu voudrais savoir. »

« Quoi ? »

Amaury sentit les battements de son cœur accélérer et sa pression artérielle augmenter.

« Où est-elle ? »

« Je dois y aller. »

Quinn raccrocha.

Nina ? Dans une boîte de nuit, alors qu'elle avait promis de l'attendre au lit ? Bon sang, rien ne pouvait donc se dérouler comme prévu, ce soir ?

17

Nina but une autre gorgée de bière avant de reporter son attention sur le gars qui lui avait fait des avances deux minutes plus tôt. Depuis le bar, elle avait une bonne vue sur ce qui se passait dans le club. Jusqu'à présent, elle avait repéré plusieurs hommes qui correspondaient à la description que Benny lui avait donnée mais aucun ne semblait lui prêter attention lorsqu'elle les regardait.

Or, si les informations de Benny étaient justes, l'homme qu'elle cherchait savait qui elle était et il la repérerait. Elle y comptait. Ce serait la seule façon pour elle de le reconnaître. De même s'il l'attaquait. Heureusement, la boîte était bondée et une agression ne passerait pas inaperçue.

En attendant, elle avait repoussé l'homme assis à ses côtés. Ce n'était pas qu'il n'était pas mignon mais elle n'était pas d'humeur à flirter et elle voulait encore moins gaspiller son temps, alors qu'elle cherchait le sale enfoiré impliqué dans la mort d'Eddie.

« On dirait que celui que tu es venue voir t'a posé un lapin. »

L'homme assis sur le tabouret d'à côté lui jeta un sourire entendu.

« Qu'est-ce qui te fait penser que j'attends quelqu'un ? »

Peut-être devrait-elle changer de place et s'éloigner de ce mec borné qui ne semblait rien piger.

« Ça fait une demi-heure que tu regardes tous les hommes qui entrent. On dirait bien que tu attends quelqu'un. Ça ne vaut pas le coup pourtant, s'il laisse une jolie fille comme toi attendre aussi longtemps. Et si quelqu'un d'autre mettait, à sa place, la main sur toi ? »

A présent, d'énervant, l'homme venait tout juste de passer à inquiétant. Elle lui jeta un regard glacial.

« Personne ne va mettre la main sur moi. Bien que ça ne te regarde pas. »

Nina lui tourna le dos.

« J'ai envie de dire que c'est déjà le cas. »

Une seconde plus tard, elle sentit sa main sur son bras. Nina tourna la tête vers lui et se délivra de sa poigne. Elle nota la façon dont il inspira profondément, comme s'il la reniflait.

« Tu ferais bien de t'barrer avant que je t'botte le cul ! »

Au lieu d'être offensé par son éclat de colère, il y répondit avec un large sourire. C'est alors qu'elle le regarda pour la première fois et qu'elle comprit vraiment qui il était.

Oh bon Dieu, non !

Il était l'un d'eux. Elle s'était assise à côté d'un vampire sans s'en rendre compte, trop occupée qu'elle était à trouver le gars que Benny avait décrit.

« Ah, tu percutes enfin. Je commençais à me lasser de ce petit jeu. »

Cette nuit était un échec total. Elle devait partir tant qu'elle le pouvait. Une bonne chose qu'il y eût autant de monde autour d'elle pour qu'il ne pût lui faire de mal. Elle pouvait utiliser cette marée d'humains innocents autour d'elle pour s'en sortir. S'il était intelligent, il ne voudrait pas risquer de faire parler de lui dans un lieu aussi public.

« Je ne vois pas ce que tu veux dire. »

Mieux valait s'en tenir au déni aussi longtemps que possible. Alors peut-être laisserait-il tomber.

« Je ne suis pas d'accord. A mon goût, tu en sais bien trop. Alors pourquoi on n'aurait pas une petite discussion, toi et moi ? »

Il remit sa main sur son bras, cette fois en l'agrippant plus fortement. Elle essaya de se dégager mais il l'attira vers lui puis la renifla à nouveau.

Une seconde plus tard, elle se sentit tirée en arrière par des mains puissantes. Elle fut plaquée contre une ferme poitrine qu'elle reconnut immédiatement. Bien qu'elle ne pût distinguer Amaury derrière elle, Nina vit le visage du vampire en face d'elle. Le moins qu'on pût dire était qu'il était énervé.

« Luther. »

Le grognement d'Amaury apaisa Nina davantage que prévu. Elle se détendit contre lui.

« Amaury, ça faisait longtemps. »

Les deux se connaissaient ? Logique, puisqu'ils étaient tous les deux vampires. Il s'agissait probablement d'une petite communauté. Elle aurait dû s'en douter.

« Je ne savais pas que tu étais de retour en ville. »

La remarque résonna davantage comme un reproche.

« Allons bon… Pas de comité d'accueil pour un vieil ami ? Au moins ta petite amie, là, elle était accueillante. Et je suis sûr qu'elle aurait pu l'être encore plus. »

Il lança un regard qui en disait long à Nina.

Dans ses rêves !

Immédiatement, les bras d'Amaury se refermèrent sur elle et le grognement de ce dernier résonna dans ses oreilles.

« Tu la touches encore une fois, tu ne ressors pas d'ici vivant. »

« On se tape toujours des humaines, à ce que je vois. Je peux la sentir sur toi. »

« Nina, on s'en va. »

Amaury la souleva du tabouret et la poussa derrière lui afin qu'elle ne pût voir ce qui se passait. Le bruit dans la boîte l'empêcha d'entendre les éventuelles politesses échangées.

Le visage rageur d'Amaury coupa court à l'incertitude de Nina sur ce point. Peut-être n'était-ce pas plus mal qu'elle n'eût pas entendu ce qu'ils avaient dit. Elle n'avait nul besoin d'ajouter un choix de mots à son vocabulaire.

Amaury fut tout sauf doux lorsqu'il la traîna à travers la marée humaine, vers le fond de la boîte. Si elle avait correctement lu l'expression de son visage, elle était bien partie pour la fessée qu'il lui avait promise. A présent qu'il avait laissé Luther derrière, il semblait avoir reporté sa colère sur elle. Les doigts de ce dernier se refermèrent sur son poignet tandis qu'il la traînait derrière lui ; apparemment en mission.

« On va où ? »

Le couloir à travers lequel ils se précipitèrent était plongé dans le noir et menait à un petit escalier. Sans lui répondre, il la guida jusqu'à une porte à l'étage du dessus. Il l'ouvrit. Nina eut le temps de lire « PRIVE » avant qu'il ne la poussât à l'intérieur et claquât la porte derrière lui.

La pièce servait de vestiaire aux employés. Il y avait un vieux canapé, plusieurs chaises et une table. Contre les murs, se trouvaient des étagères sur lesquelles étaient disposés des fournitures et divers vêtements.

On tira un verrou.

« Putain, mais qu'est-ce que tu foutais là-bas ? »

Sa voix aurait pu faire pâlir de jalousie un coup de tonnerre.

« Ce ne sont pas tes oignons. »

Elle ne cracherait pas le morceau. Il n'avait, en aucun cas, le droit de lui dire ce qu'elle avait à faire simplement parce qu'elle l'avait laissé la toucher intimement. Nina leva le menton et le regarda. Ses yeux étaient rouges flamboyants. Oh oui, il était manifestement en colère contre elle.

Ses narines frémirent, sa poitrine se soulevant à chacune de ses respirations. Si elle n'avait pas eu la chance d'avoir vu la douceur qui se cachait sous cette carapace dure, elle l'aurait véritablement pris pour un monstre. Sa carrure imposante paraissait menaçante au-dessus d'elle, comme s'il essayait de l'intimider.

« Je t'ai dit de m'attendre chez moi. »

« Tu n'as pas le droit de me donner des ordres. Je fais ce que je veux. »

« Pas si ça veut dire te mettre en danger. »

« Je n'étais pas en danger. »

Amaury laissa échapper une bouffée d'air puis s'approcha de Nina et la plaqua contre le mur.

« Oh, non ? Alors laisse-moi te dire quelque chose à propos de Luther. Il n'y en a pas de plus dangereux que lui. A partir de maintenant, tu ne sortiras plus toute seule. Ton enquête sur la mort de ton frère, c'est fini. »

« Tu n'as aucun droit… »

Il pressa son corps contre celui de Nina, coinçant les mains de cette dernière contre le mur.

« Maintenant, tu vas m'écouter. A partir de maintenant, c'est moi qui m'occupe de l'enquête. Je t'aiderai mais tu ne croiseras plus le chemin de chaque satané vampire que compte cette ville. C'est clair ? »

« Essaye pour voir. »

S'il croyait pouvoir l'intimider de la sorte, il devrait faire mieux. Elle n'avait pas peur de lui.

« Regarde-moi. »

Amaury poussa sa verge contre elle. Bon sang, tous les vampires avaient-ils constamment des érections comme celle-ci ou celui-là était-il juste anormal ?

« Quoi ? C'est ta solution à tout, hein ? Faire plier la petite dame ? »

Il était énorme. Se mettre en colère l'avait manifestement excité. Elle n'en était pas loin non plus. La force primaire qu'il possédait la faisait fondre. Tout comme son enivrante odeur masculine. Du pur Amaury, qui, en bouteille, se serait vendu comme des petits pains.

« Exact, » dit-il en inspirant profondément. « Et apparemment, ça fonctionne. »

Avait-il remarqué que le corps de Nina était aussi sensible au sien ? Que tout ce qu'il avait besoin de faire était de presser son concentré de muscles contre elle pour obtenir une réaction délibérée de sa part ?

Il relâcha l'un de ses poignets et porta sa main à l'un de ses seins, dont le téton avait déjà durci à la simple suggestion qu'il allait la toucher.

« Je n'arrêterai pas ce que je fais. Ni pour toi ni pour qui que ce soit d'autre. »

Que le corps de Nina fût en train de s'écrouler ne voulait pas dire que son esprit fût également faible !

Amaury accueillit son défi avec un sourire désinvolte.

« Je n'en attendais pas moins de toi. Mais je ne te laisserai pas prendre tout ça en main toute seule. Toi, *ma chérie*, tu resteras à mes côtés jusqu'à ce que ce soit fini. »

« Qu'est-ce que tu essayes de faire ? M'emprisonner ? »

Elle leva le menton en signe de défi.

« En voilà une idée intéressante !Je pourrais t'enchaîner à mon lit. Comme nous le savons tous les deux, tu n'es pas complètement étrangère au bondage. »

Sous l'effet de cette suggestion lubrique, le ventre de Nina se contracta immédiatement. Elle sentit une goutte s'échapper de sa féminité, mouillant son slip. Il *avait* été à croquer quand elle l'avait attaché. Elle lécha ses lèvres sèches.

« Tu devras faire bien plus que m'enchaîner à ton lit, si tu veux que je me rende. »

Dans un premier temps, il lui faudrait au moins la faire crier de plaisir avant qu'elle n'en vînt ne serait-ce qu'à considérer la notion d'abdication.

« Comme quoi ? »

Je peux penser à deux ou trois positions, là.

Mais elle préféra répondre :

« Fais-moi une promesse. »

Le point entre les deux sourcils d'Amaury se creusa profondément.

« Je ne suis pas le genre de gars qui fait des promesses. Au cas où tu ne t'en serais pas aperçue. »

L'avait-il véritablement mal comprise ou la poussait-il à bout ?

« Oh, s'il te plaît. N'insinue pas que je puisse être intéressée par toi pour autre chose qu'un coup rapide, » dit-elle.

Ou deux, ou trois.

« Je veux que tu me promettes que tu feras tout pour que le nom de mon frère soit lavé de toute accusation. »

Nina regarda Amaury dans les yeux. Ils étaient de nouveau bleus et purs.

« Bien. Tu as ma parole. Je t'aiderai. Mais à une condition. »

« Laquelle ? »

Nina retint son souffle. Il la regardait avec tant d'ardeur que son cœur s'arrêta, le temps d'un ou deux battements.

« On conclue le marché maintenant. »

18

Amaury observa l'appréhension qui se lisait sur le visage de Nina. Elle savait ce qui allait arriver. C'était une femme. Il ne la décevrait pas.

« Chaque promesse a son dû. Voici le mien. »

Il guida la main de Nina vers sa verge, impatiente, la forçant à ouvrir la paume contre la chair ferme. Même à travers le tissu de son pantalon, il sentit sa chaleur et sa douceur. Son toucher fit battre son cœur plus vite.

Cette femme le rendait dingue et, si les vampires avaient pu avoir une crise cardiaque, elle lui en aurait certainement provoqué une. La voir entre les mains de Luther… Non, il devait se débarrasser de cette image.

« C'est la seule chose à laquelle tu peux penser ? »

Sa voix suave était plus douce, à présent.

Amaury s'autorisa à inhaler son parfum féminin. Utilisait-elle un savon à la vanille ou était-ce simplement l'odeur naturelle de son corps ? Une simple bouffée chamboula tous ses sens.

« Apparemment, quand je suis avec toi, c'est ce que j'ai en tête, oui. »

Et ce n'était pas un mensonge.

« Tu ne peux pas attendre qu'on soit revenu chez toi ? »

« Il semblerait que non. »

Son sexe en érection pulsait contre sa main tandis qu'elle le torturait en le serrant. Garce. Chipie. Séductrice.

Lorsqu'il l'avait traînée dans cette pièce, il avait prévu une partie de jambes en l'air sous l'effet de la colère mais, à présent, il ne se sentait plus en rage. Bon, cela pouvait toujours se produire plus tard avec elle, puisqu'elle trouverait bien autre chose pour l'agacer d'ici peu. La complaisance de Nina ne durait jamais très longtemps.

Mais tant qu'elle ronronnerait comme le petit chaton qu'elle n'était certainement pas, il en profiterait pour la posséder sans crainte qu'elle ne le blessât à coups de griffes. Non pas que son plaisir ne pût être accentué par quelques griffures ! Ou quelques morsures !

« Tu préfères la table ou le canapé ? »

Il pouvait au moins lui laisser le choix quant à l'endroit où il la prendrait. Après tout, il était de la vieille école. Et Français.

Nina jeta un coup d'œil à la table, puis au canapé avant de le regarder à nouveau. Une lueur de malice éclaira ses yeux, envoyant une décharge dans les reins d'Amaury. Bon Dieu, elle penchait davantage pour la table, non ?

« Qu'est-ce qui sera le mieux ? »

Il ne put réprimer un sourire.

« *Chérie,* peu importe comment et où je te prends, ce sera dans tous les cas la meilleure partie de jambes en l'air de toute ta vie. »

Il ferait en sorte que ce fût le cas.

« Amaury, tu n'es qu'un sale menteur ! »

A présent, il avait quelque chose à prouver. Il n'était pas du genre à renoncer à un challenge.

« Pourquoi ne pas tirer ce genre de conclusion une fois que je t'aurai exposé tous les faits ? »

Oh oui : et ces faits, il les lui exposerait coup par coup, centimètre par centimètre.

Amaury la souleva puis la porta sur le canapé, attrapant au passage une nappe propre, pliée sur l'une des étagères. Avant de la déposer sur le sofa, il y étendit la nappe blanche et surprit le regard étonné de la jeune femme. Avait-elle pensé qu'il la prendrait sur ce canapé répugnant en l'assujettissant à Dieu seul sait quel genre de germes ?

« Nina, tu as encore beaucoup de choses à apprendre de moi. »

« Alors commençons la leçon immédiatement. »

Elle l'attira vers elle et passa ses bras autour de son cou. A présent, elle parlait son langage.

« Qu'est-ce que tu aimerais apprendre ? »

De ses lèvres, il effleura sa joue puis, descendit le long de sa mâchoire. Elle était plus douce qu'une femme vampire et son parfum enivrant l'enveloppait. L'arôme du sang envahit sa conscience, le droguant. Il se souvenait du goût de ce dernier lorsqu'il avait léché ses plaies. Comme il voulait revivre ce moment, encore et encore jusqu'à se sentir saoul !

« Tout, » dit-elle.

Amaury plongea ses yeux dans ceux de Nina et les iris marron de celle-ci prirent feu. Personne ne l'avait jamais regardée de cette façon, en lui volant sa santé mentale. Tandis qu'il notait son regard posé sur sa bouche, il ne put s'empêcher de se lécher les lèvres. Il salivait d'avance à l'idée de la goûter de nouveau.

D'une lenteur délibérée, il approcha sa tête de la sienne, jusqu'à ce que leurs lèvres se frôlent. Son souffle se mêla au sien et il inhala son parfum. Il sentit son soupir alors que ses lèvres rencontraient les siennes. Comment un contact aussi léger pouvait-il créer autant de chaleur dans son corps ? Aucune femme n'avait jamais eu cet effet sur lui ; comme si toucher la peau de Nina suffisait à le faire brûler.

Qu'arriverait-il quand il finirait par la posséder, lorsqu'il plongerait en elle ? La chaleur le détruirait-elle ? Son sang se mettrait-il à bouillir ?

Ses lèvres s'entrouvrirent sous les siennes, ne lui demandant pas de l'envahir : le lui suppliant. Il n'y avait aucune raison de conquérir ce qui était gratuitement donné. Non pas que cela ne rendît la victoire tout aussi douce ; au contraire, lorsqu'il autorisa sa langue à plonger dans sa bouche et à se mêler à la sienne, il en ressentit l'intensité se décupler . Un baiser donné avec autant d'abandon était un cadeau à chérir. Un cadeau qu'il avait rarement reçu.

Amaury laissa sa langue courir le long des dents de Nina, suivre la ligne interne de ses joues, pour finalement se battre en duel avec elle. Par des coups longs et profonds, il lui soutira de mignons petits bruits de plaisir. Il les accueillait en sachant que chacun d'entre eux était une réponse directe à son toucher, un encouragement à continuer, une confirmation de ce qu'elle voulait.

Il ne lui donna pas le temps de souffler et il positionna sa tête de façon à pouvoir la pénétrer plus profondément, incapable de se rassasier une fois pour toute de son goût. Rarement avait-il trouvé aussi satisfaisant le fait d'embrasser. Et la petite chipie l'embrassait en retour d'une façon qui le chamboulait complètement. Les baisers avaient toujours constitué une sorte de préliminaires au sexe mais, avec elle, ils pouvaient facilement devenir le plat de résistance.

Elle pressa son corps contre lui, les mains derrière son cou, le forçant à s'approcher. Avait-elle peur qu'il n'arrêtât, alors qu'il semblait impossible à Amaury d'abandonner sa langue douce comme de la soie et ses lèvres suaves ? Petit chaton idiot. Comme si Cyrano aurait laissé partir Roxanne ! Lorsque des lèvres s'assemblaient aussi parfaitement, que des langues dansaient en si parfaite harmonie et que des souffles mêlés, si complémentaires, devenaient plus enivrants qu'un parfum français, il n'y avait pas moyen d'abandonner tout cela.

Amaury se laissa tomber sur le canapé et y entraîna Nina, lui permettant ainsi de se retrouver sur lui. Il lui passa les mains sur le dos avant de glisser plus bas et de se placer sur ses fesses rebondies et séduisantes. En serrant ces dernières, il provoqua un gémissement chez sa partenaire. Comme il aimait qu'une femme lui répondît aussi librement !

Il bougea les mains, trouva la fermeture de sa mini-jupe et la descendit. Passant sous le tissu, il fit glisser la jupe sur ses hanches puis le long de ses jambes, frôlant ses fesses. Bien que sa petite culotte fit à peine obstacle à son toucher, il devait cependant s'en débarrasser. C'était de la peau, qu'il voulait ! De la peau nue et douce. Une chaleur et une douceur délicate accueillirent les paumes de ses mains en manque, ainsi que ses doigts aventuriers.

Son attention fut détournée de sa tâche lorsqu'il sentit des mains déboutonner sa chemise avec impatience et précipitation.

Nina s'assit sur lui.

« Enlève-la, » dit-elle d'une voix rauque, les yeux brillants, les pupilles dilatées sous ses paupières mi-closes.

Il se débarrassa de sa chemise en un mouvement rapide.

« Toi aussi. »

En utilisant la vélocité caractéristique des vampires, il envoya valser la chemise de Nina, qui se retrouva au sol quelques secondes plus tard. Ses seins brillaient comme un phare dans la lumière tamisée de la pièce ; y goûter faisait manifestement partie de ce qu'Amaury avait en tête. Bien trop d'heures s'étaient écoulées depuis qu'il avait léché ses tétons réactifs.

Il adorait plonger la tête entre ses seins ; dans leur douceur, inhalant l'odeur de sa peau, il se sentait à l'abri. Quel homme, vampire ou non, pouvait résister à une si parfaite rondeur ?

Ses lèvres trouvèrent le téton et le sucèrent avidement. D'abord l'un, puis l'autre. Aucun ne serait négligé. Il avait l'impression d'être un bébé affamé qui ne se repaitrait jamais du repas offert. De tels seins méritaient plus que quelques rapides coups de langue.

A l'aide de ses doigts, il pinça les tétons. Elle cria, jeta la tête en arrière et se cambra, lui offrant ses seins pour qu'il y poursuivît son assaut sensuel. Il les soupesa puis s'approcha de l'un des tétons, la langue allant de l'avant, laissant échapper de ses entrailles un gémissement en guise de cri de ralliement.

Le contact avec le téton dur et dressé envoya davantage de sang encore dans sa verge déjà en érection. Une vague de chaleur l'envahit avant qu'il ne refermât ses lèvres sur le sein et le suçât. Son érection augmenta d'un centimètre et le remercia de ne pas porter de sous-vêtements qui auraient gêné son expansion.

Soudain, il sentit un regard sur lui. Aussi, leva-t-il les yeux.

« Tu portes toujours trop de vêtements. »

Amaury démentit sa remarque en moins de dix secondes en enlevant son pantalon. Il était à présent nu sous elle. Son sexe impressionnant se tenait droit, là où elle le chevauchait, assez près pour sentir le chatouillement du nid de boucles blondes. A l'état naturel.

Il surprit son regard alors qu'elle regardait l'érection. Fascinée ou effrayée ? Il ne pouvait le dire. Etait-il trop gros pour elle ?

Un doigt hésitant frôla le bout de sa verge, là où un peu d'humidité avait déjà fait son apparition. Embrasser Nina avait suffit à provoquer cette réaction, comme s'il était un gamin sans expérience.

« Tu es gros. »

« *Chérie,* on ira à ta vitesse. Tu me prendras en toi quand tu seras prête, centimètre par centimètre. »

C'était la raison pour laquelle il voulait qu'elle fût sur lui. Si elle se trouvait en-dessous, il serait incapable de se retenir de plonger en elle. Trop vite, sans lui donner une chance de s'adapter à sa taille.

Il attira sa tête vers la sienne et l'embrassa. Lorsqu'elle se baissa, son érection frotta contre le ventre de Nina et la petite chipie le taquina encore plus en bougeant de haut en bas, contre lui, frottant son sexe contre sa verge.

L'odeur de l'excitation de Nina emplit la pièce et le drogua. Sans savoir combien de temps il pourrait y faire face, il attrapa ses fesses et caressa la peau nue. Glissant un doigt le long de ses fesses, il finit par atteindre la moiteur de sa féminité. Immédiatement, elle arrêta de bouger et poussa contre sa main, l'invitant à toucher ses plis.

Son doigt courut le long de la fente, chaude, avant de se glisser à l'intérieur. L'étroitesse était enivrante. Combien serrerait-elle sa verge lorsque ses muscles se contracteraient à la fin… Il pouvait à peine attendre. Un gémissement sourd provint de la poitrine d'Amaury. Elle lui appartiendrait bientôt.

Lorsqu'il sentit qu'elle s'écartait, il ne voulut pas la laisser faire mais elle se rassit et se mit à genou. Instinctivement, il porta ses mains à ses hanches, pour la garder en équilibre. Avec une lenteur minutieuse, elle se plaça au-dessus de son érection.

Nina se baissa jusqu'à ce que le bout de la verge touchât son sexe humide. Les battements de cœur d'Amaury accélérèrent. Oh combien il aurait aimé prendre le dessus ! Il serra la mâchoire pour se retenir.

« Si mouillée pour moi. »

Un autre demi-centimètre et la tête bulbeuse de son érection passa l'entrée, forçant ses lèvres à s'écarter pour le laisser passer. La respiration de Nina se transforma en halètements ; ses beaux seins bougeaient à l'unisson chaque fois qu'elle inspirait et expirait. Son écrin s'élargit et elle se pencha en avant.

Ses muscles internes le serrèrent et Amaury grogna entre ses dents. La sensation était trop délicieuse, presque douloureuse sachant qu'il devait rester immobile, quand tout ce qu'il voulait était bouger ses hanches en direction du paradis et la remplir.

Lorsqu'elle ferma les yeux et descendit soudain sur lui, avalant ses dix-huit centimètres de sexe dur comme de la pierre dans son corps étroit, Amaury regarda son visage à la recherche du moindre signe d'inconfort.

Putain, elle le tuait !

Il était au bord de l'explosion, à quelques secondes de se relâcher. Comme un novice. Un jeunot qui n'avait jamais vu le corps d'une femme auparavant.

Son grognement sourd fit écho au gémissement guttural de Nina. Lorsqu'il la sentit bouger, il plaça immédiatement ses mains sur ses hanches pour la maintenir en place.

« Pas encore. »

Sa propre voix lui sembla étrangère. Il se concentra sur sa respiration et essaya de calmer son cœur battant la chamade.

Lorsque les lèvres de Nina se retroussèrent en un sourire coquin, il lui donna une fessée pour la prévenir de ne rien faire. Mais il n'avait pas compté sur le fait que cette légère fessée se répercuterait une seconde plus tard sur sa verge, envoyant une sensation ondoyante à travers son corps et le faisant presque perdre contrôle.

Tout cela pour une simple fessée lorsqu'il la pénétrait. Il devrait s'en souvenir et l'utiliser à nouveau lorsqu'il se serait davantage habitué au corps de Nina. Mais pour le moment, ce n'était pas une bonne idée. Pas s'il voulait durer plus de trois secondes.

Au moment où Amaury retira ses mains des hanches de Nina, celle-ci commença à bouger. Elle le chevaucha telle Lady Godiva, ses seins bondissant de haut en bas. Elle se soulevait aussi haut que possible, laissant uniquement le bout d'érection en elle avant de retomber. Puis il adopta le même rythme et poussa vers le haut en même temps qu'elle, doublant l'impact, tranchant l'herbe sous le pied de Nina, qui en eut le souffle coupé.

Amaury l'attira vers lui.

« Nourris-moi de ces seins magnifiques. »

Il ouvrit sa bouche pour recevoir le premier téton qu'elle lui mit entre les lèvres et il suça avec avidité tout en le léchant.

« Oh, oui… »

Il apprécia son encouragement et la remercia en plaçant sa main entre leurs corps respectifs, pour trouver le point le plus intime de sa belle, tout en continuant à maintenir sa verge vers le haut, afin de ne faire plus qu'un avec les mouvements de hanches de Nina.

Enduit du nectar de l'excitation, son doigt trouva le clitoris et fit des ronds autour, avant de l'effleurer légèrement. Le téton, déjà dur dans sa bouche, se durcit davantage encore. Si réactive, si mûre. Comme un fruit prêt à être dévoré.

Ses dents y titillèrent la peau mais sans la mordre. Puis, il sentit Nina tressaillir et s'arrêter immédiatement. Etait-il allé trop loin ? L'avait-il effrayée ?

Doucement, il relâcha le téton et leva les yeux vers elle. Elle semblait être sous l'emprise de la drogue.

« Fais-le encore. »

Amaury la dévisagea, doutant d'avoir entendu correctement.

« Tes dents. Refais-le. »

Il captura l'autre téton et le lécha avant de sucer plus fortement.

« S'il te plaît, » l'entendit-il dire.

Elle l'incitait à la mordre.

Ses dents effleurèrent la peau, titillant à peine la surface, sans la briser. Un simple chatouillement. Lorsque Nina se cambra, poussant son sein contre lui, il le suça encore plus fort, tandis que son érection continuait ses allées et venues en unisson avec ses succions. Et, comme l'amazone expérimentée qu'elle démontrait être, elle tint bon et bougea en rythme avec lui.

Ses doigts jouèrent avec son clitoris, le caressant, le pinçant, tandis que sa bouche se concentrait sur les tétons en les faisant se lever comme de bons petits soldats. Il aurait aimé continuer ainsi indéfiniment mais la façon dont les muscles de Nina se contractaient sur sa verge, la façon dont il la pénétrait chaque fois plus profondément… Il ne pouvait tenir.

Ses dents se refermèrent de nouveau sur son téton et alors qu'il mordait le bouton engorgé, il sentit son écrin se contracter sur lui, les vagues de l'orgasme de Nina le heurtant de plein fouet. Il s'abandonna avec elle, montant au septième ciel avant de tomber dans les profondeurs abyssales de sa jouissance. En chaleur, le souffle coupé ; sa semence se déversant en elle, comme inépuisable.

~ ~ ~

Nina reposa sa tête contre la poitrine d'Amaury et expira. Elle détestait admettre qu'il avait raison, mais il s'agissait *bien* de la meilleure partie de jambes en l'air de toute sa vie. Sans aucun doute possible. Non pas qu'elle le lui dirait. Un homme pouvait prendre la grosse tête s'il apprenait une telle chose. Et Amaury n'avait certainement pas besoin d'un surplus de confiance.

Elle le sentit déposer un baiser dans ses cheveux. Sa soudaine tendresse la surprit. Cet homme avait décidément nombre de facettes différentes qui attendaient d'être explorées. Mais elle était trop épuisée pour davantage d'investigations ce soir-là. Elle attendrait le lendemain pour faire face au sentiment de culpabilité d'avoir couché, une fois de plus, avec l'ennemi au lieu de le combattre.

« Tu vas me dire, maintenant, pourquoi tu es venue ici ? »

Elle leva la tête et croisa les bras sur sa poitrine avant d'y poser son menton.

« Qu'est-ce que ça peut te faire ? »

« On travaille ensemble, maintenant. Alors tu ferais bien de me dire ce qui se passe. »

Elle soupira.

« Bien. J'ai reçu un texto de mon informateur me disant qu'un homme impliqué dans la mort d'Eddie serait là ce soir. »

« Tu crois qu'il parlait de Luther ? »

Elle fit non de la tête.

« Non. Ce sale type flirtait juste avec moi. Il ne correspondait pas à la description que j'avais. Malheureusement, tu m'as interrompue avant que je ne trouve le gars. »

« Heureusement, je suis arrivé quand il le fallait. Zane t'a vue dans la boîte et Quinn m'a prévenu. Ils suivaient une piste. »

« Une piste relative aux meurtres des gardes du corps ? »

Amaury hocha la tête.

« Oui. Je crois que l'un des employés de Scanguards en sait plus que ce qu'il veut bien nous dire. Zane l'a suivi jusqu'ici. On voulait savoir s'il venait pour voir quelqu'un. »

« Ça pourrait être la même personne. Si c'est l'un de vos employés, alors c'est plutôt logique. »

« Pourquoi ? »

« Parce qu'on m'a aussi dit qu'il se trouvait à la réunion du personnel le soir où Zane m'a attrapée. »

Amaury se rassit à moitié, sans la laisser aller, et plaça un oreiller dans son dos. Ses mains restèrent autour de Nina ; la serrant contre son corps nu.

« Tu es sûre ? »

« Oui, l'information vient de la même personne. Benny ne s'est pas soucié de rester. Il s'est barré avant de se faire choper. Une vipère. Surtout qu'il a déjà vendu mon nom à ces deux vampires que toi et moi on a combattus, l'autre… »

« Attends ! » l'interrompit Amaury. « Après qu'il t'ait dénoncée, tu as pris ce qu'il t'a dit pour argent comptant et tu es venue ici ce soir ? T'es dingue ? »

Elle lui fit signe d'oublier.

« Cette fois, j'étais prête. »

Il prit la mouche et secoua la tête en signe de désapprobation.

« Prête ? Bon sang, Nina… Il faut que tu arrêtes de te mettre en danger comme ça. »

Elle ignora complètement sa réprimande.

« De toute façon, Benny était le seul à pouvoir l'identifier. Sa description correspondait à plein de gars. »

« Où est Benny, maintenant ? »

« S'il tient à sa vie, il a fui la ville. »

« Et si ce gars était ici pour rencontrer Luther ? Drôle de hasard qu'il se trouve là alors qu'on t'a dit de venir et que Zane et Quinn filent notre employé ici. Je ne crois pas aux coïncidences. »

Nina sentit la main d'Amaury lui caresser les fesses, geste totalement inconscient tant il semblait préoccupé par Luther.

« Et puis, c'est qui, ce Luther, d'abord ? C'est comme s'il avait compris que je savais pour les vampires. »

« C'est parce qu'il m'a probablement senti sur toi. »

« Quoi ? »

Elle n'aimait pas ça.

« Luther et moi… Ça fait un bail. Mais il a probablement pu détecter mon odeur sur toi et c'est sûrement pour ça qu'il s'est amusé avec toi. »

Elle fronça les sourcils.

« De vieux amis, hum ? »

Pendant quelques instants, elle crut détecter une once de douleur dans ses yeux. Mais celle-ci disparut immédiatement.

« Pas vraiment. On était de bons amis… Malheureusement, il nous a accusés, Samson et moi, d'avoir tué sa partenaire. »

« Sa partenaire ? »

« Luther avait mêlé son sang à celui d'une femme merveilleuse et il était probablement le vampire le plus heureux que j'avais jamais vu. »

« Attends. Ne me sors pas des mots comme ça que je ne comprends pas. C'est quoi ce mélange des sangs ? »

Elle essaya de s'écarter de lui une fraction de seconde mais Amaury ne la relâcha pas. Au contraire, il la serra plus fortement encore. Elle n'aurait jamais cru qu'il fût du genre câlin.

« C'est comme un mariage mais pour l'éternité. Un vampire mêle son sang à celui de sa partenaire, à vie, et ils sont connectés pour toujours. Ils peuvent ressentir les émotions de l'autre. C'est une connexion incroyablement proche entre deux personnes. »

« Je vois. »

Nina se sentait mal à l'aise de l'entendre parler ainsi de mariage et d'amour alors qu'il la tenait toujours contre son corps chaud. Un corps qui, quelques minutes plus tôt, s'était joint au sien dans une union bien plus parfaite qu'elle n'aurait pu l'imaginer.

« Lui et Vivian attendaient leur premier enfant quand… »

« Un enfant ? Je croyais que les morts-vivants ne pouvaient pas avoir d'enfants. »

Amaury lui jetait à la figure les choses les plus invraisemblables auxquelles elle eût jamais pensé être confrontée. Des enfants vampires ? Non. C'était bien trop étrange.

« Morts-vivants ? Où est-ce que tu vas chercher des expressions pareilles ? Et la partenaire de Luther était humaine. Si un vampire mêle son sang à celui d'une humaine, ils peuvent avoir un enfant. C'est la seule façon pour un vampire de devenir père. Si sa partenaire est humaine… »

La main d'Amaury caressa distraitement son dos, de haut en bas, y envoyant de délicieux frissons par la même occasion.

« Et leurs enfants, ils sont quoi ? »

« Des hybrides. Mi-vampires, mi-humains. Ils ont les caractéristiques des deux espèces. Ils peuvent se tenir au soleil sans brûler mais ils boivent du sang et possèdent la force et la vélocité des vampires. Et ils sont immortels. »

« C'est vraiment trop bizarre. »

Il sourit.

« C'est rare. Mais ça arrive. Luther travaillait avec nous, Samson et moi. Il travaillait pour Scanguards. C'était un bon gars, à l'époque. Loyal, dévoué. Et il aimait Vivian. Et elle l'aimait en retour. Mais il y a eu des complications avec sa grossesse. Une nuit, elle a commencé à saigner. Luther était en mission. On l'a appelé mais il n'a pas pu arriver à temps. Elle était en train de perdre le bébé et on la perdait elle. On n'a rien pu faire. Quand Luther est arrivé, Vivian était morte. Il nous a accusés. »

Le bleu de ses yeux ne pouvait cacher la tristesse qui avait envahi son regard.

« Mais pourquoi, si tu ne pouvais rien faire ? »

« On aurait pu en faire une vampire pour la sauver. »

Nina n'avait pas pensé à une telle possibilité.

« Oh. Il voulait que vous le fassiez ? »

« Oui. Il voulait être avec elle pour l'éternité. Il l'aimait. »

L'amour éternel ; quel effrayant concept et pourtant si étrangement excitant.

« Mais si vous le saviez, pourquoi vous ne l'avez pas fait ? »

Ses yeux étaient empreints de tristesse.

« Parce qu'elle ne le voulait pas. »

Nina réalisa.

« Elle ne le voulait pas ? »

« Non. On lui a proposé mais elle a dit que si elle devenait vampire, elle ne pourrait plus avoir d'enfants. Elle venait juste de perdre son bébé. Alors elle a préféré mourir. »

Nina s'écarta légèrement.

« Mais si c'était son choix à elle, pourquoi vous accuse-t-il toujours ? Je ne comprends pas. Toi et Samson, vous n'avez rien fait de mal. »

« Il ne sait pas qu'elle a refusé. »

« Vous ne lui avez pas dit ? »

Pourquoi gardaient-ils pour eux un détail si important ?

« Non. Comment on aurait pu faire ça ? Il l'aimait. Est-ce que tu imagines ce que ça aurait été pour lui, s'il avait appris que la femme qu'il aimait plus que tout au monde avait choisi la mort plutôt que lui ? »

Soudain, Nina comprit et les larmes lui montèrent aux yeux.

« Oh mon Dieu… Alors Samson et toi avez décidé qu'il valait mieux qu'il vous déteste plutôt que de lui dire la vérité ? »

Amaury hocha la tête. Nina lui caressa la joue doucement.

« Est-ce qu'il vous déteste assez, toi et Samson, pour s'en prendre à Scanguards ? »

« J'ai bien peur que ce soit possible, » répondit Amaury avant de faire une pause, puis de reprendre. « Je crois qu'on ferait bien de partir et d'aller en toucher deux mots à Samson. Il faut qu'il sache que Luther est en ville. »

Elle s'assit.

« Oui, je crois que tu as raison. En plus, on ferait bien de partir avant que quelqu'un ne nous trouve et ne nous mette dehors. »

Amaury lui jeta un sourire polisson.

« Je doute que ça arrive. Je possède 50% de la boîte. »

Nina en resta bouche bée. Puis, elle le frappa en pleine poitrine.

« Combien de secrets caches-tu encore dans ta manche ? »

Il leva les mains.

« Je n'ai pas de manches. Je suis nu. »

Elle laissa ses yeux parcourir son corps.

« Je vois ça. »

« Oh oh… Ce regard… On ferait bien de s'habiller avant que tu ne te jettes encore sur moi. »

« Moi ? Que je *me* jette encore sur *toi* ? Alors là, si ce n'est pas la poêle qui se moque du chaudron ! »

La réponse d'Amaury fusa en un rire on ne peut plus sexy et guttural. Ce vampire était réellement dangereux.

19

Pas même dans ses rêves les plus fous Nina n'aurait imaginé entrer dans la maison de Samson sur Nob Hill. Mais voilà qu'elle se trouvait à présent devant la porte d'entrée. Amaury la précédait, attendant qu'on leur ouvrît. Elle se balançait nerveusement d'un pied sur l'autre. Etait-ce une bonne idée ? Amaury, elle pouvait faire avec. Il la convoitait et ne cherchait donc plus à lui faire de mal. Mais qu'en était-il des autres ? Elle n'avait pas oublié l'ordre qu'Amaury avait reçu de lui effacer la mémoire.

Un rayon de lumière éclaira Amaury lorsque la porte s'entrouvrit.

« Tu as oublié ta clé ? » demanda une voix masculine.

« Je ne voulais pas entrer sans m'annoncer. Je ne suis pas seul. »

La porte s'ouvrit en grand et inonda Nina de lumière tandis qu'Amaury l'attirait à ses côtés. Elle rencontra le regard de l'hôte et reconnut Samson. Son pouls s'accéléra.

Elle remarqua le haussement de sourcil de ce dernier, en guise de désapprobation envers Amaury mais, une seconde plus tard, il se révéla être l'hôte parfait.

« Entrez, je vous en prie. Je ne crois pas qu'on se soit déjà rencontré. »

Samson lui tendit la main et Nina la serra en se demandant s'il avait remarqué combien la paume de sa main était moite.

« Bonsoir, » dit Nina.

Elle espérait que formule fût appropriée ; quelle était l'expression usuelle lorsqu'on rencontrait un vampire ?

« Samson Woodford. »

Sa présentation était formelle, comme s'ils se trouvaient à prendre le thé avec la reine d'Angleterre.

« Je suis Nina. »

« Ravi de vous rencontrer. »

Samson les invita à entrer dans le salon. Il demeura froid, puis se retourna vers Amaury.

« Est-ce que je peux te toucher deux mots en privé ? »

Oui, Samson n'était vraisemblablement pas heureux de la présence de Nina. Pas besoin d'être voyant pour le deviner.

« Ce ne sera pas nécessaire, » répondit Amaury tandis que son ami haussait un sourcil. « Nina sait qui nous sommes. »

Un silence à couper au couteau s'abattit alors que Samson la dévisageait de haut en bas en pinçant fortement les lèvres. Son mécontentement envers Amaury était évident. Peut-être n'était-ce pas une si bonne idée, en fin de compte. Et s'il attendait d'Amaury qu'il « s'occupât d'elle » maintenant qu'il avait vendu la mèche quant à leur secret ?

Nina vit Samson renifler et elle sentit une vague de chaleur envahir ses joues. Si Luther avait été capable de sentir Amaury sur elle avant même qu'ils couchent ensemble, elle osait à peine imaginer ce que Samson pouvait sentir à présent. Sous l'œil examinateur de ce dernier, son visage brûla littéralement jusqu'à la racine de ses cheveux. Du regard, elle chercha le trou qui allait s'ouvrir juste devant elle pour l'avaler.

« Ça te gênerait de m'expliquer pourquoi tu as amené une de tes femmes chez moi ? »

Sa voix était tranchante et implacable.

Une de ses femmes ?

Nina détesta cette remarque. Certes, ce qu'ils vivaient n'était que temporaire, mais être reléguée au rang d'« une de ses femmes » lui donna l'impression d'être une catin. Ce qu'elle n'était pas. Ou en tout cas, pas vraiment. Mais elle pouvait affirmer en toute certitude que ses valeurs morales n'étaient pas plus basses que celles d'Amaury. Non pas que celles d'Amaury eussent été d'un niveau très élevé.

« Ce n'est pas *une de mes femmes.* »

Elle aurait pu embrasser Amaury pour avoir défendu ses mœurs. Personne ne l'avait jamais défendue. C'était peut-être un bon type, en fin de compte.

« C'est la sœur d'Edmund Martens, elle cherche à se venger en tuant des vampires. »

Ou peut-être pas. Il avait décidé de la jeter en pâture aux lions. Après avoir couché avec elle. Parfait. Il avait eu ce qu'il voulait et à présent, il revenait sur sa promesse. Pour commencer, pourquoi l'avait-elle cru ? Etait-elle naïve à ce point ?

« Voilà qui explique certaines choses. Yvette a dit que tu étais avec une humaine, » répondit Samson d'une voix désormais beaucoup plus détendue.

« Elle s'en est doutée… » grogna Amaury.

Samson leva la main.

« Elle fait juste son boulot. »

Il regarda Nina avant de désigner le canapé.

« Asseyons-nous. »

« Samson, chéri, tu n'as pas vu le livre de grossesse que j'ai descendu tout à l'heure ? Je ne le trouve plus. »

Une femme assez petite fit irruption dans le salon mais s'arrêta immédiatement.

« Oh, je suis désolée. Je ne savais pas que nous avions de la visite. Salut, Amaury. »

« Bonsoir, Delilah. Désolé de débarquer. »

Le regard de Delilah se porta sur Nina, qui fit de même. Etait-ce également un vampire ? Elle semblait on ne peut plus normale.

« Est-ce que tu vas me présenter à ton amie ? »

Delilah tendit la main.

« Je suis Delilah. »

Nina serra la main de la jeune femme.

« Voici Nina Martens, » dit Samson.

« Martens ? »

Delilah la regarda d'un air surpris et Nina hocha la tête.

« Edmund Martens était mon frère. »

« Oh, je suis désolée. »

Une seconde plus tard, Nina se retrouva dans les bras de la petite femme. Ne sachant quoi répondre, elle regarda par-dessus l'épaule de celle-ci et vit le regard ahuri de Samson et d'Amaury, jusqu'à ce que Samson sourît enfin.

« Ma douce, tu mets notre invitée mal à l'aise. »

Delilah la lâcha et répondit à son mari par un sourire contenu.

« Je deviens très émotive, ces derniers temps. »

Puis, elle regarda de nouveau Nina.

« Ce sont les hormones. Asseyez-vous. Je vais demander à Carl d'apporter des rafraîchissements. »

Avant qu'elle n'eût le temps de se retourner, un homme trapu, en costume sombre, apparut derrière elle.

« Mademoiselle Delilah, devrais-je apporter quelques boissons ? »

« Ce serait bien, Carl. »

Quelques minutes plus tard, ils se retrouvèrent tous assis avec des boissons en face d'eux. Nina regarda Delilah s'assoir à côté de Samson, sa main tranquillement posée sur la cuisse de ce dernier, celle de son mari caressant la sienne.

« Delilah, il semblerait que Nina sache que nous sommes des vampires, » dit Samson.

« Oh ! »

« Et il semblerait qu'elle soit encline à venger son frère en tuant certains d'entre nous. »

Samson regarda directement Nina, lui donnant l'impression d'être une mauvaise écolière faisant face au directeur d'une maison de correction. Et pourtant, il ne semblait pas y avoir de menace dans sa voix. On aurait plutôt dit qu'il se moquait d'elle. Ne se rendait-il pas compte qu'elle pouvait se battre contre des vampires ? Elle en avait déjà tué un.

« Je crois avoir été capable de la convaincre qu'on n'était pas des mauvais garçons, » répliqua Amaury. « Mais ce n'est pas la raison pour laquelle je l'ai emmenée ici, ce soir. On a entre nos mains un problème bien plus gros que cette petite meurtrière amatrice. »

« Hé ! Je ne suis pas une meurtrière amatrice ! »

Personne ne la prenait-il donc au sérieux ?

Amaury rit de sa plainte.

« Tu m'as promis de me laisser prendre tout ça en main et je vais le faire. Alors on arrête les meurtres. »

Il prit sa main et la serra avant de regarder à nouveau Samson et Delilah.

« Luther est en ville. »

« Luther ? »

Samson bondit de son siège et commença à arpenter la pièce.

« Oui, Nina l'a trouvé. Enfin, c'est lui qui l'a approchée, ce soir, alors qu'elle enquêtait sur la mort de son frère. Il était à la Mezzanine. »

« Ce n'est pas là où Zane et Quinn filaient votre suspect ? »

« Si, et c'est aussi là où l'informateur de Nina lui avait dit d'aller pour rencontrer l'homme qui a commandité le meurtre de son frère. »

« Tu crois que Luther est responsable ? »

Samson se laissa retomber sur le canapé.

Amaury hocha la tête.

« Hormis pour se venger, il n'a aucune raison de revenir à San Francisco. Je croyais qu'on en avait fini, avec lui. »

« Eh bien, on dirait que non. Luther t'a vu ? »

« On a échangé quelques mots. Mais le pire dans tout ça, c'est qu'il sait que Nina est avec moi. »

Avec lui ? Cela ne paraissait-il pas un tant soit peu trop possessif ? Qu'elle eût couché avec lui ne voulait pas dire pour autant qu'elle était *avec* lui. Elle ferait bien de le lui expliquer.

Amaury continua.

« Il manigance quelque chose. J'en suis sûr. »

« Tu as lu ses émotions ? » demanda Delilah.

Quelle étrange question. Comment pouvait-il lire les émotions de quelqu'un ? Nina jeta un regard en coin à Amaury.

« Non, bizarrement, je n'ai pas pu. Il les a peut-être voilées pour me cacher ce qu'il préparait. »

« Je croyais que personne ne pouvait faire ça avec toi, » dit Samson en le balayant du regard.

Amaury haussa les épaules.

« Je n'en suis plus si sûr, dernièrement. »

De quoi diable étaient-ils en train de parler ? La curiosité eut raison de Nina.

« Qu'est-ce que vous voulez dire par lire ses émotions ? »

Samson haussa un sourcil.

« Je crois qu'Amaury ne vous a pas encore parlé de son don. »

Elle surprit Amaury jeter un regard à Samson pour que celui-ci arrêtât de parler, mais son ami continua.

« Amaury possède un don psychique et il peut ressentir les émotions des gens qui se trouvent autour de lui. C'est assez pratique, par moments. »

Un don psychique ? Cela voulait-il dire qu'il savait constamment ce qu'elle ressentait ? Oh non, c'était affreux. Tout à coup, elle se sentait à découvert, nue et vulnérable. Si elle avait su qu'il pouvait lire ses émotions, elle n'aurait jamais couché avec lui. Il possédait un avantage injuste sur elle. Pas étonnant qu'il se jouait d'elle comme il le faisait. Que savait-il d'autre ? Pouvait-il dire ce qu'elle ressentait réellement au fond de son cœur ?

Elle sentit qu'Amaury lui serrait la main.

« Ne t'inquiète pas, je t'expliquerai. »

Elle se libéra de la poigne d'Amaury. Qu'y avait-il à expliquer ? Il pouvait lire en elle comme dans un livre ouvert. A présent, il savait tout d'elle ; ses peurs, ses espoirs, et encore pire, ce qu'elle ressentait pour lui, un sentiment qu'elle ne s'était jamais admise à elle-même. Non, ce n'était pas bon. Pas bon du tout.

« Je vais contacter Gabriel et le prévenir qu'on recherche Luther. Zane ne l'a pas vu dans la boîte, puisqu'il suivait Paul Holland ? »

La voix de Samson était plus calme que précédemment, lorsqu'il avait entendu parler de Luther.

« Zane n'a jamais rencontré Luther avant. Je ferai en sorte que Gabriel distribue des portraits. Il faudrait aussi qu'on voie si Paul est le gars mentionné par l'informateur de Nina. »

« Je suis d'accord, » dit Samson.

« J'ai une idée, » ajouta Nina.

« Non. »

L'ordre d'Amaury fit irruption sans une once d'hésitation.

« Tu ne sais même pas ce que c'est. »

« La réponse est toujours non. Tu t'es assez mise en danger pour ce soir comme ça. Je ne suis pas prêt à en supporter davantage pour le moment. »

Il n'était pas prêt à en supporter davantage ?

Nina remarqua le grand sourire de Samson.

« Peut-être qu'on devrait écouter la proposition de Nina. Après tout, c'est grâce à elle qu'on sait pour Luther. »

Le grognement ennuyé d'Amaury l'emplit de satisfaction. Enfin quelqu'un qui s'opposait à lui. Elle appréciait Samson. Il semblait avoir la tête sur les épaules ; pour un vampire, bien entendu. Et sa femme était gentille et paraissait si petite à côté de lui. Alors que le crétin assis à côté d'elle… Bon, elle s'en occuperait plus tard. Mais il ne s'en sortirait certainement pas comme ça, sans lui en dire davantage sur ce don psychique.

« Je pensais que si nous avions la certitude qu'il me reconnaît, alors on saurait que c'est le bon type. »

« Mauvaise idée. Il vaudrait mieux trouver Benny et lui faire identifier le gars, » dit Amaury d'un ton bourru.

« Benny n'est plus en ville et Dieu seul sait dans quel trou à rat il se cache, maintenant. »

« Benny ? » demanda Samson en haussant un sourcil.

« Mon informateur. »

« Mettons un des gars sur l'affaire et voyons s'il peut le localiser. »

Amaury regarda Samson, cherchant désespérément son approbation.

« C'est une perte de temps, » dit Nina, sachant que ce serait vain. « Ça pourrait prendre des jours pour le retrouver. Est-ce que vous voulez vraiment attendre aussi longtemps ? »

Elle s'adressa à Samson, ignorant complètement Amaury.

Pour le moment, elle était trop énervée pour faire face à ce dernier. Ce qui ne le surprenait probablement pas puisqu'il pouvait lire ses émotions. Bon sang, qu'est-ce qu'elle détestait cela !

« Elle a raison. Je vais en parler à Gabriel afin qu'il mette une stratégie au point. »

Samson jeta un regard déterminé à Amaury.

« Bien, mais à une condition : Nina reste avec moi. »

Comme pour souligner sa remarque, Amaury lui reprit la main.

« Bien, » dit Samson.

Etait-ce un sourire moqueur sur le visage de ce dernier ? On aurait dit que oui. Lorsqu'elle regarda Delilah, Nina vit qu'elle aussi réprimait un sourire. Ce devait être une blague entre eux car Nina, elle, ne voyait pas du tout ce qu'il y avait de drôle là-dedans.

20

« Hors de question. Elle sera trop loin de moi si quelque chose tourne mal. »

Amaury laissa éclater sa frustration sur Gabriel et observa les deux côtés de la rue. Malgré l'heure tardive, il y avait toujours un peu de circulation.

« Je peux m'en occuper moi-même, » protesta Nina.

« Ouais, j'ai vu ça, les deux nuits précédentes. »

Il n'était pas d'humeur à la laisser se mettre en danger une fois de plus.

« Tu n'as pas le choix. Si je te laisse y aller avec elle, on ne pourra pas savoir qui Paul reconnaît, toi ou elle. »

La voix de Gabriel avait le ton de celle d'un maître d'école. Amaury n'avait pas besoin d'une leçon pour le moment. Il voulait que Nina se tînt à l'écart du suspect.

Son grognement de frustration lui valut uniquement un mouvement de tête de la part de Nina. Ne se rendait-elle pas compte qu'il essayait seulement de la protéger ?

« Okay, tous en position, alors. Quinn est caché au niveau de la porte, de l'autre côté. Nina, tu sais quoi faire, » ordonna Gabriel.

Elle hocha la tête et se retourna pour partir.

« Attends, » dit Amaury, qui ne pouvait la laisser partir. « Tu peux changer d'avis. Tu n'as pas à faire ça. »

Elle se retourna, lui jeta un regard grave et lui fit un doigt d'honneur. Une seconde plus tard, elle traversait la rue.

Amaury sentit une vague de chaleur parcourir ses veines. Avant qu'il n'eût le temps de la fesser, la main de Gabriel le retint.

« Tu lui apprendras les bonnes manières plus tard. On a besoin qu'elle le fasse maintenant. »

Gabriel eut même l'audace de rire sous cape. Amaury lui jeta un regard de mécontentement mais cela n'empêcha pas le patron de New York de lancer une nouvelle remarque impolie.

« Tu aurais dû lui effacer la mémoire quand tu en avais la possibilité mais non, tu n'as pas écouté. Maintenant, c'est elle qui a la main. Que ça te serve de leçon. »

Lui servir de leçon ?

Où avait-il déjà entendu ça ? Ah oui, Thomas lui avait fait la même remarque.

Amaury serra le poing et le leva vers Gabriel.

« Putain, ce ne sont pas tes affaires. »

« C'est quoi ton problème avec les humaines, de toute façon ? »

« Ce ne sont pas tes oignons. »

Gabriel devenait franchement énervant.

« Ecoute, laisse-moi te donner un conseil. »

« Je ne veux pas de tes conseils. »

« Eh bien, tu vas quand même y avoir droit. Un homme peut avoir une femme comme elle dans la peau. J'ai déjà vu ça se produire. Déjà là, elle te mène par le bout du nez et tu la connais depuis quand ? Une semaine ? Un mois ? »

« Trois jours et ce ne sont pas tes oignons. »

La surprise de Gabriel était évidente.

« Trois jours ? Bon sang, tu l'as mauvaise. »

Comme s'il l'ignorait ! Il n'avait pas besoin qu'un collègue le lui rappelât. Et cela l'énervait au plus haut point. L'espèce de petite chipie insolente le poussait à bout comme s'il avait « baise-moi » écrit sur le front. La manière avec laquelle elle avait réveillé ce côté possessif chez lui, côté qu'il ne pensait pas avoir, le dépassait. Pourquoi ne pouvait-il pas tout simplement se la faire, puis la larguer, comme il le faisait avec les autres femmes ?

Tout le monde se moquait déjà de lui. Il avait noté le sourire moqueur de Samson. De quoi s'agissait-il ? Y prenaient-ils tous un malin plaisir ? Comme si tout le monde était content de ce qui lui arrivait. Allaient-ils tous lui dire que c'était Nina qui portait la culotte ?

Il ne pouvait continuer de cette façon. Ce soir, il la possèderait encore une fois, puis il la renverrait chez elle après avoir effacé tout souvenir de lui de sa mémoire et il en aurait fini. Il ne pouvait lui permettre de bousiller ainsi sa tête. En outre, quelque chose avait changé dans l'attitude de Nina, même s'il n'arrivait pas à dire quoi.

Un bruit de l'autre côté de la rue lui fit tourner la tête. Quelqu'un s'approchait d'elle.

« C'est juste un sans-abri, » dit Gabriel qui se tenait à côté de lui.

Un instant plus tard, une navette d'aéroport s'approcha et s'arrêta devant eux, leur obstruant la vue. Le trop plein d'émotions heurta soudain Amaury et il pressa sa main contre sa tempe. Il n'avait presque pas ressenti de douleur due à son don de toute la soirée. En fait, il avait à peine ressenti les émotions des gens. Il avait attribué cela à son interlude, on ne peut plus satisfaisant avec Nina, dans la salle du personnel de la boîte. On aurait dit que coucher avec elle maintenait les émotions à distance, plus longtemps que cela n'avait été le cas avec ses précédentes conquêtes.

Il essaya de continuer à observer l'autre côté de la rue en regardant par-dessus le van.

« Tu arrives à voir ce qui se passe ? » grommela Gabriel.

« Non, mais ne t'inquiète pas. Elle peut faire face à un sans-abri. »

Le van restait immobilisé bien trop longtemps, le chauffeur aidant une personne handicapée à monter dedans. Qui diable avait besoin de se rendre à l'aéroport à quatre heures du matin ? Amaury perdait patience et, ignorant le regard mécontent de son collègue, il fit le tour du van pour poser ses yeux de l'autre côté de la rue.

Le sans-abri était parti, ainsi que Nina.

« Ah, *merde !* »

Sans attendre Gabriel, il se rua de l'autre côté de la rue en évitant une voiture et son chauffeur furieux. Ses yeux, on ne peut mieux habitués à la nuit, observèrent la rue dans toute sa longueur en vérifiant chaque porte, chaque entrée. Un léger bruit…et ses oreilles se dressèrent. Ses réflexes s'enclenchèrent et il se retourna. Deux pas de plus et il se retrouva dans une allée étroite qui menait à l'entrée réservée aux livraisons d'un immeuble. Il put distinguer deux silhouettes en train de se battre.

Malgré la pénombre, les cheveux dorés de Nina lui furent faciles à repérer. Amaury se précipita vers les deux silhouettes et écarta l'homme.

« Enfoiré ! Retire tes sales pattes ! »

Le simple fait que le sans-abri l'eût touchée retourna son estomac. Il cogna l'homme du poing avant de le jeter au sol. Derrière lui, Amaury entendit des pas. Gabriel et Quinn. Ils pouvaient s'occuper de l'enfoiré, à présent.

Amaury reporta son attention vers Nina. Elle était toujours au sol et gémissait. Bon sang, il ferait bien de tuer l'enfoiré qui l'avait blessée.

« Nina, *chérie,* ne bouge pas. Je suis là. »

Il s'accroupit à ses côtés et passa une main sur elle, à la recherche de blessures.

« Qu'est-ce que tu fais ? »

Sa voix semblait tout sauf joviale.

« Reste immobile. J'essaye de voir si tu es blessée. »

Elle s'assit et se défit de ses mains.

« Je vais bien. »

Quelque chose clochait. Il ne pouvait trouver de blessure physique mais il devait y avoir une raison à son mécontentement envers lui. En fait, elle était énervée depuis qu'ils avaient quitté la maison de Samson.

Avant qu'il n'eût le temps de le lui demander, il entendit Gabriel derrière lui.

« Eh bien, bonjour, Paul Holland. »

Amaury tourna la tête. A présent qu'il regardait avec plus d'attention le sans-abri, il remarqua qu'il s'agissait, en effet, de Paul Holland, leur suspect, lui-même déguisé. Savait-il que Nina l'attendait là ? Tout ce que Gabriel avait fait avait été d'envoyer Paul en mission à l'endroit où Nina attendait. Alors comment avait-il pu savoir qu'il devait se déguiser ?

« Je crois que ça prouve que c'est notre homme. Ramenez-le pour l'interroger. »

Certes, Amaury aurait adoré tirer les vers du nez à cet enfoiré mais, pour le moment, il préférait s'occuper de Nina.

« Maintenant que j'y pense… Fais en sorte que ce soit Zane qui s'en occupe. Aujourd'hui, je ne suis pas d'humeur. »

Gabriel haussa un sourcil mais ne trouva rien à redire.

« Tu ne veux pas le faire toi-même ? »

« Je ramène Nina à la maison. »

« Je peux rentrer toute seule. »

Les protestations de Nina n'auraient aucun effet sur lui ce soir-là.

« Non, tu ne peux pas. Parce que tu rentres chez moi. »

Gabriel et Quinn attrapèrent le suspect.

« On vous laisse faire, les gars. »

Amaury hocha à peine la tête vers eux et regarda Nina se lever. Ses jambes tremblaient. Instinctivement, il alla pour l'aider mais elle repoussa sa main.

« Bon sang, mais c'est quoi, ton problème ? » lança Amaury.

« Comment ça ?Tu ne peux pas lire mes émotions ? »

Elle lui jeta un regard de défi.

Voilà donc quel était le problème. Elle pensait qu'il pouvait ressentir ses émotions. Qu'y avait-il qu'elle ne voulait pas qu'il sût ?

« Nina, je ne peux pas ressentir tes émotions. »

« Menteur. Samson a dit pour ton don. Tu étais là et tu ne l'as pas contredit. »

Il la prit par les épaules et la fit se retourner pour qu'elle le regardât, alors même qu'elle continuait à se débattre sous son emprise.

« Je ne peux pas ressentir tes émotions. Pas les tiennes. Celles des autres, oui. Mais pas les tiennes. Et je ne sais pas pourquoi. »

« Tu ne peux pas ? »

Sa voix était plus douce, à présent. Comme si elle essayait de savoir s'il mentait ou non.

« Je n'ai aucune idée de ce que tu ressens et ça me rend dingue. »

Encore plus à présent qu'il soupçonnait qu'elle lui cachait quelque chose. Mais que diable était-ce ?

« Oh. »

Ce fut tout ce qu'elle dit, avant de porter son regard vers le sol.

« Allez, viens. On rentre. Tu dois être fatiguée. »

Amaury était épuisé. S'inquiéter ainsi pour Nina lui avait pris toute son énergie. Ou peut-être était-ce parce qu'il ne s'était pas nourri depuis la nuit où Thomas l'avait détaché de son lit. Quand cela s'était-il passé ? Avait-ce été la veille ou l'avant-veille ? Il ne s'en souvenait plus. Trop de choses s'étaient passées depuis.

Il restait encore quelques heures avant le lever du jour mais, la seule chose dont il se souciait pour le moment, était de se glisser au lit en serrant Nina dans ses bras ; en toute sécurité. Rien de plus.

Dans le taxi qui les ramenait chez lui, il mit un bras autour des épaules de Nina, qui finit par accepter de s'appuyer contre lui.

« Ça fait mal ? »

« Juste un peu. »

« Tu es sûre ? »

Il mit sa main sous son menton pour qu'elle levât les yeux vers lui.

« Il faut que tu me le dises, quand quelque chose t'ennuie, parce que je n'ai jamais appris à deviner ce qu'une personne ressent rien qu'en regardant son visage. Je me suis toujours reposé sur mon don, pour ça. »

« Je crois que ça fait de toi un homme comme les autres, alors. »

« Ce n'est pas une consolation. »

« Tu t'y habitueras. Comme tous les hommes. »

« Je ne suis pas tous les hommes. »

Pour le lui prouver, il captura ses lèvres d'un baiser. Lorsqu'il s'écarta, Nina était à bout de souffle.

« Tu crois toujours que je suis comme les autres hommes ? »

« Pas sûre. Essaye encore pour voir. »

Une lueur malicieuse réapparut dans ses yeux. Voilà une chose sur laquelle il pouvait travailler. La malice, Amaury savait comment y faire face. Il plongea la main dans ses cheveux et attira sa tête vers la sienne. Sa bouche compléta la sienne en toute perfection. La langue affamée de Nina et son doux parfum lui avaient manqué.

Au moment où elle l'accueillit dans sa chaleur humide pour danser avec lui, il perdit toute notion de temps et d'espace. Ses dents titillèrent les lèvres de Nina, juste assez pour la faire frissonner, avant que sa langue n'adoucît l'endroit suave et apaisât Nina.

« Ça te va, maintenant, de venir chez moi ? »

Il parlait contre ses lèvres, sans jamais vraiment s'en éloigner.

« Pourquoi ? »

« Parce que je ne supporte pas l'idée de te savoir seule dehors. Quand tu es avec moi, je sais au moins que tu es en sécurité. »

Il inspira son souffle et titilla ses lèvres.

« C'est la seule raison ? »

Amaury soupira.

« Je te veux dans mes bras. C'est si terrible que ça ? »

« Pourquoi tu ne l'as pas dit tout de suite ? »

La langue de Nina suivit le contour de la bouche d'Amaury.

« Parce que parfois, tu me rends dingue. Et je ne sais plus ce que je fais. »

Il n'avait jamais été aussi honnête avec une femme. Mais il ne pouvait lui mentir. Nina le rendait dingue, constamment ; elle lui faisait tourner la tête et, en même temps, elle calmait son esprit et bloquait les émotions des gens, comme si elle le protégeait à l'aide d'un bouclier.

Elle répondit à son baiser et il l'attira sur ses genoux, positionnant sa tête de façon à recevoir plus d'elle. Plus de proximité, plus de chaleur, plus de Nina. De combien lui en faudrait-il pour en avoir assez ?

21

Nina regarda Amaury tandis qu'il la faisait entrer chez lui et refermait la porte derrière eux. Elle était de retour dans la tanière du lion et s'y trouvait de plus en plus à son aise. A peine quatre nuits plus tôt, elle avait essayé de le tuer ; en vain. A présent, l'idée-même se trouvait à mille lieux de son esprit voilé par la passion.

Dans le taxi, ses baisers lui avaient pratiquement coupé le souffle. Amaury l'avait tellement serrée qu'elle en avait eu du mal à respirer. Quant à penser, cela s'était révélé encore plus difficile.

Il n'avait cessé de prouver qu'il voulait la protéger, même après qu'elle lui eut fait un doigt d'honneur de manière intentionnelle. Le fait qu'il pût connaître toutes ses émotions l'avait profondément énervée et elle avait cherché la bagarre. Il n'était pas juste qu'il pût savoir ce qu'elle ressentait alors qu'elle n'était , elle-même, pas sûre du tout de ses sentiments.

« Tu as faim ? »

Sa question la prit au dépourvu.

« En fait, je n'ai pas dîné. Mais ce n'est pas grave. »

Elle pouvait tenir jusqu'au lendemain matin, même si son estomac commença instantanément à gargouiller.

« J'ai des restes dans la cuisine. »

Elle fit la grimace.

« Je ne suis pas une fan de sang. »

« Dans ce cas, un peu de coq au vin avec un gratin dauphinois ? Tu n'es pas végétarienne, si ? »

Il lui prit la main et la conduisit dans la cuisine. Nina n'eut d'autre choix que de le suivre.

« Pourquoi est-ce que tu as de la nourriture chez toi ? »

Elle se souvint qu'il lui avait parlé du plat plus tôt dans la soirée mais elle avait tout bonnement cru qu'il s'était moqué d'elle.

« J'aime cuisiner. »

Comme s'il s'agissait de l'explication la plus évidente. Un vampire qui aimait cuisiner.

« Mais tu ne manges pas. »

Amaury lui fit signe de s'assoir à l'ilot de la cuisine tandis qu'il ouvrait le frigidaire.

« Ça ne veut pas dire pour autant que je n'aime pas l'odeur de la nourriture. »

Tandis qu'il sortait plusieurs boîtes en plastique et en versait le contenu dans une assiette, elle le regarda et nota combien il semblait à l'aise dans une cuisine.

« Qui mange la nourriture, si ce n'est pas toi ? »

Amaury plaça l'assiette dans le four à micro-ondes et l'alluma.

« Mes voisins ou des sans-abris du quartier. »

Elle le dévisagea. Avait-il une âme charitable ?

« Oh. »

A présent qu'elle y pensait, cela faisait un moment qu'elle ne l'avait pas vu sous ses traits de vampire. Peut-être que sa mémoire lui faisait défaut et qu'Amaury n'était pas un vampire en fin de compte. « Tu es sûr que tu es un vampire ? »

Il plaça l'assiette devant elle et lui donna des couverts. Un sourire éclaira son visage.

« Tu veux que je te montre mes canines ? »

« Peut-être plus tard. »

« Poule mouillée. »

Portée par une voix bien trop douce, son insulte ne blessa pas sa cible. Au contraire, accompagnée de son sourire, elle eut l'effet d'une caresse. Une vague de chaleur enveloppa le cœur de Nina.

Il prit le tabouret à côté d'elle alors qu'elle mangeait.

« Donc, pour ce qui est de ton don… »

Elle avait besoin d'en savoir plus concernant son étrange talent. Elle avait voulu lui demander dans le taxi mais une fois qu'il avait commencé à l'embrasser, elle n'avait pu l'arrêter.

« Eh bien, quoi ? Je t'ai déjà dit que je ne pouvais pas lire tes émotions. Tu me crois, n'est-ce pas ? »

Elle hocha la tête. Quelle qu'en fût la raison, elle savait qu'il ne mentait pas.

« Mais tu peux aussi bloquer les autres gens, comme tu le ferais pour moi ? Je veux dire, tu entends les gens tout le temps ? »

Elle nota un voile de tristesse dans ses yeux.

« Ce n'est pas quelque chose que je peux bloquer. Dès que je suis près des gens, je ressens leurs émotions. Et je ne te bloque pas. Dieu sait que la seule personne dont j'aimerais être capable de lire les émotions, c'est toi. Mais pour une raison qui m'échappe, je ne peux pas. »

Le cœur de Nina s'arrêta le temps d' un battement. Il voulait savoir ce qu'elle ressentait ? Qu'en ferait-il ? L'idée-même était à la fois effrayante et excitante.

« Et c'est comment, de pouvoir ressentir les émotions des gens ? »

Elle pouvait à peine imaginer ce que sa tête endurerait si elle recevait en permanence une contribution sensorielle excessive venant de l'extérieur. Etait-ce comme si quelqu'un frappait constamment à la porte pour entrer ?

Amaury haussa les épaules.

« C'est bon ? »

Elle n'avait jamais rien goûté de meilleur.

« C'est excellent. Tu es un bon cuisinier. Mais là, tu changes de sujet. »

« Il n'y a pas grand chose à en dire. »

Il y aurait nombre de choses à dire si cela lui arrivait à elle, tous les jours. Le regard d'Amaury rencontra le sien.

« Tu peux entendre les pensées des gens ? »

Il secoua la tête.

« Non, ce n'est pas du tout comme ça. Je ne peux pas lire dans les pensées. Je les ressens : je ressens les gens et leurs émotions. Ce sont des impressions, pas des mots, qui viennent à moi. Mon cerveau me les traduit vaguement en phrases mais ce ne sont pas leurs mots à eux. Ce sont leurs émotions à travers mes propres mots. Je ne peux pas vraiment l'expliquer. C'est très intense. »

Nina prit une profonde inspiration, se souvenant soudain de la nuit où elle l'avait suivi et de la façon dont il avait alors porté ses mains à ses tempes, comme s'il avait été en proie à une migraine.

« Ce doit être douloureux. Comment tu fais pour que ta tête n'explose pas ? »

Un voile de surprise recouvrit les yeux d'Amaury.

« Comment tu sais ? »

« Ça ne doit pas être agréable d'avoir son esprit constamment envahi par toutes sortes d'émotions fortes. Comment tu y fais face ? »

Ses doigts caressèrent la joue de Nina.

« Tu sais que tu es la première personne qui me pose cette question ? »

« Mais tes amis… Ils savent, non ? »

Il secoua la tête.

« Ils ne savent pas pour ce qui est de la douleur. Je ne leur ai jamais dit ce que ça faisait. »

« Pourquoi ? »

« Je ne veux pas de leur pitié. »

« Dis-moi. Je veux savoir. »

Elle lui prit la main et la tint contre sa joue. Immédiatement, les doigts chauds d'Amaury lui caressèrent la peau. Trop doux, pour un vampire. Trop doux, même pour l'homme dur qu'il s'efforçait d'être. Non, pas l'homme dur, seulement la coquille dure. Elle soupçonnait qu'à l'intérieur, rien ne fût plus différent. Plus doux c'était à l'intérieur, plus dure se devant d'être la coquille pour s'assurer une certaine protection. Etait-ce également le cas d'Amaury ?

« Tu ne veux pas savoir. »

« S'il te plaît. »

Elle tourna la tête et embrassa la paume de sa main.

Il ferma les yeux un long moment.

« C'est comme si quelqu'un m'enfonçait des aiguilles dans la tête. Continuellement. De grosses aiguilles, celles qu'on utiliserait pour un éléphant. »

Il ouvrit les yeux.

« C'est un bruit constant dans ma tête. Un martèlement incessant. »

C'était pire que ce qu'elle avait imaginé.

« Comment arrives-tu à te soulager ? »

Lorsque les yeux d'Amaury rencontrèrent les siens, elle y lut de la prudence, comme s'il en avait déjà trop dit. Mais elle voulait tout savoir. Elle voulait le comprendre.

« Il doit y avoir une façon de s'en débarrasser. »

Que pouvait-on faire quand sa tête subissait une telle attaque et ce, de manière constante ?

« Il y en a une. Le sexe. »

« Le sexe ? Tu plaisantes. »

Il secoua la tête mais ne dit rien.

Puis elle prit conscience de ses mots. « Fréquemment ? »

« Tous les jours. »

Tous les jours ? Il couchait avec quelqu'un *tous les jours* ? Nina le dévisagea, bouche bée, incapable de dire quoi que ce fût. Elle avait couché avec un homme qui, lui-même, couchait avec des femmes quotidiennement ; des centaines, des milliers, peut-être.

« Tu voulais savoir, » dit-il en lui lançant un regard plein d'excuses. « Ce n'est pas par choix et ça ne veut rien dire. »

Ça ne veut rien dire ?

Nina ressentit un pincement dans son côté gauche. Il avait couché avec elle pour soulager sa douleur ? C'était tout ? Il l'avait utilisée. Et elle avait été assez stupide pour se laisser aller à quelque chose. Il ne valait pas mieux qu'un autre homme et encore, s'il n'était pas pire que les autres pour l'avoir laissé croire qu'il était de son côté et qu'il voulait l'aider. Qu'était-elle à ses yeux ? Un antalgique ?

« Tu me dis ça *après* avoir couché avec moi ? Et que ça ne voulait rien dire pour toi ? C'est bien le genre de choses qu'une fille veut entendre. Merci ! »

Elle jeta sa fourchette, qui atterrit sur le comptoir d'un bruit sourd, et repoussa son assiette à moitié vide. Elle devait se défaire de sa présence avant de s'écrouler devant lui, avant de fondre en larmes, envahie par la déception.

Elle se leva du tabouret mais, avant qu'elle ne pût claquer la porte de la cuisine, il l'attrapa par le bras et l'incita à se retourner pour le regarder.

« Ça ne veut rien dire avec les autres femmes. Mais avec toi, c'est différent. »

« Garde tes mensonges pour quelqu'un d'un peu plus naïf que moi. »

Elle libéra son bras et entra dans le salon, tandis qu'un bruit sourd retentissait soudainement. Elle se retourna et vit les volets en acier se baisser sur les grandes baies vitrées.

« Fermeture automatique, » lui expliqua-t-il dans son dos. « Le soleil se lève dans trente secondes. Je les ai programmés pour qu'ils se ferment avant le lever du jour. Ils se lèveront de nouveau après le coucher du soleil. »

« Eh bien, je n'en ai rien à faire parce que je ne reste pas. Tu peux continuer tes petites manigances avec quelqu'un d'autre. »

La meilleure façon de se protéger contre la douleur qu'elle ressentait était d'attaquer. Elle ne pouvait lui montrer combien elle était blessée.

Elle atteignit la porte et fut surprise qu'il ne la retînt pas. Eh bien, cela prouvait tout simplement que leur intimité n'avait eu aucune importance à ses yeux.

Elle alla pour ouvrir la porte mais celle-ci demeura fermée. Mains sur les hanches, Nina se retourna pour lui faire face. « Ouvre cette satanée porte. »

« Je ne peux pas. »

~ ~ ~

Amaury jeta un sourire narquois à Nina tandis qu'il la regardait essayer d'ouvrir la porte. Celle-ci était programmée pour se fermer en même temps que les volets. Une mesure de sécurité qu'il avait mise en place afin que personne n'entrât chez lui alors qu'il dormait. Bien sûr, il pouvait désactiver le système en cas d'urgence mais il n'avait nullement l'intention de le faire. La situation actuelle n'était pas une urgence, du moins pas pour lui. Nina resterait, qu'elle le voulût ou non.

Il n'aurait jamais dû lui révéler ce que son don lui faisait, ni comment il pouvait soulager la douleur. A présent, il avait une révolte sur le dos. Le petit chat sauvage n'aimait pas l'idée d'être l'une des nombreuses femmes avec lesquelles il avait couché pour vaincre sa douleur. Il devait, de quelque manière que ce fût, la convaincre de la vérité : lui dire qu'elle était différente, qu'être avec elle le touchait. Il mourait d'envie d'être avec elle et pas parce qu'il voulait du sexe, mais parce qu'il la voulait elle. Il était plus que temps qu'il se l'admît à lui-même.

« Tu auras beau essayer, ça ne s'ouvrira pas avant le coucher du soleil. Nina, s'il te plaît. Il faut qu'on parle. »

« Je n'ai rien à te dire. Ouvre cette satanée porte ! »

« Non, je ne l'ouvrirai pas. Ta place est ici, avec moi. »

« Pour quoi faire ? Tu es à court d'aspirine ? » aboya-t-elle.

Amaury secoua la tête.

« Quand je suis avec toi, je n'ai pas mal. Qu'on couche ensemble ou pas. Je ne sais pas pourquoi. Je sais juste que je veux être avec toi. »

Il tendit sa main mais elle croisa les bras sur sa poitrine.

« Mais je ne veux pas être avec toi, moi. Une espèce d'accro au sexe, qui ne peut s'empêcher de poser les mains sur la première femme venue, ne m'intéresse pas. Et je n'ai pas besoin de quelqu'un qui m'utilise. J'ai déjà donné. »

Amaury effaça la distance qui le séparait de Nina et lui caressa la joue.

« Je ne t'utilise pas, *chérie*. Je suis avec toi parce que je *veux* être avec toi. Si ce n'était pas le cas, j'aurais effacé ta mémoire depuis bien longtemps et tu ne saurais même plus qui je suis. »

Amaury n'était pas complètement sûr de dire la vérité quant à la mémoire de Nina, étant donné qu'elle avait résisté à son pouvoir de contrôle de l'esprit. Lui effacer la mémoire n'aurait donc vraisemblablement pas fonctionné non plus. Non pas que ce fût important, puisqu'il n'avait nullement l'intention de la lui effacer. Jamais.

« C'est ce que dit l'homme qui a couché avec des millions de femmes. »

Des millions ? Pas vraiment. Des milliers, oui, probablement. Mais si Nina le voulait, il serait ravi de réduire ce chiffre à une seule.

Une seule ?

Avait-il vraiment envie de n'avoir qu'elle ? Pas d'autres, ne serait-ce que pour le changement ? La simple idée qu'il eût pu envisager une telle chose aurait dû l'envoyer se cacher sous les couvertures, comme si le soleil avait été sur le point de se lever mais il n'en avait pas l'envie.

« Tu exagères un peu. »

« Oh, vraiment ? Tu as quel âge ? »

Il se rendit compte de ce que Nina faisait. Elle essayait de calculer une estimation du nombre de femmes qu'il avait eues.

« Assez vieux pour savoir qu'il ne vaut mieux pas répondre à une telle question. »

« Ha ! Je le savais. Tu caches constamment quelque chose. On ne peut pas te faire confiance. »

Amaury dut réfréner l'envie de la prendre dans ses bras et de l'embrasser pour la convaincre du contraire. Mais ce n'était pas la bonne façon de procéder. Il fallait qu'elle le crût ; non pas en l'embrassant de manière insensée mais en la raisonnant.

Il lui caressa de nouveau la joue avec son pouce.

« Je sais que ce n'est pas facile de faire confiance à quelqu'un que tu viens juste de rencontrer mais, toi et moi, on a vécu beaucoup de choses ensemble. On s'est battu ensemble. Ma vie s'est retrouvée entre tes mains et inversement. Tu ne crois pas que tu pourrais au moins me laisser une chance ? Oui, mon passé n'est pas aussi propre que celui d'un enfant de chœur mais je n'ai ni touché, ni pensé à une autre femme depuis que je t'ai rencontrée. Ça ne m'était jamais arrivé auparavant. »

Nina plongea ses yeux dans les siens.

« Jamais ? »

« Non. La seule chose à laquelle je pense, c'est être avec toi. »

Finalement, il la vit s'adoucir. Elle relâcha ses bras, les laissant ballants de chaque côté de son corps. Il s'approcha.

« Je voudrais t'embrasser, » dit-il, « mais je ne veux pas faire quoi que ce soit que tu ne veux pas que je fasse. »

Amaury chercha un signe d'approbation dans son regard.

« Amaury, je suis confuse. Je ne sais pas si je peux faire confiance à qui que ce soit. Je ne comprends pas ce qui m'arrive quand je suis avec toi. »

Les yeux de Nina devinrent humides.

« Tu me rends dingue et la minute d'après, je... »

Elle déglutit.

« Je suis vulnérable. »

« Vulnérable ? »

Il secoua la tête.

« Tu n'es pas vulnérable. Tu es la femme la plus forte que j'ai jamais rencontrée. Et encore... »

Nina leva les yeux vers lui et le regarda en semblant attendre quelque chose.

Il soupira.

« Je ne peux pas m'en empêcher, mais je veux te protéger même quand je sais que tu peux prendre soin de toi. Dingue, hein ? »

Un léger sourire anima les lèvres de Nina.

« Peut-être qu'on est juste tous les deux un peu dingues... Ou un peu fatigués. »

Il la prit au mot.

« Viens, tu as besoin de dormir. On en a tous les deux besoin. Et je veux te tenir dans mes bras. Je te promets que tu seras en sécurité avec moi. »

Dix minutes plus tard, son souhait se réalisa : Nina était dans son lit et il la tenait contre lui. Amaury laissa échapper un soupir de contentement. Cette fois, il n'y aurait pas de sexe débridé, de baisers passionnés, ni de touchers coquins. La tenir dans ses bras lui suffirait pour ce soir-là. Lui suffirait, à lui, le vampire le moins propice aux câlins ? Il secoua la tête, incrédule. Manifestement, quelque chose d'étrange était en train de lui arriver, s'il se sentait satisfait à la simple idée de la tenir dans ses bras ! La seule fois qu'une telle chose lui était arrivée, il avait couché avec elle. Mais cette fois, c'était différent. Et il n'en avait jamais assez de cette intimité nouvellement trouvée.

« *Chérie*, pourquoi tu me fais me sentir comme ça ? » murmura-t-il.

Mais, déjà endormie, elle ne put l'entendre.

22

Les lumières semblaient inonder de feu la salle d'interrogatoire impersonnelle située au sous-sol de Scanguards. Gabriel se rassit, Quinn à ses côtés, tandis que Zane interrogeait le suspect. Gabriel avait rarement autorisé Zane à se défouler de manière aussi brutale sur quelqu'un mais, cette fois-ci, il sentait que cela était nécessaire. Paul Holland, l'homme qui avait agressé Nina et qui, d'une façon ou d'une autre, était impliqué dans le meurtre des gardes du corps, demeurait muet.

Samson avait demandé à ce que personne ne se mêlât de la relation d'Amaury et de l'humaine. Lorsque son patron avait donné ses ordres, Gabriel avait pu percevoir un sourire dans la voix de ce dernier, comme s'il avait été on ne peut plus fier de lui-même. Gabriel n'avait pas posé davantage de questions, mais il voulait savoir ce qui avait provoqué ce changement de direction ; d'autant que, quelques jours plus tôt, tout le monde avait reçu l'ordre de réduire au maximum ses contacts avec les humains.

Il secoua la tête en silence puis reporta son attention sur Zane et le suspect. Le vampire chauve était aussi connu pour son absence totale de compassion que pour ses méthodes de tortures convaincantes, à la limite des techniques médiévales. La salle d'interrogatoire de Scanguards n'était pas équipée pour la torture. Il s'agissait davantage d'une salle d'entraînement pour gardes du corps. Mais Zane n'avait pas besoin de beaucoup d'instruments.

Bien que ce dernier eût probablement apprécié l'idée d'écarteler l'homme sur une planche, il y avait certainement des moyens plus subtils de lui tirer les vers du nez.

La rumeur disait que Zane avait longuement étudié les méthodes d'interrogatoire des Nazis pendant la Seconde Guerre Mondiale et qu'il en avait adopté quelques-unes. Ainsi, lorsqu'il sortit une paire de pinces de son long manteau, Gabriel ne montra-t-il aucune surprise. Il grimaça simplement intérieurement. Il abhorrait la violence, même s'il savait que, dans le cas présent, elle était nécessaire.

Paul cligna brièvement des yeux lorsqu'il vit l'instrument mais, une seconde plus tard, il se contrôlait à nouveau. Pour un humain, il était extraordinairement brave. Gabriel se devait de découvrir ce qui lui prodiguait une telle force mentale.

« Est-ce que j'ai déjà dit que je me foutais pas mal que tu y survives ? »

La voix de Zane était posée et monocorde.

Paul répondit d'un grognement. L'homme était-il en train de se moquer de son bourreau ?

Gabriel se força à regarder Zane s'affairer, tandis que celui-ci attrapait le poignet du suspect et lui pinçait le pouce.

L'instrument se resserra sur le doigt de l'homme.

« Qui est derrière tout ça ? »

Pas de réponse, si ce ne fût un souffle court. La désobéissance de Paul fut accueillie par le sourire diabolique de Zane qui, en une seconde, resserra la pince sur son pouce. Le craquement des os et du muscle réduit en une bouillie sanglante fut étouffé par le cri de Paul.

« Qui fait de nos gardes du corps des tueurs ? »

La voix de Zane était aussi calme que s'il avait demandé l'heure.

Le suspect pinça les lèvres en une ligne fine, indiquant sa réticence à divulguer la moindre information. Gabriel perçut un léger flash dans la mémoire de l'homme mais, de manière trop brève pour qu'il pût l'examiner attentivement. Il hocha la tête vers Zane afin qu'il continuât. Même si Paul n'était pas disposé à parler, on pouvait l'affaiblir suffisamment pour que sa mémoire libérât des informations.

Gabriel ne comprenait pas comment, en tant qu'humain, Paul pouvait lui bloquer l'accès à sa mémoire. Qui que fût son maître, et il savait qu'il y en avait un, celui-ci ne pouvait être qu'un vampire, une sorcière ou un démon. Aucune autre créature ne possédait de pouvoirs suffisants pour bloquer son don de libérer les souvenirs.

Zane mit l'index de Paul entre les deux bouts de la pince et, cette fois, il enleva l'ongle. Du sang jaillit et le suspect cria de nouveau. Les yeux de ce dernier s'embuèrent ; on pouvait, avec évidence, lire la douleur sur son visage.

« Je peux continuer jusqu'au bout. »

Zane avait raison. Ils avaient tout leur temps. Le jour s'était déjà levé et ils n'avaient pas grand chose d'autre à faire, de toute façon. Ils pouvaient lui consacrer cinq minutes comme cinq heures.

D'un air de défi, Paul leva les yeux vers Zane et cracha.

« Je ne vous dirai rien. »

Il parlait difficilement. L'homme était vraisemblablement à l'agonie et pourtant, il faisait toujours preuve d'une force incroyable.

En d'autres circonstances, Gabriel l'aurait admiré. Après tout, Paul était un garde du corps de Scanguards et ces derniers étaient connus pour leur endurance, leur détermination et leur cran. Ils avaient été entraînés pour faire face à d'éventuelles tortures. Et celui-ci avait été bien entraîné. Trop bien.

« Tu finiras par parler. C'est ce qu'ils font tous, quand j'en ai fini avec eux. »

Zane s'amusait manifestement trop aux dépens de l'homme.

Trente secondes plus tard, un ongle ensanglanté atterrit sur le sol en ciment. La pièce était à présent emplie d'une odeur de sang. Les canines de Zane s'étaient allongées et Gabriel avait noté la bosse sous le pantalon de son associé. Si le patron de New York avait toujours pensé que la violence excitait Zane, à présent, il en avait la preuve. Gabriel lui jeta un regard en guise d'avertissement, regard que Zane ignora.

Un autre cri résonna dans la petite pièce alors que Zane écrasait l'annulaire de Paul à l'aide des pinces.

« Tu travailles pour qui ? »

Paul se pencha en avant. Il avait du mal à respirer. Il marmonna quelque chose d'incompréhensible.

« Quoi ? »

Zane repoussa Paul par les épaules et lui leva la tête pour le regarder.

« Luther. »

Le cœur de Gabriel sombra. C'était donc vrai. Jusqu'à présent, il avait espéré que leurs suspicions fussent infondées.

Zane poursuivit l'interrogatoire.

« Qui est Luther ? »

Il positionna les pinces mais Gabriel les lui prit des mains avant qu'il n'écrasât un autre doigt.

« Ça suffit. »

Le regard furieux de Zane le heurta de plein fouet.

« On n'a pas fini. »

« Je connais Luther. »

Oui, malheureusement, il le connaissait ; leur collègue et ami, à l'origine. L'homme qui s'était retourné contre eux à la mort de sa partenaire de sang-mêlé.

Gabriel se tourna vers Paul.

« Il a été aperçu en ville, hier soir. Qu'est-ce qu'il veut ? »

Paul haussa les épaules, apparemment réticent à l'idée d'en dire plus. Le dos de la main de Gabriel heurta sa joue de plein fouet. Du sang jaillit immédiatement de la bouche du suspect.

« Il veut détruire Scanguards. »

Gabriel hocha la tête ; cela, il l'avait deviné.

« Il te paye combien ? »

Le regard surpris de Paul le prit de court.

« Me payer ? Mais il n'est pas question d'argent. »

« Il te force contre ta propre volonté ? »

Paul secoua la tête.

« Il m'a offert de devenir immortel. »

Immortel ? Le cœur de Gabriel s'arrêta le temps d'un battement. Luther prévoyait de créer un nouveau vampire ?

« Tu ne connais pas Luther. Qu'est qui te fait croire qu'il tiendra sa promesse, une fois que tu auras fait ce qu'il veut ? »

Gabriel secoua la tête.

« Il tiendra sa promesse. Je sais qu'il le fera. »

La croyance ancrée de Paul surprit Gabriel. Il n'y avait aucune raison à une telle confiance, à moins que…

« Pourquoi en es-tu si sûr ? »

« Il l'a fait pour les autres. »

Gabriel retint son souffle. Ça ne pouvait être possible. Depuis que Luther s'était retourné contre eux, ils s'étaient demandé ce que ce dernier avait pu faire mais, créer de nouveaux vampires afin de disposer de sa propre armée ? Etait-il devenu complètement dingue ?

« Toute l'histoire. Parle vite ou… »

Il désigna Zane.

« … ou je le laisse continuer. »

23

Nina sursauta et se réveilla instantanément. Il faisait sombre. Seul un rayon de clair de lune éclairait la chambre par la porte ouverte de la salle de bain. Le matelas bougea : la personne à côté d'elle frappait violemment dans le vide. Amaury. Ses cris l'avaient réveillée.

Elle atteignit la table de nuit pour allumer la lumière, faisant tomber un livre au passage. La petite lampe éclaira faiblement la pièce.

Elle se tourna vers Amaury qui, ayant déjà repoussé la couverture, continuait à frapper. De la sueur perlait sur son corps nu. Il marmonnait en français, langue qu'elle ne comprenait pas, et il bougeait la tête dans tous les sens.

Il semblait évident qu'il était en proie à un violent cauchemar. Elle ne savait même pas que les vampires pouvaient rêver, encore moins faire des cauchemars. Nina mit sa main sur l'épaule de ce dernier pour le réveiller.

Un grognement sourd s'échappa de sa gorge, la faisant sursauter et s'écarter immédiatement. Elle vit les canines dépasser de sa bouche.

« Amaury, réveille-toi ! »

Il ne semblait pas l'entendre et continuait à bouger. La situation avait l'air d'empirer à chaque minute. Elle devait le réveiller, peu importe comment. Elle était parfaitement consciente de sa nudité et, l'espace d'un instant, elle se sentit soudain vulnérable.

Nina se plaça sur lui tout en lui tenant les bras mais même dans son sommeil, il était fort.

« Amaury, il faut que tu te réveilles. S'il te plaît. »

Elle porta tout son poids sur lui, alors qu'un grognement emplissait la pièce. Ses yeux s'ouvrirent, la regardant de leurs pupilles rouges. Elle en perdit le souffle. Elle tenta de s'écarter de lui mais, en moins d'une seconde, grognant comme une bête, il la plaqua sous son corps en lui montrant ses canines. Elle n'avait jamais rien vu d'aussi effrayant de toute sa vie.

« *AMAURY*, » cria-t-elle, alors que son visage ne se trouvait qu'à quelques centimètres du sien. « C'est *moi*, Nina. Arrête, s'il te plaît ! »

Aussi vite qu'il l'avait attaquée, il la relâcha et s'écarta en tombant à genoux. Jambes en l'air, elle se traîna en arrière pour reprendre son souffle contre la tête de lit.

Amaury semblait surpris et confus. Il respirait difficilement.

« Que s'est-il passé ? »

Lorsqu'elle le dévisagea de nouveau, ses yeux avaient retrouvé leur éclat bleu et ses canines s'étaient rétractées.

« Tu as fait un cauchemar. »

Il détourna son regard.

« Oh mon Dieu, je suis désolé. Je n'aurais jamais dû te laisser rester, » dit-il en la regardant. « Je t'ai blessée ? »

Ses yeux parcoururent le corps de Nina à la recherche d'éventuelles blessures.

« Non, ça va. »

Seul son cœur battait encore la chamade.

Il secoua la tête.

« Non, ça ne va pas. Je t'ai mise en danger. J'aurais pu te mutiler ou pire encore. Je vais aller dormir sur le canapé. Ferme la porte à clé derrière moi. »

Amaury se leva mais Nina le retint par le bras, l'arrêtant à mi-chemin. Le regard du vampire se posa d'abord sur sa main, avant de contempler son visage.

« Reste, » dit-elle.

Une lueur de tristesse éclairait les yeux d'Amaury.

« Nina, je ne veux pas te mettre en danger. Si j'avais su ce qui allait arriver, je t'aurais dit de t'enfermer ici dès le départ. »

Elle se rapprocha de lui.

« Ce n'est pas de ta faute. S'il te plaît, reviens te coucher. J'ai froid sans toi. »

Son autre main parcourut la poitrine d'Amaury et elle ressentit un étrange sentiment de protection envers lui. De la protection envers un vampire ?

« Prends-moi dans tes bras et raconte-moi ton cauchemar. J'en connais un rayon sur les cauchemars. Tu ne devrais pas rester seul, maintenant. »

Ses propres cauchemars l'avaient toujours effrayée et encore plus du fait de se réveiller seule au milieu de la nuit. Pourquoi serait-ce différent pour un vampire ?

La réticence d'Amaury à revenir se coucher était évidente mais il se laissa néanmoins retomber dans le lit. Elle se colla à son corps chaud.

« Comment se fait-il que tu ne le savais pas ? »

« Je savais pour les cauchemars, bien sûr, mais pas pour la violence dont je faisais preuve. Je dors toujours seul. »

Soudain, elle réalisa la portée de ses mots.

« Aucune de ces femmes n'est jamais restée avec toi ? »

Amaury secoua la tête.

« Je n'ai jamais ressenti le besoin de coucher avec une femme, et quand je dis « coucher », je ne parle pas de sexe. Je n'ai pas dormi avec une femme dans mes bras depuis que je suis un vampire. »

« Oh. »

Toute la colère de Nina concernant les femmes avec lesquelles il avait couché se dissipa. Soudain, elle se sentit trop timide pour lui demander la raison pour laquelle il n'avait jamais dormi avec une femme dans son lit. Ou peut-être n'était-ce pas de la timidité. Peut-être ne voulait-elle simplement pas trop en savoir. Elle ne voulait pas placer trop d'espoirs dans le fait que quelque chose était peut-être en train de naître entre eux deux.

Elle leva la main pour lui caresser la joue.

« Raconte-moi tes cauchemars. »

« Je ne suis pas sûr que ce soit quelque chose que tu aies envie de savoir me concernant. »

« Pourquoi ? »

« Parce que c'est quelque chose que j'ai fait dans le passé, quelque chose de mal. »

Etant donné qu'il était un vampire, elle ne voyait pas trop ce qui aurait pu la choquer.

« On a tous des démons du passé. Il est peut-être temps que tu en parles. »

« On dirait mon psy. »

Sa confession la surprit. « Tu vois un psy ? »

« Je voyais un psy mais il n'a pas vraiment pu m'aider. »

« Alors, qu'est-ce que tu as à perdre si tu me dis tout ? »

Il la regarda un long moment.

« Rien, je crois. Tu finiras par le découvrir un jour, de toute façon, alors pourquoi pas maintenant ? »

Amaury déposa un baiser sur le front de la jeune blonde.

« Promets-moi quelque chose. »

Nina le regarda d'un air hébété.

« Promets-moi que quoi que tu en penses après, tu ne t'enfuiras pas. Je suis toujours là pour te protéger, même de moi-même si nécessaire. »

« Je ne m'enfuirai pas. »

Il hocha la tête et déglutit avant de la regarder droit dans les yeux.

« J'ai commis un crime terrible. J'ai tué mon fils alors qu'il était enfant. »

Un silence de mort s'abattit sur la pièce pendant un instant. Amaury retint sa respiration.

« Oh mon Dieu. »

La gorge de Nina était trop sèche pour qu'elle pût dire quoi que ce fût d'autre. La révélation s'installa en elle.

Elle sentit Amaury s'écarter mais elle le retint par le bras. Elle savait d'instinct que le rejet était la dernière chose à laquelle il pouvait faire face en ce moment.

« Comment c'est arrivé ? »

« C'était ma première nuit en tant que vampire. Je n'avais aucune idée de ce que le changement me ferait. Le fait de mourir d'envie de boire du sang… La soif terrible… Je ne savais pas comment la combattre. Jean-Philippe avait à peine trois ans. Il m'a fait confiance. »

Sa voix se brisa.

Elle le serra avec force contre elle puis lui caressa le dos. Amaury était père, il avait eu une femme et un enfant. Elle ne l'aurait jamais deviné. Soudain, elle le vit différemment. Il s'était soucié du sort de quelqu'un, dans le passé. Il avait aimé quelqu'un, une fois.

« Tu ne voulais pas le faire. Le seul responsable est le vampire qui t'a mordu. »

Amaury s'écarta.

« Non, c'est moi le responsable. Je n'ai peut-être pas demandé à devenir un vampire mais je l'ai provoqué. »

« Provoqué ? Comment ? »

« J'ai pensé que ça viendrait en aide à ma famille. Je ne pouvais pas subvenir à nos besoins et puis, un homme m'a fait une offre. Je l'ai acceptée en pensant que ça arrangerait notre situation. A l'écouter, ça semblait si simple. Il devait me payer pour que je le laisse se nourrir de mon sang. Mais il n'a pas respecté notre arrangement et m'a transformé en vampire, à la place. Je ne savais pas pour la soif, à quel point elle me contrôlerait. Quand je suis retourné chez moi, lors de cette première nuit en tant que vampire, Jean-Philippe se tenait à la porte pour m'accueillir. J'avais une faim de loup, j'étais vraiment affamé. »

Il se passa la main dans les cheveux, un voile recouvrant ses yeux.

« J'ai succombé à ma soif de sang. Nina, je l'ai vidé de son sang. *Mon propre fils*. Je suis un monstre. »

Elle voulut le réconforter mais, ne méritant pas sa compassion, il l'en empêcha.

« Quand ma femme a vu ce qui était arrivé, elle m'a maudit. Puis, elle s'est jetée du haut du clocher de l'église. Elle s'est tuée parce qu'elle n'a pas supporté la perte de notre fils. Elle avait tous les droits de me haïr. Je me déteste, » dit-il avant de faire une pause, puis de reprendre. « C'est elle qui m'a fait don de cette supposée aptitude. »

« Aptitude ? »

« Le fait que je puisse ressentir les émotions des autres. Elle m'a maudit. Même si ce n'était pas une sorcière. La croyance de l'époque voulait que, si tu désirais quelque chose de tout ton cœur et que tu te tuais ensuite, alors ton souhait devenait une malédiction. C'est ce qui est arrivé. Elle m'a maudit, tout comme elle m'a lancé la malédiction de ne plus jamais aimer ! Maintenant, tu sais tout. »

« Ne plus jamais aimer ? »

Amaury hocha la tête puis déglutit avec difficulté.

« Est-ce que tu sais pourquoi j'habite le pire quartier de la ville ? Parce que je ne mérite pas mieux. Au moins, parmi les personnes les plus malheureuses, je me sens chez moi. Je ressens leur douleur, leur colère. Dans le Tenderloin, il n'y a pas beaucoup d'amour. Il est rare que quelque chose me rappelle ce que je ne peux ressentir. Ça facilite les choses. »

Nina prit la grande main d'Amaury dans la sienne et la serra.

« Amaury, pourquoi es-tu aussi dur envers toi-même ? »

« Pourquoi ? Parce que chaque nuit, je me souviens de ce que j'ai fait et chaque nuit, je souhaite pouvoir revenir en arrière et le ramener à la vie. Les ramener tous les deux. Mais je ne peux pas. Je les ai tués, tous les deux. »

Elle posa sa tête contre son épaule.

« Tu ne t'es pas assez repenti comme ça ? C'est arrivé quand ? »

« Il y a plus de quatre cents ans. »

Nina en eut le souffle coupé.

« Même les meurtriers humains s'en sortent après trente ou quarante ans. Tu es emprisonné depuis plus de quatre siècles. »

« Et rien ne s'améliore. Rien n'a changé. Mon fils est toujours mort et je suis toujours son assassin. »

« Tu ne pouvais pas te contrôler. Au tribunal, ils auraient appelé ça des circonstances atténuantes, pour un humain. »

« Ce n'est pas une excuse. »

« Non, mais c'est la raison pour laquelle c'est arrivé. Tu n'as pas fait exprès. »

« Comment le sais-tu ? »

« Parce que quand tu te contrôles, tu ne fais de mal à personne. Tu ne m'as pas fait de mal, à moi. »

Une lueur de regrets s'immisça dans ses yeux bleus.

« J'ai failli. »

« Certes, mais tu ne l'as pas *fait*. Tu n'es *pas* un monstre. »

« Depuis quand défends-tu les vampires ? »

« Depuis que j'en connais un. »

Elle n'aurait jamais imaginé dire une telle chose, ni se trouver dans la position de le défendre. Nombre de choses avait changé dans sa vie, au cours des trois derniers jours. La douleur qu'elle lut dans ses yeux la blessa au plus profond d'elle-même. Pourquoi était-elle ainsi touchée par ce qu'il ressentait ? Pourquoi cela lui faisait-il si mal de le voir en proie à la douleur ?

« Nina, j'ai causé des dégâts. »

« On en a tous causés. Tu as assez souffert. Ne crois-tu pas qu'il est temps que tu te pardonnes à toi-même ? »

« Me pardonner à moi-même ? » dit Amaury d'une voix choquée. « Je ne pourrai jamais excuser ce que j'ai fait. »

Nina leva la tête et le regarda dans les yeux.

« Si tu ne peux pas le faire toi-même, alors quelqu'un d'autre doit le faire pour toi. Tu ne peux pas continuer ainsi. Je te pardonne, Amaury. »

24

Amaury dévisagea Nina, l'air ahuri, sans comprendre ce qu'elle venait de dire. Elle lui pardonnait pour quelque chose qui était arrivé quatre siècles auparavant ? Non, il ne pouvait accepter son pardon. Il ne le méritait pas.

Il essaya de parler, de protester, mais aucun mot ne franchit ses lèvres. Elle passa ses mains autour de lui et pressa son corps nu contre le sien. Elle aurait dû être scandalisée, dégoûtée et empreinte d'un fort désir de prendre ses distances et pourtant, elle ne le fit pas. Au contraire, ses mains le détendirent en caressant tendrement son corps, tandis qu'elle déposait de petits baisers sur son cou et ses épaules.

Les mains d'Amaury n'écoutèrent qu'elles-mêmes et l'attirèrent plus près, la serrant fortement, tout en les ramenant tous les deux sous les draps.

« Je ne comprends pas. »

Pourquoi était-il en train de s'adoucir de la sorte ? Il était ce vampire fort et effrayant, celui qui avait attaqué Nina pendant son sommeil et pourtant, elle l'apaisait et l'embrassait tendrement.

« Tu es trop dur avec toi-même. C'était un accident, un terrible accident. Il est temps d'abandonner cette culpabilité. »

Amaury ne put dire si ce furent les mots de Nina ou bien la façon dont elle les prononça qui le fit se sentir mieux. Ou peut-être était-ce la manière dont elle se pelotonnait contre lui, persuadée qu'il ne lui ferait pas de mal. Dans tous les cas, il se sentait plus calme à présent et la tristesse qui s'était emparée de lui pendant son récit avait disparu.

Il lui déposa un baiser sur le front puis, la regarda dans les yeux.

« Qui es-tu ? »

Non seulement elle bloquait les émotions qui bombardaient habituellement sa tête mais, de plus, elle le comprenait à un autre niveau et savait ce dont il avait besoin et quand il en avait besoin. Cela était-il simplement possible ?

Nina secoua la tête.

« Je ne suis personne. Mais je reconnais la douleur quand je la vois. »

Puis, il comprit. Avoir été élevée dans une famille d'accueil n'avait pas dû être si facile.

« Raconte-moi à propos d'Eddie et toi. J'ai lu dans son dossier que vous aviez grandi en famille d'accueil. Ça a dû être difficile. »

Elle ferma les yeux un moment avant de parler.

« Une famille d'accueil ? Tu veux dire trois. »

Amaury l'approcha de lui et rabattit la couverture sur eux.

« Raconte-moi ce qui est arrivé. Je veux savoir pourquoi tu es devenue cette dure à cuire. »

« Tu crois que je suis dure ? »

Il sourit.

« Oui, mais dans le bon sens. J'aime les femmes fortes. »

« Mes parents revenaient du dîner organisé à l'occasion de leur anniversaire de mariage. »

Le regard de Nina, mêlant des sentiments de tristesse et de nostalgie, se perdit dans le vague.

« La baby-sitter m'avait laissé regarder la télé pendant qu'elle mettait Eddie au lit. C'est là que les policiers sont arrivés. »

Elle fit une pause, prit quelques inspirations, puis reprit.

« Un chauffard saoul, qu'ils ont dit. Il a brûlé un feu rouge. Je me souviens de mes parents comme si c'était hier mais Eddie était trop petit. Parfois, il pleurait la nuit parce qu'il ne se souvenait plus de ce à quoi ressemblait notre mère. La première famille d'accueil qui nous a reçus était gentille mais le père a perdu son travail et ils n'ont pas pu se permettre de nous garder. Eddie en a eu le cœur brisé mais les services sociaux nous ont juste emmenés. »

Elle soupira.

« Au début, ils voulaient nous séparer parce qu'ils pensaient que ce serait plus facile de nous placer un par un mais je ne voulais pas laisser tomber Eddie. Je criais dès qu'on s'approchait de nous. »

Amaury lui caressa la joue, tentant de la réconforter.

« J'avais douze ans quand on nous a envoyés dans une autre famille. J'étais grande pour mon âge et j'avais déjà de la poitrine. Et ça, c'était un problème. »

L'estomac d'Amaury se noua. Il n'aimait pas la tournure que prenait l'histoire.

« Un jour, j'ai surpris le père en train de me regarder alors que je m'habillais. Il a prétendu le contraire mais j'ai bien reconnu le regard qu'il avait. Au début, je n'ai rien dit parce que la mère était très gentille et qu'Eddie aimait vraiment cette maison. Et puis, il avait des amis à l'école. Je ne voulais pas qu'il déménage à nouveau mais c'est encore arrivé. Et encore. Jusqu'à ce que je ne puisse plus le supporter. »

Nina le regarda avec de grands yeux.

« J'ai trouvé des photos. Pas juste de moi, mais aussi d'autres filles. Le pervers prenait des photos de nous, nues. Sous la douche, dans le bain ou quand on s'habillait. Il avait des trous pour nous épier partout dans la maison. »

« Oh mon Dieu. Qu'est-ce que tu as fait ? »

Amaury serra les poings, sachant exactement sur qui il aurait voulu les faire atterrir.

« J'ai commencé à barricader ma porte mais la mère a eu des soupçons. A l'âge de quatorze ans, je portais des vêtements difformes pour me cacher et pour qu'il arrête de me regarder, mais il a continué. Un jour, j'ai oublié de fermer la porte à clé. Il est entré et il m'a touchée, mais je l'ai frappé. Il était tellement en colère… Je savais qu'il reviendrait dans la nuit et me ferait du mal. Je suis allée chercher Eddie à la sortie des classes et je lui ai dit qu'on partait faire du camping. »

Amaury déposa un doux baiser dans les cheveux de Nina. Pourquoi n'avait-il pu être là quand elle en avait eu besoin ?

« *Chérie…* »

Ce fut tout ce qu'il put lui murmurer.

« Les services sociaux nous ont trouvés trois jours plus tard mais, entre-temps, j'avais déjà envoyé plusieurs photos à la mère de la famille d'accueil ; anonymement, bien sûr. Quand on est revenus, j'ai vu qu'elle avait pleuré. Une semaine plus tard, les services sociaux sont venus nous chercher. Elle avait choisi son mari plutôt que nous. Elle est restée avec lui, avec ce pervers. Et elle nous a jetés dehors, Eddie et moi. Comment a-t-elle pu le choisir, lui, plutôt que nous ? On était des bons gamins. C'était un homme mauvais. »

Nina tenta de retenir ses larmes.

« Ils m'ont accusée. Eddie aussi. Il ne comprenait pas. Il avait à peine onze ans. Ils nous ont gardés pendant un temps à l'orphelinat et j'aurais voulu qu'on y reste. Mais Eddie était un gamin mignon et populaire, alors ils nous ont trouvé une autre famille. Après la précédente, je ne voyais pas comment ça pouvait être pire. »

Amaury sentit la colère monter en lui.

« Nina, tu n'as pas à m'en dire plus. Je comprends que ce soit douloureux pour toi. Je comprends. »

Elle secoua la tête.

« Non, il faut que je te dise. J'ai fait quelque chose de très mal. Et ce serait bien que tu le saches. »

Amaury déposa un doux baiser sur les lèvres de Nina.

« Peu importe ce que tu as fait, je suis sûr que tu n'avais pas le choix. »

« J'ai poignardé un homme et, si j'avais eu le courage, je lui aurais coupé les parties. »

Amaury grimaça, son corps frissonnant à l'image de la scène qu'elle décrivait. Il en resta bouche bée et ne put que la dévisager.

« Oui, j'ai pris un couteau et j'ai presque castré le troisième père. Une nuit, il est entré dans ma chambre et m'a violée. Je savais que personne ne me croirait si je le disais. C'était un citoyen intègre, très respecté en ville. Je savais qu'il le ferait encore. Du coup, je me suis tenue prête. »

Amaury écoutait en retenant son souffle.

« Quand il m'a de nouveau touchée avec ses mains sales, j'ai attrapé le couteau que j'avais caché sous mon oreiller et je l'ai poignardé. Il y avait tellement de sang. C'est juste ma lâcheté qui m'a empêchée de lui couper les parties. Au lieu de ça, j'ai juste remué le couteau dans son ventre. Il a crié et la mère a accouru juste quand je le repoussais. Je l'ai menacée elle aussi. Puis j'ai rembobiné l'enregistrement que j'avais fait sur mon petit dictaphone. Je l'utilisais toujours à l'école pour enregistrer les profs mais je l'avais gardé à proximité parce que je savais que j'en aurais besoin comme pièce à conviction, un jour. Sur l'enregistrement, la mère a pu entendre ce qu'il avait essayé de me faire. Je me suis assuré qu'elle comprenne que je détruirais leur si précieuse réputation si l'un d'eux me touchait encore, ou s'en prenait à Eddie. Et j'avais suffisamment de preuves pour les incriminer. »

« Qu'est-ce qui est arrivé à l'enfoiré ? »

S'il n'était pas encore mort, Amaury serait heureux de s'en occuper lui-même. Il sentit une colère sourde monter en lui.

« Il a survécu. Elle a appelé une ambulance et leur a dit ce que je lui avais dit de dire : que son mari avait surpris un cambrioleur et que celui-ci l'avait poignardé. J'ai fait en sorte que toutes les preuves aillent dans ce sens avant que la police n'arrive. J'ai cassé une fenêtre depuis l'extérieur et j'ai caché mes draps ensanglantés. Bien sûr, ils n'ont jamais trouvé le gars et bien sûr, ils ont essayé de flairer ce qui se tramait, mais tout ce qu'ils ont récolté, c'est notre témoignage. Ils ne pouvaient pas faire grand chose. Le temps qu'il sorte de l'hôpital, j'avais mis une copie de l'enregistrement en lieu sûr et j'avais demandé à ce qu'on le rende public si quelque chose devait arriver à Eddie ou à moi. »

« En lieu sûr ? »

« Une boîte aux lettres dans un de ces endroits réservés aux boîtes aux lettres mais dans une autre ville, en disant bien d'en envoyer le contenu au shérif si quelque chose nous arrivait. »

« Et après ? »

« Il me restait deux ans avant mes dix-huit ans. On a vécu un enfer avec eux pendant ce temps-là mais il ne m'a pas touchée. Il avait trop peur que je mette mes menaces à exécution. Quand j'ai fait la demande de tutelle pour Eddie le jour de mes dix-huit ans, ils ont soutenu ma démarche. J'avais deux boulots à ce moment-là, je travaillais constamment. Je pouvais subvenir à nos besoins. Ils voulaient que je parte alors, ils ont tout fait pour. »

Amaury déglutit. Comment une fille de dix-huit ans pouvait-elle prendre en charge une telle responsabilité tout en faisant face à sa propre douleur ? Comme elle avait dû souffrir !

« Comment as-tu pu ne serait-ce que rester avec eux après ce qu'il t'avait fait ? Pourquoi tu n'es pas allée voir la police ? »

« Je n'avais pas le choix. Je ne pouvais pas risquer un long procès. Je l'avais poignardé. Ça aurait pris des mois pour prouver que c'était de la légitime défense. Je ne pouvais pas prendre le risque d'être séparée d'Eddie. Ils l'auraient envoyé autre part en attendant. Non, c'était trop risqué. J'avais besoin qu'Eddie reste avec moi. C'était la seule possibilité envisageable. »

« Tu ne crois pas que c'était plus risqué de demander la tutelle de ton frère ? Tu n'avais que dix-huit ans, bon sang. »

Quelles avaient-été les probabilités que sa demande ne fût immédiatement rejetée ?

« Comme je l'ai dit, le père de la famille d'accueil était un citoyen respecté et il connaissait pas mal de gens. Pour le juge, il a tiré quelques ficelles. C'est dire combien il voulait que tout ça se termine. J'étais une épine dans son pied. Dès qu'Eddie est passé sous ma tutelle, on est partis. On a pas mal déménagé avant d'atterrir ici, à San Francisco. »

Amaury maugréa. Il aurait aimé que l'enfoiré se vidât de son sang plutôt que de survivre. Il ne méritait pas de vivre, pas après avoir violé une fille de seize ans. Sa douce Nina, lui faire vivre de telles atrocités. La pensée qu'il pouvait le tuer l'envahit. Il sentit son corps se contracter et se tendre.

« Alors tu vois, j'ai fait quelque chose de terrible. Je l'ai poignardé. J'ai voulu le tuer. Je l'ai fait exprès. Je savais ce que je faisais et malgré ça, je l'ai fait. »

Nina détourna la tête et enfouit son visage dans son oreiller. Amaury ne savait que faire. La prendre dans ses bras ? La laisser respirer ? Pourquoi ne pouvait-il lire ses émotions ? De cette manière, il aurait su quoi faire.

« Je suis désolé, Nina. »

Il ne pouvait trouver les mots, alors qu'une rage folle s'emparait de lui. Quelqu'un avait blessé Nina et il voulait la venger, blesser l'homme encore plus. Il mit une main sur son épaule et tressaillit, tout en la retirant immédiatement. Ses doigts s'étaient transformés en griffes. Il sentit sa mâchoire le démanger, tandis que ses canines s'allongeaient. Il était incapable d'empêcher son côté vampire d'apparaître. Non, il ne pouvait se laisser aller ainsi devant elle. Un homme violent était la dernière chose qu'elle voulait voir ; surtout après qu'il l'eut attaquée pendant son sommeil. Il devait canaliser sa colère avant d'être en mesure de la reprendre dans ses bras.

« Essaye de te rendormir. Je vais te laisser te reposer. »

Amaury tourna la tête afin qu'elle ne le vît pas. Il savait que ses yeux étaient rouges. Il regarda ses mains. Des armes redoutables. Non, il ne pouvait la toucher pour le moment et ce, même s'il ne désirait rien d'autre. Il n'était pas en mesure de se contrôler.

« Je suis désolé. »

Il sortit du lit, nu, et se dirigea vers le salon en fermant la porte derrière lui.

Son punching-ball était suspendu au plafond, dans un coin. Il se dirigea immédiatement vers celui-ci. C'était ce dont il avait besoin : frapper quelque chose, puisqu'il ne pouvait s'en prendre au violeur de Nina, ni à aucun autre des hommes qui avaient pu la blesser. Ses poings entrèrent brutalement en contact avec le sac. Il tuerait le premier homme qui ferait du mal à Nina. A présent, elle était la personne qu'il se devait de protéger. Personne ne lui ferait à nouveau du mal. Il ferait en sorte que cela n'arrivât pas.

~ ~ ~

Amaury n'était pas retourné au lit après que Nina lui eut raconté son histoire passée. Elle pouvait facilement deviner pourquoi : il était horrifié par ce qu'elle avait fait. Pire encore, elle avait été violée. Comment pouvait-il faire face à une telle chose ? Personne ne voulait de cela. Encore moins un homme comme Amaury, qui pouvait avoir toutes les femmes qu'il voulait. Il pouvait trouver une femme qui n'avait pas un tel bagage émotionnel.

Il regrettait probablement déjà d'avoir couché avec elle. Son « je suis désolé » avait été lâché par pitié. Elle devina qu'il passerait le reste de la journée à se demander comment il pourrait se sortir avec élégance de cette histoire. Nina lui faciliterait la tâche. Elle ne resterait pas là où elle n'était pas désirée.

Alors qu'elle laissait couler l'eau chaude de la douche sur son corps, elle sut qu'elle n'aurait jamais dû s'ouvrir à lui. Elle s'était laissé endormir par cette impression de sécurité que les mots doux d'Amaury et ses confessions sur son propre passé avaient éveillée. Cela avait d'abord été un choc d'entendre ce qu'il avait fait, mais elle avait trouvé dans son cœur la force de lui pardonner parce qu'il n'avait pas été lui-même. La douleur dans ses yeux, lorsqu'il lui avait parlé de son fils, l'avait profondément touchée.

Mais lorsqu'il s'était agi de sa culpabilité à elle, Amaury n'avait pas été capable de faire de même. Elle avait immédiatement ressenti son hésitation, ne serait-ce que de la toucher, avant qu'il ne finît par s'écarter, comme dégoûté. Au moment où elle avait eu le plus besoin de son toucher, il le lui avait refusé et était parti.

Il l'avait rejetée, exactement comme toutes les personnes précédentes. Comme la mère de la famille d'accueil l'avait rejetée une fois que Nina lui avait fait comprendre que son mari était un pervers. Même en sachant que son mari abusait sexuellement de jeunes filles, elle l'avait quand même préféré à Nina. Jusqu'à ce jour, sa propre estime n'était jamais tombée plus bas : être rejetée par Amaury après lui avoir ouvert son cœur était encore plus douloureux.

Nina redoutait à présent de lui faire face. Elle ne voulait lire ni la pitié, ni le regret dans son regard. Peut-être la garderait-il à ses côtés un peu plus longtemps pour ne pas montrer, de manière trop évidente, qu'il ne la désirait plus, mais elle savait qu'à présent, il ne voudrait plus d'elle.

Elle ne laisserait pas une telle chose se produire. Elle partirait de son propre chef. Et il n'y avait qu'une façon de le faire : défendre son cœur meurtri en l'attaquant. Elle ne pouvait lui laisser voir combien il l'avait blessée. Cela ne ferait qu'empirer les choses.

Nina sortit de la douche et se sécha avant de remettre ses vêtements de la veille.

Elle trouva Amaury dans le salon, où un recoin faisait office de salle de gym. Il portait un short. Le haut de son corps était nu, ses muscles bougeant à chacun de ses mouvements, sa peau brillant de sueur.

Il l'accueillit d'un regard prudent.

« Tu es debout. »

« Oui, j'ai pris une douche. J'espère que ça ne te dérange pas. »

« Non. Non, bien sûr que non. »

Faisait-il preuve de nervosité ? Il s'essuya le visage à l'aide d'une serviette puis fit quelques pas vers elle. A mi-chemin, il changea d'avis et s'arrêta.

« Je peux te laisser une heure ? J'ai besoin d'aller me nourrir. »

Elle ne comprit pas tout de suite ce qu'il voulait dire.

« Te nourrir ? »

Il hocha la tête, son regard demeurant prudent.

« Je ne me suis pas nourri la nuit dernière et la nuit précédente, je n'avais déjà bu que peu de sang. »

Elle avait donc bien compris. Amaury prévoyait de sortir pour boire le sang de quelqu'un. Bien, c'était la parfaite excuse pour qu'elle s'en allât.

« Tu sors pour mordre quelqu'un ? »

Le regard qu'il lui lança était on ne peut plus têtu.

« J'ai besoin de sang pour survivre. »

Nina savait ce dont un vampire avait besoin.

« Qu'est-ce qui cloche avec le mien ? »

Prendrait-il la mouche ? Se lancerait-il dans la bagarre afin qu'elle pût partir la tête haute ?

Les yeux écarquillés, il se dirigea vers elle et l'attrapa par les épaules.

« Tu es dingue ? Tu ne sais pas ce que tu dis. Tu ne peux pas vouloir que je te morde. »

Au moment où il le dit, elle réalisa l'impact de ses mots.

Elle voulait qu'il la mordît.

Elle voulait qu'il bût son sang.

Sa vie ne serait pas complète tant qu'Amaury ne la prendrait pas. Et à cet instant précis, elle ressentit la peur l'envahir comme jamais elle ne l'avait ressenti de toute sa vie.

Puisant une force qu'elle ne pensait même pas posséder, Nina secoua les mains.

« Dégage ! »

Si elle restait, elle deviendrait son jouet, quelque chose qu'il déplacerait à droite, à gauche, au gré de ses envies, parce qu'elle n'avait pas la force de lui résister. Elle ne pouvait permettre que cela arrivât. Elle ne pouvait être de nouveau à la merci d'un homme, peu importât combien elle le désirait. Peu importât combien son cœur se languissait de lui.

Amaury la regarda, ahuri.

« Nina, qu'est-ce qui se passe ? »

« Je ne... Je ne peux pas... »

Sa voix se brisa. Elle se retourna et se rua vers la porte en l'ouvrant.

« Nina ! »

Elle l'entendit lui crier après mais elle était déjà dans l'escalier et continua à courir. Elle devait prendre ses distances avec le seul homme qui avait forcé la porte de son cœur; le laissant exposé à la douleur.

25

Amaury s'arrêta en haut des escaliers et regarda en bas. Les pas rapides de Nina résonnèrent dans l'entrée. Que venait-il de se passer ?

Il se passa la main dans les cheveux.

Avait-elle vraiment essayé de lui offrir son sang ?

Cette idée-même était au cœur de ses fantasmes depuis plusieurs jours, depuis qu'il avait léché ses blessures. Savoir qu'il la désirait, non seulement pour son corps mais également pour son sang, l'avait hanté. Il voulait Nina, dans son intégralité.

Alors qu'il dévalait les marches de l'escalier, il trébucha sur un colis déposé devant la porte de madame Reid. Il s'arrêta immédiatement. La dame âgée n'était toujours pas revenue ; à cause de lui.

A cet instant, il avait beau être fou et assoiffé par le manque de sang, son cerveau se mit en marche et une vague de peur l'envahit. Et s'il blessait Nina comme il avait blessé madame Reid ? Et s'il ne pouvait se contrôler ? Il désirait Nina à un tel point, qu' il n'était pas sûr d'être capable de s'arrêter de boire son sang.

Il se souvint du goût sucré du sang sur sa langue, de l'odeur enivrante, de la texture suave lorsque l'hémoglobine avait rempli sa gorge. Son engin se durcit rien qu'à l'idée d'y goûter à nouveau, mais davantage cette fois, bien davantage. Il serra les poings tandis qu'il se battait avec l'envie de poursuivre Nina et de planter ses canines en elle.

Son désir se heurta à la culpabilité qui le rongeait. Il devait tout d'abord faire quelque chose de bien, s'assurer que madame Reid continuât à vivre. Le poids d'une autre mort sur ses épaules serait trop lourd à porter et il ne pourrait retourner vers Nina tant qu'il n'aurait pas la conscience tranquille. Elle lui avait pardonné pour un meurtre ; il ne croyait pas qu'elle aurait assez de force dans son cœur pour lui en excuser un second.

Il devait sauver madame Reid. Alors seulement, il mériterait une autre chance. Autrement, cela signifiait qu'il n'était pas assez bien pour elle, pas assez bien pour accepter ce que Nina lui offrait.

~ ~ ~

Une heure plus tard, il avait trouvé où la dame âgée avait été emmenée et il s'était faufilé dans sa chambre d'hôpital.

Madame Reid semblait fragile, allongée là, entourée de tubes et de machines. Amaury prit place sur une chaise à côté du lit et se contenta de la regarder. La peau de la malade était pâle et recouverte de contusions. Etait-elle tombée parce qu'il l'avait trop fragilisée ?

Son ventre se noua de dégoût envers lui-même. Il était une créature infâme qui se nourrissait des faibles et des vulnérables : un monstre. Amaury enfouit la tête dans ses mains, ne sachant que faire.

Un bruit au niveau de la porte le fit sursauter.

« Vous ne pouvez pas rester ici. Les heures de visite sont largement dépassées, » l'admonesta la jeune infirmière qui se tenait sur le pas de la porte, les mains sur les hanches, une lueur de remontrance dans le regard.

« Je suis désolé. Je viens juste d'arriver en ville. »

« Et vous êtes ? »

Il ressentit de la suspicion dans la manière dont elle s'adressait à lui.

« Son petit-fils, » mentit-il, sachant que s'il ne prétendait pas être de la famille de madame Reid, l'infirmière appellerait la sécurité pour le faire sortir.

« Je suis désolé. J'étais tellement inquiet à son propos que je n'ai pas voulu attendre demain. »

Le regard de la jeune femme s'adoucit et elle lui adressa un sourire compatissant.

« Vous avez parlé à la police ? »

Amaury frémit.

« La police ? »

Elle hocha la tête et entra dans la chambre. Si elle comptait le traîner jusqu'à la police, il devrait utiliser le contrôle de l'esprit puis effacer sa mémoire.

« Oui, je crois qu'ils ont une piste concernant le type qui a fait ça. »

Amaury déglutit. Ils étaient à ses trousses ? Comment ? Il avait effacé la mémoire de madame Reid. Personne ne s'était trouvé dans la cage d'escaliers lorsqu'il était entré chez elle pour boire son sang. Il se leva, prêt à faire ce qui serait nécessaire. Son corps se contracta alors qu'il se tenait prêt à utiliser ses pouvoirs.

« Vous voulez dire qu'ils ne vous ont pas encore prévenu ? C'est vraiment affreux, ce qu'il lui a fait. Une femme si gentille… Cette vermine l'a volée et battue alors qu'elle allait encaisser son chèque de pension. Ce monde ne tourne pas rond. »

« On l'a volée ? »

Amaury jeta de nouveau un regard à madame Reid. Des hématomes bleus et noirs tâchaient ses bras.

« Vous voulez dire que personne ne vous l'a raconté ? » lui demanda l'infirmière en lui jetant un regard incrédule. « Elle s'est fait agresser juste en bas de son immeuble. »

Amaury secoua la tête.

« Personne ne m'a rien dit. Je suis juste venu ici dès que j'ai su qu'elle était à l'hôpital. »

Il n'était pas responsable ? Ce n'était pas sa faute ? Il sentit un poids lourd comme le Mont Rushmore s'envoler de ses épaules.

« Elle va s'en sortir ? »

« Oui, elle a juste besoin de repos. A présent, vous devriez retourner chez vous. Revenez demain pendant les heures de visite. »

Il hocha la tête.

« Juste une minute de plus ? »

« Je ne vous ai pas vu. »

Il lui sourit et elle quitta la chambre en refermant la porte derrière elle.

Amaury s'approcha de madame Reid, toujours endormie. Il lui caressa la joue. En fin de compte, il ne lui avait pas fait mal. Ce qui lui était arrivé était terrible mais au moins, il n'était pas à blâmer. Il pouvait ressentir la douleur de la dame âgée et il savait qu'il pouvait l'aider.

D'un geste rapide, il se piqua un doigt jusqu'à ce qu'une petite goutte de sang apparût puis, il le porta à la bouche de sa voisine. Utilisant son esprit, il transmit ses pensées dans le cerveau de la malade.

Ouvrez la bouche et prenez votre médicament.

Dans son sommeil, la vieille dame entrouvrit les lèvres et Amaury laissa quelques gouttes de sang tomber dans sa bouche.

Avalez.

Quelques gouttes suffiraient à accélérer la guérison. Le lendemain, les bleus auraient disparu tandis que les os et les muscles contusionnés seraient moins douloureux. Il n'y aurait pas d'effets secondaires. Le sang d'un vampire était un remède à de nombreux maux dont pouvaient souffrir les humains et, si les scientifiques venaient à l'apprendre, ils le pourchasseraient, de même que ses frères. Heureusement, ils ignoraient jusqu'à l'existence-même des vampires.

Maintenant, dormez.

Amaury déposa un baiser sur le front de madame Reid. Il quitta la chambre en jetant un dernier regard au visage de sa voisine, qui reprenait déjà des couleurs. Ses pas étaient plus légers que lorsqu'il était entré dans l'hôpital.

26

Gabriel se précipita à l'intérieur dès que Carl lui ouvrit la porte d'entrée.

« Il est dans son bureau. »

Il ne s'arrêta même pas et se dirigea vers le bureau de Samson à l'arrière de la maison Quand il l'entendit, celui-ci leva les yeux depuis son fauteuil et lui fit signe d'entrer, mettant un terme à sa communication téléphonique.

« Merci, Thomas. Et quand tu as fini, on se retrouve ici à... »

Il regarda sa montre.

« Onze heures. Appelle Ricky et Amaury pour moi, d'accord ? Gabriel vient d'arriver. »

Il raccrocha et se leva.

Gabriel ne s'était pas assis. Il préférait rester debout.

« Explique-moi. »

Samson savait toujours en venir aux faits, ce qu'appréciait Gabriel. Il ne tournait pas en rond et ne donnait pas dans le politiquement correct.

« On est sûr que c'est Luther. Paul Holland l'a reconnu après que Zane l'en ait quelque peu persuadé. »

Samson haussa un sourcil mais ne dit rien.

« Une fois qu'il s'est rendu, j'ai pu entrer dans sa mémoire. Luther cherche à se venger, c'est assez clair et pas très surprenant, vu ce qui est arrivé. »

Samson hocha la tête.

« C'est compréhensible. Il est devenu dingue quand il a perdu Vivian et l'enfant qu'elle portait. On ne pouvait rien faire pour l'aider. Il avait besoin d'accuser quelqu'un. »

« Tu ne crois pas que ça aurait été mieux de lui dire la vérité ? »

Samson secoua la tête.

« Amaury et moi, on a décidé qu'il valait mieux garder la vérité pour nous. Ça l'aurait tué. Quand il a disparu, on a d'abord cru qu'il suivrait Vivian mais quelque part, j'ai toujours su qu'il reviendrait quand il aurait retrouvé ses forces. On savait qu'on devrait lui faire face un de ces jours. »

« Et maintenant ? »

« On doit se tenir prêt autant que possible. Je ne veux pas qu'il soit blessé mais on doit se défendre. Paul a dit quelque chose à propos de ce que Luther comptait faire ? »

« Je doute qu'il le sache. Je n'ai rien trouvé dans sa mémoire qui puisse permettre d'affirmer qu'il sait quelque chose et Luther est manifestement assez malin pour ne pas divulguer trop d'informations à ses hommes. Mais tu le connais, il a un plan. Il en a toujours eu un. Ça, on peut en être sûr. »

« Alors on ferait bien d'en avoir un aussi. Tu as alerté tes hommes ? »

« Oui, ils savent tous qui il est. Tout le monde le recherche et on a une idée de l'endroit où il pourrait se cacher. Dans la mémoire de Paul, j'ai trouvé des allusions à un entrepôt. On est en train de vérifier tout ça. »

« Une fois que mes hommes seront là, on se mobilisera de notre côté. On peut faire confiance à qui ? »

Gabriel lui jeta un regard prudent.

« C'est le problème, on ne sait pas. »

« Pourquoi ça ? »

« Il est en train de créer de nouveaux vampires. »

Gabriel vit son patron en rester bouche bée.

« Il *quoi* ? »

Créer des vampires au gré de ses envies était strictement interdit au sein de leur société. Personne ne pouvait partir en vrille de cette façon et transformer des humains ! C'était irresponsable !

« Qu'est-ce qui lui a pris ? C'est une chose de se défouler et de déverser sa colère sur Amaury et moi, mais c'en est une autre de créer de nouveaux vampires. »

« Il le fait pour obtenir un soutien loyal. S'ils lui prouvent qu'ils sont loyaux, alors il en fait des vampires. C'est une sorte de récompense, en gros. En même temps, il s'assure qu'ils aient les mains sales pour qu'ils ne s'enfuient pas comme ça. »

Samson regarda Gabriel droit dans les yeux.

« Les mains sales ? »

« Il les pousse à commettre un crime pour lui, il fait en sorte que tout le monde sache qui est le coupable, puis il les sauve et en fait des vampires. Et c'est comme ça qu'il obtient la loyauté de quelqu'un, quelqu'un qui lui doit beaucoup. Je crois qu'il met en place une armée. Il en aura besoin s'il veut détruire Scanguards. »

« C'est ce que Paul pense ? »

« Oui, on dirait que Luther veut réduire à néant la compagnie, pour vous blesser Amaury et toi. »

« Bon sang ! Il en a combien ? »

« On n'a aucun moyen de le savoir mais je suspecte nos deux gardes du corps qui ont tué leurs clients d'en être. Je crois que tout était prévu. »

« Mais ils se sont suicidés. »

Gabriel secoua la tête.

« C'est ce qu'ont dit les témoins mais les corps sans vie n'ont pu être identifiés. Selon eux, le premier corps était cramé et l'autre avait sauté dans la Baie mais le cadavre est resté introuvable. Les témoins ont pu être manipulés. Si ça se trouve, Luther a utilisé le contrôle de l'esprit pour leur ancrer de faux souvenirs dans la tête afin qu'ils témoignent avoir vu deux morts. »

« Et ils passeraient sans problème au détecteur de mensonge, » continua Samson, « parce qu'ils ne sauraient même pas qu'ils seraient en train de mentir. Malin. »

« Oui, Luther a toujours été intelligent. »

« Donc si ça se trouve, Edmund et Kent sont des vampires. Et ils soutiennent Luther. Qui sait combien Luther en a transformé avant ces deux-là. Une idée ? »

« Les souvenirs de Paul ne m'ont pas permis d'obtenir d'indications là-dessus. »

Samson serra les poings.

« Il faut qu'on l'arrête. Il est devenu fou. Qui est avec nous ? »

Gabriel dévisagea son patron.

« Je dirais juste le cercle proche. Je suspecte Luther de planifier ça depuis un petit moment. »

« Tu as raison. Je vais donner les consignes à mes hommes. On coordonnera tout ça avec Zane et les autres. Amaury peut être le chef de file. »

Gabriel soupira.

« Pour ce qui est d'Amaury… »

« Quoi ? »

« Je crois que pour l'instant, sa loyauté est partagée ! »

Samson fronça les sourcils.

« Amaury m'est fidèle, c'est évident. »

« La femme, » dit Gabriel.

Samson fit une pause, puis ferma les yeux un moment.

« Je n'avais pas pensé à elle. Bon sang, tu as raison. J'espère que quelque chose finira par changer pour Amaury. Je ne sais pas combien de temps je vais pouvoir faire semblant d'ignorer ce qu'il vit. »

« Qu'est-ce qu'il vit ? »

« Tu sais, son don, » dit Samson en faisant une grimace. « Comme s'il pouvait duper tout le monde. »

« Tu es au courant pour sa douleur ? »

« C'est mon plus vieil ami. Je ne serais pas vraiment un ami si je ne savais pas à quelle douleur il doit faire face tous les jours. »

Gabriel jeta un regard surpris à Samson.

« Et moi qui pensais être le seul à savoir, parce que je ressentais ses souvenirs aussi intensément qu'il essayait de me les cacher. »

« Quand je l'ai vu hier soir avec Nina, je me suis rendu compte qu'il était beaucoup plus calme que d'habitude, comme s'il était apaisé. Dieu seul sait ce qu'elle lui fait mais ça lui réussit. Amaury a besoin d'un break. Mais j'ai bien peur qu'on ne puisse le laisser continuer comme ça et ce, malgré les sentiments que j'éprouve à son égard. »

« Tu crois qu'elle sait que son frère pourrait être avec Luther ? »

Samson réfléchit à la question de Gabriel à voix haute.

« Si c'est le cas, alors elle n'est pas avec Amaury pour son physique. »

« Merde. »

Gabriel n'aimait pas du tout cette idée. Si elle se trouvait dans le camp de son frère, elle représentait un danger pour Amaury et pour eux tous.

« Il faut qu'il sache. »

Samson hocha lentement la tête.

« Je crois que tu as raison. On ne peut pas lui faire confiance. Si elle était aussi proche de son frère qu'elle le dit, il ne lui aurait jamais laissé croire qu'il était mort. On doit partir du principe qu'elle sait. »

« Et qu'elle a utilisé Amaury… Et nous, par la même occasion, pour aider Luther. »

« C'est une autre possibilité. »

Samson regarda son bras droit dans les yeux.

« Il faut qu'on contacte Amaury et qu'on le prévienne. »

27

« Je sais que tu es là. Ouvre cette satanée porte ou je l'enfonce. »

Impatiemment, Amaury faisait du sur place devant la porte d'entrée de chez Nina. L'immeuble était un trou à rats. Certes ne vivait pas dans les meilleurs quartiers de la ville non plus, mais il ne pouvait la laisser continuer à vivre dans un endroit aussi immonde. Au moins, lui, avait-il une bonne raison de vivre là où il habitait.

« Va-t-en. »

La voix de Nina provint de l'intérieur de l'appartement ; c'était le premier son qu'il entendait en cinq minutes de martelage de porte. C'était un début.

Amaury baissa la voix en utilisant tout son pouvoir de persuasion, puisque faire appel au contrôle de l'esprit ne fonctionnait pas avec elle.

« S'il te plaît, Nina. Il faut qu'on parle. Laisse-moi entrer, *chérie.* »

Quelques instants plus tard, il entendit qu'on enlevait la chaîne et qu'on ouvrait la porte. Enfin.

« Nina, s'il te plaît. Laisse-moi entrer. »

Elle ouvrit la porte puis recula. Il la regarda et nota qu'elle avait pleuré. Qu'avait-il fait ? Il se sentit comme un véritable con de l'avoir mise dans un tel état.

Rapidement, avant qu'elle ne changeât d'avis, il entra puis ferma la porte à clé derrière lui.

« Qu'est-ce que tu veux ? »

Sa voix était empreinte de défi. Elle allait droit au but et c'était tout ce qu'il méritait.

Mal à l'aise, Amaury porta tout son poids sur l'autre pied. Il était indispensable qu'il ne commît aucune autre erreur avec elle. Bien que ne pouvant lire ses émotions, il savait qu'il pouvait la blesser. Il était la raison pour laquelle ses grands yeux marron reflétaient le chagrin et la résignation. C'est alors qu'il prit conscience qu'il avait tout gâché. Avec sa propension à se comporter comme un chien dans un jeu de quilles, les chances de réparer ce qu'il avait cassé étaient minces. Aucun bookmaker digne de ce nom n'aurait pris le pari.

« Je veux m'excuser. »

Voilà une expression qu'il n'utilisait que très rarement. Cela en était même étrange venant de lui, mais c'était la première chose qui lui était venue à l'esprit.

Au lieu de répondre, Nina le regarda de ses grands yeux marron, lesquels laissaient refléter une profonde douleur. Son regard le prit aux tripes, comme si elle l'avait frappé.

« Je voulais juste te protéger, » tenta de nouveau Amaury. « J'avais peur de te faire mal. »

« Tu ne voulais pas de moi. »

Comment six mots à peine pouvaient-ils faire aussi mal ? Il ne la voulait pas ? Que croyait-elle ?

« Qu'est-ce que j'ai fait ? »

« Rien, tu n'as rien fait. »

Il ne comprenait pas. Bon sang, pourquoi ne pouvait-il ressentir ses émotions ? Pourquoi ne pouvait-il deviner ce qui n'allait pas ?

« S'il te plaît, Nina. Parle-moi, dis-moi ce que j'ai fait de mal. »

Elle renifla.

« Après que je t'aie dit ce que j'avais fait, tu n'as pas… »

Sa voix se brisa.

« Je n'ai pas quoi ? » demanda-t-il.

« Ça n'a plus d'importance, maintenant. Va-t-en, s'il te plaît. »

« Si, ça en a. Et non, je ne partirai pas. Nina, je ne bougerai pas d'un centimètre tant que tu ne m'auras pas dit ce qui se passe. »

Sa remarque sembla exaspérer Nina. Bien ! Il préférait quand elle s'opposait à lui et se battait plutôt que lorsqu'elle s'enfuyait !

« Qu'est-ce que tu veux, Amaury ? Tu ne t'es pas assez encanaillé ? »

« Encanaillé ? »

Il l'attrapa par le bras et la tira vers lui.

« Si tu fais allusion à toi en disant une telle chose, je te conseille d'arrêter immédiatement. »

« Laisse tomber. Tu n'as pas à prétendre que ça t'importe. Si c'était le cas, tu ne m'aurais pas laissée seule quand j'avais besoin de toi. Voilà, maintenant, tu sais. Allez, pars. »

Amaury soupira de soulagement. C'était ce petit quiproquo qui l'avait énervée ? Si seulement tout pouvait être aussi facile à résoudre que ce problème-là.

« Espèce de petit chat idiot. Ne sais-tu pas que j'aurais tout donné pour te prendre dans mes bras ? »

« Alors pourquoi tu ne l'as pas fait ? » aboya-t-elle, ne le croyant visiblement toujours pas.

Malgré sa résistance, il la prit dans ses bras.

« Parce que mes mains s'étaient transformées en griffes et que mes canines me démangeaient de mordre. J'étais en colère, *chérie*, et je voulais faire mal à l'homme qui t'avait fait ça. Mais je ne voulais pas te blesser. Je ne pouvais pas te tenir dans mes bras. Crois-moi, s'il te plaît. Je ne me contrôlais pas. »

« Je croyais que tu ne voulais plus de moi parce que tu savais pour mon passé. Parce que tu sais que je suis une traînée. »

Amaury s'écarta et plongea ses yeux dans les siens.

« Toi, Nina, tu es la seule personne bonne et innocente dans cette pièce. Tu n'es pas une traînée. »

Il déposa un doux baiser sur sa joue.

« Je tuerai quiconque te fait du mal. »

« Je ne veux pas que tu tues pour moi. Ils n'en valent pas la peine. »

Il secoua la tête.

« Tu es la femme la plus confondante que j'ai rencontrée. J'ai besoin de savoir quelque chose, » dit Amaury avant de faire une pause, sachant que la réponse de Nina serait plus importante que tout. « Ce soir, étais-tu sérieuse quand tu me proposais de boire ton sang ? Tu voulais que je te morde ? »

Il sentit son cœur faire un bond jusque dans sa gorge alors qu'il attendait la réponse.

« Tu ne voulais pas. »

Ce n'était pas une réponse directe mais il pouvait en tirer quelque chose.

« Et qu'est-ce que tu en sais ? »

« Parce que tu l'as dit. »

« J'ai dit que je ne voulais pas te blesser. »

« Tu ne me blesseras pas. »

« Tu crois tant que ça en moi ? »

Elle hocha la tête.

« Tu m'as protégée. Pourquoi me blesserais-tu maintenant ? »

« La logique féminine. Comment je pourrais m'y opposer ? »

Amaury fit une pause avant de reprendre.

« Nina, pourquoi veux-tu que je prenne ton sang ? »

Elle pinça les lèvres.

« Pourquoi ? Dis-moi, s'il te plaît. »

« Promets-moi d'abord que tu boiras mon sang. »

« Crois-moi, je suis tellement en manque que je ne serai pas capable de résister. Je veux juste savoir pourquoi. »

« Je ne veux pas que tu touches qui que ce soit d'autre. »

Etait-elle jalouse ? Le cœur d'Amaury s'arrêta le temps d' un battement. Elle était jalouse ! Et possessive !

« Tu… Je… Oh mon Dieu. »

Il manquait de mots pour exprimer ce qu'il ressentait. Aussi la prit-il dans ses bras et, de ses lèvres, il effleura les siennes. Leurs corps se calèrent l'un contre l'autre.

« Tu m'appartiens. »

Appartenir.

Réaliser qu'elle lui appartenait et qu'il ne la lâcherait sous aucun prétexte semblait d'une logique évidente ! Il captura ses lèvres d'un franc baiser, la faisant sienne, gravant ce souvenir dans sa mémoire. Les lèvres d'Amaury semblèrent à vif lorsqu'il la relâcha. Nina respirait aussi difficilement que lui.

« Tu ferais bien de me dire que tu me veux aussi. »

Il scanna ses yeux à la recherche d'une réponse.

« Je te veux mais… » commença-t-elle.

Le cœur d'Amaury fit un bond. Elle le voulait, lui !

« Il n'y a pas de 'mais' qui tienne. Si tu me veux, tu m'as. Dans mon intégralité. Et moi, je te prends toute entière, sans réserve. »

Il sentit combien les bras de Nina le serrèrent, comme si elle ne voulait plus jamais le lâcher.

« Je suis, » commença-t-il à dire, « béni… »

Mais il ne laissa aucun blasphème s'échapper de sa bouche.

« S'il te plaît, dis-moi que tu veux m'appartenir. »

Il avait besoin de l'entendre, besoin de savoir qu'il ne rêvait pas, qu'il n'interprétait pas mal ce qu'elle lui faisait comprendre.

Nina s'écarta d'un centimètre et le regarda.

« Amaury, je te veux. Mais j'ai peur que tu me largues quand tu en auras eu assez de moi. »

« Idiote. Je suis peut-être stupide mais pas au point de laisser partir ce qui m'est arrivé de mieux dans la vie. »

« Tu as faim, maintenant ? »

Une lueur de perversité éclaira les yeux de Nina.

Il était affamé.

« Oui. J'ai faim de ton corps et de ton sang. »

« Ça fait mal ? »

Amaury sourit.

« Non. Ce sera comme un orgasme qui parcourt ton corps. »

Il frissonna rien qu'à cette idée. Bientôt, ses canines plongeraient dans la veine de Nina et, alors qu'il la possèderait, il boirait son sang. Il n'y avait rien de mieux que de boire le sang d'une femme en lui faisant l'amour.

Amaury inspira profondément et inhala son parfum. Elle deviendrait sa femme. Il n'avait jamais été aussi sûr de quelque chose. Elle apportait de la quiétude à son esprit et du plaisir à son corps. Quant à son cœur ? S'il, ne savait mieux, il dirait qu'elle lui décongelait le cœur également.

~ ~ ~

La façon dont Amaury la dévorait des yeux intimidait Nina. Aucun homme ne l'avait regardée de la sorte auparavant. Il semblait imposant alors qu'il se tenait là, dans le petit studio. Et pourtant, ce puissant vampire venait juste d'admettre qu'il la voulait. Elle, une presque rien.

Il plaqua son corps contre le sien. Elle put sentir le moindre muscle d'Amaury ; et un en particulier. Il la désirait et elle en avait la preuve contre son ventre ; dure et grosse, suppliant qu'on lui accordât un peu d'attention.

Elle savait qu'elle était devenue complètement folle de désirer de la sorte un vampire. Et pas n'importe lequel qui plus est : Amaury en personne. Comme si elle avait la même fascination pour les vampires que ce qu'elle avait déchiffré dans les gribouillis incohérents d'Eddie. Et qu'y avait-il gagné ? Une tombe, bien avant l'âge. Aurait-elle à affronter le même destin, si elle jouait avec le feu, ce feu étant Amaury ?

Et s'il avait raison et qu'il ne pouvait se contrôler lorsqu'il la mordrait ? La ferait-il saigner jusqu'à ce que mort s'en suivît ? Oui, elle avait peur mais elle avait encore plus peur de ne *pas* être avec lui. Elle se sentait prendre vie sous ses mains et, enfin, elle possédait une connexion avec quelqu'un. Une connexion qu'elle n'était pas du tout prête à abandonner et ce, peu importât ce que cela signifierait sur le long terme.

Nina n'était pas en train de penser à l'avenir. Rêver d'un futur était dangereux. Cela débouchait sur des attentes et elle n'en voulait pas. Elle ne voulait pas avoir d'attentes et être déçue par la suite. Cela ne menait qu'à davantage de douleur encore.

Si Amaury la voulait maintenant, alors elle ferait avec et tiendrait aussi longtemps que possible. Mais elle se ressaisirait lorsque ce dernier se rendrait compte que cela ne pouvait durer.

Elle reconnut une lueur de désir dans ses yeux et sa faim de sang. Mais elle ne se fit pas d'illusions. C'était un vampire, il était beau et il resterait jeune à jamais. Elle n'avait rien à lui offrir hormis son corps et son sang. Peut-être lui appartiendrait-il pour quelques semaines, voire quelques mois. Puis, il passerait à une autre conquête.

Mais elle ne penserait pas à cela, pas ce soir. Ce soir, elle se forgerait quelques souvenirs qu'elle garderait pour elle, lorsqu'elle serait seule à nouveau.

« Tu vas m'embrasser ? » demanda Nina.

« Seulement si tu me dis pourquoi tu fronces les sourcils. Tu as des doutes ? On ne le fait pas, si tu ne veux pas le faire. Je resterai avec toi, même si tu ne veux pas me donner ton sang. »

Nina secoua la tête.

« Non, je ne veux pas que tu le fasses avec quelqu'un d'autre. »

Son objection sembla plus ferme que ce qu'elle aurait voulu.

Un large sourire éclaira le visage d'Amaury.

« Il n'y a pas de quoi être jalouse. »

« Jalouse ? Qui est jalouse? »

Elle ne voulait pas être assimilée à la petite amie harcelante, en recherche permanente d'affection. Les hommes fuyaient ce genre de femmes.

« Toi, *chérie*, tu es jalouse, » lui dit-il en déposant de petits baisers le long de sa mâchoire. « C'est mignon. »

Les lèvres d'Amaury descendirent de la même façon le long de son cou.

Elle pencha la tête pour le lui offrir puis, retint sa respiration. Elle était prête à sentir ses canines, sous peu. Son cœur s'accéléra, son pouls battant d'un violent *tat-TATA-tat-TAT-tat-TAT* dans sa cage thoracique, tandis que le sang résonnait dans ses oreilles.

Soudain, il rit et leva la tête pour la regarder.

« Tu ne croyais pas que j'étais sur le point de te mordre ? »

Elle s'écarta des bras du vampire. Il jouait avec elle.

« Tu… »

« Chut, Nina, » dit-il en lui mettant un doigt sur les lèvres. « Lorsque je boirai ton sang, je te ferai l'amour. Je veux sentir ton corps nu connecté au mien. Je veux que tu te souviennes de ce moment pour le reste de ta vie et, lorsque tu y repenseras, tu te diras qu'il s'agit du plaisir le plus fou que deux personnes puissent vivre ensemble. Ce sera spécial pour nous deux. Il est hors de question que je me précipite dans tout ça. Fais-moi confiance, je ne désire rien de plus que ça. »

Le cœur de Nina s'accéléra tandis qu'Amaury lui livrait une telle confession. Elle se détendit dans ses bras et approcha ses lèvres des siennes.

« Je suis sûre que tu ne peux en avoir plus envie que moi. »

Le doux rire d'Amaury lui chatouilla la bouche.

« Si ton désir est, ne serait-ce qu'à moitié aussi fort que le mien, alors je pourrai mourir heureux. »

« Mais tu n'es pas immortel ? »

« Plus ou moins. Je devrai vivre en étant l'homme le plus heureux du monde, alors. »

« Tu veux dire que ça va te rendre heureux ? »

« Pas 'ça', mais *toi, chérie*. Juste toi. »

Le baiser d'Amaury fut doux et tendre, presque révérencieux, comme s'il la vénérait. Sa bouche, suçant doucement ses lèvres, les titillant et les goûtant, complétait parfaitement la sienne. Nina inhala son odeur, un mélange de terre et de cuir qu'elle catalogua. Elle le reconnaîtrait n'importe où, simplement à ses lèvres et à son parfum.

Les sens de Nina étaient en accord avec Amaury, se nourrissant de chaque détail : de la douceur de sa peau, de la façon dont il réagissait et même des battements de cœur qu'elle sentit sous sa main posée sur la poitrine de son amant. Les battements de cœur d'un vampire. Un cœur qui battait rapidement et de manière irrégulière contre sa main, comme s'il voulait lui révéler ses sentiments, en morse. Un peu plus bas, le besoin de son partenaire pulsa contre elle à un rythme différent. Sa grande et dure verge pressait contre elle à chaque respiration qu'il prenait ; de manière assurée et régulière.

Elle se sentait en sécurité dans ses bras alors qu'il la tenait, une main sur sa nuque, l'autre autour de sa taille. Ce ne fut qu'à ce moment-là qu'elle se rendit compte que ses pieds ne touchaient plus le sol. Il l'avait soulevée et la maintenait dans les airs comme si elle était aussi légère qu'une plume.

« Je rêve ? » marmonna-t-elle contre ses lèvres.

« Si c'est le cas, alors on est en train de faire le même rêve. Et j'aimerais autant ne pas me réveiller. »

Les lèvres d'Amaury capturèrent les siennes tandis qu'il l'embrassait cette fois plus prestement, lui entrouvrant les lèvres avec sa langue inquisitrice, jusqu'à ce qu'elle succombât à sa demande.

Elle le sentit bouger et, quelques instants plus tard, il s'allongea sur le lit tout en la tenant. Alors qu'il roulait sur le côté, il passa une main sous le t-shirt de sa belle. Au moment où ses doigts touchèrent la peau nue de son dos, Nina eut la sensation qu'elle allait s'enflammer. Elle ne put retenir un gémissement, lequel s'échappa de ses lèvres alors qu'elle succombait à un désir sans retenue.

La langue talentueuse d'Amaury s'engouffra plus en profondeur et incita son corps à ressentir plus de plaisir tandis que le pouce de son amant remontait le long de sa colonne vertébrale. Les mains tremblantes de Nina s'attaquèrent aux boutons de la chemise de son partenaire mais la bouche de celui-ci était bien trop distrayante pour qu'elle pût se concentrer sur quoi ce que fût d'autre. Elle était incapable d'utiliser ses mains en synchronisation.

Elle laissa échapper un soupir frustré.

Immédiatement, il s'écarta pour la regarder.

« Qu'est-ce qui se passe ? »

« Je n'arrive pas à déboutonner cette satanée chemise. »

Le rire d'Amaury retentit comme une douce mélodie à ses oreilles. Une sorte de bouffée de chaleur l'enveloppa, l'apaisa.

« Pourquoi tu ne la déchires pas, tout simplement ? Je sais que tu es douée pour ça. »

Il n'eut pas à le lui répéter deux fois. Sa chemise abîmée atterrit sur le sol en quelques secondes. Avant qu'elle ne pût se pelotonner de nouveau contre sa poitrine, il lui enleva son t-shirt.

« Bien mieux, » dit-il alors que ses yeux se posaient sur ses seins nus.

Le regard de braise d'Amaury fit durcir ses tétons. Nina remarqua son sourire pernicieux, tandis qu'il la regardait de nouveau dans les yeux.

« Oh ouais, bien mieux. J'espère que tu n'as pas d'autres projets pour ce soir, *chérie*, parce que je n'ai pas l'intention de te laisser t'échapper de mes bras encore une fois. »

« Des promesses, toujours des promesses. »

Elle laissa courir ses ongles le long de la poitrine d'Amaury, décrivant un cercle tranquille autour de ses tétons.

« Tu peux déposer cette promesse à la banque, elle vaut autant que de l'or. »

« Si j'avais eu un centime pour chaque promesse… »

Mais elle n'insista pas et se retrouva sous le corps d'Amaury, alors que la bouche chaude de ce dernier embrassait ses lèvres.

« Reste tranquille, *chérie*, et laisse-moi t'aimer. »

C'était la première fois qu'elle l'entendait parler avec autant de douceur.

~ ~ ~

Alors que les seins délicieux de sa belle étaient écrasés contre sa poitrine, Amaury sentit la chaleur du corps de Nina sous lui, chaleur qui s'immisça en lui et enflamma ses cellules. Le pouvoir d'attraction qu'elle avait sur lui était irrésistible. Son odeur l'enveloppa comme dans un cocon, comme pour le protéger du reste du monde. Elle était la seule femme avec laquelle il voulait être.

Sa faim d'elle était à présent palpable. Il s'écarta avec difficulté, ne voulant pas gâcher cette expérience en se précipitant. Il s'agirait d'un souvenir qu'ils chériraient tous les deux, un événement sur lequel ils se retourneraient avec joie.

Une autre femme lui avait-elle déjà procuré autant de joie et de plaisir ? Les gémissements et les doux soupirs de Nina intensifièrent le feu qui brûlait en lui.

Amaury se plaça entre ses cuisses confiantes et laissa sa verge rigide frotter contre sa féminité. Même à travers les vêtements, il pouvait sentir sa moiteur et sa chaleur tandis qu'elle lui répondait en ondulant des hanches. Oh oui, le petit pétard qu'elle était le voulait autant qu'il la voulait! Bien qu'incapable de ressentir ses émotions, Amaury en était certain. Et elle l'aurait !

Il s'écarta légèrement pour donner une chance à ses mains de toucher les magnifiques tétons qui mouraient d'envie qu'on les touchât. De petits boutons dressés, roses et durs, accueillirent le bout de ses doigts.

« Promets-moi que tu ne les cacheras jamais derrière un soutien-gorge. »

Il voulait que ces fruits mûrs soient accessibles à ses mains affamées, jamais retenus par quelconque vêtement. Tout ce qu'ils se devaient sentir c'était ses mains les caressant, ses lèvres les embrassant et sa bouche les suçant avidement. Peut-être même ses canines, y aspirant le sang, se nourrissant d'elle. Son engin sursauta violemment à l'idée d'une telle image érotique.

« Tu n'aimes pas me déshabiller ? »

Nina aimait le taquiner mais cela ne le dérangeait pas.

« Oh, si, j'aime te déshabiller, mais je ne veux pas que quelque chose ou quelqu'un d'autre que moi enveloppe ces beaux seins. Je ne veux pas qu'un soutien-gorge ait plus de contact avec eux que moi. Ça pourrait me rendre jaloux. »

Et il le serait. Il serait jaloux du soutien-gorge qui, toute la journée, soutiendrait ses deux jumeaux rebondissant de haut en bas. Non, il devait être le seul à y avoir droit : supporter leur poids, les tenir, les serrer, les masser.

« C'est un ordre ? »

Amaury frotta le bout de son doigt contre le téton de Nina.

« Disons que c'est… une suggestion. »

Il savait qu'elle ne répondrait pas à un ordre.

Elle se cambra sous sa main.

« Une autre… suggestion ? »

Le cœur d'Amaury s'arrêta un instant face à ce regard sensuel qu'elle lui lança derrière un battement de cils. Etait-elle en train de lui demander davantage de suggestions ? Il en avait quelques-unes qu'il se ferait un plaisir de partager avec elle.

« Quelques-unes. Si ça te dit. »

Doucement, il malaxa la chair malléable contre la paume de sa main. Puis, il laissa ses lèvres descendre le long de cette peau douce comme de la soie, pour ensuite glisser vers le téton. Sa langue lécha la chair, sa respiration suivit, tel un fantôme sur sa peau humide.

Nina laissa échapper un gémissement étouffé ; son téton devenant dur comme de la pierre.

« Tu essayes de me tuer ? »

« Au contraire, je te rends plus vivante que tu ne l'as jamais été. »

Il la regarda brièvement dans les yeux.

« *C'est* une promesse. »

Et il la tiendrait.

Quelques minutes plus tard, ils s'étaient tous les deux déshabillés. A présent, plus aucun obstacle ne pouvait s'opposer à la bouche et aux mains d'Amaury.

Lorsqu'elle repassa sous lui, il fut sur le point de perdre le contrôle. L'excitation de Nina ressemblait à une lumière le guidant vers un trésor enfoui depuis la nuit des temps. Il prit une profonde inspiration, inhala le parfum de sa partenaire, laissant ce dernier titiller ses narines, enveloppant sa langue et imprégnant ses poumons. Quelle douce odeur, quelle drogue puissante elle représentait pour lui !

Pendant un instant, il demeura immobile sur elle, son poids supporté par ses genoux et ses bras, et il la regarda. Elle avait le visage brillant, les boucles blondes couleur miel ébouriffées et les yeux grand ouverts, dans l'expectative, mais pas effrayés.

« S'il te plaît. »

Elle n'en dit pas plus mais ses gestes parlèrent pour elle. Elle passa ses jambes autour de la taille d'Amaury et l'attira doucement vers elle jusqu'à ce que l'érection de ce dernier se plaçât à l'entrée de son corps.

Une chaude moiteur y accueillit Amaury, l'invitant. Le corps de ce dernier ondula sous la tension, anticipant l'étroitesse et la chaleur de Nina, alors qu'il se retenait une seconde supplémentaire pour savourer l'instant. Il ressentit la certitude de sa décision, la détermination qui l'habitait, lui dictant ce dont il avait besoin.

« Tu m'appartiens. »

Sa revendication résonna comme un cri de ralliement alors qu'il plongeait en elle, laissant les muscles étroits de sa partenaire se refermer sur lui, l'emprisonnant dans une cage dont il ne pourrait, ou ne voudrait, jamais s'échapper.

« Oh bébé, » murmura-t-elle le souffle coupé.

Personne ne l'avait jamais appelé *bébé*.

« Trop gros ? »

Nina secoua la tête.

« Parfait. »

C'était tout ce dont il avait besoin. Amaury se retira de l'écrin étroit, ne laissant que le bout de son érection en elle, avant de replonger dans sa chaleur humide. A chaque mouvement, ses bourses tapaient contre la chair, intensifiant l'alléchante sensation des muscles l'agrippant.

Elle rejeta la tête en arrière et se cambra vers lui, répondant à ses mouvements. Son cou sensible était exposé à la vue d'Amaury, la veine battant sous sa peau claire, l'attirant, l'invitant.

« Nina, j'ai besoin de toi. »

Il lui enfonça les canines dans le cou. Elle y répondit par un mouvement de sursaut. Avait-elle changé d'avis ? Avant qu'il ne pût s'écarter, il sentit la main de Nina sur son cou, l'attirant plus près d'elle.

« Oui, Amaury. »

Tels des anges qui chantaient, ces mots résonnèrent comme une symphonie aux oreilles d'Amaury. Il pouvait sentir son sang, presque le goûter. Ses canines s'allongèrent puis, sans hâte, les bouts pointus percèrent la peau, s'y enfonçant.

L'odeur du sang de Nina l'assaillit immédiatement, le dépouillant presque de ses sens tellement c'était intense. L'épais liquide enveloppa sa langue et coula le long de sa gorge. Il envahit sa bouche avec chaleur, douceur et abondance. La première gorgée fut identique à la première morsure succédant à une famine interminable. Riche, nourrissante, enivrante.

Alors que le sang le réapprovisionnait, son érection pulsa violemment et le rythme de ses hanches s'intensifia. Il entendit Nina gémir contre son oreille de manière sauvage et incontrôlée. Les ongles de cette dernière plongèrent dans son dos alors qu'elle se pressait contre lui.

Au moment où il sentit la bouche de Nina se poser sur son épaule et ses dents creuser dans sa chair, il sut ce dont il avait besoin. Ces dents humaines peu tranchantes ne perceraient jamais sa peau mais il pouvait le faire pour elle. Il ne pourrait revenir sur le geste qu'il s'apprêtait à faire. C'était comme si son cœur avait paralysé son cerveau et dictait à présent les mouvements de son corps. Son esprit n'en était plus le maître. Pour la première fois de sa vie de vampire, son cœur régnait en roi.

Comme en transe, il retira ses canines du cou de Nina et s'écarta. Elle lâcha immédiatement l'épaule.

« N'arrête pas, s'il te plaît. N'arrête pas, » supplia-t-elle.

« Je ne vais pas arrêter. »

Il se coupa l'épaule à l'aide de son ongle. Quelques secondes plus tard, le sang s'écoula de la plaie. Il plongea ses yeux dans les yeux passionnés de Nina.

« Bois, *chérie*. S'il te plaît, laisse-moi t'appartenir. »

Il nota un changement dans son expression, passant de la surprise à la curiosité. Mais un soupçon de doute et de prudence s'y mêla.

« Ça ne fera pas de toi un vampire. Tu resteras humaine mais je t'appartiendrai. »

Et elle voulait lui appartenir pour l'éternité. Qu'ils fussent liés par le sang, pour l'éternité. Qu'elle fût unie à lui. Qu'il la protégeât pour toujours. Le cœur d'Amaury avait parlé pour lui. Il ne pouvait revenir en arrière. Il lui en expliquerait les détails plus tard mais pour le moment, il ne pouvait mettre un terme au moment magique.

Elle porta sa bouche à la coupure. Elle sortit sa langue et lécha le sang avant de refermer ses lèvres dessus et de sucer.

Son geste envoya une décharge à travers le corps d'Amaury, tandis que sa poitrine lâchait un grognement de satisfaction. Une seconde plus tard, il replongea ses canines dans son cou.

« Pour toujours. »

Puis, il put la ressentir, ressentir enfin ses émotions. A présent, il avait besoin de rassasier une autre faim ; pas la faim de sang pour se nourrir mais qu'elle le complétât et qu'ils établissent leur union inaliénable.

Le sang de Nina le remplit et se mélangea au sien dans un processus qui allait mystérieusement et irrévocablement modifier leur ADN. Si elle le désirait, Amaury pourrait lui donner des enfants. Mais avant toute chose, il serait conscient d'absolument tout la concernant, il ressentirait ses émotions tout comme elle ressentirait les siennes. Leurs âmes seraient connectées.

Le sentiment de quiétude qui l'envahit lui réchauffa le cœur. Nina lui appartenait.

Il relâcha son cou et en retira ses canines. Sa langue lécha les deux petits trous et les referma immédiatement.

Nina suçait toujours son épaule et Amaury s'enivra de la sensation que son geste lui procurait. Elle puisait dans son essence, l'acceptant pour ce qu'il était.

« Oui, prends-moi en toi, » lui murmura-t-il à l'oreille.

A chaque goutte de sang qu'elle lui prenait, il sentait son excitation monter. Elle était si lisse. Sa verge allait et venait rapidement, pompant en elle, touchant son doux bouton à chaque coup.

Il puisa dans ses ressources ultimes pour se contrôler et se retenir jusqu'à ce qu'il sentît la respiration plus saccadée de Nina tandis que son corps se contractait. Une seconde plus tard, l'orgasme déferla en elle et ses muscles se resserrèrent autour de lui. Dans un dernier mouvement, il plongea en elle, l'inondant de sa semence. Son érection pulsa, libérant flots après flots dans l'écrin chaud.

La bouche de Nina se relâcha contre l'épaule d'Amaury. Elle arrêta de boire son sang.

Lorsqu'il la regarda, il vit qu'elle avait fermé les yeux.

« Nina, ça va ? »

Elle laissa échapper un soupir, une goutte de sang sur les lèvres.

« Hum... »

Amaury l'embrassa doucement.

Mienne.

28

Nina se sentait différente. Jamais une relation sexuelle ne l'avait affectée de cette manière. Si elle ne le connaissait mieux, elle aurait dit qu'Amaury n'était pas un vampire mais un magicien. D'étranges sensations réchauffèrent son cœur, lui donnant presque le vertige. Des sensations de possessivité, d'affection et de satisfaction envahirent ses pensées. Etaient-ce ses pensées à elles ? Pourquoi pensait-elle soudainement ainsi ?

Après tout, ce n'était que du sexe. Elle connaissait suffisamment les hommes pour savoir que, même s'ils trouvaient une partenaire capable de répondre à leurs besoins, cela ne voulait pas dire qu'ils n'iraient pas voir ailleurs. Elle n'était pas naïve.

Elle tenta de se débarrasser de ces étranges émotions. Peut-être faisait-elle une crise d'hypoglycémie et avait-elle besoin de manger. Cela expliquerait pourquoi elle se sentait aussi étourdie. Bien sûr, un orgasme aussi spectaculaire que celui qu'elle avait eu grâce à un vampire super sexy, aux compétences incroyables, pouvait aussi avoir sa part de responsabilités.

Elle leva la tête de la poitrine d'Amaury pour le regarder. Il l'avait amenée sur lui juste après avoir joui de manière violente. Elle n'avait jamais vu un homme perdre autant le contrôle. Comme s'il s'était complètement abandonné à l'instant.

« Tu m'as tué, » dit-il sans ouvrir les yeux, un sourire se formant sur sa bouche.

« C'était pas mal. »

Nina minimisa leur rapport. Elle ne tomberait pas dans le piège en devenant, à présent, la petite amie dépendante. Elle savait que cela le ferait détaler plus vite que si elle le pourchassait avec un pieu. Bien sûr, il lui avait dit des choses magnifiques, qu'il voulait lui appartenir, mais il avait déclaré tout cela au plus fort de la passion. Elle n'accordait que peu d'importance à ce qu'un homme disait au lit.

Amaury ouvrit soudain les yeux et il la fixa d'un regard intense.

« Pas mal ? »

Les muscles de sa poitrine se contractèrent sous elle.

« C'est tout ce que tu as à dire ? »

Oh, maintenant, elle avait des ennuis. Il voulait entendre plus qu'un « pas mal » pour ses efforts. Elle n'aurait jamais cru qu'il serait désespéré au point de vouloir entendre de tels compliments.

« Eh bien, c'était très bien. »

Il leva la tête.

« Très bien ? »

Evidemment, « très bien » ne suffisait pas non plus.

« Et spectaculaire, complètement dingue, renversant ? » demanda-t-il.

Le cœur de Nina fit un bond. Avait-il ressenti la même chose ?

« Bon sang, tu veux que je chope un complexe d'infériorité ? »

Son soupir exaspéré la fit rire. L'énerver était très drôle.

« Un complexe d'infériorité ? Toi ? Je ne crois pas que j'y arriverais, même si j'essayais. Tu es si arrogant. »

Une seconde plus tard, elle se retrouva sous lui, coincée entre son corps et le matelas, position qu'elle aimait de plus en plus.

« Arrogant, hein ? »

Amaury poussa son engin déjà enflé contre elle.

« Tu veux que je te montre ce que ça fait, que d'être *arrogant* ? »

La signification du mot ne faisait aucun doute dans l'esprit de Nina.

« Tu es sûr que j'ai besoin d'une autre démonstration ? »

Son souffle effleura la joue de Nina.

« *Chérie*, je te ferai autant de démonstrations que nécessaire, jusqu'à ce que tu admettes que je réponds à tous tes besoins. »

Il bougea les hanches, plaçant sa verge imposante contre le sexe de sa belle. Celle-ci bougea contre lui de manière à ce que son érection frottât contre son clitoris toujours très sensible. Elle laissa échapper un souffle court.

« Dis-moi, » hésita-t-il, « quand je te prends comme ça, tu veux que j'aille doucement ou tu préfères que ce soit rapide et fort ? »

Elle sentit une goutte de transpiration couler le long de son sourcil. L'image vivide qu'il projetait rendait difficile le simple fait de respirer.

« Je dois prendre une décision maintenant ? »

Les hanches d'Amaury décrivirent un cercle en s'approchant une fois de plus du centre de plaisir de Nina.

« Non, tu peux me laisser décider. »

« Tu es toujours aussi possessif ? »

« Possessif, *moi* ? » sourit-il sans vergogne. « C'est bien la première fois qu'on me dit ça. »

Amaury rapprocha ses hanches et glissa dans son écrin humide. Involontairement, elle se poussa contre lui, accueillant sa verge dure en elle alors qu'il la complétait.

« Il faut toujours que tu sois dessus ? »

« Non, pas toujours, mais pour le moment je veux voir ton visage quand tu jouis. Il n'y a rien de plus excitant que de regarder tes yeux devenir rêveurs. »

Il ponctua ses mots d'un mouvement du bassin.

« Et tes lèvres entrouvertes. »

Un autre mouvement.

« Tes joues rouges. »

Il plongea plus profondément.

« Je crois que je vois ce que tu veux dire, » dit-elle.

Il avait toujours cette manie de ponctuer ses explications d'exemples.

« Bien sûr, il reste beaucoup de choses à dire en ce qui concerne les autres positions, » dit-il en se retirant, la prenant ainsi au dépourvu.

« Comme ? »

Il s'écarta et la retourna d'une main de maître sur le ventre.

« Comme la vue de ton joli petit derrière quand je te prends comme ça. »

Il caressa ses fesses rondes, ce qui la fit frissonner.

« Je crois que je te dois toujours une fessée, » lança Amaury.

« En quel honneur ? »

Elle semblait bien trop enthousiaste à son oreille. Le remarquerait-il ?

« Tu m'as envoyé promener, la nuit dernière. Je ne peux tolérer un tel manque de respect. »

« Je comprends. »

Anticipant, Nina leva légèrement les fesses vers lui.

« J'ai été mauvaise. »

« Très mauvaise, » confirma Amaury. « Mais je ne suis pas cruel. »

Une vague de déception la balaya. Il n'allait pas la punir ? Maintenant qu'elle en était toute excitée.

« Non ? »

« Non. Donc, pour chaque fessée que tu endureras sans protester, tu seras récompensée. »

« Comment ? »

La voix de Nina résonna dans la petite pièce. Les battements de son cœur atteignirent ses propres oreilles, l'assourdissant presque.

« C'est à moi de décider. »

Les mains d'Amaury lui caressèrent les fesses avant de glisser vers les replis de sa féminité. Il plongea un long doigt dans sa chaleur intime, lui décrochant un gémissement. Elle contracta ses muscles pour le retenir mais aussitôt, il retira son doigt.

~ ~ ~

Amaury regarda le corps nu de Nina, ses petites fesses envoûtantes levées vers lui. Il était véritablement tombé sur une mine d'or. Non seulement sa partenaire de sang-mêlé était magnifique et forte, mais en plus, elle appréciait les mêmes distractions au lit que celles auxquelles il aimait lui-même s'adonner.

Sa poitrine se gonfla d'orgueil lorsqu'il la regarda et contempla son destin. Elle l'avait accepté, lui avait pris son sang et s'était unie à lui. Le fait de savoir qu'elle lui appartenait pour l'éternité était incomparable à tout ce qu'il avait vécu auparavant.

Et il démarrerait leur relation de la bonne manière, en revendiquant sa possession sur elle et en lui montrant ce qu'elle pourrait attendre des siècles à venir : des parties de jambes en l'air incroyables, une totale dévotion et sa protection jusqu'à la mort. Il commencerait par une claque, ou plutôt une fessée.

Amaury plaça Nina de façon à ce qu'elle fût sur ses genoux et ses mains. Un instant plus tard, la paume de sa main entra en contact avec la chair de sa partenaire, l'amenant à se trémousser. Elle laissa échapper un gémissement étouffé de ses lèvres.

« Gentille fille… » la couvrit-il de louanges en se plaçant derrière elle, son érection effleurant l'entrée de l'écrin chaud.

Ses plis roses brillaient comme des pétales de fleurs après une pluie printanière, tandis que son nectar avait recouvert le bout de la verge d'Amaury. Il se glissa en elle d'un centimètre, puis s'arrêta. Nina essaya de bouger vers lui pour le prendre plus en profondeur mais il la maintint en place.

« Non, Nina. Tu n'auras que ce que tu mérites. »

Il serra la mâchoire, essayant de se battre contre l'étroitesse avec laquelle elle serrait le bout de sa verge. Son unique souhait était de pouvoir tenir assez longtemps pour qu'elle jouît. Mais, vu les sensations que la position lui procurait à cet instant, rien n'était moins sûr. Il avait l'impression d'être un jeune inexpérimenté qui ne pourrait se retenir dès qu'une femme viendrait à le toucher.

«Encore… » demanda Nina d'une voix rauque.

Bon sang, ce qu'elle pouvait l'exciter ; d'un seul son. Comme le chant d'une sirène.

Il y répondit en la fessant de nouveau. Un peu plus fort, cette fois, laissant une légère marque sur sa peau. Il sentit le mouvement s'étendre à sa verge, alors que les muscles se contractaient autour de lui. La répercussion fit écho jusque dans ses bourses qui frissonnèrent, ce qui accrût instantanément son érection. Nina en profita pour reculer et le prendre plus en profondeur.

Amaury lui donna immédiatement une fessée en guise de désapprobation.

« Arrête ça, Nina. »

Et pour faire bonne figure, il la fessa à nouveau ; à gauche, puis à droite. Elle gémit, la tête enfouie dans le matelas.

Il passa sa main dans les cheveux de sa partenaire puis, il lui leva la tête.

« Laisse-moi t'entendre. Il n'y a rien de honteux à admettre que tu aimes quand c'est un peu sauvage. »

En fait, il appréciait fortement le fait que Nina aimât ce qu'il voulût lui offrir.

Son engin était à mi-chemin dans l'écrin et Amaury n'eut pas la volonté de se retirer. Les vibrations que chaque fessée envoyait le long de son érection et de ses bourses étaient trop intenses pour résister. A chaque ondulation, l'écrin se refermait davantage sur lui, l'amenant plus profondément encore.

« Bon sang, Amaury. Fais-le encore ! »

Sa petite diablesse se lâchait complètement, exactement comme il l'aimait. A présent, elle était prête pour lui.

« Ça, c'est la fille que je connais. »

Tandis qu'il la fessait de nouveau, il s'enfonça pleinement en elle, ses bourses cognant contre le centre de sa féminité. Amaury se rendit compte qu'il jouirait trop tôt. Passant son bras devant Nina, il laissa sa main se balader à la jonction de ses cuisses et il y trouva le sensible petit cœur de plaisir.

Il humidifia ses doigts du nectar et caressa le bouton engorgé, tirant doucement dessus. Les muscles de Nina réagirent en se contractant sur sa verge. Bon sang, qu'elle était étroite !

« Putain, Nina, tu es en train de m'achever. »

Elle laissa échapper un semblant de rire et s'harmonisa au mouvement suivant d'Amaury, avec davantage de férocité. Il lui rendit la pareille en pinçant son clitoris au même moment, lui décrochant un cri. La petite tentatrice essayait de lui faire perdre le contrôle mais elle ne le connaissait pas suffisamment pour savoir qu'il ne se laisserait pas aller à son orgasme avant qu'elle n'eût atteint le sien.

« Jouis pour moi, bébé… Je veux que tu jouisses, » le taquina Nina.

« Toi d'abord ! »

Amaury baissa la tête jusqu'à atteindre son cou, y plongea les lèvres pour l'embrasser tout en continuant à torturer le noyau engorgé avec ses doigts. Ses dents titillèrent la peau de son cou, la faisant frissonner.

« Pas juste… » se plaignit-elle en gémissant.

« Tout est juste en amour et en guerre. »

Amour ?

Il n'eut pas le temps de prendre le mot en considération. Un instant plus tard, un frisson apparent la parcourut, se répercutant en lui ; les ondulations s'étendant à son propre corps. D'un grognement triomphant, il s'enfonça une fois de plus en elle et atteignit l'extase, trouvant sa propre libération dans le corps frissonnant de Nina, lui volant tous ses sens.

29

Amaury se réveilla en tenant Nina dans ses bras, le dos de celle-ci contre sa poitrine, les fesses parfaitement calées contre son bassin. S'était-il endormi après qu'ils eussent fait l'amour ? Eh bien, il était à présent bien réveillé, tout comme sa verge, qui, pour une raison quelconque, glissait doucement d'avant en arrière contre le sexe de sa chérie. La moiteur s'échappant des doux pétales recouvrit son érection. Etait-ce la raison pour laquelle il s'était réveillé ?

Bon sang, il était vraiment porté sur la chose ! Ne pouvait-il même pas se retenir pendant son sommeil ? Il repoussa une mèche de cheveux du visage de Nina et laissa ses doigts courir le long de son cou. Les marques de la morsure n'étaient plus visibles mais à présent, son propre sang courait dans les veines de sa partenaire, et inversement.

Il ne boirait plus jamais le sang de quelqu'un d'autre. Nina serait son unique source d'alimentation et ce, pour le reste de sa vie. Les vampires qui préféraient mélanger leur sang avec des humains plutôt qu'avec leurs congénères, rejetaient tout autre sang. Seul celui de leurs partenaires pouvait les sustenter jusqu'à la fin de leur union. Cela assurait une fidélité et une dévotion totales au couple uni par le sang. Mais qu'il y eut mélange de sang ou pas, Amaury savait qu'il ne voudrait plus jamais toucher une autre femme que Nina.

Sa belle endormie n'avait aucune idée du pouvoir que cela lui octroyait. Il lui expliquerait une fois qu'ils se seraient établis ensemble.

Il lui caressa l'épaule de la paume de sa main puis, déposa un baiser sur sa peau pâle.

Nina bougea. Lentement et, en suivant des mouvements fluides, Amaury bougea langoureusement ses hanches d'avant en arrière, le long de l'entrée chaude.

« Es-tu en train d'essayer de profiter de moi alors que je dors ? » demanda-t-elle d'une voix endormie.

« Ça te plairait ? »

Au lieu de répondre, Nina leva légèrement sa jambe et, d'une main, elle guida l'érection d'Amaury en elle. Son écrin était trempé de son nectar et de la semence de son amant qui, lui, n'avait jamais connu un tel accueil.

« Je t'ai prise un peu violemment tout à l'heure. Tu n'es pas courbaturée ? »

Il bougea doucement d'avant en arrière, laissant le corps de Nina guider ses mouvements.

« Et ? »

La réponse d'Amaury fut avortée par un grand coup à la porte d'entrée. Puis, une voix familière.

« Amaury ! »

Amaury jura dans sa barbe. Nina tourna la tête, visiblement inquiète.

« C'est qui ? » murmura-t-elle.

« Je sais que tu es là-dedans. »

« Une seconde, Thomas, » dit-il en lançant un regard rassurant à Nina. « Ne t'inquiète pas, c'est un bon ami. »

Il embrassa Nina.

« On ferait bien de s'habiller. »

Son ami avait probablement une bonne raison pour venir jusque chez Nina. Bien que son timing se révélât vraiment mauvais.

Quelques minutes plus tard, Amaury laissa entrer un Thomas visiblement impatient dans l'appartement. Celui-ci hocha sèchement la tête vers Nina puis, s'adressa à Amaury.

« Tu ne répondais pas au téléphone. »

Amaury se souvint alors avoir mis son téléphone portable en mode silencieux afin de ne pas être dérangé.

« Comment tu m'as trouvé ? »

« Disons que j'avais une petite idée de l'endroit où tu te trouvais, puisque tu n'étais pas chez toi. »

Son regard se porta vers Nina.

« Excusez-moi, je ne me suis pas présenté. Je suis Thomas. »

Il tendit la main pour serrer celle de Nina. Le ventre d'Amaury se noua lorsqu'il vit son ami la toucher et ce, malgré le contact innocent. Serait-ce dorénavant ce qu'il ressentirait dès qu'un autre homme s'approcherait d'elle ? Bon sang, il venait d'embarquer pour un véritable tour de montagnes russes.

« Enchantée, je suis Nina. »

Amaury nota la façon dont Thomas inspira profondément avant de se tourner vers lui, visiblement surpris. Sans laisser à son ami le temps de s'autoriser un commentaire sur ce qu'il avait remarqué, Amaury poursuivit la conversation.

« Pourquoi tu me cherchais ? »

Thomas balaya la pièce du regard, s'arrêtant un moment sur le lit dont les draps étaient tout froissés.

« Ce n'est pas moi qui te cherche. C'est un ordre de Samson. On a une piste concernant Luther. »

« Il faut qu'on y aille, » dit Thomas en regardant sa montre. « Bouge-toi de là. Il m'a déjà fallu plus d'une heure pour te trouver. Tout le monde se retrouve chez Samson. »

Amaury regarda son ami.

« Nina, prends ta veste. Tu viens avec moi. »

Thomas haussa un sourcil.

« Je ne crois pas que ce soit très malin. »

« Je ne la laisse pas sans protection. »

« Amaury, je peux rester ici, si ton ami ne… »

Amaury coupa Nina.

« Non, tu viens avec moi. »

Il jeta un regard à Thomas en guise d'avertissement.

Il était hors de question qu'il laissât Nina seule alors que Luther traînait dehors. Si Thomas pouvait sentir qu'il avait mélangé son sang à celui de Nina, il en serait de même pour Luther. Il ne ferait que la mettre davantage encore en danger. En la faisant sienne, il avait donné une nouvelle opportunité à son ennemi d'attaquer.

Nina se retourna vers la penderie située à côté de la salle de bain.

Thomas fit un pas vers Amaury.

« Tu as mêlé ton sang au sien ? »

Il garda la voix basse afin que Nina ne pût entendre leur conversation.

« Oui et ce ne sont pas tes affaires. »

« T'es devenu complètement dingue ? »

« J'ai dit que ce n'étaient pas tes affaires. »

« Qu'est-ce qui ne sont pas ses affaires ? » demanda Nina derrière lui.

Amaury se retourna. Il ne se confronterait pas à la désapprobation de Thomas à son sujet et ce dernier ne teinterait pas leur joie ce soir-là.

« Rien, *chérie.* Tu es prête ? »

Il lui prit la main et se dirigea vers la porte.

« Tu viens, Thomas ? »

Thomas grommela à voix basse tout en les suivant. Amaury imaginait ce que son ami pouvait penser mais il ne pouvait ressentir ses émotions. Pas étonnant : après avoir fait l'amour de manière aussi époustouflante avec Nina, il serait incapable de ressentir les émotions des autres pendant au moins une heure. Son cœur se sentait bien et même l'agacement de Thomas n'y changerait rien.

« Je suis venu avec ma Ducati, » annonça Thomas lorsqu'ils furent dehors.

« J'ai la voiture ici. On te suivra. »

Au moins aurait-il quelques minutes de plus avec Nina.

Dès qu'ils s'assirent dans la Porsche et démarrèrent, Amaury se tourna vers elle.

« Je dois te laisser chez Samson afin que tu sois en sécurité. »

« Ne sois pas ridicule. Je n'ai pas besoin qu'on me protège. »

Il sentit sa résistance.

« Tu ne gagneras pas cette bataille, alors tu ferais bien de te rendre tout de suite. Tu es ma femme et Luther n'hésitera pas à utiliser ce fait contre moi ! »

« Ta femme ? Eh bien, où vas-tu chercher de telles expressions ? On est au vingt-et-unième siècle, au cas où tu ne l'aurais pas remarqué. Et je ne suis la femme de personne. »

Amaury mit sa main sur celle de Nina et la serra fort. Ne pouvait-elle accepter l'idée qu'il était là pour la protéger ? Bien sûr, il avait choisi comme partenaire la femme la plus indépendante qu'il fût.

« *Chérie*, tu m'appartiens tout comme je t'appartiens. Il va falloir t'y faire. »

Amaury porta la main de sa femme à sa bouche et l'embrassa. En réaction, il se sentit durcir et il se bougea sur son siège, essayant de s'accommoder à son engin gonflé.

« Il faut toujours que tu prennes le dessus ? »

Il lui lança un regard grave.

« Pas nécessairement. Mais tu dois comprendre une chose : c'est à moi de te protéger et personne ne m'en empêchera, même pas toi. »

Il arrêta la voiture devant la maison victorienne de Samson. Thomas avait déjà garé sa moto.

Avant que Nina ne pût ouvrir la portière, Amaury la prit dans ses bras.

« Promets-moi que tu resteras chez Samson jusqu'à ce que je revienne. »

Elle le regarda dans les yeux, y cherchant une réponse, l'interrogeant du regard comme si elle voulait protester mais, finalement, elle capitula simplement.

« Bien. »

Il captura ses lèvres et l'embrassa fougueusement. Malgré sa résistance première, elle céda et entrouvrit les lèvres. Il gémit, puis entra en elle, possédant sa bouche, combattant sa langue, goûtant sa douceur. Méritait-il d'avoir une femme comme elle ?

Un coup sur la vitre le sortit de sa béatitude. Thomas commençait à s'impatienter.

Et apparemment, il n'était pas le seul. Au moment où ils entrèrent chez Samson, Thomas et lui furent conduits directement au bureau de leur ami.

Samson les y attendait avec le reste de la bande : les quatre vampires de New York et Ricky. Sans davantage regarder Amaury, Samson montra du doigt un plan.

« Voilà l'entrepôt depuis lequel nous pensons que Luther opère. Il a probablement quatre ou cinq hommes avec lui. Zane et Yvette s'occuperont de la sortie arrière, Gabriel et Quinn passeront par le toit et je passerai par devant avec Thomas. Amaury et Ricky, vous vous positionnerez sur les côtés. »

« Des armes ? » demanda Gabriel.

« Des pieux et des semi-automatiques avec des balles en argent. Ricky les sortira de l'arsenal du sous-sol une fois qu'on en aura fini ici, » ordonna Samson en jetant à ce dernier un jeu de clés.

« Je le veux vivant mais si vos vies sont en danger, vous savez quoi faire. Ses hommes sont de nouveaux vampires, probablement inexpérimentés. On peut utiliser ça contre eux. »

Puis il regarda Amaury.

« Où est Nina ? »

Amaury n'aima pas la façon dont Samson lui posa la question.

« Dans le salon avec Delilah. »

« Tu l'as amenée ici ? »

Samson parut outré.

Amaury gonfla la poitrine.

« Elle a besoin d'être protégée. »

« On ne peut pas lui faire confiance. On a des raisons de croire que son frère Edmund n'est pas mort et que Luther en a fait un vampire. On pense qu'il travaille pour lui. »

Amaury sentit sa gorge se serrer.

« Tu es sûr ? »

« A quatre-vingt dix-neuf pour cent, » répondit Gabriel à la place de Samson.

« C'est probablement une taupe qui refile les informations à Luther, » continua Samson.

Amaury secoua la tête. Non. Ce n'était pas possible. Nina ne ferait pas ça. Elle était sa partenaire de sang. Il aurait ressenti sa trahison.

Thomas s'éclaircit la gorge.

« Tu vas leur dire ou je dois le faire moi-même ? »

Amaury regarda son ami gay puis déglutit avant de plonger dans les yeux de son patron et, néanmoins meilleur ami, qui l'observait avec curiosité.

« J'ai mêlé mon sang à celui de Nina. Et je la défendrai donc pour le reste de ma vie, peu importe de quel côté elle se trouve. »

Amaury entendit à peine les exclamations collectives de surprise et les commentaires marmonnés. Il attendait la réaction de Samson. Son ami ferma brièvement les yeux, puis le regarda de nouveau.

« Amaury, mais comment ? Que s'est-il passé ? »

Amaury haussa les épaules, incapable de l'expliquer lui-même. Tout ce qu'il savait était que Nina était sienne et qu'elle le resterait. Si elle était vraiment du côté de Luther, il ferait tout pour l'en éloigner. Et si ses propres amis voulaient lui faire du mal, il s'exilerait avec elle. Rien n'avait d'importance du moment qu'il était avec elle.

« Elle est mienne, Samson. Toi, plus que quiconque, tu devrais savoir ce que ça fait. C'est la seule chose que je pouvais faire. »

Samson hocha doucement la tête.

« Tu sais ce que ça veut dire, hein ? »

« Je suis prêt à en assumer les conséquences. Si elle est coupable, tout ce que je te demande, c'est un préavis d'un jour. Je te céderai mes parts dans la société. »

Samson en resta bouche bée.

« Tu nous quitterais pour elle ? »

Amaury n'avait jamais été aussi sûr de quoi que ce fût dans sa vie. Il n'hésiterait pas une seconde à échanger deux cents ans d'amitié pour l'éternité avec Nina.

« Je me dois de la protéger. Il n'y a rien que je ne pourrais faire pour elle. »

Amaury écarquilla les yeux pour prouver qu'il ne mentait pas.

« Elle s'est jouée de toi, » l'accusa Gabriel. « Toi, de tous. Je ne t'ai pas prévenu que ça finirait mal ? Mais tu n'as pas voulu écouter, hein ? Comment elle a fait pour que tu fasses ça ? Elle est aussi bonne que ça au lit, pour que tu lui octroies autant de pouvoir sur toi ? T'es aussi à fond que ça ? »

Livide de rage, Amaury leva le bras et se retourna mais son poing n'entra pas en contact avec le visage de Gabriel. Au lieu de cela, il se retrouva retenu par Samson. Amaury se défit des bras de son ami et lui fit face.

« Quand j'en aurai fini avec Gabriel, je m'occuperai de toi ! »

Oui, il avait octroyé à Nina un certain pouvoir sur lui mais il lui faisait confiance, elle ne le trahirait pas.

« Personne ne s'en sort en ayant insulté ma partenaire. »

Un hochement de tête de la part de Samson suffit à envoyer Zane et Quinn coincer Amaury comme dans un étau. Celui-ci eut beau essayer de se défaire d'eux, furieusement, les vampires de New York le maintinrent en place.

Puis, Samson pointa un doigt vers sa poitrine.

« Toi, mon ami, tu vas m'écouter maintenant. On va sortir et choper Luther et ce, que tu sois avec ou contre nous. Nina restera ici et Carl gardera un œil sur elle. Si elle fait quoi que ce soit de suspicieux, Carl la maîtrisera. Et tu n'empêcheras pas ça d'arriver. Delilah parlera à Nina. »

La femme de Samson, ancienne audit, possédait une façon bien particulière d'obtenir des informations.

« On verra ce qu'elle peut trouver. Si Nina est innocente tu auras droit à mes plus plates excuses mais, en attendant, je m'en tiens à ce que je viens de dire. Alors, tu fais quoi ? »

Amaury tenta de repousser Quinn et Zane mais ces derniers ne bougèrent pas d'un pouce. Il jeta un regard de défi à Samson.

« Je suis avec toi mais si quelqu'un fait du mal à Nina, alors que Dieu lui vienne en aide parce que je le pourchasserai pour lui dépecer le cœur. »

Samson hocha la tête. Un instant plus tard, les vampires de New York relâchèrent Amaury.

Le sous-sol de Samson était un véritable arsenal de guerre. Le besoin de survivre à deux siècles de conflits lui avait appris à se tenir prêt à tout.

Amaury prit ses armes, plusieurs pieux et un semi-automatique avec des balles en argent, puis se familiarisa avec le plan de l'immeuble. Tous firent de même. Une énergie nerveuse flottait dans l'air de la pièce. Une fois de plus, Samson vérifia que chacun connaissait sa position.

Puis, ils synchronisèrent leurs montres et se rendirent au rez-de-chaussée.

Amaury regarda Samson prendre Delilah à part pour une conversation privée dans la cuisine. Nina se tenait dans l'entrée. Il vit qu'elle observait les vampires regroupés. Personne ne disait mot mais tous la regardaient d'un œil suspect. Amaury l'emmena dans le salon.

« On va débusquer Luther. »

Le savait-elle déjà ? Amaury regarda dans ses yeux à la recherche d'une réponse mais il n'y trouva rien de suspect. Elle semblait juste inquiète. Pour lui ?

« Emmène-moi avec toi. »

« Non, c'est trop dangereux. Tu es plus en sécurité ici. »

Si elle *était* vraiment du côté de Luther, elle interférerait en donnant leurs positions à l'ennemi. Et dans la mêlée ? Elle pouvait se blesser.

Amaury ressentit son appréhension et la prit dans ses bras. Ne voulant être entendu de ses collègues, il lui murmura à l'oreille.

« *Chérie*, s'il te plaît, reste ici. Si quoi que ce soit devait t'arriver, ça me tuerait. »

Nina leva les yeux vers lui.

« Tu reviens en un seul morceau, d'accord ? »

« Je te le promets. »

Elle tenta de sourire mais le résultat fut bien misérable, comme si elle était consciente du danger que courait Amaury.

« Je peux l'encaisser à la banque ? »

Il rit en essayant de la mettre à l'aise.

« C'est garanti comme un chèque. »

Il captura ses lèvres dans un baiser passionné. Les bras de Nina le serrèrent fortement alors qu'elle répondait à son étreinte avec la même passion que celle dont elle avait fait preuve plus tôt dans la soirée. Non, sa Nina ne pouvait être une traîtresse. C'était impossible. Ce baiser semblait bien trop vrai, bien trop loin d'un mensonge.

Amaury tenta de s'immiscer dans son esprit pour lui parler mais, avant qu'il n'en eût le temps, la voix de Gabriel retentit dans l'entrée.

« Tout le monde est prêt ? »

Amaury se défit des bras de Nina. Il était temps de se battre.

30

« J'ai faim. Et toi ? »

Nina se retourna vers Delilah, qui se tenait sur le seuil de la porte de la cuisine.

« Comment peux-tu manger maintenant ? »

La maison était étrangement silencieuse, à présent que tous les vampires, excepté le majordome, étaient partis.

« Je peux toujours manger. Et en ce moment, je mange pour deux. Et si je nous préparais quelque chose ? Viens, joins-toi à moi. »

Delilah lui fit signe d'entrer dans la cuisine. Nina la suivit.

« Tu n'es pas très grosse. J'ai du mal à croire que tu manges pour deux. »

Ça ne se voulait pas être une insulte mais la femme de Samson était réellement on ne peut mieux proportionnée.

Delilah rit.

« Je suis enceinte. Tu veux du jus de fruit, de l'eau ? » dit-elle en pointant du doigt les bouteilles dans le frigidaire.

« De l'eau, ça ira. »

Nina s'assit au bar.

« Je me demandais si tu étais humaine ou non, mais je crois que tu viens juste de répondre à ma question. Je suppose que les vampires ne peuvent pas avoir d'enfants. »

« Amaury ne t'a pas dit ? Les hommes… Ils oublient toujours ce qui est le plus évident. »

Amaury et elle n'avaient pas vraiment eu le temps de parler. Ils avaient à peine évoqué leur relation. Si tant était qu'on pût appeler cela une relation.

« Voilà, » dit Delilah en lui tendant un verre.

Nina en but une gorgée.

« Je suis sûre qu'il t'expliquera tous les points importants très bientôt. Quand j'ai mêlé mon sang à celui de Samson, au départ, il y avait plein de choses que j'ignorais. »

« Excuse-moi, mais m'expliquer *quoi* ? »

Elle n'arrivait pas à suivre les divagations de Delilah et ce, malgré la gentillesse de cette dernière.

« Le mélange des sangs et tout ce qui va avec. »

Son hôtesse le lui fit entendre comme s'il s'agissait de la réponse la plus évidente qui fût.

« Pas grave. De toute façon, je n'ai pas besoin de savoir quoi que ce soit sur le sujet. Une fois que tout sera fini, je retournerai à ma petite vie. Moins j'en sais, mieux c'est. »

Ce n'était pas comme si elle voulait écrire un livre sur les coutumes du mélange des sangs chez les vampires.

Le visage de Delilah se décomposa.

« Mais tu ne peux le quitter maintenant. »

« Amaury ? »

Non, elle ne voulait pas le quitter mais ils n'avaient aucun avenir ensemble. Elle n'était pas naïve. Amaury avait tout pour lui. Il n'y avait aucune raison pour qu'il voulût de quelqu'un comme elle sur les bras. Bien sûr, elle essaierait de cultiver son intérêt pour elle aussi longtemps que possible mais, à un moment ou à un autre, il s'éloignerait d'elle, en quête de nouveautés.

« C'est juste un flirt. »

Elle devait minimiser ce qu'ils vivaient. Moins elle donnait d'importance à ce que Dieu seul savait ce qui se passait entre eux, mieux c'était.

« Un flirt ? Nina, on ne mélange pas son sang avec un simple flirt, » la réprimanda Delilah.

« Qui a parlé de mélange des sangs ? »

Delilah était-elle à ce point de la vieille école ? Le fait qu'elle eût couché avec Amaury ne voulait pas dire qu'ils allaient se marier. En outre, Amaury lui-même n'avait-il pas dit qu'il n'était pas du genre à faire des promesses ?

« Mais Amaury et toi, vous êtes unis par le sang. »

A présent, la pauvre femme semblait avoir vraiment perdu la tête. Etait-ce l'effet que la grossesse avait sur les femmes ?

« Ne le prends pas mal, mais qu'est-ce qui te fait croire une telle chose ? »

Nina attrapa son verre et le porta à ses lèvres.

« Amaury a dit à Samson que vous aviez mêlé vos sangs. »

Nina recracha son eau, s'étouffant presque.

« Quoi ? »

Là, il y avait quelque chose qui ne tournait pas rond !

Delilah lui lança un regard surpris.

« Tu veux dire que tu ne le sais pas ? »

Elle plissa davantage encore le front.

« Je n'ai rien fait. »

Nina plongea avec frénésie dans ses souvenirs, essayant de se remémorer ce qu'Amaury lui avait dit concernant le mélange des sangs. Elle se souvenait clairement de l'histoire de Luther mais, à aucun moment, Amaury ne lui avait expliqué comment cela fonctionnait. Pourquoi aurait-il dit une chose aussi extravagante à Samson ?

Delilah fit le tour du comptoir et prit place sur le tabouret à côté de Nina.

« Dis-moi ce qui est arrivé plus tôt dans la soirée, quand tu étais avec Amaury. »

Nina sentit une vague de chaleur lui monter aux joues. Elle ne pouvait parler de sa vie sexuelle avec une femme qu'elle n'avait rencontrée que deux fois.

« Désolée, mais je ne peux pas. »

Elle sentit la main chaude de Delilah se poser sur son bras.

« C'est important. Dis-moi ce qui s'est passé. »

Avec réticence, Nina ouvrit la bouche.

« On a fait l'amour. »

« Oui, ça, on s'en doute. Mais qu'est-ce qui s'est passé pendant que vous faisiez l'amour ? »

Nina s'éclaircit la gorge. Elle voulait des détails ?

« Est-ce que tu pourrais être un peu plus précise ? »

Elle se sentit rougir.

« Amaury t'a-t-il pris ton sang ? »

La façon dont le sang lui monta si vite à la tête lui donna le vertige.

« Oui, mais il se nourrit des autres et ça ne veut pas dire qu'il a mêlé son sang au leur. »

Il devait y avoir un malentendu. Elle savait pertinemment que les vampires se nourrissaient d'humains sans qu'il y eût d'effets secondaires sur ces derniers. En fait, lorsqu'elle avait commencé à enquêter sur la mort d'Eddie et qu'elle avait suivi plusieurs d'entre eux, elle les avait vus se nourrir. Cela avait d'ailleurs été la preuve indéniable qu'ils étaient des vampires.

Elle sentit les mains de Delilah se poser sur ses épaules, l'extirpant de ses pensées.

« Tu as bu son sang ? »

Les joues de Nina brûlèrent d'embarras. Dans le feu de la passion, elle avait sucé son sang et Dieu seul sait qu'elle avait trouvé cela érotique. Mais il n'y avait pas moyen qu'elle l'admît devant une étrangère. Il lui était déjà assez difficile de se l'admettre à elle-même. En outre, il lui avait promis de ne pas faire d'elle un vampire. Lui avait-il menti ?

« Tu l'as fait ? »

Nina regarda droit dans les yeux de son hôtesse.

« Non, ce serait dégoûtant ! »

Le mensonge glissa sur ses lèvres comme de l'eau.

« C'est l'une des choses les plus érotiques à faire avec ton partenaire. Quand je bois le sang de Samson... »

« Tu bois son sang ? »

Delilah hocha la tête.

« Ça fait partie du mélange des sangs. D'abord, ça établit la connexion. Ensuite, ça la maintient. Nina, s'il te plaît, dis-moi la vérité. Est-ce que tu as bu son sang alors que vous faisiez l'amour et qu'il buvait ton sang ? »

Nina ferma les yeux et hocha la tête.

« Tu as mêlé ton sang au sien, alors. Il a dit la vérité à Samson. Tu es sa partenaire. »

Sa partenaire. Elle… Elle était la partenaire d'Amaury. Pour l'éternité. Pour toujours. Cela ne pouvait être vrai.

« Pourquoi ferait-il ça ? »

Amaury ne l'aimait pas. Il lui avait dit qu'il ne pouvait aimer. Elle savait que leur relation n'était que temporaire.

« Il ne te l'a pas expliqué ? Alors je crois qu'il ne t'a pas demandé la permission non plus ? » dit Delilah d'une voix impassible.

Nina se souvint de la seule chose qu'il lui avait dite.

« Sauf si tu considères la question 'est-ce que tu veux de moi ?' comme le fait de me demander la permission. »

« Pas vraiment, non, » dit Delilah. « Il t'a juste mordue, sans rien te demander ? Tu devrais lui demander des comptes. Samson peut réunir le conseil. C'est odieux de sa part ! »

Delilah semblait véritablement énervée contre Amaury.

« Pas exactement, je lui ai demandé de me mordre mais je ne savais pas ce que ça voulait dire. »

Soudain, Nina ressentit une vague de colère monter en elle. Le macho arrogant avait encore frappé : il lui avait imposé sa propre volonté. Comme si ses désirs étaient des ordres !

« Quelle espèce d'enfoiré ! Il m'a piégée ! Il savait ce qu'il faisait et il est allé jusqu'au bout. Il va payer pour ça. Je vais lui servir ses parties au petit-déjeuner et après, je me casse ! »

Une vague de fureur s'empara d'elle. Amaury avait mélangé son sang au sien sans le lui demander, sans lui expliquer quoi que ce fût, comme si elle n'était qu'une femme impuissante. A quel siècle vivait-il ? Elle montrerait à cet enfoiré ce qu'il pouvait en faire, de son mélange des sangs.

« Nina, tu ne peux pas partir. »

La ferme détermination dans la voix de Delilah lui fit lever les yeux vers celle-ci. Nina lui jeta un regard empreint de déni.

« Je peux partir et c'est ce que je vais faire. C'est fini ! S'il croit qu'il peut me traiter comme un vulgaire objet qui lui appartient, il peut retourner au Moyen-âge, auquel il appartient. »

« Dix-septième siècle, en fait, » dit Delilah.

« Peu importe. Amaury et moi, c'est de l'histoire ancienne. »

« Nina, je pourrais peut-être t'expliquer ce qu'est le mélange des sangs, puisqu'apparemment, personne ne l'a fait. »

« J'en sais plus que ce que je n'ai jamais voulu savoir. Je n'ai pas besoin d'en apprendre davantage. C'est fini ! »

Delilah s'éclaircit la gorge.

« Un verre de Brandy, peut-être ? Je crois que tu en as besoin. »

Une vague de doute glissa le long de la colonne vertébrale de Nina avant de s'installer inconfortablement dans sa nuque.

« Je n'ai pas besoin d'un Brandy. Dis-moi ce que tu as à dire. »

« Un mélange des sangs, c'est pour toujours. Seule la mort peut le défaire. »

« Ah putain ! Dis-moi que tu plaisantes. »

Delilah secoua doucement la tête. C'est alors que Nina réalisa ce que cela voulait dire. Elle était unie à Amaury pour l'éternité. Et il ne lui avait pas laissé le moindre choix. Lui, l'homme des cavernes qu'il était, en avait décidé ainsi à sa place. Cela changeait *tout*.

« Oh, attends que je porte la main sur lui ! »

Et c'était une promesse qu'*il* pouvait déposer à la banque.

31

Le mini-van s'arrêta à moins d'un pâté de maisons de l'entrepôt. Oliver coupa le moteur. Il se tiendrait au poste d'observation lorsque les vampires pénétreraient à l'intérieur.

« C'est là, » dit Samson.

« On en est sûrs ? » demanda Amaury, jetant un coup d'œil par la vitre.

Gabriel hocha la tête.

« Ça ressemble trait pour trait aux souvenirs de Paul. C'est le quartier général de Luther. Paul n'aurait pas pu mentir à ce propos, même s'il l'avait voulu. Luther aurait dû faire plus attention quant à ce qu'il lui permettait de voir. Maintenant, on va l'attraper. »

La cicatrice sur son visage palpita.

« Vous savez tous quoi faire. En position. Gabriel donnera le feu vert, » ordonna Samson.

« Moyens de communication, en marche. »

Gabriel toucha le petit appareil qui dépassait de son oreille. Les autres firent de même.

« Vérification. »

Amaury entendit la voix de Gabriel dans son oreillette. Tout fonctionnait parfaitement.

Ils se précipitèrent hors du van. Amaury se dégourdit les jambes et regarda aux alentours. Il s'agissait d'un quartier industriel situé de l'autre côté de la voie ferrée ; pour ne pas dire du mauvais côté. Quelques pâtés de maisons plus bas se trouvait la baie de San Francisco et, un peu plus haut, le quartier de Potrero Hill. Les rues étaient désertes et c'était mieux ainsi. Personne n'appellerait la police si une bagarre éclatait.

Amaury se raidit. Bientôt, tout serait fini. Mais, pour lui, tellement de choses dépendaient de l'issue des événements. Nina était-elle vraiment du côté de l'ennemi ou Paul, n'était-elle qu'un pion ? Peut-être Luther l'avait-il attirée par quelque promesse qu'il ne tiendrait pas ? Dans peu de temps, Amaury connaîtrait la vérité et cela l'effrayait.

Son avenir entier en dépendait. Il ne quitterait jamais Nina. Elle était sa partenaire et, à présent, il était responsable de son existence, tout comme elle l'était de la sienne.

« Prêt ? »

La voix de Ricky retentit dans son dos.

Distraitement, Amaury hocha la tête.

« Plus que jamais. »

Ils se séparèrent par groupes de deux et se dirigèrent vers les positions qui leur avaient été assignées au préalable afin de couvrir les différentes entrées du bâtiment. Ricky et Amaury marchaient côte à côte, avançant vers l'entrée latérale.

Plus ils s'approchaient de la porte, plus Amaury s'inquiétait. Il était censé aider le groupe en percevant les émotions de quiconque se trouvait à l'intérieur mais, pour le moment, il n'arrivait même pas à savoir ce que Ricky ressentait, alors que celui-ci marchait juste à côté de lui.

Il avait fait l'amour avec Nina quelques heures auparavant et son don, si tant était qu'on pût appeler cela un don, n'était toujours pas revenu. Par le passé, le sexe n'avait jamais bloqué ses capacités aussi longtemps. Tout au plus pouvait-il être libre de toute émotion pendant une demi-heure, mais jamais davantage. Si rien ne revenait dans les minutes qui suivaient, lui et ses amis s'en trouveraient désavantagés.

« Tout le monde est en place ? » résonna distinctement la voix de Gabriel dans l'oreille d'Amaury.

« Zane et moi sommes à l'arrière, » répondit Yvette.

« Thomas et moi, on est prêts, » dit Samson.

« Amaury et moi sommes sur le côté. Prêts quand vous voulez. » Ricky le regarda.

« Une quelconque activité à l'intérieur, Amaury ? » demanda Gabriel dans l'oreillette.

Devait-il mentir ou dire la vérité ?

« Rien qui vient de l'intérieur. »

« Qu'est-ce que tu veux dire ? Sois plus précis, s'il te plaît. »

« Je veux dire que je ne ressens rien. » Amaury réalisa qu'il devenait irritable.

« Personne à l'intérieur ? » demanda Samson pour clarifier les choses.

Amaury prit la mouche. « Putain, j'en sais rien, ok ? »

Ricky lui jeta un regard surpris. Plusieurs voix se firent entendre simultanément dans l'oreillette avant que celle de Samson ne s'imposât.

« Explique-toi, Amaury. »

Un silence de plomb inonda l'oreillette.

« Je n'ai pas été capable de ressentir les émotions de qui que ce soit depuis que j'ai mélangé mon sang à celui de Nina. Déjà avant, ça devenait un peu trouble, comme si j'étais victime d'oublis. Je crois que j'ai perdu mon don. »

Au moment où il prononça ces mots, Amaury en fut même certain. Tout avait doucement commencé dès sa rencontre avec Nina. Et alors qu'au début, son incapacité à ressentir la moindre émotion n'avait concerné que cette dernière, petit à petit, cela avait pris davantage d'ampleur.

Chaque moment supplémentaire qu'il avait passé avec elle avait réduit, davantage encore, la portée de son don. Au fur et à mesure qu'il s'était rapproché d'elle, le soulagement qu'il avait l'habitude de ressentir après une relation sexuelle s'était prolongé.

Il réalisa alors que mélanger son sang à celui de Nina avait enterré, à jamais, son don tellement haï.

C'en était fini. Sa malédiction ne reviendrait pas. Ses capacités psychiques étaient à jamais perdues.

Et tout ce à quoi il pouvait penser était à quel point il se sentait soudainement libre et heureux.

« Putain, parfait le timing, » répliqua Ricky.

« Arrête ! » ordonna Samson. « On va devoir faire sans, alors. On y arrivera. Gabriel, à tes ordres. »

« Test des points d'accès, » lança Gabriel en guise d'instructions.

La porte latérale était fermée. Ricky s'employa à l'ouvrir.

« A l'arrière ? »

« Ouvert, » confirma Zane.

« Devant ? »

« Trente secondes, » dit Thomas. « Ok, porte de devant ouverte. »

« Latérale ? »

« On y est presque, » répondit Amaury en regardant Ricky.

Ce dernier fit ensuite un signe de la tête et Amaury corrigea : « Ok, c'est fait. »

« Prêts, sur le toit. Donne-nous quinze secondes. Quatorze… » La voix de Gabriel s'éteignit.

Amaury compta en silence. Les lèvres de Ricky bougeaient : *dix, neuf…*, tandis qu'Amaury prenait son semi-automatique des deux mains. Les secondes s'écoulèrent sous tension.

Maintenant, dit son ami en bougeant les lèvres, alors qu'il ouvrait la porte en silence. Amaury pénétra à l'intérieur et se plaqua contre le mur à côté de la porte ; ses yeux étudièrent la pénombre. Ricky se glissa à ses côtés une seconde plus tard.

L'entrepôt rempli de caisses sentait le renfermé. Amaury ne pouvait entendre les pas de ses amis. Bien ! S'il ne pouvait les entendre, cela signifiait que Luther et ses hommes en étaient également incapables. Il fit signe à Ricky de rester sur le côté tandis qu'il traversait le chemin entre les caisses et se positionnait du côté opposé.

Malgré la pénombre, il pouvait clairement voir où il mettait les pieds. Lorsqu'il atteignit le bout de l'allée encombrée de marchandises, il s'immobilisa et regarda autour de lui. Rien. Il fit signe de la main à Ricky, puis tourna au coin.

Allée après allée, il avança vers le centre du bâtiment, Ricky faisant de même de l'autre côté, jusqu'à la fin des rangées de boîtes et de caisses. Puis, il atteignit un espace vide au milieu. Un mouvement sur sa gauche le fit se retourner, le doigt sur la gâchette de son semi-automatique.

« Ils sont partis, » dit Samson, s'approchant de lui. « L'endroit est vide. »

Ses autres collègues apparurent, de la frustration et de la déception éclairant leurs visages.

« Rien, » confirma Gabriel.

« Peut-être que les souvenirs de Paul n'étaient pas aussi bons que ça, » suggéra Zane.

Gabriel lui lança un regard furieux.

« C'est ici. Ils sont passés par là. »

« Mais maintenant, ils sont partis, » le coupa Quinn. « Ils ont dû se douter qu'on allait venir. »

Soudain, plusieurs paires d'yeux se braquèrent sur Amaury. S'ils pensaient ce qu'il soupçonnait, ils devaient se tenir prêts pour la bagarre. Nina n'avait rien fait. Il fit un pas vers Quinn.

« Tu penses quoi, là ? »

Son collègue lui tint tête. « Tu sais très bien ce que je pense. »

« Tu la laisses en dehors de ça, » lui jeta Amaury, avant de tous les regarder. « Et c'est valable pour chacun d'entre vous. Elle n'a rien fait. Elle ne m'a pas trahi. »

Que Dieu lui vînt en aide pour que ce fût vrai.

Quinn et Zane firent un pas vers lui et soutinrent son regard. Ils ne se dégonflaient pas. Amaury prit davantage appui au sol, se préparant au combat. Il défendrait Nina, même s'il n'avait aucune idée de ce qu'elle avait fait ou pas.

« Il y a toujours la deuxième possibilité, vous savez. »

Aux mots d'Yvette, tout le monde se retourna vers elle. Elle se tenait là, son pied gainé de cuir posé sur une caisse, faisant semblant d'inspecter ses ongles à la recherche du moindre dégât. Plusieurs secondes s'écoulèrent.

« Et tu comptes partager cette possibilité avec nous un de ces jours ? » demanda finalement Amaury.

Elle arrêta d'admirer ses ongles et leva les yeux. « Ah, je vois que j'ai l'attention de tout le monde. »

« Yvette, » dit Gabriel d'une voix menaçante.

« Vous ne vous êtes jamais demandé, les gars, pourquoi ça avait été aussi facile d'attraper Paul Holland ? »

« Continue, » l'encouragea Samson, visiblement intrigué.

« Je crois que Luther voulait qu'on l'attrape pour nous attirer dans un piège. Il a utilisé Paul pour nous refiler des informations qu'il voulait qu'on ait et il a fait en sorte que Paul voie uniquement ce qu'il voulait qu'il voie. Je crois que c'est un coup monté. »

Gabriel s'esclaffa. « Je ne vois personne en train d'essayer de nous tuer, là. Toi, si ? »

« On n'est peut-être pas ceux qu'il veut. Paul a dit que le plan de Luther était de détruire Scanguards mais… Et si ce n'était pas son véritable objectif ? Et s'il ne s'agissait que d'une diversion ? Il voulait peut-être qu'on dégage. »

« Pour faire quoi ? » demanda Samson.

« S'il te déteste autant que tu le dis, alors se venger en détruisant ta société ne me semble pas franchement être une atteinte assez personnelle. Je pense à quelque chose de bien plus intime, quelque chose qui a bien plus de valeur ou devrais-je dire… quelqu'*un ?* »

Amaury ressentit soudain comme un coup de poignard porté à sa tempe, du même gabarit que ce qu'il pouvait sentir lorsque les émotions l'envahissaient. Au détail près que cette fois-ci, les conditions étaient différentes. Il ne s'agissait que d'une seule pensée, venant d'une seule personne : Nina. Il pouvait la ressentir. Mais avant qu'il n'eût le temps de transformer cette pensée en mot, il entendit Samson crier.

« Non ! Delilah ! »

Samson pressa sa main contre sa tempe. Il lança un regard paniqué au groupe.

« Luther a attrapé Delilah. »

32

Nina se pencha au-dessus du lavabo et s'aspergea le visage d'eau.

La vague de colère initiale qu'elle avait ressentie envers Amaury et la façon dont il dirigeait d'une main de fer leur relation était passée. Elle était à présent bien plus calme qu'elle ne l'avait été durant sa précédente conversation avec Delilah. Peut-être sa réaction avait-elle été quelque peu exagérée.

D'un autre côté, ce n'était pas tous les jours qu'une fille apprenait qu'elle était liée par le sang à un vampire, pour l'éternité.

A un vampire sexy et canon.

Mais cela ne changeait rien quant au fait qu'Amaury avait manifestement vécu trop longtemps au Moyen-âge, où prendre une femme sur ses épaules pour la traîner dans une caverne entrait dans les normes sociales. Et ce, même si ce qui s'était passé dans ladite caverne avait beaucoup plu à la femme en question.

Quand bien même, il lui avait tendu un piège. Elle avait beau être secrètement excitée à l'idée que ce puissant vampire s'était lié à elle, elle ne pouvait laisser passer ce genre de comportement sans lui faire comprendre qu'il ne devait pas la traiter de la sorte. Si elle le laissait s'en sortir cette fois-ci, que ferait-il ensuite ? Elle recherchait un partenaire dans la vie, pas un tyran.

Bon sang, ils n'avaient même pas eu de rendez-vous. Il ne l'avait jamais emmenée dîner. Tout ce qu'elle avait eu, ça avait été les restes d'un plat qu'il avait cuisiné pour quelqu'un d'autre.

Samson ne s'était certainement pas comporté avec autant d'irrespect envers Delilah. Elle semblait tout miel envers son homme. Et qu'avait fait Amaury ? Elle, il l'avait traitée comme un objet. Et rien de plus. Elle n'appartenait à aucun homme, peu importait combien l'homme en question était sexy ou combien il l'avait fait se sentir incroyable chaque fois qu'il l'avait touchée. Pourquoi n'avait-il pu le lui demander, comme l'aurait fait n'importe quel homme ordinaire ? Bien sûr, Amaury était tout sauf ordinaire. Bon sang, elle ne voulait pas d'un homme ordinaire ! Elle le voulait lui, un vampire. Mais avant de l'admettre, elle lui apprendrait qu'il devait la traiter comme la femme indépendante qu'elle était et non comme un bien qu'il possédait.

A présent, elle allait parler avec Delilah. Elle avait la tête comme une pastèque alors, peut-être la femme de Samson serait-elle en mesure de l'aider à trouver une façon d'inculquer à Amaury la leçon qui lui pendait au nez avant qu'ils ne commencent leur vie à deux.

Avec détermination, elle attrapa une serviette de toilette et s'essuya le visage avant de se regarder dans le miroir. Un bruit lourd la fit sursauter. Elle tendit les oreilles mais une seconde plus tard, tout redevint silencieux. Elle se passa la main dans les cheveux , se retourna et déverrouilla la porte.

Au moment où elle ouvrit la porte et sortit de la salle de bains, elle entendit un vacarme à l'avant de la maison. Un cri de Delilah et quelques grognements étouffés suivis d'objets lourds tombant au sol la firent se précipiter dans le couloir.

Nina atteignit le salon quelques secondes plus tard. La scène qui l'y accueillit lui glaça le sang. Elle était choquée. Delilah se débattait pour se défaire de l'emprise d'un homme que Nina reconnut immédiatement comme étant Johan, le vampire qui l'avait agressée quelques nuits auparavant. Carl, tentant manifestement d'aider Delilah, se battait contre deux autres vampires qui tournaient le dos à Nina.

Elle ne put retenir un petit cri étouffé. L'un des hommes tourna la tête et la vit. Il lâcha Carl, laissant son compagnon s'occuper de ce dernier. Choquée, Nina regarda l'homme s'approcher d'elle, homme qu'elle avait déjà rencontré dans la boîte de nuit : Luther.

Une curieuse expression éclairait le visage du vampire, comme s'il était surpris de la voir là.

« Eh bien, voyez-vous ça… La petite pute d'Amaury. »

En premier lieu, il ne sembla lui prêter que peu d'attention. Mais lorsqu'elle fit un pas en arrière, il l'attrapa soudain. Nina n'osa pas bouger. Lorsqu'il inspira profondément, elle sut instinctivement que ce n'était pas bon signe. Un éclair fugace dans les yeux du vampire confirma que sa chance venait de tourner. Elle maudit Amaury. S'il ne l'avait pas emmenée chez Samson pour des raisons de sécurité, elle n'aurait pas été en danger à présent.

« Qui l'eut cru ? » dit-il en inspirant de nouveau. « Oui, d'une pierre deux coups. La chance est de mon côté, ce soir. Au début, tu n'étais qu'un obstacle dont il fallait se défaire, à fureter comme ça dans mes affaires, mais maintenant… Ta valeur vient juste de monter en flèche. »

Luther attrapa une boucle de ses cheveux et l'enroula autour de son doigt. Nina tourna la tête de manière à se libérer de son geste.

« Tu vas payer pour ça, » le prévint-elle, sentant qu'elle se devait d'être courageuse.

Il laissa échapper un rire amer.

« J'ai déjà payé et ce, il y a bien longtemps. Maintenant, je peux enfin avoir quelque chose en échange. Je crois qu'Amaury va regretter d'avoir fait de toi sa partenaire, et inversement. Il vient juste de faire de toi la cible idéale. »

La poitrine de Nina se serra.

En faisant d'elle sa partenaire, Amaury l'avait jetée en pâture à Luther. S'il cherchait à se venger d'Amaury, quelle meilleure façon que de s'en prendre à sa toute récente partenaire de sang-mêlé? Elle jeta un coup d'œil derrière

Luther, où Delilah avait arrêté de se débattre contre Johan qui lui maintenait les bras en arrière. Elle réalisa immédiatement que Luther voulait les tuer toutes les deux, elle et Delilah. La peur lui serra la gorge, l'empêchant de parler.

Luther regarda par-dessus son épaule.

« Attachez-la. Celle-ci aussi. On prend les deux. »

Johan grogna et attacha les poignets de Delilah avec du scotch. Nina frappa Luther au niveau du tibia, alors que l'attention de celui-ci se portait sur Carl, qui se débattait toujours avec l'autre intrus.

« Non, Nina. Ça ne sert à rien, » la prévint Delilah.

« *Enfoiré* ! » cria Nina au moment où il la coinçait contre l'encadrement de la porte et la regardait dans les yeux.

« Essaye encore. »

Le défi ponctuant sa voix se mêla à un avertissement menaçant ; une indication claire qu'il voulait lui faire mal.

Derrière lui, une autre silhouette bougea.

« Nina ? »

Ses oreilles lui jouaient des tours. La voix que Nina percevait était celle d'un homme décédé. Elle secoua la tête comme pour s'éclaircir les idées mais l'homme s'approcha derrière Luther. Non, ce ne pouvait être vrai. Il était mort. Elle l'avait enterré un mois plus tôt, elle avait enterré son corps calciné.

« Eddie ? »

Luther relâcha son emprise, tandis qu'Eddie s'approchait.

« Nina ! Qu'est-ce que tu fais là ? »

« Eddie ! »

Elle rêvait. Eddie était vivant. Comment ?

« Mais tu es mort. »

Elle lui toucha le bras, regarda son visage. C'était Eddie mais il était différent. Il semblait plus fort qu'avant et une étrange lueur brillait dans ses yeux. Sa peau était plus pâle. Aucun bouton, aucune tâche n'était visible sur son visage, alors que, juste avant sa mort, il avait eu une poussée d'acné.

Sa mémoire lui jouait-elle des tours ?

Soudain, elle perçut un mouvement du coin des yeux qui eût pour effet de la distraire de l'homme qui se tenait en face d'elle. Nina tourna la tête à droite. Carl s'était relevé et, pieu en main, il sauta sur Eddie avec l'intention de le tuer.

Sans réfléchir, elle poussa Eddie sur le côté et reçut l'impact de Carl. Le pieu en bois, bien que mal taillé, s'enfonça dans son bras. Pas en profondeur mais suffisamment pour atteindre un muscle. Du sang s'écoula. Elle plaqua sa main sur son bras blessé en essayant de presser le plus fort possible sur la douleur lancinante. En vain. Une douleur sourde parcourut son corps.

Alors qu'elle levait les yeux, elle vit le visage de son frère face à elle, ses yeux rouges et ses canines protubérantes dépassant de ses lèvres. La réalité la heurta plus violemment que ne l'avait fait le pieu quelques secondes auparavant : non seulement son petit frère était un vampire mais, en plus, il travaillait pour le méchant. Pour Luther, qui, lui, avait maîtrisé Carl.

« Oh non, Eddie. »

Ses canines s'approchèrent de plus en plus. Nina sentit ses jambes se dérober sous elle tandis qu'une vague de nausée l'envahissait.

« S'il te plaît, non. »

Son propre frère allait-il la tuer ? C'en était trop pour elle. Des mouches apparurent devant ses yeux. Elle ne s'évanouirait pas, non. Elle ne pouvait pas s'évanouir. Elle n'était pas l'une de ces filles fragiles qui tombaient…

33

La lumière s'échappant par la porte d'entrée restée ouverte éclairait le trottoir. Samson se précipita en haut des marches, suivi d'Amaury.

Le couloir et le salon offraient à leurs yeux des scènes de destruction : des meubles renversés, des verres brisés, du sang. Le ventre d'Amaury se contracta douloureusement. Il inspira profondément et l'odeur du sang de Nina le percuta.

Non !

Il se précipita dans le salon, trébuchant presque sur Samson. Au sol, gisait Carl, tel un tas de muscles et de sang, mais il avait les yeux ouverts et il respirait.

« Où est Delilah ? » lui demanda Samson.

La réponse de Carl se résuma à un gargouillement.

« Partie. »

« Et Nina ? »

La gorge d'Amaury était si sèche qu'il pouvait à peine parler. Aucune réponse de la part de Carl.

Derrière eux, le reste de leurs collègues pénétrèrent dans la maison, Gabriel aboyant des ordres.

« Zane, Quinn, vérifiez à l'étage. Yvette, Ricky, occupez-vous de l'arrière de la maison. Oliver, on a besoin de toi ici. »

Samson s'agenouilla auprès de Carl qui avait perdu connaissance, du sang s'écoulant des plaies qu'il avait à l'estomac. Amaury ne comprenait pas pourquoi ils ne l'avaient pas achevé.

« Il a besoin de sang frais. Gabriel, on a besoin d'un donneur. »

Avant que Gabriel ne pût répondre, Oliver passa la porte.

« Vous en avez un. »

Sans hésitation, il s'accroupit et releva sa manche.

« Carl n'a jamais mordu personne, » expliqua Samson.

« Eh bien, il va falloir qu'il s'y mette maintenant, non ? » Oliver mit son poignet devant les lèvres de Carl.

« Il n'en sera pas capable. L'un d'entre nous doit percer ta veine pour lui. »

Oliver hocha la tête et lui tendit son poignet.

« Merci, mais c'est Gabriel qui va devoir s'en charger, » dit Samson en faisant signe à Gabriel de s'approcher.

Amaury comprit immédiatement. En tant que vampire au sang-mêlé, Samson ne pouvait boire le sang de quelqu'un d'autre que celui de Delilah. Et le simple fait de percer la peau d'Oliver pour lui ouvrir la peau lui ferait goûter au sang de l'un de ses employés. Le corps de Samson rejetterait l'essence étrangère qui le rendrait malade par la même occasion.

Gabriel prit le poignet d'Oliver et y plongea ses canines, perçant la peau. Un moment plus tard, Oliver plaça de nouveau son poignet contre la bouche de Carl et laissa le sang tomber entre ses lèvres. Le liquide rouge coula dans la bouche du blessé et quelques secondes plus tard, les lèvres de Carl lapèrent autour de la blessure. Il commença à sucer.

« Rien à l'arrière de la maison, » annonça Ricky, alors qu'il revenait dans le salon avec Yvette.

« Aucun signe d'eux. »

Amaury échangea un furtif regard avec Samson. Leurs partenaires avaient été emmenées et, tout comme n'importe quel vampire au sang-mêlé, ils auraient donné leur propre vie pour que leurs partenaires reviennent sans la moindre égratignure. A aucun moment au court des quatre cents années précédentes, il n'avait imaginé ressentir ce qu'il ressentait à présent : de l'anéantissement. La douleur ressentie dans sa tête durant toutes ces années n'était même pas comparable à ce sentiment. Rien n'était plus douloureux que de savoir Nina entre les mains d'un homme fou.

« On a besoin de savoir ce qui s'est passé et où il les a emmenées. »

Samson regarda Gabriel.

« Je suis désolé, Samson : je ne peux pas pénétrer les souvenirs de Carl tant qu'il est inconscient. On a besoin d'attendre qu'il se réveille. »

Amaury secoua la tête.

« On n'a pas le temps. Nina est blessée. J'ai senti son sang. »

Nerveusement, il parcourut la pièce à grands pas. Et si la blessure mettait en danger la vie de Nina ? Il pouvait la guérir avec son sang mais pour cela, il devait d'abord la trouver. Il devait faire quelque chose.

« Elle s'est probablement battue avec lui quand il les a emmenées. Toujours la première à foncer dans les bagarres, » se murmura-t-il à lui-même.

Il jeta un regard à Samson, lequel demeurait immobile aux côtés de Gabriel.

« Comment peux-tu être si calme ? »

Samson pinça les lèvres en une ligne fine.

« Si on perd la tête, ça n'aidera ni Delilah ni Nina. Ce n'est pas comme ça qu'on pourra les sauver. »

Amaury prit la mouche mais garda sa remarque pour lui-même.

Samson mit une main sur son épaule.

« Je sais exactement ce que tu ressens en ce moment. Je vis la même chose. »

L'espace d'un instant, la douleur apparut de manière évidente dans les yeux noisette de Samson. Oui, il souffrait autant qu'Amaury, si ce n'était plus, car il risquait de perdre, non seulement sa partenaire, mais également l'enfant qu'elle portait. Même dénué de son don, Amaury ressentit la peine de son ami.

Il agrippa la main de Samson.

« Je sais. »

« Rien à l'étage. » Zane et Quinn entrèrent dans la pièce.

« Ça a dû se passer en bas. Ils n'ont touché à rien, en haut. Aucun signe d'une quelconque entrée forcée. »

« Tu veux dire qu'ils l'ont laissé entrer ? » demanda Samson.

« On dirait bien, » dit Zane près de la porte, hochant la tête. « La porte d'entrée ne semble pas avoir été forcée. »

Un grognement sourd provint du sol. Tout le monde tourna les yeux vers Carl qui se débarrassa du poignet d'Oliver et toussa.

Samson s'accroupit à son niveau.

« Carl, on vous a presque perdu. »

« Je n'ai pas pu les arrêter. » Carl baissa les yeux, honteux.

« Combien étaient-ils ? »

« Trois. Luther, je l'ai reconnu, et deux autres, » dit-il d'une voix encore faible.

« Qu'est-ce qui s'est passé ? »

Carl déglutit et accepta l'aide de Samson pour s'asseoir.

« Mademoiselle Delilah se trouvait dans le salon quand j'ai entendu la porte d'entrée s'ouvrir. Le temps que je traverse le couloir, ils s'étaient déjà précipités à l'intérieur et l'avaient attrapée. »

« Elle était avec Nina ? Nina s'est battue contre eux ? C'est comme ça qu'elle s'est blessée ? » l'interrompit Amaury.

Carl sembla énervé lorsqu'il répondit.

« Oh, pour se battre, oui, elle s'est battue. Mais pas contre eux. »

« Quoi ? »

Le regard de Samson passa de Carl à Amaury.

« Non, tu mens ! »

L'implication sous-entendue dans les mots de Carl fit apparaître des images qui eurent l'effet d'un couteau dans le ventre d'Amaury.

Carl se mit debout.

« Je ne mens jamais. Je me battais avec l'un d'entre eux pendant qu'elle parlait à Luther. Puis, l'un de ceux contre qui je me battais l'a vue. Ils se connaissaient. Quand il a été distrait, j'ai essayé de le tuer avec un pieu mais elle s'est jetée entre nous et l'a sauvé. »

Amaury retint un cri.

« Non. Tu dois te tromper. »

Nina ne pouvait pas les avoir trahis. Il aurait ressenti sa trahison, il aurait ressenti le mensonge dans son cœur, pour autant qu'il y en eut.

« Je ne me trompe pas, » aboya Carl. « Elle s'est pris mon pieu dans le bras pour le sauver. Elle était inquiète pour lui et a crié *Oh non, Eddie.* »

« Eddie ? » Le cœur d'Amaury se noua.

« Son frère ? » demanda Samson.

Amaury hocha la tête et ferma les yeux. Sa partenaire les avait trahis et s'était mise du côté de son frère.

« Elle ne me ferait pas ça. Elle ne le ferait pas. »

Pourtant, elle l'avait fait. A présent, le doute n'était plus permis. Pourquoi ne l'avait-il pas vu venir ?

« C'est pour ça qu'ils ne t'ont pas tué ? Pour que tu puisses me dire ce qu'elle avait fait ? »

S'agissait-il de son ultime acte de cruauté envers lui ?

Carl secoua la tête. « Luther m'a laissé en vie pour que je te donne un message à toi et à Samson. »

Samson fit face à Carl. « Quel est le message ? »

« Ses mots ont été : *Vivian a besoin de compagnie.* »

Amaury eut la sensation qu'on lui avait arraché les entrailles. Pour la première fois, il put voir une manifestation physique de la douleur de Samson. Les jambes de ce dernier se dérobèrent sous lui et il dut attraper le bras de Carl pour rester debout.

Les regards inquisiteurs de Zane et de Quinn atterrirent sur Amaury. Ils savaient que Samson n'était pas en état de répondre.

« Vivian est morte. »

Luther prévoyait de tuer leurs partenaires. Mais, s'il voulait tuer Nina, cela ne voulait-il pas dire qu'elle n'était pas du côté de Luther, en fin de compte ? Ou alors son plan avait-il changé après qu'il eut réalisé que Nina était à présent la partenaire d'Amaury ? Etait-elle en fait du côté de Luther au départ mais avait-elle signé son arrêt de mort en s'unissant à Amaury ?

« Je sais où ils sont, » dit soudain Samson. « Allons-y. »

Il se dirigea vers la porte mais Gabriel et ses pairs de New York l'arrêtèrent. « Non. »

Amaury se plaça aux côtés de Samson, prêt à se battre. Pourquoi leurs collègues les empêcheraient-ils de sauver leurs femmes ?

« Laisse-moi passer, Gabriel, » dit Samson d'une voix tranchante.

« Je ne peux pas. Le lever du soleil est trop proche. Quoi que tu aies en tête, on n'aura pas assez de temps ce soir. En plus, on ne peut pas y aller sans un plan défini. »

« Il a raison, monsieur, » dit Carl derrière.

Samson et Amaury se retournèrent.

« S'il avait voulu tuer Delilah tout de suite, il l'aurait fait ici. Il y a une raison pour laquelle il m'a laissé en vie, » dit Carl avant de faire une pause, puis de reprendre. « Il va attendre que vous arriviez là-bas afin que vous puissiez la voir mourir. »

Samson hocha la tête doucement.

Et Nina, personne ne pensait donc à la partenaire d'Amaury ? Ou étaient-ils tous convaincus de sa trahison ? Pas lui. Il était incapable d'imposer cette idée à son esprit. Si Luther voulait la tuer, cela ne pouvait signifier qu'une chose : elle n'était pas de son côté ! Ou ne s'agissait-il que d'une énorme duperie ? Carl avait-il mal compris ? Luther avait-il en tête de tuer uniquement Delilah et pas Nina ?

Nina, où es-tu ? Réponds-moi.

Il essaya de l'atteindre à travers son esprit mais aucune réponse ne vint. Elle aurait dû l'entendre. Il n'y avait que deux raisons pour qu'elle demeurât silencieuse : soit elle refusait de lui parler parce qu'elle était du côté de Luther, soit elle était morte. Amaury ne pouvait accepter ni l'une, ni l'autre.

34

Une voix familière perça à travers le brouillard.

Nina, où es-tu ? Parle-moi.

Puis une autre, plus proche.

« Nina, tu m'entends ? »

Nina ouvrit les yeux. La lumière autour d'elle était faible. Elle était allongée sur un sol froid en pierre.

« Dieu merci, tu vas bien, » dit Delilah.

Nina accepta le bras de cette dernière l'aidant à s'asseoir. Elle avait mal sur le côté. Elle baissa les yeux vers son bras. Il y avait des traces de sang séché là où Carl l'avait frappée avec le pieu mais la blessure s'était refermée et avait cicatrisé.

« On est où ? »

Nina jeta un œil à la pièce sombre. Les murs de celle-ci étaient en pierre et en ciment, sans la moindre fenêtre. Tout au plus quelques chandeliers l'éclairaient. Il y avait une porte qui semblait lourde, mais aucun meuble, aucune décoration. Si elle avait dû deviner, elle aurait dit qu'elles se trouvaient sous terre.

« Je ne sais pas. Ils m'ont bandé les yeux pour m'amener ici. Mais le voyage en voiture a duré au moins une demi-heure. »

Nina jeta un regard méfiant à Delilah. Elle ne semblait pas lui en vouloir, bien qu'elle en eût toutes les raisons. Après tout, elle avait empêché Carl de tuer l'un des vampires, son frère.

« Comment va ton bras ? »

« Je crois que ça va. On dirait que ça a déjà cicatrisé. Je suis restée évanouie combien de temps ? »

En jugeant l'état de sa blessure, elle aurait dit au moins deux jours.

« Quelques heures seulement. Ton frère a cicatrisé la blessure. »

Elle n'avait donc pas rêvé. Eddie était vivant et c'était un vampire, un vampire qui travaillait pour l'ennemi.

« Je suis désolée, je ne savais pas. »

Delilah lui pressa la main. « Je comprends. »

Nina secoua la tête. « Je ne pouvais pas laisser Carl le tuer. Il reste mon frère. »

« Nina, s'il te plaît… J'aurais fait pareil dans la même situation. J'ai également eu un frère autrefois. Et j'aurais tout fait pour le sauver. »

Les yeux de Delilah se perdirent un instant dans le vague avant qu'elle ne revînt au moment présent.

« Maintenant, il faut juste que l'on convainque Samson et Amaury de ton innocence. Ils vont croire que tu travailles pour Luther depuis le début. »

Nina encaissa le choc provoqué par la déclaration de Delilah. Amaury pensait qu'elle les avait trahis ? Alors qu'il avait mêlé son sang au sien ? Cela n'avait pas de sens.

« Quand lui as-tu parlé ? »

« En venant ici. »

« Ils ont laissé un téléphone portable ? »

Delilah pouffa vaguement. « Bien sûr que non. J'ai communiqué avec Samson via notre lien. »

L'expression de son visage dut sembler on ne peut plus confuse car Delilah se sentit obligée de clarifier ses propos.

« Par télépathie. Tous les couples liés par le sang le font. »

« Oh. » Elle n'avait jamais entendu parler d'une telle chose.

« Tu veux dire que je peux faire ça avec Amaury ? »

Delilah hocha la tête.

« Je suis sûre qu'il a déjà essayé de t'atteindre mais tu étais dans les pommes. »

«D'habitude, je ne suis pas du genre à m'évanouir. »

Nina, qui se définissait elle-même comme une chasseuse de vampires, s'était évanouie quand la situation s'était élevée d'un cran. Quelle honte !

« Tu étais blessée. Tu devais faire face à beaucoup de choses. Le choc de voir ton frère... C'était trop pour toi. Parfois, notre corps nous dit qu'on en a trop fait. »

Delilah semblait calme malgré la situation dans laquelle elles se trouvaient.

« Je ne savais pas qu'Eddie était vivant... »

Delilah serra la main de Nina.

« Je le sais, maintenant. Mais quand nos gars sont revenus à la maison, ils ont retrouvé Carl... »

Une vague de culpabilité envahit Nina.

« Carl. Oh mon Dieu. Luther l'a tué. Je suis désolée. »

Delilah secoua la tête.

« Carl est vivant. Mais il leur a dit que tu t'étais battue aux côtés de Luther lorsque tu as défendu Eddie. C'est pour ça qu'ils pensent que tu nous as trahis. »

« Mais je ne pouvais pas laisser Eddie se faire tuer. Je ne pouvais pas faire ça. Il faut qu'ils le comprennent. C'est mon frère. C'est la seule famille qu'il me reste. »

Si elle le perdait, elle n'aurait plus personne.

« Ils comprendront... En temps et en heure. Amaury comprendra. »

Amaury. Comprendrait-il vraiment ? Lui, l'homme qui tirait des conclusions plus vite que son ombre ? Il l'accuserait.

« Malheureusement, ils pensent aussi que tu as laissé entrer Luther dans la maison. Je n'ai pas eu le temps de dire la vérité à Samson, notre communication a été coupé. Il va être tellement déçu. »

Nina la dévisagea.

« Pourquoi ? »

« Luther a utilisé le contrôle de l'esprit sur moi pour que je lui ouvre la porte, » expliqua-t-elle.

« Tu ne peux pas le contacter, là ? » demanda Nina.

Delilah secoua la tête.

« Je n'y arrive pas. Soit il est trop occupé à mettre un plan au point pour nous sortir de là, soit on est trop loin. »

« Oh non. Et quoi maintenant ? »

« Je sais que Samson et les gars vont venir nous chercher. »

Nina ne pouvait qu'admirer sa confiance. Elle-même n'en était plus si sûre, à présent. Il y avait trop de choses à gérer. Son frère était vivant et travaillait pour l'ennemi. Elle se trouvait dans une espèce de bunker, sous terre, sans la moindre possibilité de s'échapper et les hommes supposés être en route pour les sauver pensaient qu'elle les avait trahis. Par quoi devait-elle commencer pour recoller les morceaux ?

« Comment vont-ils nous retrouver ? »

« Crois-moi, ils vont y arriver. Un vampire uni par le sang n'abandonne jamais sa partenaire. S'il le fait, alors il signe sa propre mort. »

Cela semblait bien trop dramatique pour être vrai.

« Qu'est-ce que tu veux dire ? »

« Samson se nourrit uniquement de moi. Plus loin il reste de moi, plus longtemps il doit attendre pour se nourrir. Un vampire lié par le sang ne peut boire un sang étranger. Il peut uniquement survivre grâce à celui de sa partenaire. Tant que je serai vivante, il aura besoin de mon sang. C'est uniquement lorsque je mourrai que son corps acceptera le sang de quelqu'un d'autre. »

Delilah utilisa ces mots avec calme, malgré les implications fondamentales que ceux-ci contenaient.

« Mais ce n'est pas possible. »

« C'est comme ça que ça marche. Sans notre sang, nos hommes mourront. »

Nina déglutit mais le nœud dans sa gorge ne se défit pas.

« Tu veux dire que sans moi, Amaury se laissera mourir d'inanition ? »

Delilah hocha la tête. « Je suis désolée. »

« Mais pourquoi ? Mais pourquoi faire de moi sa partenaire, si c'est pour dépendre autant de moi ? »

« Il n'y a qu'une raison pour laquelle un vampire choisit une partenaire : il l'aime et ne peut vivre sans elle. »

Nina étouffa un sanglot. Elle ne désirait qu'une chose, entendre Amaury prononcer ces mots, même s'ils ne pouvaient être vrais.

« Mais Amaury ne peut aimer personne. Il me l'a dit lui-même. Il est maudit de ne pouvoir aimer à nouveau. »

Delilah haussa les épaules.

« Quelque chose a dû arriver. Je peux seulement te parler en fonction de ce que j'ai vécu. Aucun vampire ne prend le mélange des sangs à la légère. C'est pour toujours. Et par amour. »

Nina enfouit sa tête dans ses mains.

« Delilah, il y a quelque chose que je dois te dire à propos d'Amaury et de moi. »

Delilah caressa de sa main les cheveux de Nina.

« Tu l'aimes, n'est-ce pas ? »

« Promets-moi de ne pas le dire à Samson. Il faut que ce soit moi qui le dise à Amaury. »

Elle fit une pause avant d'ajouter : « Si j'en ai l'opportunité. »

~ ~ ~

Nina sortit de son sommeil lorsqu'elle entendit un bruit venant de la porte. Elle regarda Delilah qui dormait, allongée à même le sol en pierre. Nina resta immobile, faisant semblant de dormir, tout en regardant la porte s'ouvrir. Un faisceau de lumière entra dans le donjon faiblement éclairé et une silhouette apparut sur le seuil.

Elle aurait reconnu cet homme n'importe où.

« Eddie, » murmura-t-elle en sautant sur ses pieds.

Il regarda derrière lui puis se glissa à l'intérieur en refermant la porte.

« Nina. »

Une seconde plus tard, elle prit son frère dans ses bras.

« Pourquoi ne m'as-tu rien dit ? lui demanda-t-elle en retenant ses larmes. Comment as-tu pu me laisser croire que tu étais mort ? Je t'ai enterré, je t'ai pleuré. »

La main familière d'Eddie effleura les boucles de ses cheveux comme il le faisait depuis qu'il l'avait dépassée en taille.

« Je ne pouvais pas, ma puce. Je n'étais pas moi-même. Les premières semaines ont été une véritable agonie. »

Elle s'écarta de lui pour le regarder. « Il t'a forcé ? »

« Me forcer ? Qui ? »

« Luther. Il t'a forcé. »

Il s'écarta et la tint à distance.

« Bien sûr que non. Il ne forcerait jamais personne. »

Cela n'avait aucun sens pour Nina. Eddie ne l'aurait jamais fait souffrir ainsi sans essayer de lui faire savoir qu'il était vivant.

« Je ne te crois pas. Tu aurais pu me dire que tu étais vivant. »

Eddie secoua la tête.

« Je ne pouvais pas. Les jours qui ont suivi la transformation ont été douloureux. J'ai dû me battre contre la soif. J'ai dû apprendre à contrôler mes envies et ma force sans faire de mal à personne. Pendant les deux premières semaines, je pouvais à peine réfléchir. Je n'ai pas osé t'approcher. J'avais trop peur de te faire du mal. »

Nina perçut de la sincérité dans la voix de son frère.

« Pourquoi as-tu fait ça ? Je croyais qu'on commençait à s'en sortir, tous les deux. Pourquoi est-ce que tu as tout envoyé valser ? »

« Envoyé valser quoi ? Un à peu près ? Le fait de ne jamais vraiment y arriver ? De toujours devoir faire attention ? »

Elle pouvait ressentir sa colère et sa frustration.

« Ce n'était pas comme ça. »

Mais elle sut que sa protestation n'aurait pu être plus faible.

« C'était toujours comme ça. Ne me mens pas, Nina. Peu importe combien tu essayais de me protéger de tout, c'était toujours comme ça. Tu ne peux pas me dire que tu étais heureuse de la façon dont on vivait. »

« Mais on était là l'un pour l'autre. »

Sa protestation se noya dans la colère de son frère.

« Oui, on était là l'un pour l'autre. Parce que tu t'es toujours sacrifiée pour moi. Qu'est-ce que tu crois que je voulais ? »

« Qu'est-ce que tu veux dire ? »

« Je sais ce que tu as dû faire. Je me suis réveillé, cette nuit-là. J'ai entendu ce qu'il te faisait. Tu aurais dû le tuer. Mais tu ne l'as pas fait. Tu as préféré accepter, juste pour moi. Tu as vécu avec cet enfoiré jour et nuit. Mais tu crois que j'étais aveugle ? Que je ne voyais pas combien c'était dur pour toi ? Et je ne pouvais pas te protéger. Mais maintenant, je suis un vampire et en tant que vampire, je suis assez fort pour te protéger des enfoirés dans son genre. »

Elle secoua la tête, tandis qu'une vague de perplexité s'immisçait en elle. Il savait qu'elle avait poignardé le père de leur famille d'accueil ? Il était au courant des fantômes de son passé ?

« Ça ne change rien au fait que tu m'as laissé croire que tu étais mort. »

« Pour un temps, en effet. Mais je serais venu te voir. Je suis là, maintenant. »

Elle jeta un œil à Delilah, endormie.

« Je n'appelle pas ça venir me chercher. Luther nous a kidnappées. »

« Il a ses raisons. Ce n'était pas toi qu'il voulait. Crois-moi, il était aussi surpris que le reste d'entre nous de te trouver là-bas. Tout ce qu'il voulait, c'était la femme de cet enfoiré de Samson. »

Il jeta un regard en direction de Delilah.

« Il ne peut pas aller comme ça à droite à gauche et kidnapper les gens. Je ne peux pas croire que tu es de son côté. C'est dingue. »

Eddie la regarda comme si elle était folle.

« Tu n'as aucune idée de ce que cet homme a fait à Luther. Samson lui a bousillé sa vie. Il a tué sa femme et son enfant. Peu importe la façon dont tu regardes ça, ça mérite une punition. »

« C'est ce qu'il t'a dit ? Que Samson avait tué la femme de Luther ? »

Nina ne pouvait en croire ses oreilles. C'était de cette façon que Luther avait convaincu Eddie de l'aider ? En lui mentant ? En lui faisant croire que Samson était le mauvais de l'histoire ?

« Parce que c'est la vérité. »

« Luther ment. Ce n'est pas comme ça que ça s'est passé. »

« Comment pourrais-tu le savoir ? Tu n'étais pas là. »

L'entêtement d'Eddie refit surface et lui rappela l'époque où il avait insisté, à l'âge de treize ans, en disant qu'il conduisait mieux qu'elle sous prétexte qu'il était un garçon.

« Toi non plus, » rétorqua-t-elle. « Ton Luther n'est pas le héros que tu crois. »

« Tu ne sais rien de Luther. »

« Tu n'en sais pas plus que moi. »

Nina porta ses mains sur ses hanches et le mit au défi en lui jetant un regard grave.

« J'en sais assez pour reconnaître qu'il n'est pas aussi corrompu et machiavélique que Samson et ses hommes. »

« Dans ce cas, tu devrais lui demander pourquoi il a envoyé ses hommes de main à mes trousses. »

« De quels hommes de main parles-tu ? Il n'a envoyé personne à tes trousses. On est partis à la recherche de la femme de Samson. Tu t'es juste trouvée sur notre chemin. »

Nina secoua la main avec impatience.

« Pas ce soir. Il y a quelques nuits de cela, il a essayé de me tuer ! Il a envoyé Johan et un autre vampire. Pourquoi tu ne vas pas le lui demander ? »

« Ce n'est pas vrai. »

« Tu vas croire qui ? Ta sœur ou ton nouvel ami ? Je n'ai aucune raison d'inventer une chose pareille. »

« Je n'y crois pas. Luther m'a dit que tu t'étais entichée de ce mauvais gars, Amaury. Il t'a lavé le cerveau ? »

Eddie l'attrapa par les épaules et la secoua.

« C'est ça ? »

« Non, ce n'est pas ça du tout. Il n'a rien fait. »

Bon, Amaury avait fait quelques petites choses, certes, mais elle n'avait nullement envie d'en évoquer la moindre avec son frère. Il s'agissait de problèmes privés dont elle parlerait avec Amaury. Si elle arrivait un jour à fuir cet endroit.

« Ne me mens pas. Luther m'a dit que tu étais sa femme. C'est vrai ? Tu es sa femme ? C'est pour ça que tu es de son côté ? »

« Non ! Je suis de leur côté parce qu'ils sont bons. »

« Ne te voile pas la face. Il n'y a pas d'hommes bons. »

« Tu te trompes, » insista-t-elle. « Ce ne sont pas de mauvais gars, juste des gens qui vivent avec des quiproquos. »

« Nina. Réveille-toi. Je peux t'aider. Je peux te garantir que personne ne te fera de mal, mais il va falloir que tu me fasses confiance. Je sais ce que je fais. Tu ne vois pas ce que Luther m'a offert ? J'ai une nouvelle emprise sur la vie, j'ai droit à un nouveau départ pour quelque chose de plus grand et de meilleur. On ne sera plus jamais pauvres. Tu seras toujours en sécurité avec moi. »

Ironiquement, Amaury lui avait promis la même chose ; la garder à l'abri de tout danger.

« Mais tu ne dois plus t'en mêler. »

Il pointa du doigt Delilah, qui semblait endormie, même si Nina la soupçonnait à présent de feindre. Leur conversation commençait à s'échauffer et aucun être humain digne de ce nom n'aurait pu continuer à dormir à côté.

« Je ne peux pas laisser des injustices se produire. Comment peux-tu attendre une telle chose de ma part ? Tu ne me connais donc pas du tout ? Tu crois qu'après ce qui m'est arrivé quand on était jeunes, je me contenterais d'observer la scène en acceptant qu'un autre innocent soit blessé ? Non, si c'est ce que tu attends de moi, alors je n'ai pas de frère. Parce que mon frère ne me forcerait pas à agir de la sorte. Mon Eddie ne ferait jamais ça. »

Elle lui jeta un regard furieux. Oui, il était devenu un bien mauvais vampire, à présent, mais il était toujours son petit frère et si elle arrivait à le toucher, alors peut-être aurait-elle une chance de renverser la situation.

« Tu ne sais pas de quoi tu parles. »

Eddie tourna les talons et, avant qu'elle ne pût répondre quoi que ce fût, il se précipita dehors. Elle entendit la porte se refermer derrière lui.

Satanée vitesse de vampire !

Alors qu'elle inspirait, un sanglot s'échappa de sa poitrine.

« Je suis désolée, Nina. » La voix de Delilah provint du sol.

« Donne-lui un peu de temps. Il comprendra. Tu l'as fait douter. Il reviendra. »

Nina se retourna et regarda Delilah s'asseoir.

« Eddie a toujours été un gamin têtu. Je crois qu'il est devenu un vampire sacrément obstiné. »

35

Amaury glissa avec précaution le poignard en argent dans sa gaine, l'attacha autour de ses hanches et se retourna vers Samson. Ils étaient en train de se fournir chez Samson, dans l'arsenal situé au sous-sol de la maison. Les autres étaient occupés à remplir les vans de tout ce dont ils avaient besoin.

« Je crois que ça ne te regarde pas, que je communique avec ma partenaire ou pas. »

Même Samson ne l'en empêcherait pas, quelles qu'en fussent les conséquences. Le fait que Nina n'eût répondu à aucun de ses efforts pour la joindre n'était pas la question. La seule chose qui importait vraiment était de parvenir à lui parler afin de s'assurer qu'elle allait bien. Peut-être ne savait-elle pas encore comment fonctionnait la communication par télépathie entre partenaires de sang-mêlé et s'en trouvait-elle troublée.

Durant les heures passées sans dormir à attendre le coucher du soleil, il avait imaginé nombre de scénarii susceptibles d'expliquer la raison pour laquelle elle n'avait pas répondu. Pour la propre quiétude de son esprit, il s'était conforté dans l'idée qu'elle n'était pas consciente de ce don, ou alors qu'elle en était troublée et ne savait qu'en faire.

« Ça devient mes affaires quand elle peut mettre la mission de sauvetage en péril. Si tu balances ce qu'on prévoit de faire, tu mets Delilah en danger. C'est ce que tu veux ? »

Le ton teinté d'avertissement de son ami l'arrêta.

« Tu sais très bien que je ne ferais rien qui mettrait Delilah en danger. Mais Nina est sous ma responsabilité. Je l'aime. »

Sa prise de conscience s'immisça au plus profond de lui. Il l'aimait ? Etait-ce possible, après toutes ces années et ce malgré la malédiction ? Etait-il enfin venu à bout de cette dernière ? Comment ? Il n'y avait aucune raison particulière à tout cela, excepté le fait qu'il s'agissait là de la vérité et uniquement de la vérité. Il aimait Nina. Au-delà du mélange des sangs, du désir et du sexe. Son cœur sembla trop gros pour sa poitrine, comme s'il s'était agrandi pour laisser davantage de place à Nina. Une vague de chaleur s'étendit à tout son corps, pénétrant ses cellules et le faisant frissonner. Amaury était amoureux.

« Si tu l'aimais, tu n'aurais pas mêlé ton sang au sien sans lui laisser le choix avant, » rétorqua Samson.

La fureur s'empara d'Amaury.

« De quoi tu parles ? »

Une once de quelque chose qu'il n'arriva pas à identifier traversa son ventre mais s'en alla aussitôt. Il s'approcha d'un pas, cognant presque sa tête contre celle de Samson.

« Tu sais très bien de quoi je parle. »

« Pourquoi tu ne me le dis pas ? »

Le ton menaçant qu'Amaury employa le surprit lui-même. Sa loyauté envers son ami de longue date était étouffée par son amour pour Nina.

« Tu ne lui as pas dit ce que signifiait le mélange des sangs. Nina n'avait aucune idée de ce qu'elle s'apprêtait à faire. »

« Ce n'est pas vrai. »

L'accusation de Samson le piqua à vif, tandis qu'une petite boule de culpabilité s'installait dans son ventre.

« Si ce n'est pas vrai, alors pourquoi Nina était-elle aussi choquée quand Delilah a fait un commentaire à propos de votre union ? Et pourquoi crois-tu que Nina est tellement en colère contre toi ? »

En colère ? Elle lui en voulait ? Etait-ce la raison pour laquelle elle ne répondait pas à ses appels télépathiques ?

« Tu plaisantes… » dit Amaury en essayant de nier l'accusation de son ami.

Samson hocha la tête et lui jeta un regard dur.

« Delilah m'a dit que Nina ne savait pas qu'elle s'était liée à toi par le sang. Tu l'as fait sans sa permission. »

Amaury recula d'un pas, se reprenant contre le mur.

« Mais je lui ai demandé. Je lui ai dit. »

Il avait, disons, vaguement demandé. Cela n'avait pas été très explicite mais il était certain qu'elle l'avait compris.

« Que lui as-tu dit, exactement ? » dit Samson d'une voix à présent plus calme, davantage contrôlée.

« Je lui ai demandé si elle voulait être mienne et je lui ai dit que je voulais être sien. »

Samson laissa échapper un soupir de désapprobation.

« Et tu crois qu'avec ça, ça voulait dire qu'elle voulait se lier à toi par les liens du sang ? »

Le cœur d'Amaury se contracta douloureusement. Il avait été absolument certain d'elle, cette nuit-là. La façon dont elle l'avait regardé, dont ses yeux s'étaient posés sur lui avec envie. Elle l'avait prié de lui prendre son sang et elle avait à peine hésité lorsqu'il lui avait demandé de boire le sien. Nina l'avait voulu, il en était certain. Ils étaient faits l'un pour l'autre, ils allaient ensemble. Ce n'était pas un malentendu. Ce ne pouvait en être un.

« Mais elle me voulait. Elle… »

Il en perdit la voix. Peut-être l'avait-elle désiré la nuit précédente, mais pour combien de temps ? Ce ne pouvait être vrai.

Amaury sentit la main de son ami sur son épaule et le regarda. Samson était visiblement inquiet.

« Tu sais qu'elle peut porter l'affaire devant le conseil. »

Amaury connaissait le conseil, un corps de vampires puissants qui officiait à travers le pays en tant que tribunal et jugeait les infractions majeures commises au sein de leur communauté. Mélanger son sang à celui d'une humaine sans le consentement de cette dernière était considéré comme un crime.

« Ou elle peut simplement te quitter. »

Amaury hocha la tête. Aucune des deux options ne le déferait du lien. Pour lui, les deux signifiaient la mort. Mais il ne penserait pas à cela pour le moment. Il ne pouvait se laisser distraire de la tâche qui lui était impartie.

« Quoi qu'elle veuille, elle peut le faire. Mais je dois la sauver. Je ne peux pas la laisser mourir entre les mains de Luther. »

Un monde sans Nina était inacceptable et peu importe ce qu'il fallait accepter pour la sauver, il le ferait. En s'unissant à elle, il avait mis sa vie entre les mains de la jeune femme et il n'hésiterait pas à se rendre, si on le lui demandait.

36

Luther lui faisait peur. La froideur de son regard fit frissonner Nina intérieurement. Il posa sur Delilah et elle ses yeux d'un gris glacé, dépourvus d'expression. Etait-il toujours capable de ressentir des émotions ou alors son cœur s'était-il perdu dans un désert de glace ?

Un frisson parcourut le donjon en sa présence. Nina frissonna et sentit que Delilah lui tenait la main pour la rassurer. Mais même le fait de savoir qu'elle avait une amie avec elle ne diminuait pas la crainte que la visite de Luther lui inspirait.

« L'heure est enfin arrivée. Je n'aurais jamais cru que ce serait aussi simple. Et Amaury qui t'apporte à moi sur un plateau d'argent… Ça n'a pas de prix. »

« Tu sais qu'ils vont venir nous chercher, » avança Delilah d'une voix calme et posée, pleine de certitude.

Luther contracta sa bouche en un sourire.

« Je les attends. Je me suis promis de ne pas les laisser manquer votre mort. Je veux qu'ils assistent au moment fatidique, afin qu'ils ressentent la douleur, l'agonie et le désespoir. Je veux voir le moment précis où le malheur les frappera. »

Derrière lui, Johan grogna en signe d'approbation. Nina lui jeta un regard furtif. Y avait-il moyen de passer derrière ces deux-là et de s'enfuir ? Après avoir vu la vitesse à laquelle son frère était sorti, elle en conclut immédiatement que l'idée était simplement inenvisageable.

« Où est Eddie ? »

Le ventre de Nina était noué. Elle ne l'avait pas vu depuis leur confrontation de la veille. Si seulement elle avait pu savoir ce qui se passait dans sa tête. Eddie avait-il prêté attention à ses mots et revu son opinion quant à Luther ?

« Il met au point les derniers préparatifs. »

A la réponse de Luther, une sensation douloureuse s'immisça dans le ventre de Nina. Comment son frère pouvait-il participer à un tel crime de sang froid ?

« Il ne te laissera pas me tuer. Je suis sa sœur. »

Sa protestation ne lui valut qu'un rire amer de la part de Luther.

« Tu crois vraiment qu'il sait ce qu'il est en train de faire ? Je l'ai choisi parce qu'il est impressionnable. Il suit aveuglément la première personne qui lui offre la possibilité de sortir de sa misère. J'ai fait en sorte qu'il ne retourne jamais à sa situation initiale. Il m'appartient. »

« Eddie n'appartient à personne. »

Eddie était trop têtu pour se laisser contrôler par qui que ce fût. En avoir fait un vampire n'avait rien changé à son entêtement. Nina en avait fait les frais à peine quelques heures plus tôt.

« Il a changé. Le pouvoir qu'il ressent à présent, le pouvoir qui lui vient de ses facultés de vampire coule dans ses veines. Il ne sait pas encore le contrôler. Il voit en moi un guide. Je suis son père, à présent, et il fera tout ce que je souhaite. »

« Non ! cria Nina. Je ne le permettrai pas. »

Luther fit un pas vers elle.

« Etant donné que tu seras attachée d'ici quelques minutes, je ne vois pas trop comment tu vas pouvoir m'arrêter. J'atteindrai mon objectif. Vos hommes perdront leurs partenaires, exactement comme moi, j'ai perdu la mienne. Ils vont payer pour ce qu'ils m'ont fait. Et ton frère va m'aider parce que je le contrôle. »

La dureté de son ton glaça les os de Nina. Elle savait qu'il n'y avait qu'une façon de l'arrêter. Lui dire la vérité.

« Tu ne sais pas ce qui est véritablement arrivé à ta femme. »

Delilah serra douloureusement la main de Nina pour la faire taire. Pourquoi tout le monde tenait-il à ce point à ne pas lui dire la vérité, alors qu'il s'agissait de leur unique chance de s'en sortir ?

Luther grogna, ses canines s'allongeant le long de sa mâchoire serrée.

« Je connais chaque minute d'agonie de ses derniers instants. »

« Tu ne connais pas la vérité. »

Une autre secousse de la main de Delilah.

« La vérité, c'est ce que je viens de dire. »

Luther se retourna puis se dirigea vers la porte, Johan sur ses talons. Avant que Nina ne pût dire autre chose, Delilah cria après le vampire.

« Si tu nous fais du mal, Samson et Amaury te tueront. »

Luther jeta un regard glacial par-dessus son épaule.

« Oh, j'y compte bien. Vivian m'attend. »

La porte se referma d'un coup violent et bruyant.

« Oh bon Dieu… Il est encore plus fou que ce que je ne le croyais. Il est prêt à mourir. »

Pour la première fois, la voix de Delilah laissa transparaître sa peur.

37

Le mausolée que Luther avait construit pour immortaliser sa bien-aimée Vivian était un bidule gothique en calcaire et fer forgé, de la taille d'une McMansion. Encerclé de vieux chênes, il était à l'abri des regards indiscrets. Bien qu'il n'y eût pas de clôture tout autour, Amaury était certain que Luther avait déjà été prévenu de leur présence.

S'étant trouvé dans l'impossibilité de communiquer avec Delilah pendant des heures, Samson avait finalement réussi à recevoir un court message de la part de sa femme, avant que la communication ne se coupât de nouveau. Elle avait été plutôt claire : Luther s'attendait à ce qu'ils tentent de les libérer, elle et Nina. En fait, il y comptait. Il voulait qu'ils assistent à la mort de leurs partenaires.

Amaury sentit sa poitrine se contracter tandis qu'il se remémorait les mots de Samson. Toute la journée, lui et ses compères vampires avaient travaillé à l'élaboration d'un plan pour libérer leurs femmes sans que celles-ci ne fussent blessées. Et, selon Delilah, Nina était autant en danger qu'elle. Elle semblait convaincue de l'innocence de cette dernière.

Alors que Samson et le reste du groupe étaient toujours sceptiques quant aux déclarations de Delilah, Amaury sentait son cœur s'emplir d'espoir. En tant qu'ancienne audit, la femme de Samson avait manifestement la tête sur les épaules et Amaury plaçait tous ses espoirs dans ses impressions.

Même si Delilah avait été incapable de leur donner la localisation précise de l'endroit où Nina et elle avaient été emmenées, Samson avait immédiatement soupçonné le choix de Luther.

Après la mort de Vivian, ce dernier avait disparu, mais uniquement après avoir érigé un monument à son effigie, une sorte d'autel.

Amaury regarda les bois derrière lui, où ses amis s'étaient cachés. Ils n'avaient pas besoin de lumière. Leur acuité visuelle plus développée que la moyenne leur suffisait pour trouver leur chemin dans le noir. Doucement, ils resserrèrent le périmètre qu'ils avaient formé autour de la propriété. Tout bas, ils se communiquèrent leur position via leurs écouteurs.

Grâce à leur entraînement spécifique en tant que gardes du corps, ils se savaient tous d'excellents combattants mais, malheureusement, il en était de même pour Luther et ses hommes. Amaury et Samson ne savaient toujours pas combien de vampires travaillaient pour Luther. Ils n'avaient pas eu le temps d'enquêter sur le sujet.

Amaury écouta dans son oreillette et s'approcha de quelques mètres. Il s'arrêta au niveau d'un bosquet et porta son regard vers le mausolée. Il y perçut du mouvement. En se concentrant, il devira deux silhouettes, près des marches menant à l'entrée.

« Je vois deux personnes, » murmura-t-il dans son micro.

« Je les vois, » confirma Gabriel. « Ils sont deux. Je m'approche pour confirmer leur identité. »

Amaury retint son souffle. Sans faire le moindre bruit, il avança, à la recherche du buisson le plus proche derrière lequel il pourrait se cacher.

« Confirmation, Delilah et Nina sont sur une estrade. »

La voix de Gabriel perça à travers les oreillettes.

Amaury regarda à droite. Samson le couvrait derrière le buisson à côté de lui. Il hocha la tête vers son ami et patron avant de regarder de nouveau vers le mausolée. A présent, Amaury pouvait distinctement voir l'estrade.

Devant les marches menant au mausolée, Luther avait construit une estrade en bois. Et en son centre se tenaient Nina et Delilah, debout et immobiles, les bras dans le dos. Amaury était toujours trop loin pour pouvoir donner davantage de détails.

« Présence de câbles, » dit Thomas dans les oreillettes. « Qu'est-ce qu'il veut faire avec ça ? »

« J'approche par l'arrière, » annonça Ricky. « Je suis les câbles. »

« Aucun signe de Luther ? » demanda Amaury.

Un à un, ses collègues répondirent par la négative.

Sur l'estrade, Nina et Delilah ne bougeaient pas. Amaury se concentra pour améliorer sa vision une fois de plus et il put distinguer des bâillons sur leur bouche. Luther voulait manifestement éviter qu'elles appellent leurs sauveurs à l'aide. Non pas que cela eût une quelconque importance. Les deux femmes pouvaient communiquer avec leurs partenaires, si elles le désiraient. Aucun bâillon ne pouvait les en empêcher.

Cela signifiait donc que Luther craignait que les femmes préviennent les autres vampires de quelque chose. Mais de quoi ?

Amaury fit signe à Samson qu'il était prêt à s'approcher. Son ami hocha la tête et lui montra une percée entre deux buissons.

Amaury atteignit l'endroit en trois longues enjambées. Il fit un pas en avant. Un instant plus tard, il entendit un déclic et tourna la tête en direction du bruit. Il remarqua immédiatement le petit appareil rond.

« Putain ! » siffla-t-il.

« Quoi ? » répondit Samson de suite.

« Des détecteurs de mouvement. »

Luther avait visiblement des détecteurs de mouvement pour deux raisons : pour lui indiquer leur approche et enclencher un processus. Un regard à Samson, qui s'était approché de lui, confirma que son ami en avait tiré la même conclusion. Quelque chose était sur le point de démarrer.

« Merde ! »

~ ~ ~

Nina perçut immédiatement le déclic. Rien de tel ne s'était produit auparavant, elle en était certaine. Cela venait juste d'arriver. Elle tourna la tête pour regarder sur le côté. Elle ne pouvait demander à Delilah si elle aussi l'avait entendu.

Mais quelque chose clochait. En réalité, plusieurs choses clochaient, à commencer par le fait qu'elle et Delilah étaient attachées à deux poteaux. Mais quelques secondes plus tôt, rien ne s'était encore produit. A présent, il semblait que le déclic avait enclenché quelque chose. Et un déclic n'était jamais une bonne chose. N'importe quel cinéphile aurait pu le lui confirmer.

Nina tendit le cou à nouveau et, du coin des yeux, elle vit une lueur. En bougeant son corps un peu plus, elle parvint à se mouvoir d'un centimètre et put enfin constater de quoi il s'agissait : une horloge digitale qui affichait un compte à rebours.

Voilà donc qui résolvait le mystère du déclic.

Putain mais qui a enclenché cette satanée bombe ?

Elle n'avait vu personne aux alentours, ce qui voulait dire qu'il s'agissait de quelqu'un se trouvant à distance. Du moins la présence des câbles le laissait-elle suggérer. Après que Johan et un autre vampire les eurent attachées, ils les avaient laissées seules. Si elle ne se trompait pas, cela faisait déjà plus d'une heure.

Nina ? Tu m'entends ?

La voix dans sa tête lui sembla familière.

Amaury ?

Etait-ce ce à quoi Delilah avait fait allusion ? La communication télépathique via le mélange des sangs ?

Oui, c'est moi. Dis-moi ce qui se passe. On n'est pas loin.

Nina se fit à la voix dans sa tête qui la calmait étrangement.

Vous avez intérêt à vous manier, il y a une bombe qui s'est enclenchée.

Silence. Aucune réponse ne provint d'Amaury. Où diable était-il passé ?

Amaury, bon sang ! Tu vas faire quoi ?

Plusieurs secondes passèrent avant, qu'enfin, elle ne sentît à nouveau la chaleur accompagnant les pensées lui venant à l'esprit.

Ecoute bien. Je crois que nous l'avons enclenchée en nous approchant.

Idiots !

Il y a une horloge ?

Bien sûr qu'il y a une horloge, répondit-elle.

Tu peux voir le temps qu'il reste ?

Nina tendit son cou une fois de plus. *Moins de dix minutes.*

Merde !

Avant qu'elle ne pût se concentrer pour lui répondre, elle remarqua un mouvement sur le côté. Elle s'étira. Du coin de l'œil, elle vit Eddie. Mais il ne marchait pas vers elle. Il se faufilait le long des buissons qui avaient poussé aux abords des escaliers, cachant ce qui se passait derrière. Qu'essayait-il de faire ?

Son attention fut détournée à nouveau lorsqu'une voix tonitruante s'éleva derrière elle.

« Je vois que tout le monde est enfin arrivé. »

Pourquoi fallait-il toujours que les méchants sortent cette phrase avant de tout faire exploser ?

« Lumière, » cria Luther.

Un instant plus tard, l'estrade et l'espace vert devant eux furent inondés de lumière. A présent, quiconque essaierait d'approcher serait dans l'impossibilité de se cacher.

Luther se tint derrière Delilah et Nina, les utilisant manifestement comme bouclier afin qu'aucun des vampires tentant de leur venir en aide ne pût le voir distinctement.

~ ~ ~

Amaury regarda l'estrade. La lumière lui permettait d'avoir une vue précise de l'endroit où Luther avait décidé de tuer leurs femmes. Il réalisa immédiatement qu'il n'y avait aucun moyen de les atteindre sans être vu. Ce ne serait pas une opération de sauvetage facile. Il faudrait faire preuve de vélocité.

Amaury régla sa montre sur neuf minutes, le temps qui leur était imparti avant l'explosion de la bombe.

« On n'a pas beaucoup de temps, » dit-il doucement dans son micro. « Les détecteurs de mouvement ont enclenché le compte à rebours d'une bombe. »

« Bienvenue à mon petit spectacle, » dit Luther depuis l'autre côté de la clairière. « Je vais partir du principe que tout le monde est là ? »

Il y eut une petite pause, avant qu'il ne poursuivît.

« Bien. Je n'aurais pas voulu démarrer sans vous. »

Amaury pointa son semi-automatique en direction de Luther et regarda à travers le viseur. Sa cible se tenait pile entre Nina et Delilah. Son doigt se resserra autour de la gâchette. Luther bougea. Des perles de sueur apparurent sur le front d'Amaury, alors que son doigt tremblait sur la gâchette. Un regard vers Nina lui laissa comprendre qu'il ne pouvait prendre le risque de tirer. Et s'il ratait sa cible ? Non. C'était trop risqué. Il abaissa doucement son bras.

Samson bougea à ses côtés.

« Je sais, » dit-il dans le micro. « On ne peut rien faire depuis l'avant. Vous pouvez vous en occupez, les gars, sur le côté ? »

« On y travaille, » répondit Gabriel dans les oreillettes.

« Ricky, quelque chose quant aux câbles ? »

Aucune réponse ne parvint.

« Ricky ? »

Samson jeta un regard inquiet à Amaury.

« Yvette, Zane, allez voir ce qui se passe avec Ricky. »

« Tout de suite, » répondit Yvette dans l'oreillette, avant de se taire à nouveau.

« Peu importe ce que vous avez prévu, vous ne pourrez pas sauver vos partenaires. Tout comme moi, je n'ai pu sauver la mienne. »

La voix de Luther fit écho dans la nuit.

« Cela fait longtemps que j'attends ce moment. Jamais je n'aurais cru faire d'une pierre deux coups. Franchement, Amaury, mon vieil ami, je ne t'en pensais pas capable. »

Amaury se foutait pas mal de ce que Luther pensait. Nina lui appartenait et il ne permettrait pas qu'on lui fît du mal.

Luther se tourna vers Delilah et lui dégagea une mèche de cheveux de son visage. Elle y répondit en secouant la tête, d'un air de défi.

« Quelle jolie partenaire tu as, Samson. Quand j'ai entendu parler de votre union, il y a quelques mois, j'ai voulu te féliciter en personne. Pardon pour le retard, mais j'avais des choses à mettre au point avant, tu comprends. J'avais besoin de supporters loyaux et, quelle meilleure façon que de les créer moi-même pour m'assurer de leur fidélité, tu ne trouves pas ? Après tout, vous avez retourné tous mes amis contre moi. Dans ma peine, je n'avais personne. »

Amaury ne s'en souvenait que trop bien. Excepté que c'était Luther qui s'était détourné de ses amis en repoussant et accusant tout le monde de méfaits.

« Vous auriez pu sauver Vivian. Mais vous l'avez laissée mourir. Vous en aviez le pouvoir mais vous n'avez pas réagi. Mais faisons table rase du passé. C'est fini, aujourd'hui, y compris pour moi et vos partenaires de sang-mêlé. »

Le fait que Luther fût prêt à mourir avec Delilah et Nina ne surprit pas Amaury. Il devait bien se douter que Samson et lui le pourchasseraient jusqu'au bout du monde. Luther avait signé son arrêt de mort à la minute où il avait posé les mains sur elles.

Un rapide coup d'œil à Samson lui confirma que son ami pensait la même chose. Amaury regarda sa montre : il ne restait plus que six minutes. Il désigna sa montre et fit un signe à Samson, lui indiquant le temps restant avec ses doigts.

« Gabriel, où en êtes-vous ? »

La voix de Samson semblait plus calme et posée que ce qui transparaissait sur son visage.

« C'est Quinn. J'ai trouvé le mécanisme de déclenchement. Je ne peux pas le désactiver ici. J'ai besoin de la console. »

« Vas-y. »

« En route. Un avertissement, cependant. Je pense qu'il y a une activation manuelle quelque part. Au cas où on désactive l'automatique, il a un autre moyen de l'enclencher. »

« Je vais voir ça, » répondit Thomas.

« Moins de cinq minutes, » murmura Amaury.

« Bonne nuit, les amis. Et bienvenue dans les véritables ténèbres, » dit Luther.

Un instant plus tard, il se glissa dans le mausolée derrière les femmes, sa silhouette disparaissant dans l'entrée.

38

Nina frissonna en entendant les derniers mots prononcés par Luther.

Elle regarda sur le côté, là où Eddie s'était caché plus tôt, mais elle ne le vit nulle part. Elle jeta un œil à l'horloge. Il restait moins de cinq minutes.

Au loin, de l'autre côté de la zone herbeuse, elle discerna quelques ombres. Etaient-elles en train d'avancer vers elle ou ne s'agissait-il que d'un vain espoir ?

Quelques secondes plus tard, une silhouette familière apparut. Malgré la pénombre, elle le reconnut : Amaury. A côté de lui, un homme plus mince mais tout aussi grand : Samson.

Nina regarda au-delà du bord de l'estrade, où Amaury et Samson continuaient leur approche sans en être empêchés. Ce n'était pas normal. C'était trop facile. Pourquoi Luther les aurait-il laissées seules, Delilah et elle, et permis à leurs hommes de venir les libérer ? Cela n'avait pas de sens. Oui, la bombe continuait son tic-tac mais cinq minutes leur suffisaient largement pour les libérer et s'éloigner à temps, avant que tout n'explosât. Non, il était clair que quelque chose clochait dans ce tableau.

C'est un piège !

Elle se concentra sur Amaury et lui ouvrit son esprit. Elle regarda attentivement autour d'elle, suivant les câbles des yeux.

Du coin de l'œil, elle perçut un mouvement. Eddie venait de dépasser précipitamment l'estrade et se dirigeait vers Samson et Amaury, prêt à se jeter sur eux. Nina voulut crier pour arrêter son frère mais le bâillon sur sa bouche l'en empêcha.

Elle ne put que voir la façon dont Eddie bondit sur Amaury. Ils se battirent, tandis que Samson continuait d'approcher. Un regard furtif d'Eddie vers Samson fit comprendre à Nina que quelque chose clochait. Son frère ne se battait pas pour les tuer mais pour les empêcher d'avancer.

Amaury, arrête ! Ne blesse pas Eddie ! Pas plus loin ! Arrête Samson ! Arrête-le maintenant !

Une seconde plus tard, l'ordre d'Amaury perça dans la nuit.

« Samson, recule ! »

Son ami s'immobilisa immédiatement, tout comme Eddie. Amaury mit fin à ses coups.

« Dieu merci. »

Nina entendit la voix grinçante de son frère. Son visage laissait transparaître sa fatigue extrême. Il désigna un endroit situé à peine à un mètre de Samson.

« Des lasers. »

Le cœur de Nina s'accéléra.

Amaury agrippait toujours son frère avec fermeté mais il ne semblait plus lui vouloir de mal.

« Parle. Et vite. »

La voix d'Amaury parvint aux oreilles de Nina, ce qui eut pour effet de la réconforter.

« Une fois que vous passez ce point, le faisceau lumineux du laser est coupé, ce qui enclenche un second mécanisme et alors, vous n'avez plus que soixante secondes avant que l'estrade n'explose, » expliqua Eddie.

Le cœur de Nina s'arrêta. C'était donc la raison pour laquelle Luther était parti aussi confiant en les laissant seules. Si les hommes s'étaient précipités, ils auraient, par inadvertance, réduit le temps sur l'horloge et auraient explosé avec elles.

Nina cligna des yeux et déglutit. Alors voilà, elles étaient foutues.

« Il y a un moyen de le contourner ? »

Eddie secoua la tête.

« L'unique façon d'accéder à l'estrade sans marcher sur le laser, c'est d'y aller par le mausolée. »

Son frère regarda dans sa direction.

« Je suis désolé, ma puce. Je ne savais pas qu'il irait jusqu'au bout. Je ne me suis pas rendu compte à quel point il était fou. Quand j'ai compris ce qu'il prévoyait de faire, il était déjà trop tard. »

Amaury regarda Nina, l'agonie et la torture assombrissant les beaux traits de son visage. Sans cesser de la regarder, il s'adressa à Eddie.

« Fais-nous entrer dans le mausolée. Maintenant. »

Elle les regarda, tandis qu'Amaury parlait à voix basse dans son micro et écoutait ses oreillettes. Elle nota la frustration qui se lisait sur son visage avant qu'il ne se retournât vers Samson et Eddie. Ils parlaient trop bas pour qu'elle pût les entendre mais leurs gestes lui laissaient comprendre qu'ils n'étaient pas d'accord.

« Non ! Tu es fou ? » cria Eddie à Amaury.

« On n'a pas le choix, » répondit Amaury, submergé par ses émotions.

Il regarda Nina, tristement.

Fais-moi confiance.

Nina entendit sa voix dans sa tête. Lui faire confiance ? Mais comment ? Qu'avait-il en tête, bon sang ?

Quelques secondes plus tard, la situation empira. Les amis et congénères d'Amaury surgirent de nulle part, encerclant le périmètre. Puis elle vit les autres, les hommes de Luther.

Johan apparut derrière le mausolée avec trois autres hommes qu'elle ne reconnut pas. L'un d'eux avait aidé à les attacher, Delilah et elle. Quant aux autres, Nina ne les avait jamais vus.

Alors qu'elle surveillait toujours l'endroit pour comprendre ce qui se passait devant ses yeux, elle vit Amaury et Samson bouger. Ils piquèrent un sprint vers l'estrade. Ils couraient bien plus vite que ne l'auraient fait des humains.

Son cœur battait contre ses tempes. Nina n'eut pas besoin de regarder l'horloge pour savoir que les dernières soixante secondes venaient de s'enclencher. Serait-ce ainsi que sa vie se terminerait ? Explosée en mille morceaux ? Sentirait-elle quelque chose ?

En un bruit sourd, les deux vampires sautèrent sur l'estrade et se précipitèrent vers elles deux. Une seconde plus tard, Amaury était derrière elle.

~ ~ ~

En plein saut, Amaury avait libéré le couteau de son écrin et était prêt à la détacher quand il les vit : des menottes en argent.

« *Nooooon !* »

Son cri fit écho à celui de Samson, lui-même derrière Delilah. Il venait apparemment de faire la même découverte.

« Oh bon Dieu, Nina. »

Ce fut tout ce qu'il put dire.

Il la vit donner un coup de pied au poteau. Frustré, il fit de même et nota que celui-ci était en fer, métal qu'un vampire pouvait tordre et briser, s'il faisait preuve d'assez de force.

« Samson, le poteau… *Casse-le !* »

Sauve-toi, Amaury. S'il te plaît.

« Je ne te laisserai pas ! »

Sa colère et sa détermination se mêlaient dans sa voix.

« Penche-toi en avant, écarte-toi autant que possible du poteau, » ordonna-t-il.

Nina fit ce qu'il lui demandait.

Amaury donna un autre coup au poteau avec sa jambe puis avec le plat de sa main. De nouveau avec la jambe, puis avec la main. Il frappa encore et encore, de manière incessante et rapide. Un œil humain pouvait à peine percevoir ses mouvements. Encore un coup. Un de plus. Le poteau commença à céder d'un côté.

Juste un de plus, encore un.

Faisant appel à toute la force qu'il lui restait, il écrasa son pied contre le poteau. Une douleur lancinante parcourut sa jambe mais il n'y prêta pas attention. Le métal céda. Avec la vitesse typique des vampires, il s'affaira alors autour des poignets de Nina, sans prêter attention aux dégâts que l'argent causait sur ses propres mains. Il souleva le poteau, le tourna légèrement et le laissa tomber. Il tira ensuite sur les menottes et libéra sa chérie.

Il l'attrapa tout en sautant de l'estrade. L'ombre à ses côtés devait être Samson mais il n'avait pas le temps de regarder. Encore quelques pas, sa partenaire collée contre sa poitrine–et il parvint à mettre une certaine distance entre l'estrade et eux, avant que l'explosion ne le heurtât. L'onde de choc le plaqua au sol, tandis qu'une immense chaleur s'abattait sur lui.

Puisant dans ses dernières ressources, il recouvrit Nina pour la protéger sous sa large carrure, espérant que la chute ne l'eût pas blessée. Le corps de cette dernière était doux sous lui, ses seins écrasés contre sa poitrine. Mais elle avait froid. Combien de temps était-elle restée debout dans l'air frais de la nuit ? Sa respiration était aussi courte que la sienne. Quelques secondes supplémentaires passèrent avant qu'il n'osât lever la tête en toute sécurité.

Samson se tenait à sa gauche, dans la même position, recouvrant Delilah.

En regardant derrière lui, Amaury vit ses collègues se battre contre l'ennemi. Ils surpassaient en nombre les hommes de Luther. Il ne risquait donc rien à s'asseoir un moment. Amaury se dégagea de Nina. Les bras toujours attachés dans son dos, elle ne pouvait beaucoup bouger toute seule. Il l'aida à s'asseoir avant de lui enlever le scotch.

« Désolée, *chérie*, ça va faire mal. »

Ses yeux étaient écarquillés. Elle était manifestement toujours sous le choc. Amaury retira le scotch d'un geste bref puis, il pressa immédiatement la paume de sa main contre les lèvres de Nina pour apaiser la douleur.

Son grognement étouffé se répercuta contre sa main.

Il ne pouvait la laisser en proie à la douleur et bon Dieu, il avait besoin de la sentir.

« Je vais te guérir. »

Sa langue suivit la courbe des lèvres de Nina, que le scotch avait laissées tendres, adoucissant d'abord la lèvre inférieure puis la supérieure. Quelques instants plus tard, il l'embrassait et la pressait contre son corps, appréciant leur proximité. Il aurait voulu que ce moment durât une éternité mais il la relâcha aussi vite qu'il l'avait embrassée.

Amaury n'avait pas oublié ce qu'il lui avait fait. Et lui sauver la vie n'y changeait rien. Elle ne lui appartenait pas parce qu'il ne lui avait jamais demandé d'être sienne. Ou tout du moins, pas de la façon dont elle aurait dû le comprendre.

« Je suis désolé. »

Amaury détourna les yeux et regarda en direction du mausolée. Ce dernier était toujours debout. Pourquoi n'avait-il pas explosé ?

« Quinn, le mausolée n'a pas explosé. »

La voix entrecoupée de Quinn lui répondit.

« Désolé, mon gars. Luther a croisé les câbles exprès. J'ai coupé celui du mausolée en croyant qu'il s'agissait de celui de l'estrade. Il avait pensé à tout.

« Tu vas bien ? »

« Je ne dirais pas non à un peu d'aide : il a envoyé un autre de ses amis. »

« J'arrive, » confirma Amaury.

Il se leva et jeta un œil à Nina.

« Reste là. »

~ ~ ~

Nina regarda Amaury courir vers le bâtiment. Puis, elle tourna la tête et vit Samson embrasser tendrement Delilah. La douce voix du vampire transportait sa partenaire.

« J'ai failli te perdre. »

« Tout va bien. »

« Et le bébé ? »

« Elle va bien. »

« Elle ? » demanda Samson d'une voix pleine de surprise.

« Je t'expliquerai plus tard. Tu peux m'enlever ces menottes ? »

Nina sentit ses poignets sciés par les siennes.

« Moi aussi. Amaury a décidé de s'enfuir avant de me détacher. »

Delilah lui jeta un regard empli de compassion. Oui, cela faisait mal, le fait qu'Amaury eût choisi de continuer à se battre plutôt que de rester à ses côtés alors que Samson, lui, avait pris soin de sa femme.

« Oliver va m'apporter les pinces qui sont dans le van pour couper l'argent, » dit Samson.

Nina se tourna de nouveau vers le champ de bataille. Derrière l'estrade réduite en morceaux, une silhouette sombre apparut, sortant du mausolée. Luther. Personne ne l'avait encore vu.

Elle chercha Amaury des yeux.

Les restes de l'estrade brûlaient toujours. Avec difficulté, elle réussit malgré tout à apercevoir les différentes silhouettes occupées à se battre de part et d'autre. Elle reconnut Johan, qui affrontait Gabriel. Les autres étaient obscurcis par l'incendie, qui, du fait de l'explosion, faisait rage.

Nina vit Amaury se diriger vers l'arrière du bâtiment. Malheureusement, Luther le vit au même moment. Elle nota combien il suivait son partenaire du regard avant de se diriger vers lui. Quant à Amaury, il regardait dans une autre direction et ne pouvait voir Luther arriver. Si elle ne le prévenait pas, Luther allait le surprendre par derrière.

Nina se retourna vers Samson.

« Samson ! Luther est derrière Amaury. »

Toujours attachée, Nina se trouvait dans l'incapacité d'indiquer à Samson de quel côté il était.

« Où ? » demanda Samson en scannant la scène.

« A droite, là, à côté du bâtiment. Aide-le, s'il te plaît. »

Samson se toucha l'oreille puis resta immobile, sous le choc.

« J'ai perdu mon micro ! Putain ! »

Le ventre de Nina se noua.

« Amaury ! » cria Samson. Mais son ami ne se retourna pas.

Il y avait trop de bruit sur le champ de bataille.

« Il ne peut pas m'entendre. »

La panique l'envahit.

« Oh bon Dieu, non. »

Elle regarda Luther suivre Amaury.

« Tu dois le prévenir, Nina. Fais-le ! »

La panique pétrifia son cerveau. S'il ne pouvait entendre Samson, dont la voix était plus forte que la sienne, comment pourrait-il percevoir l'avertissement de sa femme ? Elle sentit les battements de son cœur dans sa gorge, le nœud se resserrant. Le désespoir l'immobilisait.

« Amaury ! » dit-elle d'une voix étranglée.

« Le lien, » lui ordonna Samson. « Utilise le lien. »

Nina battit des yeux, puis se concentra.

Amaury, derrière toi. Luther est derrière toi.

Une seconde plus tard, elle le vit se retourner, faisant face à son assaillant. Luther encaissa le premier coup, mais Amaury enchaîna sans attendre une seule seconde. Ils se valaient, se rendant coup pour coup.

Le ventre de Nina se serra douloureusement tandis qu'elle tentait de suivre la bagarre des yeux. A chaque coup que prenait Amaury, elle se contractait. Lequel était le plus fort ? Amaury sortirait-il victorieux de l'affrontement ?

Elle sursauta lorsqu'elle sentit des mains sur ses épaules.

« C'est Oliver. Je vais couper tes menottes. Reste tranquille. »

Un moment plus tard, elle sentit le métal froid contre sa peau. Un claquement s'ensuivit et les menottes tombèrent à terre. Sans se retourner pour remercier l'homme, elle courut vers la scène qui se déroulait sous ses yeux. Elle devait aider Amaury, par quelque moyen que ce fût.

Elle trébucha lorsqu'elle vit, du coin de l'œil, Eddie aux prises avec Zane. Ce dernier avait l'avantage. Elle regarda Amaury, puis de nouveau Eddie et changea de direction au dernier moment, décidant de se diriger vers son frère.

« Arrête ! Il est de notre côté. »

Mais Zane l'ignora. Il continuait à frapper son frère.

« Zane, arrête ! Ne le blesse pas, » cria-t-elle à nouveau, plongeant vers l'avant pour les séparer.

Zane l'attrapa et la poussa sur le côté, puis se retourna vers Eddie.

« Il est avec Luther. »

Sa réponse disparut sous la voix tonitruante de Samson derrière elle.

« Zane, il est avec nous. Lâche-le. »

Un voile de perplexité s'empara du visage de Zane, mais il obéit et lâcha Eddie.

Nina courut vers son frère et l'embrassa. Les bras forts de ce dernier la serrèrent.

« Tu es vivante, » dit-il.

Grâce à Amaury. Mais à présent, celui-ci était en danger. Nina se défit des bras d'Eddie et chercha son partenaire des yeux.

39

Amaury esquiva un autre coup de Luther et enfonça son poing dans le bras de celui-ci, le bloquant momentanément tout en s'accordant le temps de sortir son poignard en argent avec son autre main.

Il porta un coup aux jambes de Luther pour le faire fléchir, ce qui fonctionna. Sans hésiter, Amaury le plaqua contre le mur derrière lui et leva le poignard pour frapper.

Luther méritait de mourir pour avoir presque tué sa partenaire. La bête en Amaury ne se trouverait apaisée que lorsque son ennemi aurait payé.

Non ! Arrête, Amaury !

La voix de Nina envahit son esprit et il hésita une seconde.

S'il te plaît. Si tu m'aimes, ne le tue pas.

Il perçut un mouvement sur le côté et se retourna. Nina accourait vers lui.

« Ne bouge pas ou tu es mort, » prévint-il en maintenant le poignard contre la gorge de Luther.

L'argent mordit la peau de son opposant.

« Amaury ! Ne le tue pas, s'il te plaît. Non, » entendit-il Nina lui dire.

Son ventre se noua. Pourquoi voulait-elle sauver Luther alors qu'il avait essayé de la tuer ? Cela n'avait ni queue ni tête. Amaury la regarda longuement, cherchant une réponse dans ses yeux. De quel côté était-elle ?

Samson et Delilah apparurent derrière elle, suivis, quelques secondes plus tard, de tous les autres. Le combat semblait terminé mais le feu continuait de faire rage.

Amaury sentit Luther faiblir sous son emprise. Il semblait réaliser qu'il avait perdu. La main d'Amaury trembla. Il était pressé de finir ce qu'il avait commencé.

« Ne fais pas ça, » l'avertit Nina. « Ou tu ne vaudras pas mieux que lui. »

« Pourquoi devrais-je lui laisser la vie sauve ? » demanda-t-il, évitant le regard de la jeune femme et se concentrant à la place sur la gorge de Luther, là où le poignard en argent avait brûlé la chair.

Il lui suffirait simplement d'appuyer un peu plus pour lui ôter la vie, lui faire payer pour la douleur qu'il avait causée.

Son cœur se mit à battre d'une rage folle lorsqu'il se remémora l'image de Nina sur l'estrade, de même que la panique qui s'était emparée de lui quand il réalisa que les menottes étaient en argent. Il aurait pu la perdre à tout jamais.

« Tu n'es pas son juge. »

La voix posée de Nina parvint à ses oreilles.

« Non, mais je *suis* son bourreau. »

« Alors je me ferai défense. »

Amaury la dévisagea, bouche bée.

« Qu'est-ce que tu veux dire ? Il est coupable. On sait tous ça. »

« Qu'on en finisse, » interrompit soudain Luther.

« Non, dit Nina en faisant un pas en avant. Il y a des circonstances atténuantes. »

Même le visage de Luther se contracta sous l'effet de l'incompréhension.

« Des circonstances atténuantes ? » répéta Amaury.

Il nota la façon dont Delilah venait de poser sa main sur le bras de Nina. Les deux femmes se regardèrent.

« Il a besoin de savoir, » dit doucement Nina.

Une vague de crainte s'empara d'Amaury lorsque Nina le regarda dans les yeux.

« Si Samson et toi lui aviez dit dès le départ, rien de tout ça ne serait arrivé. »

« Ne te mêle pas de ça, » la prévint Amaury.

Cela devait rester entre hommes. Lui et ses collègues s'occuperaient de Luther de la seule et unique façon possible. Kidnapper et tenter de tuer la partenaire d'un vampire n'appelait qu'à une seule punition : la mort.

« Quinn, emmène les femmes autre part, » ordonna-t-il.

Lorsque Quinn regarda Samson, dans l'attente d'une confirmation, celui-ci hocha la tête.

« Je ne pars pas !, » souligna Nina dans un mouvement de protestation, les mains sur les hanches et les pieds écartés. Le petit combattant d'Amaury était prêt pour une nouvelle lutte contre lui. Mais ce dernier ne le lui permettrait pas. Pas cette fois.

« J'ai dit… »

Nina l'interrompit, à présent furieuse.

« J'ai entendu ce que tu as dit. Et comme le fait savoir Rhett à Scarlet : franchement, mon cher, je m'en fous. Je dirai ce que j'ai à dire et personne ne m'en empêchera. »

Nina leva le menton vers lui d'un air provocant.

Bon sang, cette femme avait du cran. Et elle s'en servait pour le mettre au défi. S'il n'avait pas été aussi occupé à maintenir son poignard sous la gorge de Luther, il l'aurait attrapée immédiatement, l'aurait penchée en avant puis, l'aurait fessée car c'était tout ce qu'elle méritait.

Hormis Samson, personne ne lui avait jamais vraiment tenu tête. Et son patron était un vampire de plus d'un mètre quatre-vingt, pas une humaine toute délicate avec ses poings tremblants sur la taille. Non, ce détail ne lui avait pas échappé. Nina était nerveuse mais ,en même temps, elle voulait en finir avec tout ça. Il ne pouvait que l'admirer, même cette fois, il n'était pas d'accord avec elle.

Amaury vit Samson ouvrir la bouche pour parler, mais Delilah l'en empêcha. Elle secoua doucement la tête et posa sa main sur le bras de celui-ci pour l'arrêter.

« Luther, » dit Nina au vampire qui se trouvait au bout du poignard d'Amaury, « je te déteste pour ce que tu as essayé de nous faire, à Delilah et à moi, mais je peux comprendre la douleur que tu ressens. Cependant, il faut que tu saches que ni Amaury ni Samson n'est responsable de ta douleur. C'est Vivian qui n'a pas voulu devenir un vampire, même après qu'on le lui eut proposé. »

Immédiatement, un grognement déchira la poitrine de Luther, lequel essaya d'attraper Nina.

« *Tu mens !* »

Il se débattit contre Amaury.

« Tu vas payer pour ce mensonge. »

Le coup de Luther atterrit dans les parties d'Amaury, ce dernier n'ayant eu le temps de s'apercevoir de quoi que ce fût. La douleur parcourut son corps et sa main lâcha le poignard en argent avant qu'il ne se pliât en deux. Luther s'échappa de sa poigne et sauta sur Nina. Un cri de stupeur s'échappa de la bouche de cette dernière.

Malgré la douleur et la nausée que son corps tentait de repousser, Amaury se jeta sur Luther. Avec horreur, il vit son ennemi attraper Nina par l'épaule.

« Non ! »

Un cri perça dans la nuit et Amaury se rendit compte qu'il s'agissait du sien. Il devait sauver Nina.

Ses amis réagirent plus vite. En quelques secondes, Zane et Samson avaient attrapé Luther et le retenaient.

Telle une bête sauvage, Luther regarda autour de lui, passant de l'un à l'autre, avant de poser de nouveau le regard sur Nina.

« Tu mens ! Admets-le. *Tu mens !* » la pressa-t-il d'avouer.

Nina secoua ses boucles de miel, le regard attristé.

« Je préfèrerais qu'il s'agisse d'un mensonge. »

Amaury nota une larme solitaire couler de l'œil de Nina, roulant le long de sa joue. Luther la vit également.

« Non ! »

Un cri violent s'échappa de la poitrine de ce dernier et résonna dans la nuit.

« Non ! Non ! »

Un moment plus tard, Amaury le vit s'écrouler, son corps entier se laissant choir alors qu'il tombait à genoux.

« Oh bon Dieu, non. »

Samson se tourna vers ses hommes.

« Quinn, toi et Yvette, vous ramenez Delilah et Nina à la maison. Nous, on s'occupe du reste. »

Quinn hocha la tête.

Amaury nota le regard interrogateur de Nina vers Eddie, puis Luther. Il fit un pas vers elle et s'adressa à elle en baissant la voix.

« Ton frère est en sécurité avec nous. Je te le promets. »

« Et Luther ? » demanda-t-elle.

« On ne le tuera pas mais il sera puni. »

Elle le regarda un long moment puis hocha la tête. Il fit signe à Quinn et Yvette, lesquels emmenèrent les femmes. Amaury suivit Nina des yeux. Avait-il un avenir avec elle ?

Lorsqu'il se retourna, il vit Samson accroupi aux côtés de Luther, une main posée sur l'épaule de ce dernier.

« On ne pouvait pas te le dire, je suis désolé, » dit Samson d'une voix douce.

« Je l'aimais. »

La voix de Luther était entrecoupée de larmes.

Amaury ne comprenait que trop bien sa douleur. Il se détourna. Samson devrait s'occuper de Luther. Lui, il n'avait plus aucune force en réserve. Cela lui coûterait déjà assez de tenir les quelques heures suivantes et de tout arranger avec Nina.

« Qu'est-ce qui va se passer, maintenant ? » demanda Ricky.

Amaury leva les yeux.

« Luther devra passer devant le conseil. Il devra répondre de ses actes devant le tribunal pour avoir créé de nouveaux vampires. Et il lui faudra répondre du meurtre de ces humains que les gardes du corps ont tués. »

« Tu crois qu'on peut garder Eddie et Kent en dehors de tout ça ? » demanda Ricky.

« Ils devront témoigner mais ils ne seront pas jugés. Ils ont perpétré ces meurtres sous l'influence de Luther, ce qui veut dire que c'est lui le responsable. »

« Qu'est-ce qui va lui arriver ? »

« Je ne sais pas mais ce qui est sûr, c'est que le conseil est juste. Ils examineront les circonstances des faits. »

Amaury regarda de nouveau Samson, lequel aidait Luther à se relever.

« Tu es prêt ? » demanda Samson.

Luther regarda d'abord Amaury puis de nouveau Samson. Quelque chose se passait mais Amaury ne sut dire quoi. Il pouvait juste seulement voir que l'esprit de Luther était en plein travail.

« Je veux dire adieu à Vivian. »

D'un hochement de tête de la part de Samson, Zane relâcha le bras de Luther et lui permit de se retourner vers le mausolée. Amaury vit une lueur de haine dans les yeux de ce dernier et réalisa immédiatement qu'il ne s'agirait pas d'adieux affectueux envers sa femme décédée.

Ne sachant pourquoi mais agissant par instinct, Amaury sauta vers Luther. Mais il arriva trop tard. Le temps qu'il ne l'atteignît et qu'il ne le plaquât au sol, Luther avait déjà sorti de sa poche un petit objet électronique.

« LE DETONATEUR ! » hurla Samson derrière lui.

Amaury se battit avec Luther, essayant de lui retirer l'objet des mains. Luther fut plus rapide. Son pouce pressa le bouton.

A peine une seconde plus tard, le mausolée fut secoué par une explosion. Les murs tremblèrent, cédèrent puis s'écroulèrent les uns sur les autres. Un nuage de poussière s'éleva du champ de ruines.

La dernière demeure de Vivian n'était plus.

40

Les jambes lourdes, Amaury pénétra dans l'ascenseur privé menant à son appartement. Il avait passé la nuit entière à chercher Nina. Elle ne l'avait pas attendu chez Samson et était simplement partie sans un mot.

En toute honnêteté, cela ne l'étonnait même pas. Il s'était comporté comme un moins que rien et, convaincre sa partenaire de le pardonner et de revenir vers lui, ne serait pas chose facile. Mais il devait d'abord la retrouver. Après avoir trouvé son studio de Chinatown vide, il avait parcouru la moindre allée et le moindre club à sa recherche. En vain. Elle avait disparu. Le lever de soleil imminent était la seule raison pour laquelle il retournait à présent chez lui. Une fois la nuit tombée, il poursuivrait ses recherches.

Au moment où il entra, Amaury sut qu'il n'était pas seul. A la vue de Nina se tenant sur le seuil de la porte de sa chambre, vêtue de son peignoir blanc, il se figea.

La porte de l'ascenseur se referma derrière lui.

Les hallucinations ne le frappaient généralement pas avant qu'il ne fût affamé, ce qui n'était pas encore le cas. Vingt-quatre heures sans boire de sang n'avait pas cet effet sur lui. Il lui était déjà arrivé de tenir bien plus longtemps.

« Amaury, te voilà rentré. »

Même la voix provenant de son mirage était semblable à celle de Nina. Et le parfum qui s'engouffrait dans ses narines correspondait également, et en tout point, à celui de la jeune femme. Elle était réelle et elle se trouvait chez lui, sortant apparemment de la douche. Elle ne semblait pas être sur le point de s'enfuir. Et si elle essayait de l'éviter, se réfugier chez lui était alors le pire endroit où se cacher

« On dirait que tu viens de voir un fantôme. »

« Tu es ici. »

Sa gorge sèche lui fit mal lorsqu'il parla mais son cœur bondissait de joie.

« Remarque on ne peut plus juste. »

Nina fit quelques pas vers lui, tandis qu'il la regardait avec méfiance. Elle n'avait pas l'air en colère contre lui. Etait-ce parce qu'elle savait déjà ce qu'il voulait lui raconter ? Et d'abord, comment était-elle entrée chez lui ?

« Je suis entrée par effraction. L'escalier de secours, » répondit-elle à sa question tacite, désignant la fenêtre de la tête.

Il haussa un sourcil.

« Je t'aurais donné une clé. »

Nina haussa les épaules.

« Ça aurait été moins drôle. »

« Ou tu aurais tout simplement pu m'attendre chez Samson au lieu de me laisser te chercher dans toute la ville. »

« Ça aurait été *encore* moins drôle, » répliqua-t-elle.

« Tu savais que je te cherchais ? »

Elle haussa les épaules, nonchalamment.

« Tu ne serais pas le Amaury que je connais, si ce n'était pas le cas. »

Nina cherchait les ennuis ? Il fit quelques pas vers elle.

« Et je ne serais pas le Amaury que tu connais, si je ne te fessais pas pour ça. »

Elle mit ses poings sur les hanches mais une lueur de malice perça dans son regard.

« Il faudra d'abord que tu m'attrapes. »

En un éclair, elle se précipita vers la fenêtre. Il l'arrêta avant même qu'elle n'arrivât à mi-chemin. Dieu bénisse la vélocité des vampires.

En un geste fluide, Amaury la plaqua contre lui et passa ses bras autour d'elle. Elle lui lança un regard aguicheur. Bon sang, il n'y avait rien de mieux que de sentir son corps doux contre le sien.

« Alors, maintenant que tu m'a attrapée, est-ce que tu prévois de t'excuser rapidement ou tu penses m'embrasser pour que j'abdique ? »

Bon sang ! Nina le connaissait mieux après une semaine que tous ses amis en plus de deux cents ans. Et en moins de temps qu'il n'en fallût pour le dire, elle avait transformé cet homme prêt à ramper devant elle en un prédateur désireux de réclamer son prix sans même se soucier des conséquences. Une fois de plus!

Amaury laissa échapper un souffle long.

« A toi de me le dire, *chérie*, puisque c'est toi qui tire les ficelles. »

Nina le regarda longuement avant que l'expression du vampire ne changeât.

« Pourquoi n'es-tu pas parti, lorsque je te l'ai demandé ? »

Il secoua doucement la tête.

« Parti pour quoi ? Une vie sans toi ? »

« La prochaine fois, tu... »

Amaury prit le visage de Nina dans ses mains et posa un doigt sur ses lèvres.

« La prochaine fois, je ferai exactement la même chose. Et tu pourras essayer de m'en empêcher autant que tu voudras, ça ne changera rien. »

« Ces vampires têtus sont vraiment énervants, » dit-elle.

« En effet, *chérie*, mais tu sais ce qu'il y a de pire ? »

Amaury fit une pause avant de reprendre.

« Un vampire amoureux. Parce que dès qu'il a quelque chose en tête, on ne peut plus l'arrêter. »

« Amoureux ? »

« Oui, *chérie*, » murmura-t-il. « Je t'aime. »

Amaury s'empara du souffle court qu'elle relâcha et il effleura, de ses lèvres, les lèvres de Nina.

« Est-ce que maintenant, tu es prête pour cette excuse que je te dois ? »

« Embrasse-moi d'abord. Parlerons après. »

« Si je commence à t'embrasser, je ne parlerai jamais. En plus, tu n'es pas censée m'en vouloir encore ? »

Il lui jeta un regard plein de curiosité. Etait-il en train d'essayer de deviner ce qui se passait dans la jolie petite tête de Nina ?

« C'est assez difficile d'être en colère contre l'homme qui vient de vous sauver la vie sans se soucier de la sienne. Et c'est encore plus difficile d'être énervée contre toi, sachant le pouvoir que tu m'as donné sur toi. »

Elle ne pouvait détenir cette information que d'une personne.

« C'est Delilah qui t'a dit ça ? »

« Oui, on a parlé un peu, toutes les deux. Alors dis-moi, pourquoi ferait-il quelque chose d'aussi stupide ? »

« Pourquoi ferait-il quoi ? »

« S'unir à moi sans ma permission, sans savoir si je resterais ou pas. »

Amaury déglutit pour se débarrasser du nœud dans sa gorge. Oui, il lui avait donné du pouvoir sur lui, il s'était rendu vulnérable et pourtant, il ne se sentait pas faible.

« Cette nuit, j'ai réalisé que j'avais besoin de toi. Pour la première fois depuis que je suis un vampire, je ressens quelque chose. Je n'étais pas prêt à abandonner ce sentiment de complétude. Et ce soir, lorsque tu étais sur l'estrade, sur le point de mourir, j'ai su que, sans toi, la vie ne vaudrait pas la peine d'être vécue Nina, je t'aime. »

Il ferma les yeux pendant une seconde, sachant qu'il devait lui laisser le choix.

« Mais si tu ne ressens pas la même chose, je te laisserai partir. »

~ ~ ~

Amaury l'aimait. Son gros vampire têtu et dingue l'aimait. Et il était pourtant prêt à lui redonner sa liberté. Il l'aimait ? Mais ce n'était pas possible, si ?

« Mais tu as dit que tu ne pouvais aimer. »

Il sourit.

« C'est vrai, je ne pouvais pas. Et puis, tu es arrivée. Une sorcière m'a dit qu'il n'y avait qu'une façon de renverser la malédiction. Au début, je ne l'ai pas crue, mais elle m'a prouvé que j'avais tort. *Tu* nous as prouvé à tous qu'on avait tort. »

« Qu'a-t-elle dit ? »

« Elle m'a dit que l'objet de mon affection devait être une âme qui m'accorderait le pardon. Ce ne peut être que toi. Tu m'as pardonné pour ce que j'ai fait dans le passé, et pour Luther. »

Nina sourit.

« Sans pardon, la vie ne peut continuer. Tu avais besoin d'être pardonné pour pouvoir de nouveau avancer. »

Amaury déposa un doux baiser sur ses lèvres.

« Je le sais, ça, maintenant. Tu m'as aidé à le voir. Mais la sorcière a dit quelque chose d'autre. Mon contrôle sur toi ne devait pas fonctionner. Tu te souviens ? Le contrôle de l'esprit ne marchait pas sur toi. »

« Tu veux dire quand tu as essayé de m'obliger à te détacher ? »

« Oui, et n'essayons plus ça à nouveau !Ou du moins, pas avec de l'argent. Si on utilise un autre métal, je suis ouvert à d'éventuelles propositions… »

Le regard affamé qu'il lui jeta la fit frissonner de plaisir.

« Et je ne sais toujours pas comment tu pouvais faire ça. »

Tu veux dire t'éjecter de mon esprit?

Elle haussa les épaules.

« Je ne sais pas. Je suis peut-être plus forte que toi. »

Il sourit à pleines dents.

« Je peux faire avec. »

« De même. »

« Mais la dernière chose qu'elle a dite, c'était que ton amour devait être inconnu. Sur le coup je n'ai pas compris mais maintenant, ça a du sens, je crois. Je n'arrivais pas à lire tes émotions, ce qui veut dire que je ne savais pas si tu m'aimais. »

Elle secoua la tête.

« Je ne crois pas que ce soit ce qu'elle a voulu dire. Un amour inconnu ? C'est moi : je ne savais pas que je t'aimais, jusqu'à ce que je te perde presque. Moi-même j'ignorais mon amour pour toi. »

Plus à présent.

« Et maintenant ? »

Nina repoussa une mèche de cheveux du visage d'Amaury.

« Je t'aime. La malédiction est complètement renversée, maintenant ? »

« Depuis qu'on s'est unis par le sang, ma tête est claire. Je n'ai ressenti les émotions de personne à part… »

« A part ? »

« Je commence à ressentir les tiennes. J'y arrivais juste après notre union mais ensuite, ça a disparu. J'aurais dû te ressentir de manière continuelle mais ce n'était pas le cas. »

« C'est peut-être parce que je te résistais. Quand Delilah m'a parlé du mélange des sangs, j'étais légèrement en colère contre toi parce que tu ne m'avais rien demandé et j'ai essayé de tout bloquer te concernant. »

« *Légèrement* en colère ? Je crois que je préférerai ne pas être dans les parages quand tu seras vraiment en colère, alors. »

Amaury lui caressa la joue.

« Je suis désolé, Nina. Crois-moi. Je te voulais tellement que mon cœur a parlé. Je pensais avoir vu en toi que tu me voulais aussi mais je sais que j'ai eu tort. J'aurais dû te laisser le choix. »

Nina posa un doigt sur ses lèvres.

« Chut. Je te désirais aussi. C'est simplement que, jusqu'à ce soir, je ne me rendais pas compte à quel point. Viens. »

Il se laissa pousser sur le canapé et s'assit. D'un geste furtif, elle s'assit sur lui et plongea dans ses yeux bleus. Quel poltron il était, son dangereux vampire ! Derrière tous ses muscles se cachait un cœur qu'il n'aimait pas montrer. Un cœur bien plus gros que celui de n'importe qui d'autre, pensa-t-elle.

Lorsqu'il avait sauvé Eddie au cours du combat, elle n'avait pas vu une once d'hésitation en lui ; comme s'il l'avait fait uniquement parce qu'elle le lui avait demandé. La seule fois où il n'avait pas écouté ses requêtes, c'était lorsqu'elle lui avait demandé de se sauver. Evidemment il ne l'avait pas fait. Amaury ne l'écoutait jamais quand il s'agissait de sa propre sécurité. Elle devrait lui en toucher deux mots, plus tard.

Et à présent, il lui offrait sa liberté ; il lui offrait de se défaire de leur lien. Mais cela ne pouvait se produire que si l'un des deux mourait. Elle avait la sensation qu'il était prêt à sauter le pas juste pour qu'elle fût libre.

L'ultime acte d'altruisme d'Amaury avait confirmé ce qui s'était déployé en elle : la certitude d'être sienne, non pas parce qu'il s'était uni à elle, mais parce qu'elle voulait être sienne.

« Pourquoi tu ne me le demandes pas maintenant ? » le taquina-t-elle.

Il eut un moment d'hésitation, puis les mots passèrent ses lèvres.

« Veux-tu t'unir à moi, Nina ? Acceptes-tu d'être à moi pour toujours et que je sois à toi ? »

Le bleu de ses yeux devint encore plus brillant tandis qu'il attendait sa réponse.

Elle aurait dû le faire attendre mais le frisson qu'elle ressentait d'avoir mis cet homme à genoux, ou presque, était euphorisant et la rendait toute puissante.

« A une condition. »

Amaury sembla choqué.

« Laquelle ? »

Elle ouvrit son peignoir et lui exposa ses seins. Nina nota son regard, lequel descendait, tandis qu'elle prenait l'un de ses seins dans sa main et le lui présentait.

« Nourris-toi de moi, Amaury. »

Elle sentit son érection grandir sous elle, preuve du désir qu'il ressentait face à ce qu'elle lui offrait. Quelque part, elle savait que c'était ce qu'elle voulait depuis la nuit où il avait bu son sang. Et elle était prête à lui donner tout ce qui était en son pouvoir.

« Oh, Nina, *chérie*, tu n'as pas idée de combien tu me rends heureux. »

Il porta sa main vers le sein, qu'il caressa doucement.

« Je ne te mérite pas. Mais je suis quand même content de t'avoir. Tu ne vas pas encore me résister, si ? »

« Te résister ? Tu sais que je le ferai toujours, parce que c'est ce dont tu as besoin. »

« Je devrais peut-être te fesser, alors. »

Son sourire sensuel arrêta le cœur de Nina le temps d'un battement.

« Pour ça, tu vas avoir besoin de force. Et sans nourriture, je ne suis pas sûr qu'il t'en reste beaucoup. »

Elle déposa son regard sur ses seins et elle vit qu'il faisait de même.

« J'aime bien la façon dont tu défends tes arguments, » répondit Amaury d'une voix rauque.

Sa main effleura le téton dur. Sans précipitation aucune, sa bouche enveloppa la chair de la jeune femme, ses lèvres entrant en contact avec sa peau, la faisant brûler de désir. Sa langue passa sur la peau sensible, faisant frissonner son corps tout entier. Oh bon Dieu, ce qu'elle pouvait aimer cet homme, ce vampire.

« Amaury, prends-moi, s'il te plaît. »

« Je suis à toi, » murmura-t-il avant que Nina ne sentît ses canines percer sa peau.

La bouche d'Amaury se referma sur son sein. Il suça, prit la substance qui donnait la vie et que la jeune femme acceptait de lui donner pour le reste de son existence.

Leurs cœurs battirent à l'unisson, leurs âmes connectées à l'aide de fils invisibles, si solides qu'aucune force au monde ne pourrait les séparer. Ils ne formaient plus qu'un ; un seul corps, un seul esprit, une seule âme.

Ma partenaire. Ma provocatrice.

La mienne.

~ ~ ~

À propos de l'Auteur

De nationalité allemande, Tina Folsom vit depuis plus de 25 ans dans des pays anglophones. Elle a d'ailleurs épousé un Américain et s'est établie en Californie en 2002.

Tina a toujours été un peu globe-trotter et a vécu dans nombre de différentes contrées.

En 2010, elle a rédigé son premier roman d'amour.

Elle a toujours été attirée par les vampires. Depuis 2008, elle a publié plus de 38 livres en anglais et des douzaines dans d'autres langues (français, allemand et espagnol). De plus, elle fait actuellement traduire l'ensemble de ses livres en français.

Tina apprécie recevoir des commentaires de ses lecteurs. Pour cela, vous pouvez lui écrire à l'adresse électronique suivante: tina@tinawritesromance.com.

Vous pouvez également la contacter via Facebook: facebook.com/TinaFolsomFans.

Enfin, vous pouvez visiter son site Internet tinawritesromance.com afin de vous tenir au courant des nouveautés.